U0472039

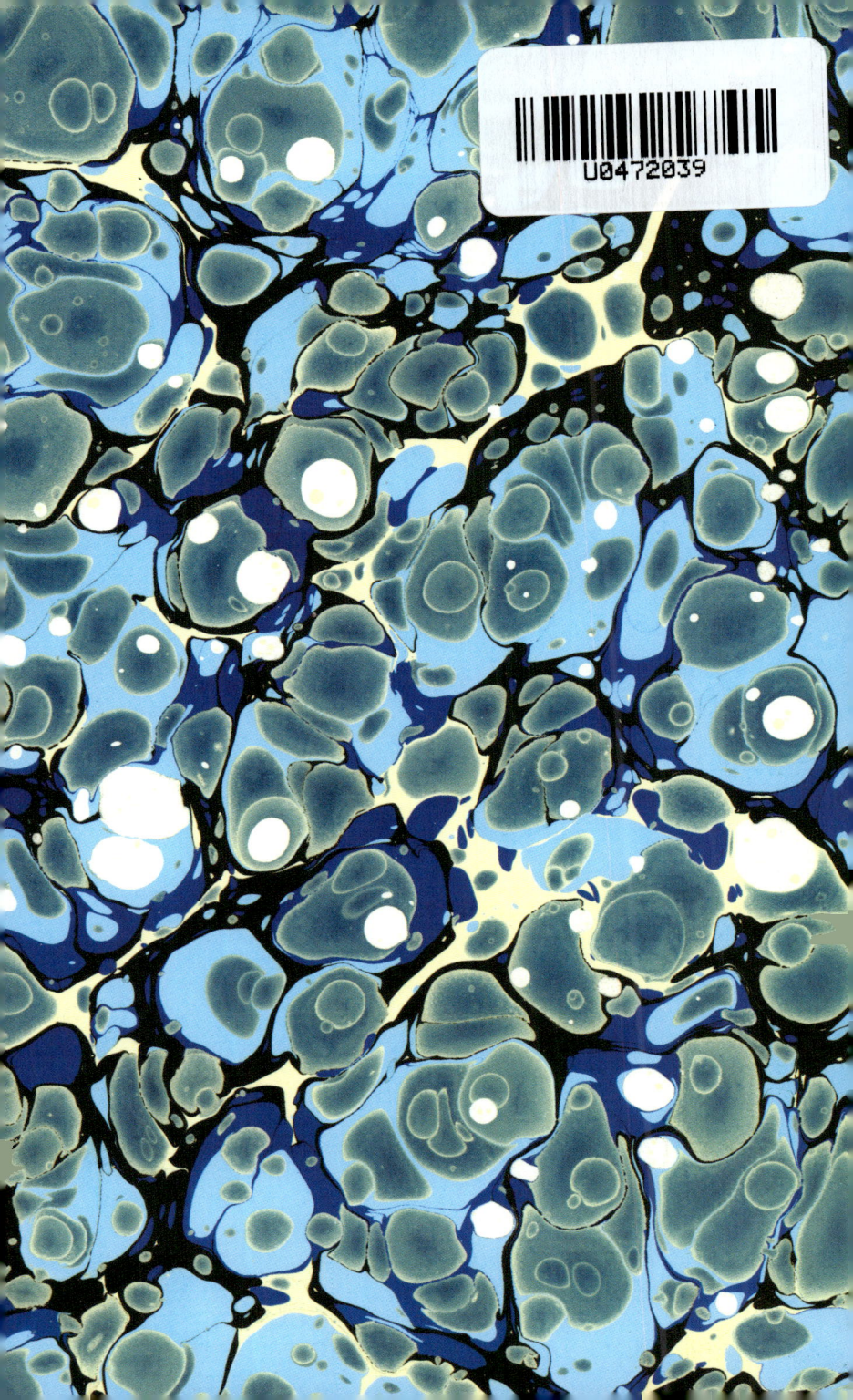

The Essays of Elia
伊利亚随笔

本书系根据1906年英国"万人丛书"本
并参照其他多种版本译出

THE ESSAYS OF ELIA
伊利亚随笔

〔英〕查尔斯·兰姆　著
〔美〕戈登·罗斯　绘
高　健　译

图书在版编目(CIP)数据

伊利亚随笔/（英）查尔斯·兰姆(Charles Lamb)著；高健译. -- 上海：上海财经大学出版社，2024.6（草鹭经典文库. 外国文化书系）
书名原文：The Essays of Elia
ISBN 978-7-5642-4394-4 / F.4394

Ⅰ.①伊… Ⅱ.①查… ②高… Ⅲ.①随笔－作品集－英国－近代 Ⅳ.① I561.64

中国国家版本馆 CIP 数据核字（2024）第 096184 号

草鹭经典文库·外国文化书系

□ 策　　划　草鹭文化 × 悦悦图书
□ 主　　编　王　强
□ 责任编辑　李嘉毅　吴晓群
□ 特约编辑　董熙良
□ 封面设计　草鹭设计工作室

伊利亚随笔

[英]查尔斯·兰姆　著
[美]戈登·罗斯　绘
高　健　译

上海财经大学出版社出版发行
（上海市中山北一路 369 号　邮编 200083）
网　　址：http://www.sufep.com
电子邮箱：webmaster@sufep.com
全国新华书店经销
南京爱德印刷有限公司印刷装订
2024 年 6 月第 1 版　2024 年 6 月第 1 次印刷

889mm×1194mm　1/32　12.75 印张　295 千字
定价：108.00 元

总　序

"经典是那些永远占据着你的书架却又永远翻读不完的书。"

唯历经时间一轮轮严酷的甄别,唯历经读者一代代苛刻的选择,优胜劣汰,真正的文字方能登上那称之为"名著"或"经典"的人类思想的峰巅。

钱锺书谓名著之特质端在于其"可读性"与"可再读性"。前者提供的"无穷趣味"、后者呈现的"难及深度"遂使得"名著"跨越时空的鸿沟、跨越人种的藩篱,如不竭的生命之泉滋养着不同文化中血肉之躯的人的存在。

基于此,"草鹭经典系列"志在为真正读者打造一个由"文字的趣味""审美的品格""思想的深度"为主色所构成的不朽的文字世界。

草鹭文化出品的"草鹭经典系列"图书,搜求中外经典名著,精择一流的版本、插图,以精美的装帧、设计完成"经典的再造",满足读者阅读与收藏的多重需求,把一道靓丽与涵养兼具的文字风景带给他/她们的书架,带给他/她们的书房。

草鹭该系列的策划与推出,得到了业界顶级专家、学者的大力支持,许多著名的策划人、出版人、翻译家、收藏家纷纷加入进来，分别参与策划、翻译、校订等工作；在设计、制作诸环节，草鹭一流的设计师、手工师亦匠心独运，贡献出一部部令人惊艳的作品。仰赖于这些优秀书人、艺术家、匠人之间的通力协作、苦研精制、严格把关，草鹭必将打造出整个"经典系列"所独具的高品味、高质量、高价值。

"草鹭经典系列"依据装帧之丰简，分为"珍藏版"和"文库版"两个子系列。

"珍藏版"系列自2019年启动以来，已陆续推出《傲慢与偏见》《呼啸山庄》《伊索寓言》《波纳尔之罪》《伊利亚随笔》《爱丽丝漫游奇境》《格林童话全集》《红楼梦》《神曲》等二十余种精品图书。"珍藏版"的特色，主要体现在限量印制、唯一编号；注重传承，选用名家译本或藏本；收录名家高清插图，不少均为国内首次出版；封面选用进口漆布、山羊皮等特殊材质，以UV印刷、多层烫印等工艺呈现；内文选用脱酸纸；配备内裱绒布书匣或书盒，呵护入藏的爱书。该系列是"收藏级"的精美作品，一经面世，就受到很多书友的喜爱和入藏。

"文库版"系列是草鹭基于"珍藏版"的实践经验，面向更广泛的读者群体推出的图书品种。"草鹭经典文库"致力于打造中外经典著作的简装书，以简装但不简单的小精装，将阅读装点成一件随手可触的赏心乐事。

"草鹭经典文库·外国文化书系"依旧立足于传统，计划在十年内出版上百种中外经典著作，包括童话、随笔、游记、小说、自传、诗歌等内容，荟萃英、德、法、意等国家的经典作品；而在书籍装帧艺术方面，该系列会延续鲜明的"草鹭风格"，封面材质拟选用特种艺术纸,与烫金烫印工艺、UV印刷等现代工艺相结合,将厚重的经典与形式的精巧熔于一炉,让读者在阅读中感受到文字之美,感受到装帧之美。

"草鹭经典文库·外国文化书系"主编 王强

译 序

人是个天生好思考与感受的动物,他的心思一刻也闲歇不下来;他总是在无止无休地进行探索追求,总是从不间断地对他自己和对别人提出要求,而且总是不能轻易满足,总是在想超越他自己。对具体实际的物质环境和生活条件的要求而外,他还会有更高级的精神方面的要求,比如对科学、对哲学、对艺术和文学。对科学(包括技术),他的要求往往是清醒的、适度的;他的要求常不过分,他明白,这不单是某个具体人的问题,而更多的是千百万人的共同努力和协作的结果,因而不能苛求一切于一人一时。对于哲学、文学和部分艺术,对这类其产生更主要或更多地系于集中于一人的情形,他的要求便会骤形升高;而对其中综合性更强的文学,他的要求就会一下子变得不知有多高多长,高到令人难以应付,而且所要求的对象既然具体明确,也就更会让人逃避不得。当然在迄今为止这方面的业绩当中,能够稍满他意的东西不会完全没有,但是距离他的要求就差得远。他总是要求更多更高的聪明智慧,更多带有些灵性的东西。而文学既然是比科学还要高超(不仅限于一事一理),比一般的艺术还更深刻和更富于明确意义(不仅限于色调情绪),甚至比哲学还更具有更全面的综括性、兼容性、智慧性乃至圣洁性(不仅限于某些抽象终极推理），所以作为一名文学家，你就理应能够拿得出更了不起的制品。听，听，他的要求这时已经快要达到不近人情和贪得无厌的地步。但这也是不奇怪的，因为他是人，所以也就会这么要求。只是我们不应忘记，那被要求者也同样是人，而不是神，说要光就来了光；那只有上帝才办得到，何况他要的光还不是普通的光（物理的光），而是那带灵性带圣智的神光！这就难了。这点意思同样也适用于这里即将说到的兰姆。兰姆的散文是个什么情形呢？他所达到的高度又有多大？如果按照他本国人的看法，那他至少在他们本国的散文方面是第一流的，甚至即是那里最好的。但即使好到这个程度，如果你要按上面所提的灵光神智去要求他，只怕他也达不到。所以这里重要的问题是，兰姆曾经给了我们什么和我们将向他要求什么，而我们对他所提的要求只能是他能给我们的，而不应是他不曾给我们的，比如莎士比亚的生动性，托尔斯泰的宏伟结构或歌德的渊深浩博。那么试问兰姆都曾给了我们什么呢？这个，照本译者所能领会到的，便是一种淑和之气，温厚之情，清明之思，诙诡之词，诙谐之趣和文章的美与享受，或者换个形式来说：天真、童趣、诗意、幽默、独特观察和奇肆表达、文气十足的考究语言。再多的要求便要不切实际。其实一个人的身上能有了这许多东西已经是不简单了。你真的领会了这些，便应当说是你的一种缘分和幸运。这里尤为重要的是，不是他所曾给你的能不能再高，而是他已经给你的你是否便都能看得明白。如果，说得绝对一些（而且率直一些），他的天真没有被（不管是谁）目为痴呆；童趣没有被看成幼稚；诗意不曾被你匆匆漏掉错过；幽默也理解对了，没有被视作油腔滑调，品味不高；独特发现和奇肆表达也得到了你的承认，看出了它们的独创性和高明之处，而不只是向他要确切事实，要客观报道，要数据、资料、信息、统计、模式、对策、量化了的东西和具有可操作性的手段、程序、机制……最后那文气十足的考究语言也不曾使得你怒气十足，认为他只是拿些文字游戏来糊弄人，或者认为他的写法不如读者文摘上的语言清楚，并因此而断定他是过时的，是18世纪的，甚至不曾因为他的作品上不了荧屏便小看他。好了，如果是这样，那就真是幸甚幸甚，皆大欢喜，不仅你自己没有白读，兰姆的文章没有白写，兰姆的译者没有白译，就连出版社的编辑也没有白辛苦，并会深为这个选题计划的可行和出书眼光的准确而不胜之喜。是为序。

1998年1月5日
译者识于并门寓居

译者的话
谈谈兰姆的散文

您想读读好文章吗,甚至最好的文章?那就请读读兰姆吧。兰姆的文章就属于那最好的。在那里您可以充分领略到文章之美。

兰姆的散文早已成为经典,在英国本土和西方国家中久有定评。它的出现也绝非偶然。它甚至不仅仅是某个优秀心智的一种纯个人性的现象。足以产生它的某些土壤和气候乃至更多的其他各种因素条件至少同样重要,这也即是说这样的优异之作,特别是成熟之作,只能出现在一个业已高度发展起来的近代社会,一个在思想上业已相当成熟了的社会,再早或再晚都有困难。

英国到了十八十九世纪之交的时候便正是这样一种情形,那已经是科学高度发达,思想相当成熟,一切典章文物也都粲然大备的繁荣昌盛时代。这是在科技上已经产生过牛顿、波以耳甚至瓦特,在哲学上产生过洛克、休谟、巴克莱,在社会科学上产生过亚当·斯密、马尔萨斯,在文学上产生过乔叟、马洛、斯宾塞、莎士比亚、戴登、弥尔顿、艾迪生、笛福、斯威夫特、费尔丁、哥尔斯密、谢立丹,在翻译上产生过《钦定圣经》这样的一个时代,至于规模或重要性稍逊但也极为可观的其他文学成就(比如伊利莎白、詹姆士时代的诗歌戏剧，王政复辟剧作，十七世纪玄学诗与散文作品）乃至绘画工艺等多方面的成就还尚未计及在内。这一切都是兰姆在撰作他的散文前客观上已经具备着的多方面的有利条件。

欧陆那里学术上的新发展，哲学与社科方面的新思潮——尤其是法国大革命的巨大冲激震动，及其广泛而深刻的社会影响，这一切对兰姆散文写作的关系和作用之大也是不难想象的。法国大革命所携来的整批整批民主思想——自由、平等、博爱观念的日益深入人心（以及作为这类思想的直接产物的英国当日激进派的改良意识）无疑都是兰姆日后写作的一种重要思想感情准备，不仅急剧地改变着他的世界观，也有力地促成了他的一个新的投向——把注意力和观察点契入了城市贫民乃至一切较低层的人众。在情感方面也是如此，百姓生活民间疾苦开始在这位作者的心灵中占据了前所未有的地盘和位置，并由于这种关注的炽烈激切而使得许多迄此很少入人思虑的东西愈来愈多地引起了更多的兴趣，获得了极大的升华和提高，这样甚至使许多本属平庸不值一顾的日常琐细事物也因此而得到了纯净化、圣洁化。歌咏平民成了正常的题材。这个便正是浪漫主义的最主要的精神，并从而构成了整个新思潮的一部分。

再往下便要说说他个人的因素了。这也是重要的。同一思潮在同一环境下的不同人的身上的表现会是不尽相同的。兰姆有着他自己的特殊情况。

他本人文化教养很高但出身低微这一特点是带关键性的，它天然地会使他更容易接受上述的新思潮。他因某种原因未能进入高等学府深造一事加重了这一倾向的发展；他过早离校后终生屈居为一名机关职员的情况使得这类思想感情得到了进一步的巩固。这些都是他在同情上更接近于社会底层民众的主要原因。当然他本人心肠不错也是不可忽略的。另外他虽然接受了民主思想，但在这方面却又不曾走得很远，就显然与他个人的性格不无关系，他的性格是偏于平和型的。

另一方面，他早年的习染与读书环境，他在幼年学校期间所接受的古典文学教育（这里特指希、罗文学的学习），这些对他日后的发展道路也显然具有着几乎带决定性的影响。首先他没有经商，从政，或进入其他工技行业，而是做了文人，尽管是业余文人。不错他入了机关，但那主要是为了谋生，他的真正兴趣仍在文学，也就是说他干起了文笔生涯，而没有变成一个行动的人。其次，在文人中他也是文士味特别重的一个，而与那些只是以文学为手段但主要目的却在于阐发思想宣扬主义的作者们有所不同。他早年的读书习惯，他的特殊癖嗜和爱好使得他即使在文人当中也属于较独特的类型，使得他仿佛被铸入了一种很不同的模式，这时仅仅文字本身便能构成一个人的几乎独立的迷恋与爱好。对于这样的人来说，文学的表达方式往往比它被表达的内容或许更为重要；文字之美几乎便是一切；风格文体上的重要性经常压倒一切。在这点上，他比他的不少同时代人都更加是如此。他是命中注定要去做一位风格家（Stylist）的。他是英国作家中文人味最足的文人。

他未能进入大学和离开中学后工作特别沉重等情况在他后来的发展上也同样有着明显的影响。由于上述原因，除了拉丁文（以及小量的希腊文）外，他对欧陆许多国家的语言一直未暇更多学习掌握。这对当日的一名文人当然会是一个不小的缺陷。但这个在一定程度上本属相当不利的局限在他身上却反被转化成了一种有利条件，使得他正好借此而减少干扰和得以以更多精力和时间投入到其本国旧日典籍的深钻细研上去，其结果，他对这些典籍更加谙熟，他的英语功夫更加深厚，而笔下所写出的东西也更具英国气派和风味。他无疑是英国作家当中英国味最浓的一位作家。

他的"学历"不足和他的社会底层交往也给他的散文写作留下了明显的印记，不仅如此，这事甚至为他的写作预先勾画出了一道较为特殊的发展轨迹。其一便是他在文笔上的非正宗、非正规化，而这个有时还较严重，另外这点附带说一句，也未尝不是他的文章在披载后未能更及时地得到社会迅速广泛承认的原因之一，他文名的鹊起是曾稍历时日的。他不写当日规矩文人所爱写的那种高度程式化刻板化的文字。他的抽象化语句从来不太多。他甚至较少使用圆周句。在他的语言中，个别的古怪冷僻艰涩冗长的词语而外（这些也都各具或别有妙用而且数量极为有限），谈话体的成分是高的、大量的——这个才是他文体风格的主干。好用古语这点绝不可以夸大。不仅这样，他的文句在写法上比较接近人的活的思想与想事习惯，在这方面他决不过于追求甚至有意避免太周到完整、严密细致的表达，而是极力使所用文字尽可能多地趋近和符合语言的真实过程与涌现顺序，于是写作起来总是自然而然，想到即说，有话再补，甚至可以是零零碎碎，断断续续，中间解释插话既多，转折离题也常不少，破折号、括弧的使用更是大量的，不完整句也不少出现，在这许多方面都可说呈现了一定程式的革新，因而是相当现代化的。他的语言，文绉固然文绉，雅致也够雅致，但也既非太正宗和程式化，也绝不古板，而是相当亲切自然的。

但是在更多地进入他的写作艺术之前，还是先说说作者的文章内容，他的题材体裁吧。

说到这方面的情形，从内容到形式到体裁，它们的最终选择首先是与这位文章作者所居处的时代环境分不开的。杂志期刊的进一步振兴发达无疑为兰姆的散文写作提供了特殊有利的条件。当然杂志期刊的出现不自兰姆的时代始,这类事物早在他出生的二三十年前便已可说微具其雏形,甚至早在艾迪生、斯蒂尔首次办起他们的文报时,日后的发展路线已在那里初见端倪,但是真正像样的杂志,能够拥有着更多的订户,能够提供其投稿人以更宽阔的发表场合与充裕篇幅的更现代化的期刊,仍是迟至十八世纪末期的事,在这之前是不能想象的。不错,就在艾斯式的文报风靡英伦不久之后,这类报刊的数目即已迅速猛增至六七百之多,但是这些在规模上都还是极有限的,而且大多随生随灭,稳固性更谈不到。这种情形在兰姆开始写作的时候已有了很大改变,他发表东西的条件已经好得多了。一系列新的杂志的纷纷面世,特别是《伦敦杂志》的创建开办(1820年),对兰姆的散文写作的重要性实在是太重要了。这是他的文笔生涯中的一大转机,是他的文运从逆境而走向顺畅的真正起始。

1820年9月《南海所追忆》在该刊物的发表标志着他创作上的一个新起点。迄此为止,他在英国人心目中的地位还是有限的。的确他这时已经刊出过不少东西,短诗、杂文、故事、剧作、儿童文学、文评艺论等都颇有了一些,甚至连他的《全集》也已在二年前(1818)以两卷本的形式正式问世。这一切当然也都小有可观,但真正坚实厚重的作品他还没有,即使从当日的眼光来看,要凭这点微薄的东西来闻世,更不必说传世,其可能性是不大的。从他个人来说,他内心之中也深以自己的文学宿志未能得酬而不无遗憾,而彼时他已四十五岁,但他还没有找到真正的出路,找到最适合于发挥自己才能的理想场所。这种情况随着他在上述杂志上一系列散文作品的发表而迅速得到根本改观。不过短短五六年,他已经以几乎月必一两篇(中间不无间歇)的速度而为自己积累了近五十篇的可喜成绩，再加上以后又断续写的一些，截至1831年，这个数字已经超过六十。这不仅是一个数量问题，而首先是一个质量问题，这里出现了一个质的飞越。即使此前他一字未写，光是这批散文已足以奠定他在英国文坛的牢固地位而有余。这些才真真是第一流的东西，才是兰姆天才的真正体现。原来他的特殊优长不在别的方面，而恰在散文。

这些文章都写了什么呢？什么都写，涉及人生与社会的各个方面：谈书、论画、评戏、说牌、叙旧、访友、志感、记梦、追忆、怀古、寄语、写病、言情、修传、拾轶、钩沉……总之，社会百般都无所不谈，能符合读者的广泛与多方面的要求，在这点上他与别的散文作家也无太大不同。其不同处即在，一，在无论谈什么时，总是说过去的事多，写当前的事少，恋旧的心理特别突出，一切更多的是从回忆的角度着笔的；二，在无论写什么时，写人是最多的，常常占到第一位，因而他的散文中前前后后出现过的人物实在不少，不大像一般散文而更像小说；在他那里人物的刻画记叙几乎快成了唯一的专门对象，并从而构成了长长的一幅人物画卷或一座众多肖像的画廊。他对人的兴趣是说不尽的，对人的关注可说远胜于物。当然更胜于景。风景嘛，他便干脆一笔都不写。在这点上他的"灵感"（用西方的术语）是纯古典主义式的。

但是使他的散文获得如此成功的原因又在哪里呢？

译者以为，兰姆散文的长处主要还不在于他的题材，甚至内容，而更在他对这些题材和内容注入了什么东西，进行了什么发掘或赋予了什么意义。新颖是他作品的灵魂。他无论写什么，无论什么碰到他的笔下，也无论他是专门着意去写还只是信笔所之，偶然涉及，他总是不愁没有几句新鲜的话来说，而一切经他的口说出来的东西也确乎是无词不新，无语不奇，无一处地方不冒出一些足以使人有一见眼明的新鲜感觉，而绝无丝毫的陈旧之弊。他的一切谈话议论都能道人之所未道，发人之所未发，见人之所未见。他的独创性是惊人的。他的感觉特别准确，观察特别敏锐，记忆特别牢固，想象特别活跃。另外他的机智也特别来得丰富。他的文章之所以能够取胜，之所以能够如此抓住人心不是没有它相当原因的。

但又绝不只是因为这样。单纯的理性乃至聪明还不全足凭。他在情绪格调上也有许多过人的地方。他的文章立义真挚，语气诚恳，态度谦和，所用的方法也较易于为人接受。他的心气不急不躁，文情不愠不火，闲适从容，而善有节制。这些都无愧为好的文德。态度的谦和尤为明显，他在不少情形下，都往往只是谈谈而已，点到即是，不再噜苏，既不好把一己的见解强加于人，也不毫无道理地过于执拗拘泥。他的典型的写作态度是，与人为友，与人为善，谈看法时常常是语而不论，论而不辩，至少是辩而不驳，较少与人涉入争端。这也是他文品较高的原因之一。尤为感人的是他作品字里行间所流露的一种善良和天真的气息，这点从他对待旧友同事的态度，对待贫苦大众比如乞丐、流浪儿、扫烟筒人以及其他不幸者的态度都不难看出。他好交结穷朋友即是一例。这里面都只有同情因素而绝无势利成分，所以说是天真。这种天真或曰真纯之气正是他文章中最可宝贵的品质，它不曾因岁月而丧失，文名地位而泯灭，而一直较好地保持在思想言行之中。与此相生和相联系的还有他那丰饶的童趣和诗意，这些也都是极动人的品质，他散见于文章的篇篇页页，不待细加列举，但也都是他的文章内容之所以好的重要方面。

不过如果兰姆文章的好处仅仅限于这些，那还是不够的，这可以说明他是一位好人，但作为一名文士，他就得另有特点。其实他的文章的长处还更多地在他的文笔。而他的文笔也确实真的出众。正如上面说，什么题材到了他的口里都能谈出新的内容，同样什么内容到了他的笔下也都能写得像样，岂止像样，都能被处理得异常的精彩出色。他的那支笔又是何等的一支神笔啊！或许只有点铁成金一语可以稍稍加以形容。这是一位特别以其文笔见长的高明作者，最能以其词彩之美令人叫绝的风格大师，他简直就是那善于挥舞妙思和幻想的魔杖的语言圣手。首先他的表达是符合于他的内容的，能够最适切地保证他所要传达的意图，能够以最有效的方式为他的文章的目的服务。因此随着内容题材或需要的不同，他的写作手段也就会时刻充满着变化和成为多种多样，并未因为其作者是同一个人而在写法上也总是千篇一律。我们只需将其文集稍加翻检一下，那里面篇与篇之间的差异性之大便再加明显不过，比如《万愚节》《除夕志感》和《养疴记》。读后仿佛这三篇并非是出自同一个人的手笔。这是从体式笔法等大的方面说的。再看他的句式，那更是多种多样，参差不一，具有着意想不到的繁富性。不仅是不同文章，就是同一篇中，那里面句式的复杂情形与变异程度也是够惊人的。在这方面《人分两类》是一个最突出的典型，《友人更生记》也是如此，都是我们学习和研究语句结构文章写作的宝贵的范例，其间几乎没有两个段落在句法上是相同的，甚至一段里面也没有两句是相同的；那里个个句子都不一样，因而极富变化之美，但同时又彼此非常协调，丝毫没有抵牾扦格的杂乱之感，因为这些变化又是各有其道理的，各自为着其不同的目的在起着作用。这种富于变性的特点尤其表现在各种句式的综合利用与多方配置方面，出于比如反衬、烘托、照应、对比、增强、累积等不同效果或作用的考虑，这方面的选择是考究的；这类情形《过去和今天的教书先生》《海上忆旧游》《已婚者的态度辨析》，实际上他的任何一个短篇都能为我们提供数不清的例证，而这也正是我们在韩柳欧苏等唐宋文章大家中所曾饱览过的胜况，只不过在这里更加气象开阔罢了（我们过去的文章不习惯于太大的篇幅）。另外由于这个意思译者在本集的各篇篇首已经多所论及，这里便不再赘叙。但由于文章之美在相当程度上又毕竟是和这件事分不开的——句法的参差不一、开阖变化等（太单调的平铺直叙又有谁想看！），这种话还是少不得要提提的。再有，他的句子在铸造上也全是高质量的，坚致、扎实、工稳、紧凑、整饬、干净，是带韧劲、有弹性、富质感、具型范的，而且相当灵活，兼有刚柔相济的长处。他的句子没有一个是松弛疲软的，而是个个精神十足，生气勃勃，个个顶事和站得住脚，甚至可说没有一个句子不是写得有点分量、身份和派头，但同时又总是那么自然而然，带有着几分即兴或偶成的味道。至于由此（当然更主要来自其作者的性格）而产生的一种高雅或高贵气息自也是意料中事，并因此而使其整个格调得到提升。再有他的文章中还有许多其他东西，许多半来自其性情修养，半来自其工巧造句的一时不易具体指陈的其他情调气氛，比如清明俊逸、跌宕、洒脱、恢宏、浑朴、谐诡、瑰丽、奇崛、怪诞、挺拔、凝重等品性，这些，上面提到的原因而外，显然又与他的前几代文学，比如伊利莎白、王政复辟时代的戏文与17世纪诗文对他的影响有着密切关系。泰勒、富勒、伯顿、布朗、华尔顿的那批刁钻古怪、奇肆诡异的述作在他身上留有着明晰的印记；他从这些前驱者那里所学到的东西也不会少。这一切，尽管在其自身尚远未抵于完美，但经过兰姆的思想坩埚的一番重新煎煮烹熬，所达到的效果则是神奇的；他们寤寐求之而未全如愿的理想终于在兰姆的笔下获得了真正的体现,从而出现了一种前所未有的胜境,这时不仅是色调上更为绚烂,情趣上更为丰盛,整个气象也更为宏美壮观。在这种新的结合中,新与旧的交融是自然的,于是有前者的恢奇而无其沉闷,有其深邃而无其晦涩,有其意境但在表达上则更为雅驯也更为完美,神情语态之间也具有着更多的自信和更加雍容娴静,英国散文至此确实进入了几乎无美不备的圆熟阶段,因而兰姆实在无愧为他前辈衣钵的最合格的继承人与集大成者。他们原来的文学理想也因了兰姆而得到了真正的发扬光大。另外他们的那种较特殊的身份——才隽(wit),也在兰姆的身上得到了最好的保存,兰姆无疑是较近世的一名才隽。他是文士、学者、作家、诗人、剧作者与机关职员,但他首先是一个才隽,一个地地道道的才隽。正是因为有了上述的一层继承和发展推进的关系,仅仅凭借着这深厚的渊源也会给他的作品带来一点不同的东西,而兰姆的文章与风格也就因此而迥出一般而大大超迈其前人。他的特色是突出的,高度个性化的吐属中包含着众多不同的声音,清浅通俗的表达中而伴随着凝重文雅的情调,亲切易解的文句中而兼具着古香古色的气氛,日常现实的题材中而凝聚着传统与文化的积淀,民俗与历史的联想,诗情与画意的沾润,因而比一般文人笔下的东西丰富多了,具有着多方面的广阔与厚度。它成了一件多彩衣(a coat of many colours),一具百宝箱,一座众生相的活画廊和一部(不必说百科全书吧)最迷人心魂的有趣的散文集。更何况,兰姆文章的长处还不止此。上文提到过才隽这个词。但才隽这个词又意味着什么呢?那岂非即是说,伊利亚随笔的作者,除了是位文士,除了大有才情,还是一名颇具诙谐本领和机敏多智的人?也许有人会说,兰姆的这方面才能属于那较旧式的或偏温和的一类,而与日后所谓的幽默有别。由于译者对幽默的领会能力稍差，对其间不同类型的区分本领更弱，这里也就无法细加讨论。所以暂别强为区分了吧，反正能大致感受到这种因素也就不错，并尽量将它们在译文中少丢失些。另外译者还深信，他的那件彩色宝衣上的美丽图案便部分地是凭借着这类（幽默与机智）金丝银络所编织成的。另外，也是因为篇幅关系，幽默等问题这里就不详述。不过与此极有联系的一些情况还是不能不稍提一下。其一是作者特好搞文字游戏（比如他在一篇文章中竟拿 dancer 与 cancer 来开玩笑——见《梦中的孩子》），这事在它的作者早已成为极强的癖嗜，大有耽之不倦的意味；再有好搞神迷化，好捉弄人与好故布迷阵等，这可说是上述才隽特点的另一表现，不过也反映了他那不可救药的稚气和天真。兰姆太俏皮了。

不可不提的另一件事是他文章的音响效果。他在好音（euphony）方面也是强的。兰姆自称他没有耳朵（"I have no ear."）。但实际情况并非如此。只需将他的文章稍稍快读一下便不难发现，那里面句内和句间的节奏感或音乐感都很不错，这也是我们读他作品时不应忽略的一项长处。这句话，看似平常，却不是对每一位作家都能这么讲的。说实话，有些作家还真就是没有耳朵，但绝不是兰姆。

一位作家能具有着上述这么众多优点长处自然不是件简单的事。不过他也不可能没有他个人的局限。

兰姆在散文上成就卓越，但在其他方面则无可称述，亦即是说他的规模偏窄，这也是一个明显事实。而这点与他个人的具体环境与情况是分不开的。他自幼便进入社会工作，刚刚工作不久即家中惨遭变故，姐姐因为神经病症而长年需要赖他扶侍，并因此而造成他的终生未娶，过早与过重的家庭负担，以及同样沉重而长期的机关课室冗务，这一切对他日后文学发展的道路，乃至其数量、性质、方向等当然不能不充分估计在内。过于有限而又分散的时间和精力使得他不能不最终放弃那些在其产生上耗时极多的小说与戏剧的构制，而只能甘于这出手较快的散文写作。他过去在其他文学形式的尝试中的失败以此，他后来在散文方面的成功也以此。当然环境条件的原因而外，这事和他个人的性格乃至智力类型或许也不无相当关系。正如前面已提到的，他可能就天生地更适合于散文写作。

方面窄些，数量不大，起步也晚，但他对英国文学的贡献则是坚实的。

贡献一词他是当得起的。文章华国，兰姆固曾优为之。他晚年的一批散文，亦即《伊利亚随笔集》及其《续集》，不仅为他自己奠定了牢固的文坛名声，更为英国文学增添了莫大荣誉。自此这个国家在散文方面才几乎第一次地能够以真正第一流的制作而引为骄傲和夸耀于世。在这之前，英国不能说便没有相当不错的这类写作，培根的精练散文，甚至胡克、洛克等的清通文章既曾辉耀于前，稍后和同代的十七世纪不少文士也都小有可观，十八世纪后的更多的散文作家更是踵事增华，熠烨于后，但是从较高的标准和较长远的观点来说，更大的高度只是到了兰姆才可谓真正达到，而英国也才真正拥有了一批世界级的散文作品。兰姆的散文不仅立意新颖，表达工致，语言清醇，形式精美，而且完善化的程度极高，佳句秀段真是比比皆是，几乎篇篇都堪称为杰作。比较优秀的散文作者可说代不乏人，但以一人之力而能产生如此众多的完美篇什的和优秀的比例如此高的文章家究竟为数不多，因而兰姆不仅无愧为杰出的散文家，而且无愧为这方面的大家，他的地位是世界性的。

兰姆的写作还有一个巨大长处。他总是能把要说的意思说得非常明白。这点看似平常,甚至不算多大优点,却可惜并非是许多作家都能办得到的。但这绝非意味着兰姆的内容平凡,或者他的头脑简单。不是的。兰姆的作品,按照他本国批评家们的看法,并不是这样的。"他不是一个浅薄和易读的作家"(He is no cheap and easy author)——这是英国名作家 Augustine Birrell 的话。但这种不易读则更多的是因为他文章中的典故与引语偏多而造成的,这些一经注释(与翻译)也就会困难不大,但是他在内容上的一定深度则只有靠细心阅读和认真体会才能更好理解。但是由于写作的人自己能力或态度方面的欠缺而造成的不必要的晦涩费解情况在兰姆的作品中却是找不到的。兰姆没有这个缺点。这一点读者只需看看《海上忆旧游》中所讲的对海的理解那一节以及《天才之非癫狂说》,便不难明白。那里面谈的问题简单吗?恐怕是大有深度吧。但讲的清楚吗?一清二楚。换个别的作家表达一下试试,其间的高下便不难立即看出。兰姆的笔下从无不达之意,而只会有未尽之意。这种能将晦涩这一文章大弊最完全彻底坚决干净地消灭廓清于其作品之中的长处实在是最最值得我们学习的。他写东西时心中一刻也不曾忘记他的读者。你的东西再好,可人家却看不懂(包括水平不算太低的),请问你又是写给谁看?

至于在更宽广的意义上,在文化教养精神情感乃至伦理教育的意义上,兰姆的作品的作用也是不容低估的。他的文章是心灵的一副净化剂,道德的教科书,同情和善心的培养所,读后肯定能启迪心智,涵养性灵,活跃思想,丰富感情,振奋精神,增添对生活的热爱与信心,提高对工作的责任感,它能帮助人重返青春,唤回童心。当然它还能教你如何写好文章。

但是他文章的众多美德之中,特别突出的则是它艺术上的完美。

而这个完美，追究起来，或许又来源于它的一种平衡，各方面因素的高度平衡，略如我国古圣贤所谓的"致中和"。这里的平衡则包括着许许多多的东西。他的生涯那么凄苦，他的工作那么不顺心而繁重，但这种不愉快的情绪在他的文章中却很少流露反映出来，这不就是一种罕见的可贵的平衡吗？他的理性那么发达，但他的感情又保持那么正常——第二种重要的平衡。他的头脑，在那么多知识的装备下，本来应当相当的复杂，甚至世故（sophisticated），但他却又那么天真；他的年岁，已过了不惑之年，但性情上还有那么多的稚气童趣，岂不又是第三、第四种平衡。循此继进，第五、第六乃至第 n 次的平衡又该还有多少？但就他的文章而论，他的那更多的平衡还是首先应从这些方面来找，那么这就应当依次包括内容与形式的平衡，题材与手法上的平衡，句式与词语上的平衡，句子与句间的平衡，句子的长短的平衡，口吻词气语调等方面的平衡，等等等等，而这一切又都往往是适可而止，恰到好处，而不常过或不及，更不走入极端。所以，在他的文章中，安谧和谐的声调是主要的，而较少忿激之语，粗厉之声，乖戾刺谬之音，另外，如上所述，也从无过多的伤感悲切情绪的流露，一切都复归于正，因而深得温柔敦厚之旨；即使偶有暗讽微词，也都很有分寸而没有恶意，完全无伤乎雅或无违乎仁，在这点上他的境界的确比不少别的作家都高。

的确，这一平衡的精神往往流贯在兰姆文章的全部，因而下面再试从其文章品性方面稍说明发挥几句。比如他就曾被人（被英作家 Desmond MacCarthy 于其 "Elia after a Hundred Years"，1935）描写为"一名基本道理的追求者"（a seeker of essential truth），但是——

1. 他虽追求基本道理，但他又有个性；

2. （他）有个性，而又（注意）一般；

3. 一般而又深刻；

4. 深刻而又易解；

5. 易解而又厚实；

6. 厚实而又轻快；

7. 轻快而又含蓄；

8. 含蓄而又自然；

9. 自然而又新奇；

10. 新奇而又正常；

11. 正常而又怪异；

12. 怪异而又合理；

13. 合理而又不平庸；

14. 不平庸而又符合习惯；

15. 符合习惯而又离经叛道；

16. 离经叛道而又尊重传统；

17. 尊重传统而又别开生面；

18. 别开生面而又好用古语旧词、生冷怪僻语言、引语等；

19. 好用古语旧词、生冷怪僻语言、引语等而又能以日常口语为文章的基础基调；

20. 能以日常口语为文章的基础基调而又能不流于庸陋俗鄙；

21. 不流于庸陋俗鄙，这最好，即使真的就流于庸陋俗鄙，那也不怕，那仍能凭着这位大师的法力（或平衡感）而——

矫而正之，

扶而直之，

蜕而脱之，

推而出之，

　　起而振之，

　　激而扬之，

　　升而高之，

　　尊而贵之，

　　华而崇之，

化腐朽为神奇，变琐细为永恒，腾跃之为经典的表达，凝聚而成不朽之吐属，而这个，一切又相反又一致又矛盾又谐和的品性的理想而巧妙的结合，或许便是兰姆的艺术所由构成的主要特点？

目　录

伊利亚随笔集

南海所追忆 /003
牛津度假记 /016
基督慈幼院三十五年前 /026
人分两类 /047
除夕志感 /059
拜脱夫人说牌 /070
万愚节 /082
过去和今天的教书先生 /091
麦庄访旧 /104
论尊重妇女 /113
记内殿律师 /120
席前风雅饭前经 /139
第一次看戏 /151
梦中的孩子 /160
远方通讯 /166

扫烟筒人赞 /176

谈京城扫丐事 /187

烤猪技艺考原 /199

已婚者的态度辨析 /211

伊利亚随笔续集

伊利亚君行状 /223

穷关系种种 /231

札记一则——书与读 /242

海上忆旧游 /254

养疴记 /267

天才之非癫狂说 /275

退休之后 /282

名伶巴巴拉轶事 /294

友人更生记 /303

报界三十五年前 /312

古　瓷 /326

嗜酒者言 /336

家不够家也是家（驳流俗谬见之一） /348

附录：查尔斯·兰姆（［英］沃尔特·佩特　作） /355

译后语 /373

伊利亚随笔集

南海所追忆

看官,在您步出英国银行——那里您每年是要去领一次利息的(假如您也像我一样是个小有年金可活的人)——前去花盆客栈①,以便订一张开往道尔斯顿或莎克威尔②乃至其他您在北郊住所的马车座位时——您可曾注意过,就在针线街③与主教门④相接的左手处,矗立着一座其貌阴郁但颇美观的砖石结构的建筑吗?我敢说,那时时洞开着的宏阔门首,那映入眼帘的端肃广庭、回廊立柱,那很少有进出足迹的寂寥情景,每次见后都必使您歆慕不已吧——那

---

① 花盆客栈,客店名,位于当时伦敦主教门大街,为驶往伦敦以北地区的马车的订票处。
② 道尔斯顿,莎克威尔,均伦敦北郊地名,当地房租比较便宜。
③ 针线街,伦敦街道名。
④ 主教门,街道名,地在伦敦东北部,与针线街相连。

座恍如巴尔克鲁萨般的废圮芜城[1]。

这个，一度便曾是一座商号所在——一处贸易繁夥的辐辏之地。当年的巨商大贾颇曾云集其处——兴发利市的活跃心脏——即使时至今日某些贸易在此也未全废，只是风水早已转走，非复当年。正如前面所说，这里依然门首宏阔，楼梯庄严；办公室之轩敞几与宫廷里的巨厅相埒——那里面如今不是空荡无物，就是仅有寥寥几名闲散办事人员；那依旧望之俨然的内室与会议厅，差役门守的一副副庄重面孔——以及那执事先生，每逢重大时节，则危然高坐（以宣布某项股份业已作废），而面前的长条桌案，虽质地为桃花心木，面为烫金漆皮，如今早已蠹蚀污损不堪，案上的巨大镀银墨水台更久已完全干涸，凡此仍历历可见；这里可以见到的还有，那橡木护墙镶板，其上遍悬人物肖像，包括已故总监、副总监乃至女王安[2]以及汉诺威王朝的前二国王[3]，等等；——还有各类巨幅航线图，尽管日后的地理发现已使这些早就过时；——还有灰尘蒙蒙的墨西哥地图，上面的一切已梦般难寻——以及巴拿马湾的测量图！——还有那长长通道，到处张挂着灭火水桶，这些均成排成排闲贴墙边，其中储水之丰，除了上次那场冲天延烧外，一般的起火是不愁扑不灭的；——还有那下面无处不有的巨大地窖，其中金钱银币一度曾多至无算，那份"不见天日的无尽藏"[4]，最足以快慰玛门[5]那颗孤寂的心——然而这一切不是早已挥

---

[1] 这段话系作者兰姆自英国苏格兰诗人詹姆斯·麦克弗森（James Macpherson）的《欧辛集》（Ossian）一行诗中所简化而来，其原句为"我走过巴尔克鲁萨的墙垣，但见那里一派荒凉"。至于巴尔克鲁萨为该诗中的地名。
[2] 女王安，英国女王，在位期1702—1714。
[3] 二国王即英王乔治一世（在位期1714—1727）与乔治二世（在位期1727—1760）。
[4] 此语出自弥尔顿的诗剧《考玛斯》398行。
[5] 原义财富（语源叙利亚），后为诗人斯宾塞、弥尔顿等人格化，用为财神之意。

霍縻费殆尽，就是在那次举世皆知的"泡沫案"[①]的大破灭中霎时间而化为云烟。

这个即是那南海所。至少，这个即是它四十年前（我初见着它时）的情形——一座宏伟的废墟！至于后来那里面又都发生过什么变化，我则迄无机缘去亲加验证。不过我以为时光并不曾使它重焕青春。好风也没有使这潭死水再起波澜。厚厚的一层积垢此刻已使它透不过气。那靠着蠹蚀陈簿旧账把自己养肥的飞蛾蛀虫早已停止其劫掠活动，而继之而来的乖巧一代，则于单复簿记一端更呈现其尤为佳妙的奇技淫巧。这里真是旧尘之上又蒙新尘，其积不绝（斯岂即灰尘之"复孕"[②]也欤！），然亦少有人动，除非是遇有某个好事者，悄悄探过手去翻检一下，以便弄清女王安时的簿记曾是如何一种记法；或者动机尤为不纯，一心只想将那巨大骗案之奥秘所在弄个明白，而这类骗案规模之伟而且巨，只会使今天的小贪污分子望而兴叹，其面部所流露的那番微带疑虑的仰慕之深与自知无可与之争衡的绝望之甚，那情景恰似现代一些猥琐的阴谋局面之于当年伏欧[③]一类巨憝泰坦式[④]的超群绝伦的宏谟壮猷，二者实不可以同日而语。

但愿那大泡沫案魂其安息！辉煌的建筑啊，今天留给你院墙的只有寂寞凄凉。

[①] "泡沫案"，亦称"南海泡沫案"（The South-Sea Bubble），英史上的骇人诈骗案，为当日英政府与南海所（公司）合谋而诈骗股民的一大骗案。按南海所成立于1711年，素以对南美贸易与贩卖黑人、捕鲸业等为其行业。英政府为摆脱其国债负担，怂恿国债之债权人转为南海所之股票持有人，并一再夸大南美洲贸易前景之广阔与该地之富庶，致使南海所的股票价格猛涨（由原来的每股百一二十镑迅增至每股千二百余镑），但结果根本无法兑现，而招致近万户投资者破产，甚至造成英国政经两方面的严重危机。事后这个地方仍继续着一定的商贸活动，直至19世纪一二十年代前后，但规模已大不如昔。
[②] 亦称异期复孕，生理学名词，即再番生育，这里比喻旧尘土层上再落新的灰尘。
[③] 伏欧，亦称伏克斯，英史上有名之"火药阴谋案"之主犯，英国当日罗马旧教受压分子，他曾于1605年11月5日有阴谋用火药炸毁英国议会之举，点火之际被捕获。
[④] 此词来自泰坦，泰坦为希腊神话中曾一度统治世界的巨人族的一个成员。

像你今天这样，恰恰坐落在一个极形活跃激动的商业中心地带——适当种种乱人心意让人发热的操奇计赢者流的活动场所——另外国家银行也好，交易所和印度公司[①]也好，就全都在你身边，个个目前兴隆昌盛，如日中天，而它们的一副副神气十足的矜重面孔仿佛就在小觑着你，它们的没落失业邻居——而这事，在一个事不关己但多少还愿动动脑筋的人——比如在我辈吧——这样的闲人眼里看来，你这老字号啊，你的那副默默无闻的神情之中确有一种迷人之处：——一种罢市息争——一种绝意行情——一种迹近遁入空门的慵懒索没——这一切见了实在令人心喜！每逢暮夕我在履践着你那空荡荒凉的厅堂庭院之际，我的心境曾是何等的虔诚！这一切都仿佛在对我话旧。——这时某位已故账房先生的鬼魂便会耳朵上鹅毛管一支，挺直着古怪身板掠我而过。新的记账法和记账师总是让我感到糊涂。本来我对算账就不在行。[②]但是那些古旧的巨大卷册，我们今天的窝囊办事员三个人恐怕也从那神圣的架子上搬挪不动——再加上那里面古旧怪异的精美花体和首字朱红的纹状彩饰——那种钱款照例要分三栏下账，零的使用更是形式所需有多没少——临了还得在每笔账目之前写上几句诚笃恭谨的话，如若不是这样，我们那虔敬的老祖宗们是绝不会去下笔记一行账或草拟什么提货单的——而那些犊羔皮封面的考究几使我们误以为是在翻检某种善本精椠——这些都是见了令人心头悦怡和肃然起敬的景象。对于这些陈年旧物我倒颇能欣然临之。那

[①] 即东印度公司，英人未灭印度以前的侵略拓殖机关。早自16世纪时，英、法、荷、葡等国皆设有东印度公司，经营对印度的贸易，而以英、法两国势力最大。1690年后，英国以武力制服它国而成独霸之势，嗣后侵略掠夺益猛；1831年后几变成行政机构，直到1850年英占领印后，该公司始并入英政府机关而撤销。兰姆自1792至1825年便长期在这公司里做职员。
[②] 其实算账正是兰姆一生的主要职业，绝非不在行。

些其重无比其形古怪的象牙柄修笔刀(我们的古人在物品上几乎无物不大,大至我们难以想象)大概也同赫鸠里安城[1]出土的古物无甚两样。相形之下,我们今天的吸墨粉盒便只能说是退化了的东西。

我记忆中的那些南海所的职员——我这里说的是四十年前的旧话了[2]——在神情上也与嗣后我在一些公家机关打过交道的人们迥乎不同。他们全都沾染了几分这个所的精神。

首先他们几乎全都是单身汉(这是因为这里所开工资有限,养活不起太多的人)。再者他们又大都属于心志特异、性好思考的人(这也与他们平时不是太忙有关)。守旧不必提了,原因已见上文。另外全都是古怪之人,而且其类不一;由于都不是早年便进入这里(如若那样的话,便自然会同其他团体中人多所接近),而是中年左右方才被安插到此地,因此必将其各自的独特习惯和奇嗜怪癖原封不动地全部带来,仿佛便是以此来入股似的。于是乎便组成了这个挪亚方舟[3]。一群古怪家伙。一批俗界僧侣。一伙巨室大户的座上食客,其受人款待,也不过为装装门面,并不指望他们效什么力。然而个个都是可喜宾朋,长于语言——其中不止一位还在吹德国管上有相当功夫。

那时的出纳是一名叫伊文思的,威尔士人。表面上看,他全然是一副他本土的那种暴烈气色,但骨子里却是一位大可尊敬的明白人。他的头发自始至终都是敷粉卷烫的,其式样正是我记得年轻时在一些漫画里见过的那种被戏称之为"马可罗尼式"[4]。他无疑是那类花花公

---

[1] 意大利为维苏威火山爆发所埋陷的古城之一,1806年至1815年间为法考古队重新发掘出来。
[2] 此文发表于1820年(《伦敦杂志》),即使倒推至他最初去南海所公司之时(1789年),此时也仅有31年。
[3] 这里挪亚方舟有取各种品类杂聚一处之意。至于这个故事,见《圣经·创世记》。
[4] 来自意大利的一种发式,流行于英国18世纪后期。

南海所追忆

子的最后一位代表。别瞧他整天整天下午呆坐在他的柜台前像只阉猫似的闷闷不乐,我认为我每次见着他"编制现金"(当日清账一词的行话)时总是手指头颤抖不止,仿佛担心他周围左右的人个个会盗去他那现款;情急之中他简直会怀疑起他自己来;至少觉着他本人也未尝不可以成为其中之一:这一脸愁容要待到他午后两点坐在安德顿[①]安享其烤牛颈时方会出现少解(至少那里壁上仍然悬有他的遗像,像为店主人于他死前着人为他所绘,意在纪念这位长达二十五载的常年主顾),但是他一天当中最兴高采烈的时刻则要迟至晚上吃茶走访期间。他那门外一敲就室内钟报六时的妙事,虽然尽人皆知,但一说起来,还是会乐不可支,而这位老单身汉一到谁家,谁家都会对他的光临感到高兴。这当儿才是他大展其才的时刻,是他最荣耀的时刻。且看他是怎么一边吃着饼干,一边饶舌起来,其兴勃勃!他又是怎么满口轶事秘闻,滔滔不绝!论及对伦敦今昔的透辟,怕是连他的那位知名同乡潘南先生[②]比起他来也将有所不如——那久已衰落的古老戏园、教堂、街道当年是何样子——那罗莎蒙泊[③]今在何处——桑林公园[④]又在哪里——契柏的喷泉水池[⑤]等也都在哪里——对这一切掌故逸闻他都历历能道其详,这些多自老辈口中得来,其中种种特立独行人物将因荷加斯[⑥]的那帧名作《停午》而永垂不朽——那些因避路易十四及其龙旗兵的迫害而逃至此境的当年勇毅者的后裔[⑦],虽身处猪巷以及七日晷附近一带湫居陋室,而依旧风标凛然,不改其初,至今仍高

---

① 当日舰队街一咖啡店名。
② 潘南(Thomas Pennant, 1726—1798),威尔士博物学者、考古家。
③④⑤ 罗莎蒙泊原在伦敦圣詹姆斯公园,1770 年被填塞;桑林公园原址在今日之白金汉宫;喷泉原在今日之契柏街。以上三地均为伦敦 17 世纪时的有名景观。
⑥ 荷加斯,即威廉·荷加斯,1697—1764,著名英国画家和版画家。
⑦ 亦即法国之新教胡格诺分子(The Huguenot)为加尔文派新教徒之别称,因受旧派迫害,1685 年顷曾大批逃亡英国,在伦敦的猪巷另立其教堂。

檠其真教之熊熊火炬云。

伊文思的副手为托马斯·泰姆。此人颇有贵族派头,好弓其身。一个人如其在西敏大厅的什么通道上遇见他,准会对他这么认为。所谓弓身,我指的是上体的微向前欠,这在大人物,想必系由于在经常需要俯听下情时的一种降尊纡贵的习惯所造成。每当这种人接待你时,如此一番晤谈每每会使你的神经紧张至于顶点。但谈话一过,放松下来,你又会深感适才的那番令你颇曾诚惶诚恐的做作并无多大意义而不禁哑然失笑。以智力言,他诚然难免肤浅之讥。一般的谚语格言就常使他感到费解。他的心智尚未脱出其白纸一张的原始状态。① 一个吃奶的婴孩也能把他问住。那么他凭的什么那么神气?凭有钱吗?天哪,绝不。托马斯·泰姆完全是穷措大一个。表面看上去,他们夫妇仪态非凡,俨然上流人士,只是我担心那内里面有时就是另一回事。夫人生得苗条峻洁,绝无因娇养过度而带来的种种毛病;但骨子里却不乏贵胄血统。她曾将其出身,并从极其迂曲复杂之姻亲关系——关于这一节我自愧迄未真弄明白,而且际此末造季世,更难言能对其纹章之确切性解释清楚——向上追溯至那个名气虽大但颇不幸的德凡瓦特家族②。这个很可能即是托马斯那鞠躬如也的奥秘所在。这个大概即是使得你们——这双文雅而幸福的贤伉俪啊——身处于你们这种知识之冥昧与地位之卑微之中而仍然不改其乐的思想源泉——情感支柱——与夫照耀尔等生命的一颗耿耿曙星吧!世上财富非汝份也,煊赫之成就非汝份也,然而有了这个也就抵得上这一切。你们幸未以此而屈辱他人;而当你们纯出自卫而披戴起这身甲胄时,料想他人亦

---

① 这里作者使用了英哲学家约翰·洛克的"心如白纸说"。
② 即德凡瓦特伯爵,曾参加詹姆斯党人在1715年组织的武装复辟活动,事败被处斩刑。

无从施屈辱于你。幸甚至哉，荣耀且慰[1]。

完全属于另一类型的则是账房先生约翰·蒂柏。他倒不曾冒充过什么高贵血胤，也从没把这些当一回事。他"认为会计乃是天下第一等人，而他自己又是第一等会计"[2]。但是约翰也并非是毫无癖嗜的人。空闲时刻每生以拉琴自娱。当然他也常开口唱唱，尽管声调不能与奥菲莪斯[3]的鸣琴相比。事实是他的歌唱无异大喊小叫。他所居住的那套颇为讲究的原办公室房间（地在针线街，虽然其中空空荡荡并无几件像样家具，但一个能住进那里的人总会因此而产生几分优越感的——只是我不清楚当今这里的住户是谁）——每隔上半个月便会从那里面嗡然传出我们的先人们很可能会称之为"美娘儿们"的音乐演唱声音，而这些歌咏者大半是从一些俱乐部与管弦乐队里收罗来的——此处还有第一、二大提琴手，倍大提琴手，单簧管演奏者，等等——这些人于饱餐其冷羊肉，喝足其潘趣酒之余，也颇曾推许他能顾曲。他高踞其间，恰是昔年迈达斯[4]的那副可怜角色。不过一旦坐到他办公室的桌前，这位蒂柏又完全是另一身份。在这里，一切华而不实的东西都概在摈弃之列。任何风流的话都必遭到他的呵斥。国家大事向来免议。就连报纸也被认为太文绉玄虚。此时一个人的全部责任即在笔不停挥地注销股息单。每年年终公司的收支差额结算（尽管与上年的差额不过25镑1先令6便士）总要没早没晚地忙上他一个整月。绝非是蒂柏对他所在的这个可爱公司的万无一生理的现

---

[1] 原文为 Decus et solamen（拉丁语）。
[2] 这话系套用费尔丁小说（《约瑟夫·安德鲁斯》）中的一句话："他认为教师是天下第一等人，而他自己又是第一等教师。"
[3] 奥菲莪斯，希腊神话中的有名乐师，据说他弹起琴来能够使百兽率舞，鱼跃于渊。另外这句话引自弥尔顿《失乐园》（第3章17行）。
[4] 意即他像迈达斯一样不懂音乐。据希腊神话，迈达斯为小亚细亚国王，有点金术，因而富甲天下；但他又因得罪阿波罗而被罚生了一双驴耳朵，因而不能欣赏音乐。

但是约翰也并非是毫无癖嗜的人

状（引城里人对此的评语）不具一毫了解，或者他不盼望那南海所当年正盛时的激动人心的日子再度重返回来——其实他对无论过去与今天的哪怕最兴隆的公司里的最复杂的账目计算，也都完全能应付裕如——但是对于一名真正的会计师来说，进项之多寡往往无关紧要。小小的零头与盈千累万在他来说都会同样激动其心。他乃是一名天生的演员，不论所扮角色为王公为农民，他演起来都会同样卖力。对蒂柏来说，规矩即是一切。他的生活就很规矩。他的行事正像标尺一样标准。他的笔头也和心头一样正直。他无愧是世上最卓越的遗产执行人；他的遗产委托也确实其来不绝，多得令人头疼，这些或激其怒，或洽其怀，亦忧喜参半。他会对一些遗孤大骂起来（蒂柏也有骂人毛病），但对托付到他名下的这些人的实际利益他却能像一名垂毙的人那样死抓不放，保护到底。尽管他有如此众多美德，却有一桩稍嫌不足,即胆量较小——这到了他个别仇人的嘴里便将罪不止此——不过这一节,出于对已故者的尊重,倒要允许我稍予宽假,而诠释之为某种之勇毅。上天便慨然将相当之自卫原则交在那蒂柏手里。这样的怯懦我们通常并不鄙薄,原因为其中并无丝毫可鄙或阴险之处;它只出卖它自己,而并不出卖你我:它只不过天性如此而已;只不过浪漫与进取的精神不足而已;它一旦见着前面有危险拦路,绝不会认为在这类荣誉攸关的紧要时刻,也同那福丁布拉斯一道,"为着一根稻草也要大争特争"[1],蒂柏一生都不曾登上过驿站马车上车夫的高高顶座;不曾凭靠过阳台栏杆;不曾在桥头或房檐上擦边走过;不曾从绝壁悬岩上向下望过;不曾放过一枪;不曾参加过水上聚会;而且如能办到,也不让别人去参加:不过另方面的不利记录他倒也没有,即不曾由于威逼利诱而干出过出卖朋友放弃原则的事。

我们又将从那些久已物化了的死灰中间[2]再勾唤出些什么呢,在他们身上一些平凡的品性却变得绝不平凡?我会忘记你吗,亨利·曼[3],那南海所的才人,典雅的文士,作家,不论每早来办公室上班之初,还是午后离去之际——试问你在一个办公室里又有什么可干?——都不可能不进出几句其味隽永的辛辣妙语!你的那些揶揄,你的笑话,今天早已无存,或者说也仅存于两卷久被忘掉的遗编之中,这些只是三天前我方才有幸从巴比干[4]的一家书肆抢救回来,而一读之下,依然简练清新,警策生动,不减昔年。诚然你的才智在今天这种吹求无厌的时代已经过时——你的题材在今天"新生的华丽玩

---

[1] 福丁布拉斯,挪威王;为稻草而争一语见《哈姆雷特》4幕4场。
[2] 原文为"the dusty dead",《麦克佩斯》5幕5场中语。
[3] 亨利·曼,南海所公司副秘书。
[4] 巴比干,伦敦街道名。

意儿"① 面前也不免显得陈旧。但是你的那批论卡萨姆、论席尔朋、论罗金汉、论豪依、论布贡尼、论克林顿②，那论英国一战而遽失其众多心怀异志的殖民地的文章，以及你的论凯波尔、论威克斯、论骚布里奇、论布尔、论登宁、论普拉特与里奇蒙③——以及论诸如此类的卑琐政治，等等，这一切当年在《公簿报》与《记时报》④上初次披载之时，不是也曾使你令名赫赫，出尽风头！

另一名谐才虽然稍逊但鼓噪本领却颇有余的家伙则是那喧喧嚷嚷、呜呼喊叫的蒲鲁莫⑤。其人出身于——此处看官不可忽略，只是并非嫡系而是庶出（因其家系说法，正如其相貌所示，殊不无左斜纹之嫌⑥）——赫福郡之蒲鲁莫家族。历来人们便是这么一口说法，而他身上的某些家族特征也大大证实了这点。显然那老瓦尔特·蒲鲁莫（照传闻讲亦即他的生父）当年曾是浪荡公子一个，平生没少去过意大利，游踪见闻亦广。他曾是今日依然健在的某位老辉格党人的伯父（光棍伯父），而这位辉格党人曾是其乡郡在国会的历届代表，并在沃尔附近有邸宅一座。瓦尔特活跃于乔治二世时期⑦，曾因涉嫌免费邮递事而与老公爵马尔伯洛夫人一道受过下院传唤。这段公案我们在约翰

---

① 语出莎剧《特洛勒斯与克莱西达》3幕3场175行。
② 以上诸人均为当日与美国独立战争有关的英国政治家与军人。
③ 这些也均为英国当日之政治家与军人。按本页注②与③中人物，均有确切资料可查，并非虚构人物，但若一一注出，对绝大部分读者实无任何意义而只会增加不必要的负担，故这里一概从略，读者谅之。
④ 18世纪时伦敦两大有名报纸。
⑤ 兰姆之外祖母即曾在这个家族做过管家50年，因而自然对这家族感兴趣。1800年起蒲鲁莫任南海所副秘书。
⑥ 据西方纹章学，在家族徽标的使用方面（如标于盾牌车辆等物），凡庶出，其纹章上须另标一左斜线，借以区别身份。
⑦ 亦即1727—1760年间。

逊的《凯夫传》①中不难读到。但凯夫却曾巧脱干系。不过我们这位蒲鲁莫从来不曾公开辟过谣。正相反。偶尔遇到有人比较和气地提起此事时他反而似乎意有得色。不过蒲鲁莫除了这个好以名门自居的特点外，倒也不失为一个可爱人物，他的一副歌喉便相当动听。

不过蒲鲁莫的歌唱虽然佳妙，但仍远逊于你，梅——，温润而天真，仿佛是烟萝林壑中人；长笛的浏亮也不及你那阿迦底亚式②的牧歌那般激越入神，俨然当年的阿登风致③，当你也吐弄佳音，袅袅歌唱起昔日阿珉斯④为废黜公爵所吟咏的那首歌来，即冬日寒风的凛冽也比人而负义更为温存。你的先父却是一个乖戾的老头，主教门里那种让人却步的教堂执事。真是何物老悖而生此宁馨，无异严冬之生阳春——只是这阳春又归去何促，按说这一切何不来得更从容些，更蕴藉些，更像只天鹅那样地飘然逝去。

该歌咏的还有许多许多。此刻正是异形浮动，怪象联翩，但这些也只能储之私衷，秘而不宣了——我的一番梦呓谵语已把看客的耐心拖得过久；否则我又岂能忍心将下面的一些人物略去不提——那怪不可言的乌勒特，为了学习办案竟不惜自己掏钱去买官司来打？——以及那更其古怪和尤不可及的性行端肃的哈波华斯，便凭他的那份矜重，牛顿完全可以从中而悟出他的重力定律⑤！且看他削剪鹅毛管之时，其神态又何其庄也，吮缄封胶之际，其思虑又何其慎也！

---

① 约翰逊，1709—1784，著名英国作家与学者。他在一篇关于凯夫（即爱德华·凯夫，当日著名出版商，办过《绅士杂志》）的回忆录中提到过凯夫曾任监督免费邮递权委员会的职员事。
② 阿迦底亚，古希腊一高原地带，一般常予人以世外桃源之感。
③ 阿登，林地名，地在英国沃尔威克郡，为莎剧《皆大欢喜》中之有名场景。
④ 阿珉斯，《皆大欢喜》中人物，被放逐的公爵之臣仆。
⑤ 矜重（gravity，名词；grave，形容词）与重力（gravitation）同出一源，于是提供了作者搞此文字游戏的可能。

但是此时确实应该搁下笔了——夜车的隆隆声早已传来耳际——所以这番严肃的戏谑也合当就此收场。

看官，如其说我上述的种种只不过是和你开个玩笑，你又将作何感想，如其说就连这一串名字本身个个都是假的，全属子虚乌有——比如正像亨利·平泼奈尔或古希腊之老约翰·纳皮斯①等那样？——

不过，终归可以放心，这些名字的背后倒也都实有其人。他们的重要性则在过去。

题解

这是兰姆以伊利亚这个笔名所写的数十篇散文的第一篇。内容记叙了他年轻时在一个叫"南海所"的公司里做小职员期间（1789—1792）的若干旧事。文章题为《南海所追忆》，但内容所及主要限于对当年一些旧同事的回忆，性质属于人物描写。人物描写向来在兰姆的散文中占有着重要地位与极高比例，而写作的方法则多是纯漫画式的（本文即为十一二个人物的素描），而写得好时常是绝妙的。夸大些说，他的整部散文便是一本漫画集——一座人物画廊——有可能会成为许多美术家，特别是速写者与漫画家的宝贵的参考读物。古怪、刁钻、幽默、俏皮、闲适、散漫、美丽的幻梦与多情的回忆，乃至琐细唠叨等，都无疑是这篇的特色——而这些特色，尤其是用笔的闲适，则又是贯穿于后面一系列文章一个总的情调，深得英国式小品文的精髓。

---

① 这两个名字曾见于莎剧《驯悍记》的前言（Introduction）中，意为不过顺手所举名字，完全不必实有其人。

牛津度假记

　　设若在未读此文之前而遽向其篇末投以一瞥，正像一位版画的审慎鉴赏家那样，虽其眼神不过匆匆（故已在浏览而实似未尝浏览），但却从未漏过其角隅处的刻工之名，而在这之后方才会作出判断，宣布某某精品之系出自维味瑞①抑或伏勒特②——我敢说，我此刻已听见您，看官先生，在叫道，这个伊利亚又是何许人也③？

　　正因为我在前一篇文章④中之所以取悦诸君的材料出自一群业已作古的旧职员之种种半为人遗忘的古怪轶闻，出自一所久已衰败的古老字号，故尔我敢说您在自己的心目中已经也将我判定为那其中的一员——一名为案牍而劳形的人——一名剪着短发的辛苦刻板书吏——一名其取食活命之道颇与某些病人相似的人，即其饮食只能从一只鹅毛细管之中吮吸得到。

　　是的，这类话我承认大体不差。老实说，我的癖好，或云雅兴——即是在一日之初，亦即恰值汝辈文士之心灵甚需某种松弛之

---

① 即 François Vivares（1709—1780），法国山水画家，从年轻起长期寓居伦敦，为英国风景版画创始人之一。
② 即 William Woollett（1735—1785），英国最著名风景版画家。
③ 兰姆自1820年8月起为《伦敦杂志》撰写他的那批散文以来，一直使用"伊利亚"这个笔名，而真正的伊利亚则是兰姆在南海所工作时一名已故意籍职员同事的名字。
④ 指《南海所追忆》一文。

时——而松弛之道实莫善于那种乍见之下与其所爱之学业大相牴牾之事——将其大好时光但以对诸如靛蓝、棉纱、生丝、布匹（无论印花与否）等之考虑而多所排遣。首先……然后这类思考便会使一个人一旦返回其寓所，其读书的兴味必然大增……且不说那些多余的表格与废纸包皮之类往往便会将某种之灵气也一并摄入，而且这类事还往往来得相当之自然而实惠，于是乎商籁、讽诗与杂文等遂汩汩而来矣——因而一间账房中之种种边脚废料，在一定程度上，往往适成为一名作家的立身之具。那支一头晌便久因羁縻委顿于数码与零头的险径危辙之间而难图寸进的秃烂笔头，一旦如马脱缰，于其午时夜分著起文来，势将在那美如茵褥的草野之上颇不无其一番快意驰骋。这支笔会觉得它自己的地位骤形升高……因此，要而言之，我们不难看到，这位伊利亚的文学尊严并不曾因其卑微从事而太受影响。

然而尽管我刚才对和一座公司有关的各类商品一口气便数落了这许多，我却不可被认为对其中的某些缺点就全然熟视无睹，一名眼光锐利的人是不愁从这件约瑟的美丽彩衫[1]寻出若干纰缪来的。所以这里我将神气十足地要求允许我对以下一事稍有异议，即对那原来穿插与分散于一年四季的罅隙之间的片刻的安慰与点滴的自由之加以废除乃至全盘取消一事，深表我的惋惜——因为那许许多多的红字日如今实际上已全都成了黑字日了。[2] 像保罗、司蒂芬、巴拿巴——

安德列以及约翰，那些古代鼎鼎大名的人[3]；

---

[1] 犹太长老雅各曾为他的幼子约瑟制作彩衣一件，因而招惹了其他儿子对约瑟的嫉妒，见《圣经·创世记》37章。
[2] 意即兰姆当时所供职的东印度公司把许多宗教上的圣徒纪念日（通称瞻礼）都废除不过了，因而休假之日便很少。
[3] 自保罗至约翰，俱为耶教圣人或殉道者。其中保罗为耶教最重要的使徒；约翰为四福音书作者之一；其余则有为耶教死难事绩。至于"安德列……"这行诗则来自弥尔顿的《复乐园》2卷7行。

——他们的节日当年我在基督慈幼院时就一直都过的。同样，我对见诸巴斯科①版祈祷书中他们的那些圣像也还都能够记得。那里彼得②便被难堪地吊挂着——圣巴利米③遭着剥皮酷刑，系仿斯巴格诺莱蒂④之名画马夏士⑤而作——对这一切我都极为崇敬，甚至会对伊斯加略⑥的盗用公款而流下泪来——我们是多么希望这些圣洁事物在我们的心中永保圣洁——只是我对将好人犹大⑦与西门⑧合而为一，即仿佛强将这二圣胡乱拉到一处，借以拼凑为一个寒伦节日的作法，实在不无相当反感——认为这种只图省事的作法未必合乎圣道。

这些在过去年月都曾是一名学士或职员生涯中的光灿日子——"其来自远而烂有光辉。"⑨——对这些我全都一清二楚，简直就是一本活历书。我能马上说出某一节日是在下周或下下周的哪天哪天。另外我完全理解某次主显节⑩每隔六年也会因为时间上的错综关系而与哪个安息日发生重叠现象。不过这已是过去的事，而如今我比一些外教的人也未见多懂许多。但愿我这里不致被视为对上司的高明有何指责，这些人久已认为再过这些节日便是旧教思想，便是迷信。只是在这样一个其渊源悠久的古老习俗问题上，如果对其中的神圣之处也首先可向主教大人们认真加以请教——不过我这话已有些不知深浅。政

---

① 18世纪英国著名出版商。
② 彼得，耶稣门徒与殉道者。
③ 亦作圣巴托罗缪，耶稣门徒，殉道者。
④ 即 Jusepe Ribera Spagnoletto（1591—1652），西班牙画家。
⑤ 马夏士，据希腊神话，马夏士（森林之神）曾与阿波罗比赛音乐，不胜，为后者剥皮而死。斯巴格诺莱蒂之画即写此剥皮场面。
⑥ 犹大之别名，原为耶稣门徒，后出卖耶稣。
⑦ 好人犹大，耶稣还有一个门徒也叫犹大，这里冠以"好人"一词以示区别，另外这个犹大为《新约》中《犹大书》的作者。
⑧ 西门，耶稣的门徒之一。
⑨ 语见弥尔顿《失乐园》6卷768行。
⑩ 耶稣对当时非犹太教信徒显其神性之日，为耶教重要瞻礼，时间在每年一月六日。

教权限这类大事岂能容我置喙?——我不过是个平凡的伊利亚——既非塞尔顿①,也非厄舍大主教②——尽管我目前正在那宏伟的鲍德里图书馆③的庇荫之下与学术的重镇之中拜读其大著。

在这里我尽可以权充一名上流人,扮演一回大学生。对于像我这样一个在他幼年时期便被剥夺其学府沾溉的人来说,恐怕再没有比能有机会在牛津剑桥这类的大学里去消磨几个悠闲的礼拜更为惬意的了。更何况,它们在此时放假又恰与我们的休闲时期相吻合。在这里我可以放心自在地去闲游漫步,心里愿意把自己的学位或身份想成什么就是什么。我似乎不需降级就又可以转入新校。④我可以重新弥补过去失去的机会。我可以早上听到教堂的钟声即起,仿佛那钟即是为我而鸣。心情谦卑时,可以以一名减费生或工读生而自安。⑤而一旦心气高涨时,则不妨行起路来更神气些,像个交了全费的贵族学生。端肃时刻到来,又可自认为业已拿到硕士学位。的确我看不出我一定就不太像这类崇高角色。我就见到过不止一个视眼昏花的工友和戴着眼镜的清扫工在路过我时向我微一欠身或屈膝,还自以为看准我也就是这类人物。我出来进去总是一身深色服装,这就更使人们会这么看。而一旦步入那虔敬的基督学院⑥方庭,则更非当成位高级⑦博士便会于心不甘。

---

① 即约翰·塞尔顿(1584—1654),英国神学家、法学家、考古家与学者。
② 即詹姆斯·厄舍(1580—1656),英国神学家。
③ 牛津大学图书馆之一,后以其重建者鲍德里爵士之名命名。
④ 牛津剑桥二校因质量较高,故学生们从其中之一转入另一时,无需降低一个年级就可入学。
⑤ 减费生与工读生分别为剑桥与牛津的受减免学费的学生,但这类学生须为校方担任一定数量的勤杂事务。
⑥ 牛津大学的学院之一。
⑦ "高级"一词这里只是个一般的修饰语,意即很了不起,而不是说博士中的一个更高的级别。

这种时候这里的散步甬道就几乎全成了我自己的了——那基督学院的参天乔木，梅格德林①的葱郁树丛！那里的寂寂厅堂，门扉开启，似在邀人悄悄入内，以便对其中的某位创建者，某一贵族或王室的女捐赠人（其泽惠当然应说也曾兼及我辈）敬礼膜拜，瞻谒一番，而其肖像也仿佛正对这个受忽略的贫儿一展笑颜②，认我作名义子。然后又邀我顺便对里面的食品室、碗碟室等到处透溢着昔年饮食盛况的种种情形匆匆作一巡视：那庞巨的地下厨室、灶间壁炉以及可人的墙龛隐陬；那四百年前方才出过其首批馅饼的古旧烘炉；那曾经用以为乔叟③烤过肉食的巨大炙叉！由于与这位词宗的一番联系，即使这里最卑微不过的司碗碟仆役也会在我的想象中神圣得不可名状，而乔诗中的厨师④此刻便俨然成了一位大膳食长！

古旧往昔啊！你的魅力何等神奇，但你又怎么回事？你啊，一切毫无意义，也就一切大有意义！当日你在的时候，你也并非是古旧往昔——那时你也是毫无意义，而是背后还有着一个你会称之为更为悠邈的古旧往昔去待人盲从崇拜；那时你对于你也只是平庸、贫瘠和太现代气！到底这一倒转倾向的背后隐藏着什么奥秘？或者说何以我们都大有几分单面詹诺斯⑤的味道，因而面向未来时我们的一番崇仰之情便总是不及缅怀过去时那般殷切！那伟大的未来，虽说大有意义，却又似乎无甚意义！那过去，由于无甚意义，偏又仿佛大有意义！

试问你心目中的黑暗时代⑥到底又何所指？可以肯定，那时的朝

---

① 牛津大学的另一学院。
② "受忽略"这话指作者自己未能上大学一事。
③ 即英国大诗人乔叟（1343？—1400）。其实乔叟并未曾在牛津或剑桥读过书。
④ 这里作者从大学的膳食长联想起乔叟在《坎特伯雷故事集》中的那位厨师，故云。
⑤ 罗马神话中神祇，兼管日出与日落，故被画为具有两张面孔；另一说为这位大仙前后各有一张面孔，一张可看未来，另一张可看过去。
⑥ 西欧人对中世纪传统的惯常叫法。

阳完全会和今天的同样辉煌，而人们也同样会一大早便把自己唤了起来，投身劳动。既然如此，为什么每逢这种时代一提起时便总不免要另外带上一种情绪，仿佛世上万物全都笼罩上了一层其厚可感的浓浓翳障，而我们古老祖先的出出进进只不过是在暗中摸索！

在你的一切无尽的珍奇之中，古老的牛津啊，在一切最令我歆羡不置和引为欣慰的稀世宝物里面，应当首推你那透着霉味卷帙的丰富皮藏，你那排排书架——

这样一座古老的图书馆又是一种何等奇特的地方！仿佛那曾将其毕生所得捐赠给了这座鲍德里馆方的全部作者的全部灵魂就全都成排成列地偃卧安息在这里，其状有类睡集体宿舍，或者说更像殡殓前供人瞻仰。我往往不想去翻动去亵渎一下他们的书页，他们的殓布尸衣。这正如我不想去惊动一个鬼魂。但是穿越于其书林之间，我倒也颇能使我沁满学问的书香；那蠹鱼遍蛀的书皮所散放的气味也自有它的一种香气，其芳馥不亚于当年这座可爱园林中这些知识果树的娇花初次盛放时的那番情景。

我对高卧其处的那些古老手稿本就更引不起兴头去理动一下。那里各类版本的异文，虽说对于博雅君子会魔力极大，却适足以败坏我的兴致，令我无所适从。我并非是一个能在大图书馆[1]里下爬罗剔抉功夫的人。对《约翰一书》那段文字[2]作过不同阐释的三位经解家完全可以安心长眠而不必担心会遭到我的指摘。这类钩沉索隐的事我只

---

[1] 这里的原文为"Herculanean raker"，意即对从Herculaneum城中的那座大图书馆中曾出土的残卷作钩沉索隐的人。关于这座"罗墟"（罗马古城）见《南海所追忆》7页注[1]。
[2] 《新约》中共有《约翰书》三篇，第一篇为《约翰一书》；那段文字指其第1章第7节中一段文字，历来经解家对此每有不同解释。

牛津度假记　　021

好留给波桑[1]以及乔——戴[2]去解决——关于这后者，这里顺便说一句，我刚才还见着他正躲在奥里尔[3]的暗陬处，像只蠹鱼似的在一些破损的卷宗之间忙个不迭，而这些全是从那从未有人一顾的旧书柜里翻检出来的。由于这样的长期钻研，连他自己也快变成一本卷册。他能直挺挺地僵立书架旁边一动不动，活像本书。我真想把他也塞进一本俄罗斯的羊皮书封里头，就让他留在那里面好了。他完全可以冒充上一部斯卡皮拉书局的毛边本的盗版希腊语辞典[4]。

戴向来往这些学府去得极勤。他那有限家私的相当一大部分，我担心，就全耗费在了这些地方和克利福旅店[5]之间的这段往返途程上面——正是在这里，仿佛鸽住蛇窝那样，长期地寓居其中而毫无所觉，而这里正是各色人等溷居杂处之地，讼师、代办、传令使、起诉人等法律界的害人虫，可谓无所不有；他日日与这批人为伍而居然"相安无事，无罪无愆"[6]。法律的毒牙竟没有刺伤着他——诉讼的恶风也从他的陋室飞掠而过——严苛的司法胥吏路过他时还微脱其帽——合法与不合法的粗暴举动全都没沾上他——谁都没有想过要去伤他害他——谁又能"对一个抽象概念加以鞭打"[7]！

戴告诉我，多年以来他一直在辛苦从事一项有关牛津剑桥二校间种种复杂问题的调查研究；另外最近偶然发现了一份有关剑桥的御批数件——他希望能据此而澄清一些争议焦点——特别是两校长期以来

---

[1] Richard Porson（1759—1808），剑桥教授，古希腊学者与版本专家。
[2] George Dyer（1755—1841），即本篇以及另一篇《友人更生记》中的描写对象；他幼时为兰姆的同学，后入剑桥，在学问上功夫极好，但书呆气重，迂腐不达时务，往往因心不在焉而弄出种种笑话。
[3] 牛津大学的一个学院。
[4] 英国书商 Scapula，1530 年曾盗印由 Stephen 所编的希腊语辞典。
[5] 当时一所律师公寓。
[6] 引自英诗人华滋华斯的 *The White Doe of Rylstone* 48 行。
[7] 出处不详。但有的注家认为这是哈兹利特的话，是在一次他遭到兰姆的哥哥打时说的。

一直争执不休的谁先建校问题。只可惜他在这项公正研究上所表现的绝大热忱却无论在此地,抑或在剑桥方面,都不曾得到过其应有的鼓励。这里的那些首脑,各学院的头头们,对这类问题往往比一般人更不关心。——这些大人先生,其平日所关心者不过如何从其母校吸吮足那如泉的乳汁而已,而对其可敬母氏们的耆龄高寿从来便不暇过问,如今对他这种多事心中也只有反感,视之为不得体——大不敬。他们既已良田在手,又何必去操心什么地契。不过这点情况我也只是从别处打听到的,戴可不是那好开口埋怨的人。

我打断他研究的时候,他几乎惊得跳了起来,活像只未经驯服的小牛。按道理说,我们本来不大容易在奥里尔这里碰上面的。不过戴也就是这种人,你就是在他的住地克利福旅店的甬道上或在内殿[1]什么地方猛地撞上他,他也会慌张得一塌糊涂。除了他那几乎使人恼火的极度近视外(当然是他素来好挑灯苦读的后果),他的心不在焉也属世上少有。前不久一个上午,他曾到贝得福广场我们一个叫蒙——的朋友[2]家去串门,可巧家人不在,便被让进客厅。他于是索来纸笔,在那留言簿上——他家素来有这种东西以供访客记些不遇为怅之类的话——以极其认真的态度将其来意叙述得十分准确精详,并签署上大名——然后又是好一通礼貌客气和惋惜表白,这才告辞离去。两三个小时之后,也是命运作怪,不知怎的又把他的脚步再次引回到这个住处附近,这时那蒙家壁炉边的一番熙熙融融的情景——蒙夫人是怎么像位拉尔女后[3]似的殷勤好客,身边的安·斯——小姐又是怎么楚楚动人——这一切都使得他忽地又着魔起来,于是他再次登门造访

---

[1] 即内殿法学院,当日伦敦四所享有检定律师资格的法学院之一。
[2] 即 Basil Montagu,当时英国一位法学家与慈善家。
[3] 罗马神话中的女神,司家务。

（他已完全忘记了"他们一周之内从乡下返不回来"），而再次失望之后，又再次索要纸笔：留言簿也再次递了过来，而当他正准备再次工工整整地签上他的大名（他的再次手迹）时，那上几行他第一次写下的名字（可能还墨渖未干）却活像另一个索西亚[①]在直瞪着他，或者说像一个人突然遇见了另外一个自己！那效果如何，可想而知。事后戴君曾痛下决心不让这类差错重演。不过我倒觉得他其实也不必太死心眼。

事实上在戴来说，其心不在焉神不守舍之时每每亦即其与道冥合与主同在之时（但愿此说不为亵渎）。他面对面地碰上你时，他会继续前行，不打招呼；而一旦被你拦住，又会仿佛突遭袭击似的，吃惊不浅——每逢这类时刻，看官放心，他早已是逍遥乎泰白的神峰之上[②]，翱翔于缪斯的仙山之巅[③]；或者伴柏拉图而神游，此身已化为天上星宿[④]；或者邀哈丁顿以合作，兴建其"不朽之地下乐园"[⑤]——借以利吾国而阜吾民；再或者，等而下之，仅仅在思考其自身的某些待人接物方面的细节，以便对你辈躬行实践——好了，徒因你的突如其来冒失出现致令好梦打破现实重回，诚不免会使他于惊悸之余，不胜其负疚歉仄之感。

戴走到哪里都不失为一个可爱的人，但在上述那些地方才最能见

[①] 另一个索西亚，索西亚为古罗马喜剧家普洛图斯（Plautus）所著《安菲特力翁》（Amphitryon）中一个家奴的名字。宙斯为骗娶安之未婚妻，特命墨丘利大神诡扮索西亚去安家通报，致使真正的索西亚见到这假扮的索西亚而怀疑起他自己的身份。
[②] 《圣经》中提到过的山岳，据说为耶稣当年显圣之地。
[③] 古希腊南部的帕那萨斯山，为诗神阿波罗与文艺女神众缪斯的喜聚之地。
[④] 意即沉醉于哲学玄想。据希罗古人的认识，伟人死后其灵魂即化为星宿并周游于这些天体的轨道之间。
[⑤] 哈丁顿即詹姆斯·哈丁顿（1611—1677），英国空想社会主义者，曾仿摩尔之《乌托邦》著 *The Commonwealth of Oceana* 一书。

出他的长处。他对巴斯并无特殊喜爱。他在巴克斯顿①，在斯卡市②或在哈洛门③也很不自然。剑河与伊西斯的水④对他来说才是"比大马士革的一切水流更灵秀的水"⑤。只有登上缪斯的仙山他才感到幸福，感到愉悦，正如快活山上的牧羊人那样⑥；而什么时候由他带领着你去参观一些大学里的厅堂和学院时，这工夫你算是找对了人，碰上了那美丽宫的头等好解说员。⑦

题解

　　这篇文章题为"牛津度假记"，而实为剑桥度假记——记叙他1820年8月时在后者的见闻观感。其实文中直接写剑桥大学的地方也并不多，各种杂感而外，主要记叙了一个人物，他的一个书痴型的笃学朋友（关于此人，本书后面《友人更生记》中尚有更有趣的记载，可合读）。值得注意的是，本文笔态的恣肆与情趣的活跃，几乎恣肆活跃到甚至神奇到令人吃惊的地步——我们很难想象一篇散文可以被写成这样，或者允许作如此写法，它与我们对散文的原有观念是那么大不一样。一切所谓的文章作法、谋篇布局、条理顺序等在这里统都将成为多余乃至陈腐的考虑。其他好处还多，隽语妙文，佳句秀段，更是层出不穷，迷人心意，但同时又，正如他的全部篇章那样，处处溢满书香。不读这篇文章是太可惜了。

　　另外作者的一腔心事和遗憾（年轻时失去进大学的机会和工作后长年无闲暇来从事创作）也以貌似极轻松的笔墨在文中曲曲传出。

　　文中"古旧往昔"一段尤可见出作者的机智才能。

---

①②③　三地皆为英国水滨旅游胜地。前面之巴斯也是这类名胜地区，地在英国西南，以温泉著名。
④　这两条水流分别流经剑桥大学与牛津大学。这两大名校即傍此二水而建。
⑤　语出《圣经·列王纪下》5章12节。那里原意是说大马士革的水流比以色列的一切水流更好，这里乃是活用其意。
⑥　快活山为班扬的《天路历程》中香客们所高踞以窥望圣城的一座高山。
⑦　美丽宫，《天路历程》中象征性地名；解说员，该书中人物之一，为一位庄主之名，在书中系作为圣灵（the Holy Ghost）之化身。

基督慈幼院三十五年前[1]

在一两年前出版的兰姆先生的《文集》中[2]，我读到过一篇颂扬我昔年母校的煌煌大作[3]，其中所谈种种，或者说此校至今留给他的一些印象，均系1782至1789年间的事。说来凑巧，我在基督院的那段时间几乎恰恰与他在校的岁月相吻合；因而虽说对他的一番盛情赞誉不无感激之忱，但我却不免认为其作者只是将那许多可歌颂的地方罗列极详，而对整个情况的另一方面则巧妙避开不提。

兰姆当年在校的情景我至今还能回忆起来。我清楚记得那时他享有着许多特殊的优越条件，这些我和其他同学则不具备。他的许多朋友就住在城里，而且离他不远，于是他要访友，想去便去，这一叫人嫉羡的特权，我们是无份的。这一切，如今内殿法学院一位颇有名气的副司库先生[4]还能给您说个详细。兰姆每天早上都有好茶与热香肠甜卷可以享用，而我们只能靠四分之一便士的贱价面包充充饥——我

---

[1] 基督慈幼院（Christ Hospital），原为英国16世纪中叶建立的一个孤儿收容所，地在伦敦市区，后改为中小学，招收对象为中产阶层中较贫困者的子弟。20世纪初从伦敦迁出，重建于赫珊姆区。兰姆幼时曾在这里就读多年（1782—1789），亦即从7岁至14岁这7年期间。
[2] 指1818年出版的两卷本《兰姆全集》，内容收入迄此为止兰姆所写过的诗歌、散文、故事、剧作等（《伊利亚随笔集》及其《续集》这时还未写出，当然不在其内）。
[3] 兰姆1813年曾在《绅士杂志》上发表过一篇《基督慈幼院回忆》，后收入1818年出版之《兰姆全集》，文章对其母校的优点长处颇多歌颂。
[4] 其名为Randal Norris，对幼时的兰姆颇为友善。

们那硬邦邦的东西——我们喝的呢,那是盛装在小木桶的劣质极淡啤酒,从涂过树脂的皮囊中倒出来的,喝起来带股皮子气味。我们礼拜一的奶粥,色暗而无味,礼拜六的豌豆汤,粗糙而噎人,但由于他另加上一份从内殿法学院[①]的厨房订来的"精致黄油面包",营养可就强得多了。礼拜三的小米稀饭倒还不太难吃——(我们的伙食历来是每周三天不动荤腥和四天有肉可吃)——但由于再加些上等精制糖块,就会令他大块朵颐,甚至为了利口下饭,还另有姜汁或肉桂之类的佐食物品,用以调味。与我们那种礼拜日便光吃烂腌菜,礼拜四便光吃半生不熟的炖牛肉(其坚硬与马肉无异),而那盛汤的桶里还要飘着一些叫人作呕的金盏花,完全把汤给搅了,礼拜五则照例是顿寻不出半点肉来的瘦羊脖子,以及每礼拜二的那一餐虽说味道尚好但分量上却颇苛刻的肉食,当然还是那不变的羊肉,而火候又常常不是过大就是烤得不熟(而这道菜还得算最能吊人胃口的一道菜了,只是吃到胃里却又常满不是那么回事,做得好和做不好的时候几乎各占一半)——是的,与我们的这些大不相同,他则完全是另外一种情形,他在盘里享受的却是滚热的烤小牛肉,或那让人流津的肋条精肉(全是稀罕之物,我们从未有此口福),这些不仅出自他府上高厨的精心烹制(这事本身就不寻常),做好之后还天天由他家女佣或姑母送上门来!我还记得他的那位善良的亲属(由于爱得过深也就顾不得太多架子体面)是怎么往那院里某个偏僻犄角的石阶上一蹲,然后把这些美味都打开来(这些佳肴的制作之精,当年那些乌鸦叼给以利亚[②]的东西可无法相比);而兰姆方面在见到食物打开时,又是怎么一副复

---

① 当时兰姆的父亲佣于这个法学院的负责人之一塞缪尔·索尔特(Samuel Salt)家,而且兰姆的家就住在内殿法学院内。至于索尔特,详见《记内殿律师》一文。
② 以利亚,《圣经》中先知(纪元前9世纪),乌鸦为他叼食事见《列王纪上》17章。

基督慈幼院三十五年前

杂的心情交战在他的胸中。这时，对送来东西的人，爱也；对送来的东西，乃至送来的方式，愧也；对因人数过多因而得不到分尝的同学，同情也；但是果腹之欲（这一欲望又是何其古老而强烈！）毕竟要占上风，可是歉仄也好，尴尬也好，乃至令人烦心的羞涩也好，所有这一切坚强防范终不得不在这件事上——垮了下来。

我是一个无亲无故的可怜孩子。我的父母，以及那些本可以关怀一下我的亲属，此时都远在异地。他们有限的几名熟人（本来可以指望对这个只身在大城里的我稍稍给予照顾），不错在我初到此地时也确曾勉强稍表过关心，但没隔多久就已经对我的假日走访感到厌倦。他们已经嫌我来得过勤，虽然我还觉着去得不够；他们一个个全都不再理睬我了，这样，虽然生活在六百多个同学当中，我却仍感到那么孤独寂寞。

把一个孩子同他的幼年家园强行拆开，这事是多么残酷！在那些羽毛还未长成的岁月里，我对家又常常是多么充满着眷恋！在我的梦里，我的家乡（远在西方）是怎样一次次地返回到我的身边，连同那里的教堂、树木以及熟人面孔！我又是怎样常常从睡梦中哭醒，心头痛苦万分地呼叫起威特郡的可爱迦恩！

当此生命暮夕，我往往好对当年那些无亲无伴的孤寂假日所留给我的记忆细加追寻。那些温暖的漫长夏日，今天一回想起来，就会由于重新勾起那些"全天假"来而心头隐隐作痛，布满阴郁，因为每逢这些时候，我们总是，不知出于何种奇怪理由，都被赶出校门，整个一天全由自己去打发，不管你有熟人处可去与否。我还记得我们是怎么到那新开河地方去游泳，这件事虽然兰姆在提起时颇曾津津乐道，其实他对这事的记忆远远未必那么准确，原因是，他生性便是个最恋家的人，对那些水边之乐向来便兴趣不大——那时候我们又是多么兴致勃勃地一下便冲到了田野里去，太阳还不太热就马上脱个净光，然后便像群小鱼似的在那水流里任意翻腾扑打起来；待到中午，我们全都胃口大开，只是我们当中一些穷的（肚里的那点面包早就消耗光了）却往往弄不到东西来压压饥——这时我们周围的牛羊鱼鸟都在忙着寻食，吃得正欢，而我们却无物可吃，只好饿着——天气的美好，玩乐的消耗以及重获自由的快乐，只会使这种饥饿更加难忍！于是我们又是怎样地最后拖着一副困乏疲惫的身子，返回学校，直到夜幕降临，才又盼来了那口可怜吃食，并对这点颇不自在的自由时光之终又逝去也不知是高兴还是可惜！

夏日如此，入冬以后，情形就更加不妙，我们往往只是沿街乱窜，漫无目的——这时我们不是在一爿画店的橱窗前面瑟瑟一团，以便寻点乐趣，就是，更其可能，为寻开心和变点花样，而拿出最后一着，也就是第五十次地又前去朝拜伦敦塔里的狮子了①（在那里我们的尊容不仅那管理人员保险个个记得，就是那些被他管的动物恐怕也将我们全记死了）——这种狮王召见的恩典，说来已非一日，但我们这些人倒历来是获准免费入内的。②

兰姆的老保或保爷（我们当年对推举我们进入此校的担保人就是如此叫法）实际上就寄住在他的父母那里。③他不论提出什么意见，都马上会有人听。这一节在慈幼院早已形同默契，从无异议，于是仿佛屏障一道，使他得以逃脱掉许多老师的凶横和班长的更为恶劣的暴虐。这些年轻畜牲对人的压迫之苦，今天一想起来还不免要令人

---

① 英国皇家动物园原在伦敦塔院内，1834 年始迁入后来的摄政公园。
② 基督慈幼院为英王爱德华六世时下诏所建，故这个皇家动物园历来对该校学生施行免费参观照顾。
③ 这里的"老保"指 27 页注 ① 中索尔特的一名友人。索尔特为国会议员与内殿法学院负责人之一，自然在当时有相当的影响和地位。

作呕。我自己就被他们从床上叫起来过,为了惩罚的目的而故意把人弄醒,而且往往是在最寒冷的夜里——这事还不止一次两次,而是一连好多个夜晚——然后就这样一层单衫去接受那皮条的纪律处分,当然陪着吃鞭的还有十一二个,而之所以会如此是因为,我那无情的工头每当听到上床睡觉之后还有人在说话,最喜欢让那宿舍里最靠后的六个铺位,也即是睡着年龄最小的几个铺位,对这种犯规行为负责,尽管这事他们既不敢干,也拦不住别人去干。这种肆虐还表现在,我们最小的几个,不准在炉边烤火,明明我们的腿脚已给冰雪冻僵;再有,一天运动之后,加上炎炎夏夜,躺在那里浑身发热,再睡不着,这时想喝杯水也将被视为过分举动而绝不允许,稍有违犯则严惩不贷。

过去学生中便有一个名唤豪——其人的,此人据我日后听说,曾因其恶行更为昭彰而在一囚船上服刑。(难道我现作此想只不过是自作高明,即认为有一个身负重罪的种植园主即是此人,而若干年后,便曾在那维斯或是什么圣基茨岛①上受到处决?而我的友人汤比对他之终于伏法刑场一事颇不无其助益作用。)这名醒醒黑人就曾真的将一个学生,一个冒犯了他的学生,用炙热的铁器严重烙伤;不仅如此,他还强迫我们四十来个人将自己的面包的一半都捐献出来,这一下差点把我们全活活饿死,好去喂养一头小驴子,而且,尽管这事说来荒唐得让人难以相信,却真还在一名护理员的女儿(那个坏蛋的心上人)的包庇下,偷偷将那牲口运了进来,养在我们监室(有人管我们的宿舍就这么叫)的铅铁屋顶上头。这场把戏一直闹了一周多;只可惜这头蠢物太不识相,放着好端端的日子不过而偏要大吹大擂,

---

① 西印度群岛中的岛名。

招惹麻烦——它肯定会比迦利卡拉皇帝的那匹宠物还混得更妙[1]，如果它也懂得收敛一下锋芒的话——而且，更其愚蠢无比的是，唉，比历来寓言故事书里它的一些同类都更愚蠢——它面包吃足，体壮膘肥，踢打折腾，没个消停安生，只盼那个不吉时刻快些到来，以便将自己的一派佳运向下界尘寰好生夸耀一番；于是便扯开它那单调嗓子，着实将那要命的羊角吹得个震天价响（而这一来只能是自倾其城）[2]，而再置什么窝藏于不顾。其结果是，这位贵客当然受到驱逐，落了个被缚赴市曹，殒命屠门的可悲下场；但事情过后，却绝不闻那好事者受到过半点指责。而这一切就发生在兰姆素表敬佩的柏利[3]任职期间。

同样，也是在这一圆滑的管理之下，难道兰姆对下面这件事也完全忘记了吗？这即是，一些护理人员，为了其自家受用，竟那么心安理得地将本属我们的肥肩丰臀（在做好之后）二一添作五地，而且是大盘大盘地、大模大样地公开窃归己有，而这些东西这些精明的女人明明是在严格的监督下全按分量给我们的饭桌称够了的。这类勾当可说是无日无之，而且就发生在那座辉煌壮丽的大厅里面，对这座大厅，兰姆（料想日后已成为鉴赏大家）便曾因其"四壁广悬盛饰"着"伏里欧[4]及他人"的伟大画作而深为激赏，但是画幅上的那些光光净净、营养良好和穿着蓝制服[5]的孩子们在那个时候，据我看来，却起不到

---

[1] 古罗马皇帝迦利卡拉有宠马一匹，爱之无极，养之于云石之厩，饲料进之以金盘，伺奉之奴隶多至无算，甚至尊为神长，封为高官。
[2] 典出《圣经·约书亚记》第6章。以色列士师（民族首领）约书亚包围了耶利哥城，派祭司七人绕城吹羊角七日，城为之倾。
[3] 当日该校总管。
[4] 即Antonio Verrio，17世纪意大利名画家，旅英期间曾为英王室作画多幅，其一即文中提到的那幅记詹姆斯二世诏见慈幼院学生的画作。至于这里引号中的语言均见兰姆1813年的那篇回忆文章。
[5] 这个学校的校服作深蓝色，故该校常被称为Blue-Coat School，学生被称为Blue-Coat Boys。

太大的慰藉作用，无论对他，还是对我们，这些目前还活着的人，原因是我们就曾眼睁睁见着自己的食物被这伙如鹰似隼的恶妇当着我们的面给大量劫去；于是我们只得（像狄多殿中的特洛伊人那样[①]）

　　空腹看画以餍心灵。[②]

兰姆在他那篇文章中曾提到过当时学校的学生一般都对所谓的箝口肉[③]，亦即白煮牛肉中的肥肉块最为反感；并把这种吃法归为旧日的某种迷信所使然。这种油腻东西从来便不适合青少年的胃口（孩子们一般都讨厌吃肥肉），而如果这肉又老又粗，再不加盐，那就叫人更恶心了。那时候凡吃这种肉的人大家都管他叫吃尸鬼，并从此对他本人也反感之极。记得一个叫什么的某君就颇曾担过这种恶名：

　　……据有人讲，

　　他便常吃怪肉。[④]

而且就是这位某君，据见着过的人说，他自己吃了不说，还要把他桌上吃剩下了的小心翼翼地都悄悄收拾起来（当然已经所剩不多，中吃的也有限了，这点你相信我的话就是了）——而且，还将以一种极特别的方式，将这些不光彩的东西取走，然后秘密藏在他床头的小柜子里。他什么时候吃过这些，没人见着过。据说他是要等夜深人静时才去吞噬的。于是也就有人对他进行了监督，只是迄未发现他有夜半进食的迹象。另据人讲，假日期间有人见着他曾将一个带格的大蓝手帕携出校园，那里头鼓鼓囊囊的。想必这就是那赃物了。接着猜疑重点

[①] 狄多殿指古迦太基女王狄多所建的朱诺神庙；特洛伊人指特洛伊王子伊尼德。
[②] 看画指伊尼德曾在朱诺神庙中观看过记特洛伊城陷落的壁画。至于这行诗，则出自罗马大诗人维吉尔的《伊尼亚德》第一卷，464行。
[③] 原文为 gags（复数），意为塞入口中使不能言语或作声的东西，并转义为难以下咽的食物。
[④] 引自莎剧《安东尼与克里奥佩特拉》1幕4场67行。

荒唐得让人难以相信

转到他对这东西的处理上。有人讲,他把东西卖给叫花子了。这种说法相信的人较多。这位某君走起路来也总是心绪重重。这时没人再搭理他。没人再和他玩。他遭到了破门处分,在校园范围内他算吃不开了。他不顺眼,可是要揍他一顿也还不行,他太壮了;不过各式各样的消极性的惩罚也让他够受的了,比吃鞭还更厉害。他哪,死性不改,还是他的那套。最后他的两名同学,存心要破此迷案,特地放弃了假日去进行跟踪,结果发现他进了一栋破旧大楼,这类房子今天大法庭巷①还能见着,一般是租给各种穷户住的,其特点为大门平日敞着,以及共用楼梯等。二人蹑踪其后,一直尾随他上了四楼,这时但见他在一个边门上敲了几下,应声开门的是个老妇人,衣着寒伧。至

---

① 伦敦街道名。

此怀疑完全得到证实。他算是给告密者逮个结实,再想溜走也溜不掉。人们主张立即对他公开审理,并着实给予严惩。但当时任总监的哈撒威先生(按此事发生在我离校后不久),却素以行事稳健著称,不赞成仓促从事,而是要等一切调查清楚,方才处理。其结果是,原来怀疑的所谓乞丐也者,亦即那些诡秘物的窝藏人或收买主,其实并非别人而正是这位某君的父母,一对善良的衰迈老人——而且若不是因为及时得到这点延命之物,确实多成早已沦为街头乞丐;原来这小鹳鸟[1],宁可身被恶声,也不肯中辍其反哺孝行。校董事会闻知此事后,当即决定赠送这个贫困家庭一份补贴,并授予某君银质奖章一枚,以示表彰。至于总管在授奖会上所作的需谨防草率下结论的有益演讲,听的人想必至今仍会铭记在心。彼时我已离校他去,但某君的种种却至今令人难忘。他个子高高,步态不太好看,另外有点斜眼,看来不太像个容易妥协的人。我后来有一次在街上见他手提一只面包房的篮子,可是当了烘烤师傅?据听说,他平日自奉极俭,但对他老人倒还真的不错。

我是一个患有忧郁症的孩子[2],着上蓝色校服去上学的第一天就见到一个戴着手铐的学生,这幅景象只能使我初来时就有的恐惧更为加剧。那时我还很小,刚刚七岁,戴铐这类事我只是在书里读过,或在梦中见过。我听人讲是因为犯了逃跑罪。对初犯就是这样进行惩罚。由于是新生,我不久就被带领去参观了地牢。那里全都隔成一个个方形的小窝窝,像那有名的疯人院[3]里似的,刚刚够一个孩子躺下时

---

[1] 典出《伊索寓言》中《农人与鹳》的故事,鹳与鹤和雁一同被一农民的网捕住,但鹳却要求被赦免,理由是它对其父母非常尽孝,一直养活着它们。因而鹳鸟在西方素有孝鸟之名。
[2] 从这句话起,"我"不再代表柯勒律治,而开始(至少在多数情况下)指的兰姆。
[3] 指当日伦敦的伯利恒圣玛丽疯人院。

的身长，下面铺着草，另有一条毯子——后来草褥大概改为垫子——上方开有小洞一孔，光线可以斜着射入，但却微弱得几乎不能看书。一个犯了罪的孩子就被整天单独关在这里，谁也不准许见，除了给他送水和食物的门房——但不得和他谈话；再有即除了那工役，工役每周照例要把他唤出来两次去接受鞭打，而说来可笑，这时连吃鞭也快成了盼望的事，因为至少可以暂时减轻一点孤寂——就在这地方他被一夜夜地单独禁闭着，外界一丝声响也听不到，至于这时对他的一副脆弱神经以及这样幼小年龄所难免的种种迷信会给他带来多么大的恐怖就谁也说不清了。这个便是一名再犯者的刑罚。看官，您也许想清楚，那么再下一步又将是如何了呢？

一名罪犯如果是第三次被捉获，因而开除学籍已属无可挽回，那么这时他就会像在当年异教裁判所施刑前的那种仪式[1]那样，被人押送进来，换上一身其状不雅和异常森人的罪衣——原来还在身上的蓝校服此刻已看不出，这时暴露在人面前的则是一个身着窄衫、头顶尖帽的可怜家伙（按其衫其帽恰是当年街头点灯夫所喜爱的那类打扮）。这褫衣礼的效果是厉害的，不出其当年发明人的所料。这时但见罪犯早已惨无人色，战栗万状，活像已经落入但丁笔下那些厉鬼的掌中。[2] 接着一身异装，他被带入一间大厅（亦即兰姆所欣赏的那间华贵大厅），这时在那里等候他的则是院中的全体同学，他们的学习与玩乐他此后便再也分享不到；那总管的阴森面孔，当然这对他也是最后一面；那行刑差役，此刻都身着其隆重礼服；此外还另有两副尊容，看上去尤为令人生怖，原因是除遇此类非常场合，他们是绝不露面的。

---

[1] 指中世纪西班牙异教裁判所对将行处死的异教徒们临刑前的一种宗教仪式。
[2] 指罪人的灵魂在地狱中则完全落入那里众多恶鬼的掌中。见但丁《神曲·地狱篇》20章。

他们乃是院董事会的；每逢这类最高惩罚发生，照例总要推举或委派两位这样的人士亲来主持；但是他们此番莅临的目的却绝非是为了（至少我们是如此理解）为罪人开脱减免，而恰是为了从重严惩。我记得，有一次前来监罚的即为老班贝·迦斯宽尼与彼得·奥伯特二位大人。其时那执刑差役忽面色铁青，几不自持，故特为其递上白兰地一杯，稍定定神，以利行刑。鞭笞刑系遵古罗马旧制，时间长久，仪式隆重。临刑前例由行刑官先押犯人绕场一周示众。经此一番痛苦折磨，我们早已因惊悸过度神志不清而对后来服刑时的实际皮肉之苦不及细加察看。自然，据报告人称，其后身已条痕累累，呈青紫色。鞭刑过后，犯人即身着其圣本尼笃式悔罪服[1]被交由其友人领回（可怜这类逃犯大多无亲无友），如无友人，则托付予当地教区官吏，而且为了郑重其事，特于厅门外设一专席，以供前来领人的官员歇息。

不过这类端肃盛大的仪式倒也并不经常举行，所以也还不致完全败坏我们的欢乐心情。我们每天在课堂之外还是会有不少的运动与娱乐的；至于我自己，却无需隐瞒，我是只有在课堂之内才不太感到痛苦。我们的教学是复式班式的，高级语法班与初级语法班统统在同一个教室里授课，这两者之间只有一道无形的界线。那情形正仿佛比利牛斯山的两边各属于不同的国民。詹姆斯·鲍耶牧师任高级班的教席；马修·费尔德牧师则是我有幸进入其间的那另一部分学生的老师，因此方才能日子过得悠闲。我们上课时说话行动都相当自由，没有人管。课堂上我们也带上本词态变化表或语法书之类，作作样子；尽管这东西学起来也不无一定麻烦，这些异相动词[2]你就是用上两年

---

[1] 即一种黄色粗麻布罪服，为犯罪人在参加上页注 ① 中那种仪式中所穿。至于之所以如此叫法，则因天主教的圣本尼笃教派僧侣过去即着此颜色袍服。
[2] 即 verbs deponent，指形式被动但意义主动的一类动词。

才把它们弄个明白也不为迟,然后再用两年把它们统统忘掉也不为怪。但是形式所需,每隔一段,书还是要你背背的,不过即使你背不上来,也不是太不得了。拿把扫帚在你的脊背上轻扫一下(刚好能赶走一只苍蝇),也就算对你惩罚过了。费尔德从不使用教鞭打人;事实上他挥舞起那东西来并不十分认真——不过像舞蹈演员手中的一件道具罢了。真的,教鞭在他手里只是种象征性的东西,而并非是权势威力的实在刑具;甚至连对这种象征物也常常有某种抱愧似的心理。他是一个厚道好处的人,平时不爱招惹麻烦,以免搅乱自己的平静,不过他对青少年的宝贵时光大概也从来考虑不多。他也不时地前来上上课,但又会整天整天地不照个面儿;他即使来了,对我们也没什么两样——这工夫,他会一头扎进他自己的房间里去,避开我们的喧嚣。我们也就只管尽情吵闹,乐我们的。我们自有我们自己的一套经典著作,在我们中间流行,全不受那"骄横的希腊或傲慢的罗马"[1]的半点约束,这就是《彼得·威尔金斯历险记》《可敬的罗伯特·波耶船长述异记》《蓝衫幸运儿》[2]以及等等之类。或者兴致来时搞点工艺或科技活动;用张纸片做个小日晷仪什么的,或是画上许多巧妙的方格格,一般称之为"编花筐";或是弄些干豌豆在一只铁筒面上跳蹦豆;或者研究一番那最红火的"法国人对英国人"的连点儿战术[3]——总之消遣的办法真是花样繁多,无奇不有——恰恰是寓实用于娱乐——真的这事要是给卢骚或约翰·洛克[4]见着,怕他们不喜形于色、大感欣

---

[1] 语出本·琼生(Ben Jonson)的《悼威廉·莎士比亚》一诗第39行。
[2] 三书均为当日流行之通俗冒险故事。
[3] 一种游戏,玩法为在一张纸上画上许多点点,比赛者蒙上眼睛在上面连一道线,看谁连上的点点较多,即为获胜。
[4] 卢骚,法国18世纪著名文学家与思想家;约翰·洛克,英国17世纪著名哲学家。二氏的教育思想均注重理论联系实践。

慰哩。

马修·费尔德在性情上属于神职人员中的那不甚矜持者一类，他往往什么都爱，因而他既是那社交中人，也是学界中人，也是教会中人；但不知为何，我总觉得三种身份当中那第一种身份却每每在他的行动上最占优势。不仅一些游宴玩乐的场合常可见到他的踪影，主教府第的堂前阶下也从来短不了他的殷勤礼数，而这时他本应当是来照拂我们的。多年以来他的职务一向是负责我们成百名学童的古典语文教学，亦即我们入校后前四、五年级时的这类课程；但即使是他最高的班里学生在阅读方面也从来未超出过弗德鲁斯①的开头几篇故事。这一情况何以会听任其长期如此，我却始终琢磨不透。按说鲍耶本是最适合纠正这些弊病的人，但他对此却总是面有难色，或许他也就是这么认为，觉得这毕竟是别人的事，不便他来干预。我甚至疑心，让两个班最后呈现出这样的鲜明差别倒未尝不是一件使他惬意的事。他的一班个个是斯巴达勇士，而我们不过是他们的黑洛特式扈从②。他有时也会假意客气地派人向那位低年级的教师借用一下教鞭，然后，对着他班上的一个学生露齿一笑道："这枝条原来还是那么干净新鲜！"所以正当他的学生在赛诺芬③与柏拉图④的奥衍经文面前给弄得惨无人色、伤透脑筋，而且仿佛也在秉承那撒摩斯人⑤的训诲个个严缄其口、噤若寒蝉的时候，这当儿，却正是我们这个班在自己这片小小的歌珊

---

① 纪元后一世纪罗马寓言故事作家，其写法多系承袭伊索而来，他最有名的一篇即狐狸与酸葡萄的故事。
② 黑洛特，本古希腊地名，那里的人曾为斯巴达人所奴役，地位极低，在作战中，因平日所受训练差，只能为斯巴达武士充当厮役。
③ 赛诺芬，古希腊纪元前五世纪军人、哲学家，著有《苏格拉底言行录》等。
④ 柏拉图，古希腊纪元前四世纪大哲学家，著有《共和国》等对话录数十种。
⑤ 指古希腊哲学家与数学家毕达格拉斯，毕为撒摩斯岛人，故云。他的学生们过着与世隔绝的僧侣般生活，且不准随意交谈（直至入学5年之后）。

沃土①大得其乐、逍遥自在的时候。诚然我们对他管教学生的一番奥秘倒也略有所知，但想到这个就使我们更能安于自己的命运。他的雷霆盛怒只是空响，其实劈不着我们；他的狂风暴雨就在眼前，但与我们还隔着一层；与基甸的神迹正好相反，当周围的土地都湿了时，我们的羊毛却是干的。②他教出的学生在知识上个个比我们强，但我们，我以为，我们的长处却在涵养。他的门徒讲起他时，感念之中，总不免心有余悸；而我们一想起费尔德时，则记忆所及，尽是一派慰人景象：得过且过也，夏日炎炎正好眠也，工作即游戏也③，天真闲适也，作业全都豁免也，而人生在世，一个"尽情玩乐的长长的假日"也。

尽管我们与鲍耶的管辖范围仍有相当一段距离，但间隔毕竟不是太大，因而对他的那套体系还是稍知一二。那《伊尼亚德》诗里受刑者在皮鞭下的哀号悲泣与地府阴曹的可怖景象④我们便时有所闻。鲍是一个偏激固执的迂夫子。他笔下的东西并不高明，局蹙紧迫，流于粗鄙。他为复活节写的一些颂歌（职责关系，使他不能不偶有所作）也都格磔艰涩，不很动听。当然他也会笑，真的，还笑得挺热烈的，不过那笑只限于对经文里面的事，比如对贺拉斯诗中 Rex 一词的双关使用⑤——或者对泰伦斯戏中的有人用"面孔上有一种清醒的严峻"

---

① 歌珊，上帝赐予以色列人之膏壤沃土，见《创世记》45章10节。
② 基甸，以色列士师，在与米甸人作战中，上帝为援助他，曾向他显灵，其方式为，使他周围的土地都是干的，但他在禾场上放羊毛的地方则有露水。基甸看到这个神迹，便坚信在这场战斗中上帝确将站到他的一边，使他能够取胜，事见《圣经·士师记》6章37～38节。
③ 这批学生总算还没有认为"游戏即工作"。
④ 伊尼德曾从地狱深处听到在那里受笞刑者的呻吟声与抽打声，见《伊尼亚德》6章557行～558行。
⑤ 罗马诗人贺拉斯在其《讽刺诗》第一篇中曾对 Rex（意为国王）一词进行双关使用，即既用以指国王，又用以指一个姓 Rex 的人。

的话来形容一个骗子这段台词①,以及对一个厨师在听他主人对他的儿子说应以伟人为鉴后,回到厨下也劝他厨房里的小厮们应以平锅为鉴②等等之类——但那又是何等乏味的笑话,料想即使是当年第一次从演员的嘴里说出来时,罗马的听众也未必笑得起来。鲍平日有两副假发,也全都呆气十足,只是意味各有不同。其一为敷有香粉、匀净光洁、稍带喜气的,为平安无事的象征。另一则又老又旧又乱又脏,甚至怒气冲冲,那便预示着杖责频频,腥风血雨。天哪,他如果何时一早便着上他的那副怒发来到班上,那学生可就要大祸临头了。这比灾星的出现还更灵验无误。鲍打起人来,下手极重。我就见过他紧攥着他那疙里疙瘩的拳头,向着一个早被他吓昏的学童(嘴上妈妈的乳渍还几乎未干)厉声喝道:"先生,怎么你也竟敢挖空心思跟我作对!"最常见的便是,他突然从什么角落或书房里一头冲进教室,怒眼圆睁地抓出一个学童来对他咆哮道:"我的老命,先生(他最好用的咒语),我真是有心思好好抽上你一顿,"——接者,仿佛又突然有种反悔的意思,又一下返回他的小屋里去——就这样经过一小晌冷静之后(这时除了那名当事犯外,别的人可能早已把这回事完全忘了),谁料他又冒冒失失地重新闯入教室,仿佛刚才的那节魔鬼的连祷文③尚未念完似的,故特此前来以续足其未竟之义,于是提起嗓门,尖声喝叫道——"我的意思,这顿抽打还是少不了的。"不过在其盛怒稍消,心气较为平和之际,他的惩罚又往往另有妙法,而这个,据我所

---

① 罗马喜剧家泰伦斯在他的一出喜剧《安德里亚》中,一个角色曾将一名骗子形容为"他的面孔上有一种清醒的严峻"。于是这位鲍耶牧师遂认为这番形容趣极妙绝。
② 即对这种"学屁"举动感到好笑。以上见例在讽刺鲍耶乃是十足的迂夫子一个。生活中的笑话他从来不感觉有趣,而只有见诸经典作品中的笑话他才感觉有趣。
③ 连祷文(litany),耶教中祈祷文之一种,在这种祷文中牧师或神甫所诵经文与做礼拜或望弥撒的教民有互相应答部分,一起一承,衔接密切。

知，恐怕也唯有他才想得出来，这即是一边抽打其学童，一边朗读其辩论文[1]，抽打朗读，两不耽误；于是读上一段，便抽上一鞭；按此刻正值议会演说体文风在我国大盛之时，不过欲以此法而使那吃鞭人对那里面的文章之美与修辞之妙产生如何如何的景仰心理，一般人也未必便这么认识。

但有一回，而且也是仅有的一回，那高高举起的教鞭却据说又轻轻地收了回去——事情是这样的，一个名叫温——的斜眼滑稽鬼，因将老师桌子里的抽屉拿去不知派了什么用场（反正不属于桌子设计师原来想到过的用场）而给捉住了。为了开脱自己，他话语不多，只是淡淡的这么一句，事前没人提醒过他这事不准。这个口头上承认有事实但条例上不承认有规定的回答实在妙极，一下乱了全班阵脚，在场的人只顾玩味起这句话的意味而完全忘记了其他（包括这位老师自己），于是这件事也就只能不了了之。

兰姆曾对鲍这位老师在教学上的种种巨大长处予以充分肯定。柯勒律治，在他的《文学生涯》中，对这点则发挥更细，赞誉尤高。[2]《乡村旁观报》的创建人[3]更坚决认为其德其学虽古之名师，无以过也。不过结束此节赞辞之前尤不可忽略下述柯的一段怛悼呼号，其事发生于闻其业师辞世之际，其词则为——"呜呼夫子，魂其安息；唯愿汝之过愆幸蒙宽宥，汝之英灵终获遐升，且归命途中，多有众迦乐宾[4]之呵护，彼虽各有首有翼，然俱无臀部[5]，故无惧彼等将以先生下

---

[1] 指当日议会上的辩论记录。
[2] 柯勒律治在其《文学生涯》一书的第一章中对鲍耶的学问与教学效果曾作过颂扬。
[3] 指Thomas Middleton，兰姆与柯勒律治在慈幼院的同学，后任加尔各答主教，曾创办《乡村旁观报》（1792—1793）。
[4] 职司知识之高级天使。
[5] 显然其臀部早已为鲍耶老先生之戒尺打烂打掉。但既然如此，再行控诉时便会拿不出太具体的证据，所以这里劝慰鲍耶也就大可不必再为此事过于担心。

界之罪孽而相控也。"

在他的教导下，这里颇曾出过一批优秀笃实学者。其一即是当日尖子班上的兰斯洛特·派比斯·斯蒂文斯，自幼温文尔雅，出校后即曾与另一位叫特——博士的共同担任起古典语法教席（两人私交亦亲密无间）。这形影不离的一对双璧若比起人们记忆中其前任时的那种从来互不闻问的作法确实令人深受教益。你偶尔在街头只撞见其中的一个时，你难免要诧异一下，但这惊奇会立即消失，因那另一个将随即出现。这对合作者平日便一直是这样肩并肩地相互提携，总是尽量多为对方承担一些沉重的教学任务，而最后当年事已高，其中一位感到力有不支需要退休时，那另一位也必不久便同样交回教鞭，递上辞呈。的确，如果到了年届四旬之时，我们仍然一双手臂紧连着二人感情，而这双手臂在我们十二三岁时曾经在一起共同翻阅过西塞罗的《论友谊》或者什么讲古代友情的故事，而当时我们对此就是那么心向往——一想到这个，我们能不感到非常欣慰吗，尽管这类事从来不多！与斯蒂文斯同属一个班的另一名高材生则是桑——，他日后多番出使于北国宫廷期间，干练精明，颇负时誉。桑——幼时身高肤褐，沉静寡言，一头黑发，极为迷人。托马斯·范肖·弥德顿是他下一级的高材生（现任加尔各答主教），十多岁时早已俨然一位博雅学人、诚笃君子。他于文艺批评一道尤擅盛名，除手创《乡村旁观报》外，尚著有《希腊冠词论》一书，见解多不同于夏普。据说弥这位主教在印度威望极高，想来这事也与英在彼国的"新统治"[1]不无一定关系。如若其人的性格竟也与当年的朱沃或胡克[2]的一派谦抑毫无二致，

---

[1] 指英国在1757年后对印度的统治，这时印度已完全沦为英国的殖民地。
[2] Jewel 与 Hooker，16世纪英国国教建立初期的两位著名宗教界领袖人物，后者还以其文章名噪一时。

鲍耶牧师，高级班的教席

谅他亦必无法使当地英属下的教区中人对其宗主国的种种典章制度、教规圣谕那般虔敬不渝，从无异词。不过弥在校期间虽其性格亦偏刚毅，一般却还温文可喜，不甚矜持。其次（年龄倒不比弥大）则是一名叫里查兹的，亦即《不列颠早期土著》的作者，其牛津获奖诗曾为其中气势最称雄劲的一篇；他看来面色苍白，但极为用功。再往下，则是那遭遇悯凶的斯——，与运气欠佳的莫——！对于这两人，缪斯都沉默无语。

　　眼见爱王一些族人命途不济，
　　谍簿草草翻过也便再无人理。①

---

① 这两行诗系从18世纪初期一名叫 Matthew Prior 的一篇诗（"Carmen Seculare"）中套用而来。这里"爱王一些族人"指英王爱德华六世下诏建立的慈幼院所收的学生们。意即其中的上述两学生在他们一旦亡故后，其阴间之"冥簿"也就再无人理。

基督慈幼院三十五年前

你啊,再返回到我的记忆中来吧,你啊当年还正值你可爱梦幻的美妙初春,你的无限前程正仿佛烨烨火柱,光景丽天——你的修洁石材也还不曾为浓烟所薰,色泽转黯——你塞缪尔·泰勒·柯勒律治——逻辑家、玄学者、诗人!我又多少次见到过,一个偶然穿越这里修道院的过路人会停下步来,深深被你的精彩谈话所迷住(他同时还会对这位青年米兰都拉[①]的谈吐之佳与衣着之差不无相当的想法),因而聚精会神地在倾听着你,当你正以你那深沉而悦耳的语调,或以浅近词语在揭示詹比里可斯[②]或蒲鲁蒂那斯[③]之奥义(因为即使早在这样的稚龄,你已经能对许多深邃的哲理鲸吸牛饮而绝无惧色),或以希腊原文咏诵荷马与品达之诗行,而这时,那老古灰衣僧寺的院墙正悠悠回荡着那个慈幼院学童的天才吐属!——不仅如此,其间的"舌战"[④](这里势不能不在那老福勒的旧著上稍事留连)也颇不少,而这个也大都出现在这个学童与另一个查·凡·勒格[⑤]之间,"这两方,据我的印象,正仿佛西班牙的庞巨战船与英吉利的矫捷军舰之间的一场较量。那柯勒律治,有如前者,在学问上造诣更深,也更厚实,但却不免运转缓慢。而查·凡·勒格,则犹如一艘英国舰艇,体轻而行速,故更易于拂波激浪,抢潮调向,充分利用一切风势,而这事又悉凭其迅捷与心裁"。

同样,说到你,同他们一样的可贵人才,阿伦,我又如何能忘?

[①] 借喻柯勒律治。米兰都拉即 Giovanni Pico della Mirandola(1463—1494),意大利诗人与柏拉图研究家。
[②] 即 Jamblichus,纪元后 3 世纪亚历山大里亚城哲学家,新柏拉图主义者。
[③] 即 Plotinus(204—270),埃及新柏拉图主义哲学家,曾讲学于罗马。
[④] "舌战"等,下面引文中的一段话系兰姆仿照英国 17 世纪散文作者富勒(Fuller)在其《英国名人记》(*English Worthies*)中对莎士比亚与本·琼生之间的"舌战"一节所作之模拟表达。
[⑤] 即 Charles Valentine Le Grice,兰姆在慈幼院时之高材生,希、罗文学专家。

你的笑,总是那么透着友好,无论微笑大笑,当你听到他们的辩论中出现了什么辛辣的妙语;或者心血来潮,你自己也弄出个非常热闹甚至十足的恶作剧来,而你大笑起来时真是会声震屋宇,修道院的古老墙壁都会嗡嗡作响。但如今那笑声已再听不见,你那俊美的容貌也再看不到,而凭借着这些(因为你本来便是当日校园中的"英俊的尼洛斯"①),当日后你的滑稽更趋圆熟,你确实曾将一些火气极盛的城市姑娘制得服服帖帖,这些人有时因你胡掐了她一下正要像只雌虎似的腾地跳起,火冒多高,但你的一副天使般的仪容却能登时使她降服下来,而那就要进出的诅咒也立即改口而成祝福——"祝你生得那么俊俏!"

再下面的两个,按说他两人都本应能够活到今天,而且也都与伊利亚相友善——则是那小勒格——与费——;但终因不胜其各自性情的驱遣——前者过于浮浪,后者过于自尊——于是便因受不了减费生在学校所遭的歧视而双双投笔从戎,弃其母校而投奔军营;结果其一死于恶劣气候,另一死于撒拉曼加平原②。至于说起这两人性情,勒格——热烈活跃,天性纯良;费——则固执忠诚,心肠亦佳,全然一具古罗马士兵的高大身躯,只是对受辱一类事过于敏感。

最后还需一提的是谦和坦诚的富兰——,现任赫福郡教师,再有为马马丢克·汤——,一位再谦冲不过的传教士。这两人都至今与我保持着友好往来。书至此,我当年的优秀生回忆录也就合当告一段落。

---

① 荷马史诗《伊利亚特》中希腊军方面一俊美少年。
② 西班牙地名。

基督慈幼院三十五年前　045

题解

  这篇文章无疑是兰姆散文中很重要的一篇,又是其中最长、最有趣、最热闹也最复杂的一篇。之所以说复杂,主要是因为,文章中的第一人称所代表的情况不很简单。按说,这篇文章中的"我",亦即"伊利亚",本应即是兰姆他自己(尽管是他幼年时的自己),而不该再是别人,但这里的情形却是,它既是兰姆,又是别人,或者说,是兰姆再加别人。大体而言,文章的前半部分写的便主要不是兰姆,而是他的同学与朋友柯勒律治(而兰姆却同时又以明显的名字另行出现);而后半部分,亦即从"我是一个患有忧郁症的孩子"这一句起,说的才是兰姆。其次,在前半部分兰姆以另一形式出现时,这时的兰姆也只能说基本上是兰姆,而不全是兰姆——真正的兰姆那时的经济状况并没有如此之好;而在后半部分当伊利亚确实代表着兰姆时,也并非时时刻刻都一概是兰姆,这时这个"我"字又不时地,甚至不止一次地转到另外一个人(谁知是什么人?)的身上,而此时兰姆的名字又另行出现!第三,文章的前一部分中伊利亚所代表的隐含的柯勒律治,在第二部分中柯却又以明确的名字再番出现。所有这些,读此文的时候如果并不曾为我们所察觉和并不曾引起我们的困惑或障碍,这便说明作者的这种转换还是成功的,自然的。不过阅读虽无麻烦,但到底也会有其不利之处,即容易使我们在凡遇到"我"时,就都看成是在指兰姆,因而误以为处处都是他的生平。所以这点要说明一下。至于兰姆何以要在文中故布迷阵,译者推想或许出于以下一些考虑:其一是,开玩笑;其二是,隐去真相;其三是,只为创造人物,而非为撰写自传。于是这时兰姆不兰姆,乃至兰姆到什么程度,也就是较次要的了。甚至可说这便是兰姆据以写其散文的一种主张——写散文也应可以像写小说或编戏时那样进行一些虚构嘛,关于这点可参阅本书《伊利亚君行状》中的有关段落。

  至于本文中丰富的趣味性等,长处明显,有目共睹,这里就不赘述了。

人分两类

　　世上的人如要对之区分,那么依照我能想到的划法,最多也不过两类,这即是那好向人借东西的人和好借东西给人的人。此外一切的胡乱划类,比如分为哥特族和凯尔特族①,或者白人、黑人和棕种人,等等,最终还得分别隶属于这两个基本门类之下。大地上的一切居民,也不论其为"帕提亚人、玛代人和以拦人"②,同样也都不能不群集其处,各按其特点而或此或彼地天然归入这两大基本区分中的其一或另一。那前一类享有的巨大优势,这点我最好以伟大的族类一语称之,一般都是信而有征的,即无不见之于其仪表体态、神情风度,甚至那与生而俱来的某种王公气派。至于这后一种,则大都出身寒微,低人一等。"他天生是给他众兄弟做牛马的。"③这类人神气上便有几分靠不住的味道,寒酸而多疑;这比起前者的那种豁达坦荡、慷慨宽厚来,诚不免有天壤之别。

　　且请回想一下过去历朝历代素以善借而享名的伟大人物吧——阿

---

① 哥特族,日耳曼民族之一支;凯尔特族,古代西欧的一个民族,其居地为法国与英国各地。
② 《圣经·使徒行传》2章9节中提到的三个民族。
③ 语见《圣经·创世记》9章25节。

尔西比亚底斯[1]、福尔斯塔夫[2]、理查德·斯梯尔爵士[3]乃至我们那已故但妙不可及的布林斯里[4]——而此四君子又何其形容宛肖,不啻出自一个家门!

且看你那借贷者的一副态度是多么温和平静,若无其事!一双鳃颊是多么鲜红,艳如玫瑰;对于天命是多么竭诚拥戴,坚信不疑——仿佛田野里的百合花[5]一样无思无虑!对于金钱又是何等一副鄙夷不屑态度——直把那东西(尤其是你和我的那东西)视为草芥粪土!再看他将历来的那种我的和你的[6]的迂腐划分一下便给予打乱,那作法是何等慷慨大方!或者说他在语言上的一番简化之功(在这点上远非图克[7]之流可比),即将那素来认为水火不相容的一对概念合二而一,从此产生出一个人人能懂的代词性形容词来[8],这勋劳又是何等卓越高尚!他距离那早期共有社会的崇高理想[9]确可说是,虽不至,也不远了——那里的一条原则他至少已经奉行了半条[10]!

他乃是其国人真正不假的收税官,"要叫普天下人都要前去缴纳

---

[1] 即 Alcibiades(450—404 B.C.),雅典政治家与军人,据说他曾从当日一巨富手里借过大批黄金。
[2] 莎士比亚《亨利四世》与《温莎的快乐娘儿们》中的有名喜剧人物,至于他的借钱场面分别见于《亨利四世》上、下里的若干处。
[3] 即 Richard Steele(1672—1729),英国散文作家,关于他曾屡次向 Addison 借钱事见英历史家麦考莱的《论艾迪生》一文。
[4] 即 Richard Brinsley Sheridan(1751—1816),英国才隽、演说家与剧作家,关于他的奢侈无度和屡向熟人借贷的情况,见 Thomas Moore 所著 Life of Sheridan。
[5] "the lilies of the field" 一语见《马太福音》6 章 28 节与《路加福音》12 章 27、28 节。
[6] 兰姆在这里所用的词是 meum and tuum(拉丁语)。
[7] 即 John Horne Tooke(1736—1812),当日英国语言学者。
[8] 即"你的"这个词都变成了"我的"——当然是讽刺语。
[9] 指耶稣的使徒们所过的那种生活,在那里一切财产都共同享有,见《使徒传》2 章 44~45 节。
[10] 所谓半条,即你的就是我的,但由于我的却不是你的,所以说是半条。当然这也是讽刺话。

丁税"①；而他与我们一个普通人之间所存在的距离之大，殊不亚于昔年奥古斯都大帝②与那前往耶路撒冷贡奉上其区区微税的一介可怜犹太草民！——其征课方法亦另有其特色，往往能使人乐于捐输，自觉纳贡！他与你们那些教区或国家派下去的税官大有不同——那帮身携墨水角盒，命你填这写那的皂隶衙役，走到哪里都是一脸晦气，叫人心烦。而他来到你面前时，总是口未开而人先笑；从不用什么借据琐事来烦渎你我，也不规定任何还钱期限以苦他自己。一年长着呐，天天都不妨是他的圣烛节，他的米迦勒。③他将以他那满面春风的笑容对你的钱袋稍施薄惩④——而说也奇怪，你那锦囊，终因不胜其温煦的陶醉，竟也不解而自开，而且一切来得那么自然，正像在过去风与太阳角胜的故事里的那位旅客最后解开了他的外衣！⑤他真是一个普罗旁提格斯式的海间之海，永无干涸枯竭之说！⑥一片从谁的手里也会资彼浥注不择细流的浩瀚汪洋！至此，那个叨其临幸的倒霉家伙也就不必再与天意做罔效的抗争了，他已入了人家的彀中。所以你也就痛痛快快地借给他吧，世人啊，既然你命中注定不得不借钱给人——这事你到头来还是不吃亏的，你借出的不过是尘世之钱，但天道好

---

① 语见《圣经·路加福音》2章1节。
② 古罗马第一个皇帝，亦即恺撒之侄孙渥大维。
③ 圣烛节，2月2日；米迦勒节，9月29日。这两天都是英国传统的还账日。
④ 原文为 lene tormentum，意为温和的刺激，出自贺拉斯《颂歌》3章21节。
⑤ 故事出自《伊索寓言》的《风与太阳》。风与太阳争夸自己威力更大，这时走过一名旅人，于是决定谁能使这旅人脱去外衣的便是胜利者。风使尽它的威力，向他猛吹，无效；但太阳只是向他照耀了一会儿便使他脱下衣来。
⑥ 语见莎剧《奥塞罗》3幕3场453～456行。至于普罗旁提斯（Propontis），则为玛玛拉海（Marmara）的古名，地在今土耳其，东通黑海，西接爱琴海，因而是一个典型的海间之海（sea of sea）。

还，来生必得善报①。切切不可把拉撒路与大富士②那双方的苦难都由您的微躯一人来承担！——而是，既然得悉那贵人业已朝着你的方向而来，那你还犹豫什么，还不满脸堆笑，出门远迎。好的，一宗为数颇不算小的牺牲！但你瞧人家又是那么轻淡对之，行若无事！不过对于一名高贵敌人你总不可在礼数上要求过高吧。

以上这番感想正是在我惊悉我的老友腊尔夫·毕各得先生③的噩耗后在我的心头翻腾起的，他辞世之日为本周礼拜三夜晚；他死时平

腊尔夫·毕各得先生

---

① 关于这个"来世必得善报"的意思，分别见于《圣经·箴言》19 章 17 节与《圣经·传道书》11 章 1 节。
② 拉撒路，《圣经》上的穷人；大富士，《圣经》上的富人（Dives，拉丁文为"Riches"）。大富士死后发现他自己落入地狱，而拉撒路，在世上是乞丐，死后却在天堂，事见《路加福音》16 章 19～26 节。
③ 兰姆友人 John Fenwick，*Albion* 报社社长，文中的毕各得为兰姆给他的化名。

平安安，毫无痛苦，正如他生时一辈子那样。他自诩自己出身于那个毕各得显赫家族，历来在国中享有公爵之尊。在其个人行事与思想方面他确乎不曾有辱于他所自称的高贵门庭。他早年时期据说曾经进项颇丰；但由于他生来便掩有着伟大的族类身上所特具的那种万事不关心的高尚品性，这点我上文已经指出过，因而钱一到手便立即采取有效措施将其统统花光吃净，以便不剩它半文：因为照他的思想，一个人贵为王公而需要自携其钱袋，此事只能令人作呕，而他的思想又全都是王公式的。就这样，正由于撤去这一切装备因而得以一切重新装备，他才有可能甩掉那徒为身累的可憎财富，因为财富这种孽障，正如某位诗家之所吟，只能

　　　　减弱美德，挫其锐气，而并不能激励
　　　　它去成就那令人称道的高尚业绩[1]，
而且也才能真正追步昔年亚历山大大帝之流的后尘，从此轰轰烈烈地去大干一番事业，亦即去"大借特借，借了再借！"[2]

于是在他对我们岛国的周游巡狩或曰胜利进军[3]期间，据人粗算，他曾将通国居民的十分之一置于其强征勒派的范围之内。这一估计我却以为显系有所夸大；不过由于我自己便在我那好友的京城察访期间有幸得以追随其左右，而且屡屡如此，非止一次，我不得不承认，起初一段时间我对扑面而来的如此其夥的众多面孔确实曾产生过不小的诧异，而且尤怪在他们个个对我们那么恭而敬之，毫不见外。一天，他竟不再拘执，十分客气地为我解开了这个疑团。这许多人，在

---

[1] 引自弥尔顿《复乐园》2卷455～456行。
[2] 兰姆的原文是"Borrowing and to borrow！"这是套用《启示录》6章2节中的一句话，"and he went forth conquering, and to conquer."
[3] 这里原文是"Periegesis, or triumphant progress"，是兰姆好用 big word 的一例。

他看来，全都是他本人的纳贡人；自己府库的填充者；个个都是恂恂善人，良朋益友（以上均引自他的原话），从他们那里他曾偶蒙惠顾，颇得贷金。他从不曾因其人数庞巨而使他自己有过丝毫不安。相反地，他往往倒以将他们挨个计数一遍为荣。在这点上他与考玛斯的感情完全相同，非常得意自己能够"拥有这么众庶一个牛群"[①]。

然而令人不解的是，既然财源如此茂盛，何以他竟还是国帑常竭，府库屡空？原来这一切都是他故令如此有意使然的，因为他坚决奉行一条格言，而且这格言就经常挂在他嘴边，这即是，"钱放三天，铜臭熏天"。因此不等钱冒出臭味来，他早已趁着新鲜把它们打发走了。于是，其中的一大部分他吃喝掉了（他的豪量可不得低估），再一部分他施舍掉了，至于那再剩下的，他干脆就全扔了。请注意这里说扔了或扔掉可不只是口头上说说，而是实实在在地真扔真砍，是使足气力地往外扔砍——像小孩子扔掉毛莴刺果那样，像人们驱掉传染疾病那样——扔砍到不论什么池里、塘里、渠里、洞里——或者哪个神秘难测的土隙地缝里，总之，不论哪里，脱手就成。间或他也采取入土为安的办法，把钱埋掉（这样也就永免他再去寻觅之烦），埋在什么河边岸旁，而这类地方（他会滑稽地讲道）是无需向他付利息的[②]——不过扔法虽各不同，脱手离身却是绝对必须的，正如当年夏甲的子嗣那样，不等长大就得抛到荒郊野外里去。[③] 他一点也不可惜。进财之道在他来说就正如那长流的细水，其源不竭，其财也不断。即使在供应上偶尔出现了告乏情形，也全不打紧，那路上第一个有幸撞

---

① 出自弥尔顿的诗剧《考玛斯》2章152行。考玛斯为罗马神话中的宴饮之神。
② 英语里"岸"和"银行"是一个词——bank，因而产生这一文字游戏。
③ 夏甲，以色列族长亚伯拉罕之妾，生了一子名以实玛利，母子见娠于亚伯拉罕之妻撒拉，降生后不久即被逐于旷野。

上他的人，也不管熟人生人，都准会立即为他补缺承乏。因为毕各得身上自有他一种不由你分说的气势。他的一副仪表那么欣然坦诚，眼神那么灵动快活，广颡高额，薄染秋霜[1]，十足一派长者风范。他就没考虑过你会推托，而事实上也就没人推托。所以，且把我的那套关于伟大的族类的学说暂搁一旁，而只向君等一些平日全不管理论为何物的看官提出如下一个具体问题，即何时您的袋里也有笔活钱的话，您是否会觉得，如硬要回绝一位我上面所描述的这种人物总不免有些逆天拂性，大乖您的仁爱之心，而只是对一名向您苦苦央告的穷极无聊家伙（您的低级的借钱人）才好轻易说个不字？——这种人，一脸的寒酸相和期期艾艾早已让您明白，他本来就没抱太高奢望，因而即使您一口回绝了他，谅也不致对他原来的指望想法构成多大打击。

每当我一想起此公，一颗赤心炽烈如火，一副热肠洋溢如泉；他又是何等轩昂，何等完美，与何等伟大，尤其当那午夜降临时分；另外每当我将他与日后我所交往过的其他人稍一比较，这时我往往便颇萌悔心，深怨自己过去不该攒什么钱，以致今天竟沦入那贷款人的一伙，而变小人。

对于一个其宝物主要不在保险箱而在封皮里面的人，比如伊利亚这样的人来说吧，这时会把他东西拿走的往往是另一类人，而这类人甚至比上文谈到的情形还更可怕。我指的是把你的书籍借走的人——那些成套书籍的肢解者，书架秩序的破坏者，以及专门给你制造残卷零编的家伙。柯悖乱莱[2]就是一个著例，其劫掠本领，世所罕有！

我在我书架的底层地方就露出了个大豁口，难看地望着你，仿佛一个人的犬齿给摘了去——看官莫忘，您此刻已随我而身在我那百花

---

[1] 这个短语系因维吉尔的一行诗所联想起，见《伊尼亚德》卷一，292 行。
[2] 指柯勒律治。

里的小内书房[1]！——豁口的两边各站着一个像瑞士雇佣兵似的高大卷册（又像市政厅，门前的那两座巨大雕像，全是一副新的姿态，只不知在那里守卫着什么），而那空缺处原来曾放着我最大的一部对开本——《波那凡图利[2]文存》，一部装帧精良的神学巨著，相形之下，它身边的两名护卫（倒也都属于学校的神学课本，只是在地位上稍逊一筹——亦即贝拉尔明[3]与圣托马斯[4]之书）则不免只是侏儒，而它自己却无愧是亚斯迦帕[5]！正是这部大书让那柯悖乱莱给抽走了，而抽走书籍还有他的一套理论根据（对此我除了听之而矣外，又能有何话说？），而那理论便是，"对一部书的真正拥有权须视其申请人对此书（我的那本《文存》即是一例）内容的理解程度及其欣赏能力而定"。如果此说不变，那么长此以往，试问今后谁的藏书还能保不再出事？

再看左边书架上的另一不大空缺，即离天花板不远的第二层架上——这个倒是除了失主他自己别人是轻易瞧不清的——那里本来是布朗的《骨灰瓮》[6]安享其清福的地方。以柯君之淹博，也很难说他对这部论著便比我知之更多，因为这书还是我推荐给他的，另外也是对其文章之妙第一个（至少就今人而言）给予指出的人——不过这点却未必值得称道，因为我就听说过一个糊涂人曾在一位比他更行的能人面前大赞自己情人之美而卒酿出夺爱的事。——再下一层，道得斯

---

[1] 百花里即Bloomsbury，伦敦上层阶级住宅区与文人书店集中地，亦大英博物馆所在地。兰姆并未曾在这里居住过。
[2] 即St. Bonaventure（1221—1274），意大利神学家。
[3] 即Roberto Bellarmino主教（1542—1621），意大利耶稣会神学家。
[4] 即Thomas Aquinas（1225？—1274），意大利多明各教派神学家与经院哲学家。
[5] 欧洲中古传奇诗 *Bevis of Hampton* 中的一个巨人。
[6] 英国17世纪散文作家托玛斯·布朗的代表作。

利①所编的那套戏选中缺了它的第四卷,而《维多利亚·科隆巴娜》②就在那里头!其他九种则仿佛普里安姆的海克托为命运借去之后,余子碌碌,无足道也。③这里的《忧郁之解剖》④倒还健在,清明如故。那里的《钓鱼名家》⑤仍徘徊其地,傍溪而居,静谧不减生时。在另一角隅处,两卷本的《约翰·本克尔》⑥则已二亡其一,变成鳏夫,镇日唯"锁眉闭眼",痛失其侣。

不过我还是不能不为我的友人说句公道话,那就是,虽说有时候他常像海潮那样席卷走你的某件珍奇,但另外一些时候这股海潮也会同样向你进贡献宝,琼琚相报。我的一批稍次的藏书即多属此类(为我友人多次造访时所携来),这些究系从何处古怪角落搜寻而来,他固然早记不清,而一旦留在我处,他也同我一样几乎将其忘个干净。我于是将这些多番遭弃的孤儿全收养下来。这些新入门者虽非正宗,也会和这里的老希伯来人一样受到礼遇。⑦事实上他们早已被编排在一起了,不问老户新人。这后者,也正和我一样,总不太喜欢别人追究其出身来历。对这批倘来之物我既不向那送人者收其储藏费用,也更不会自降身份将其招标出售,借以抵偿此项开销。

上文提到书籍的丢失问题。一卷书丢失在柯的手里倒还不是全无

---

① 即英国书商 Robert Dodsley,他出版过一套《旧剧选》(*A Select Collection of Old Plays*,1744)。
② 此剧通常名为 *The White Devil*,为 John Webster 之代表作,Vittoria Corombona 为此剧中之女主人公。
③ 特洛伊国王普里安姆共有五十个儿子,但他所看重者,海克托一个而已,但海克托战死后,其余诸子则无可称数。这里意思即是 John Webster 的那本戏被抽走后,剩下的那些戏也就价值不大。
④ 英国 17 世纪散文家 Robert Burton 的代表作。
⑤ 英国 17 世纪散文家 Izaak Walton 的代表作。
⑥ 18 世纪英国爱尔兰裔作家 Thomas Amory 所作小说名。本克尔为此小说中的主人公。
⑦ 这里之所以如此来说,是因为据说古时即使是犹太教的皈依者也仍然在对待上与其本族人有区别。

道理，全无意义。我们可以相信他总还能够将你的佳肴美餐饫甘餍肥，好好享受上一顿，虽说白吃而不付账。但你却不同，你这任性恶毒之肯——君[1]，试问汝又出于何种动机而非将玛格丽特·纽卡索[2]之书简集，那出之于懿范非凡、贵比后妃之大手笔的遗作，从我的手中劫走不可，而悍然置其原主[3]之涕泣哀哭于不顾，求免劝阻于不顾，请问这又是何居心？而劫去之时固已心中明知，甚至明知我亦明知，汝来日断然不会翻读此巨书之一页。然则汝之所以如此行事，不过出于一种乖张习性、幼稚心理，即必欲制其友人而胜之而后快欤？其尤不可恕者，汝复将其携入彼高卢之邦[4]——诗不云乎[5]：

嗟尔懿范，何以咏之？

如此温馨，众德以之，

教化由之，圣洁寄之；

仁爱寓之，道义赖之；

彼邦匪佳，不适居之！

且汝平日所取以自娱并兼以娱人者，浮词浪语而已，笑话故事而已，而此类之戏文、稗官与述异之书，汝之身边宁复少乎？——呜呼，剧坛之英，汝之行事，实属不义。而汝之夫人，亦即汝之少半法兰西和多半英吉利之尊夫人，则又是何心欤！——若谓必取我一书以示不忘故旧，则又何书不可以取，而非取富尔克·格莱维尔亦即布鲁克勋

---

[1] 即 James Kenny（1780—1849），英国演员，兰姆友人。
[2] 即 Margaret Cavendish, Duchess of Newcastle-upon-Tyne（1624—1673），曾任玛丽王后（詹姆斯二世之女，威廉三世之妻）女官，广有文化修养。所著《致友人书》(*Sociable Letters*, 1664) 深为兰姆推崇。
[3] 指兰姆自己。
[4] 法国之别名。
[5] 此诗兰姆研究家们一致认为系他本人所自作。

爵[1]之书不可——而此书如今之法国人或法国女人，乃至任何英国、意大利国之男女，就其生性气质而言，又果真能读得懂其一丝半毫乎！岂我处再无如齐美曼《论寂寞》[2]一类可供挑选之书？

职是之故，看官，若君家亦小有藏书，则务请秘不示人；若遇情之所牵，非借不可之时，则亦只得借之；然所借者必真正之读书人，如塞·泰·柯者流——其人不仅一般多能按时归还，且归还时每每能使你本上加利，额外受益，即因增益之以大量之眉批附注而使原书之价值倍蓰于前。我于此事即颇有体会。柯的这类手泽为数不少——不唯于内容方面多所发挥，即批注之分量亦颇可观，其详尽几与其原注不相上下——虽字迹不如一般书吏工整，但亦都清晰可辨——这些仍散见于我的丹尼尔[3]，我的老伯顿，乃至托玛斯·布朗爵士等人之书；然而格莱维尔那部充满覃思玄想的艰深之书则如今早已飘零异域，不可复识矣！——不过最后奉劝一句，对于塞·泰·柯[4]，汝之心房书室固亦无须深闭峻拒，开门而揖入之可也。

题解

此篇不知读者们阅后的观感将会是如何；但译者的看法则是明确的——一篇再流畅不过的表达，再滑稽和幽默不过的故事，再贴切和自然不过的叙述，再奇特和新鲜不过的笔路，再警策和精妙不过的写作，等等，因而毫无疑问是兰姆的一篇极具特色的"小杰作"。这篇的题目像是篇议论文，但实则又是在写人（兰姆的文章绝大多数都在写人）。至于全篇文字和行文风

---

[1] 即 Fulke Greville, 1st Baron Brooke（1554—1628），英国诗人、悲剧作家与传记作者。
[2] 即 Johann Georg von Zimmermann（1728—1795），瑞士医生，作家。
[3] 即 Samuel Daniel（1562—1619），诗人、散文作者与历史家，著有《内战史》等。其诗作以语言纯净著称。
[4] 即柯勒律治，全名为 Samuel Taylor Coleridge。

格的高贵典雅（出经入史，征引宏富等），尚其余事，因为这也是兰姆文章的一大共同特点。文章靠后部分在用词造句乃至整个文体风格上的骤升一事是值得注意的，即出于讽刺等需要而改用古雅体，借以更好地遂行这一效果。关于这点译文也稍予留意。再有在人名的出现上文章也小有把戏。柯悖乱莱与柯勒律治实即同一个人——可能借以代表作者对此位先生的又恨又爱的两种不同的复杂心情？最后仍不免要啰唆的一句是，像这样流畅的文章也只有在快读之下才能见出其流畅，欣赏到其流畅（事实上这样的文章也就会使人读时慢不下来！）而幸勿因过多翻看注释而影响其阅读的速度也。这些注释尽可以在初读之后再行参考。

除夕志感

每个人都有两个生日；一年之中可说至少会有这么两天，这时总不免使他静下来思考思考那逝去的时光，因此事与他在世上的寿数不无关系。一种生日别具特殊意义，是一个人可以称之为他自己的。不过随着古旧节日的渐次废弛衰落，那种生日一到便将大庆特庆一番的习俗今天几乎已经不复存在，或者说也仅存在于儿童中间，而儿童对这事是想得不多的，其理解往往超不出糕饼与橙桔的范围。但是一个新年的诞生却意义极广，上至帝王，下至鞋匠，都不会把这个日子不当回事。从来没有一个人会对元月一日这样重要的一天完全等闲视之。正是从这一天起一切人都开始算算他们已经过了多少时间，以及还会留给他们多少时间。所以这一天应当算是我们一切人的共同生日。

在世上一切鸣钟所发出的声响当中（钟声乃是最接近天堂的音乐），那最庄严、最动人的再无过于那将旧岁送走的午夜钟声。每次我听到它时都不可能不心头骤形紧张起来，而把过去一年十二个月里的一切情景迅速汇集检阅一过；我的所作所为，痛苦辛劳，哪些已经完成，哪些还有疏漏——在那段已属无可挽回的时光中。这时我才开始懂得了时光的价值，正像一个垂毙的人那样。这事已经染上了个人的色彩；而绝非仅仅是一名当今诗人于其神思飞越之时口中的那种

> 我瞥见了那逝去旧步的裙裾。①

等等之类,而恰恰正是,值此庄重的辞岁之际,我们每一个满怀清愁的人似乎全都难免会有的一种心绪。我敢说昨天夜里我自己就感受到了,想必不少的人也都会与我有同感;尽管我的一些友人对这即将降临的新年常是一片欢忻鼓舞之情,而对那眼见逝去的旧岁却从无半点叹惋怜惜之意。但我可不是那种人,那种只知——

> 为着迎新客,急忙辇旧人。②

首先一点,我天性就怯生,怕新东西;新书,新面孔,还有新年——不知由于何种怪癖,面对未来我总感到作难。我已经几乎对来日不抱希望;我只是在重新返回到那些(以往)岁月里曾经有过的向往时才会感到兴奋。我会一头扎进以前那些靠不住的憧憬与结论当中。我会乱乱纷纷地再次撞见过去许多失意沮丧。我会对往日的受阻挫折坦然视之。我会,至少在想象中,原谅或制胜我的宿敌。我会再次地为爱(用个赌徒的行话来说)而打牌,在这方面我过去可是输得极惨的。我会甘愿我过去生涯中的一切不佳不妙之事全都一仍其旧,保持不变。我会对一些结构精良的小说中的某些情节不再妄思改动。我甚至觉得,我会宁可在我那长达七载的黄金岁月中为着那一头俊发和一双更俊的眼睛的阿丽丝·温——登③ 而甘心做其奴隶而甘心自苦乃尔,也不愿失去那段销魂夺魄的火辣热恋。我会宁可让我们家本来应得的那笔遗产完全丧失掉,完全让那老道理尔④ 那么诈骗走,也不愿此刻在银行中存着那两千镑和在头脑里失去那假冒伪善老恶棍的

---

① "当今诗人"指柯勒律治。这行诗引自他的《辞旧岁》("Ode to the Departing Year")一诗。
② 引自蒲柏的《奥德赛》英译本 15 卷 84 行。
③ 兰姆年轻时的恋人安妮·西蒙斯的假名。关于她,兰姆文中曾多次提起过。
④ 兰姆父亲遗嘱见证人,曾利用这一身份骗去本该属于兰姆姐弟的一笔遗产。

影子。

　　要说也真是有点不够成熟，我的毛病就在于太好怀念我的早年岁月。难道下面这句话也算是矛盾不通故作惊人之谈吗，如果我说一个人也只有在横跨其生命的四十年之后，方才有权爱恋他自我而不致贻人以自我爱恋之讥？①

　　如果说我对我自己还稍有自知之明的话，那么我不妨说，一个但凡能对他自己做点内省功夫的人——而我自己又几乎在这方面好做得成了病态——此刻对其自身的种种都不会像我对伊利亚这个成年人这样地一百个瞧不起。据我所知，他天生浮浪虚荣不说，还很任性乖张；他的……出了名；他对……沾染深②；好话良言一概听不入耳，既不受人劝，也不劝别人——而且还有……他还是个小丑加结巴嗑子，或者你认为的什么都行，总之有话只管明说，不必客气，你就是再数落他个什么天大的不是，甚至几乎快说不出口，也全都不要紧，也全都会有我赞成——只是对那个小时候的伊利亚——那"另一个我"，那个已退到背景后面的人——对那位年轻少爷我却得请求准许我在回忆起他时稍存好感，并坚决声明，他与那个此刻业已行年四十有五的愚蠢家伙很少有何相干，因而仿佛他只不过是别人家的子弟，而并非我的父母所生。那时我会对这个害天花的五岁小病人和那难吃的苦药流下泪来。我会把他滚烫的头轻轻放在他慈幼院③的病枕上，和他一同睡去，醒来惊奇地望见一种母亲般的照拂，一位不认识的人④正俯身探视着他。那时我了解他对谁流露出的半点虚假都会立即跑开。但

---

① 译文对这一警语进行了尽可能的复制。
② 这里作者故意省去的两个词很可能是"酗酒"与"吸烟"。
③ 即前面文中屡屡提到过的那个基督慈幼院（学校）。
④ "不认识的人"可能指护士。

上天保佑你，伊利亚，你现在可是完全变了！你变得精明世故了——可过去你却是多么诚实，多么勇敢（就一个弱小儿童来说），多么虔敬，多么富于想象和多么充满希望！我真是堕落到了极点①，如其我记忆中的那个孩子也就是我——而并不是什么别的冒充的监护人，而他不过假装是我，而此人还要对我那少不更事的人生步履提出若干规箴，对我的道德生命给予一番整饬！

也许我太好沉湎于（沉湎到不得人同情的程度）这类的回想乃是一种个人怪癖的病态表现。或者是另外有其原因；而这个，简单说来，即是由于我是一个没有家室的人，因而我至今还不曾学会将看事情的目光更多地投向于我一己之外；既然我没有自己的儿女可以纠缠抚弄，我很容易返回到往日的记忆里去，把我幼时头脑里的东西认作我的活的儿女，我的心头的宁馨？如果说这类想法对您来讲，我的看官（比如是位忙人，这大有可能）不免过于荒唐；如果说我的行径已经失去了您的同情，因而纯属怪诞不经，那就让我退回去吧，退回到免遭讥笑的伊利亚那团云雾里去。②

我幼年时家中的一些长辈可不是那种对古老节庆旧日规矩会轻易放过的人：一年一度告别旧岁的钟鸣他们全都会礼节如仪郑重其事地去对待的。在那些日子里，午夜时分那突然响起的阵阵排钟虽然会在我的周围带来一片欢忻祥和气氛，却总不免要使一缕忧思袭入我的心头。不过那时我还不大懂得这事的意义，既认识不到这便是生命上的一种逐年的年底结账，更不晓得它与自己有何关系。不止儿童是这样，就连不到三十岁的年轻人也都会是如此，他们并不真正懂得

---

① 这句话系兰姆自引其十四行诗《天真》("Innocence"，1795）中语。
② 在这一段里"伊利亚"与他所代表的那个我真可谓忽彼忽此、难解难分，极尽其迷惑人之能事，然而细读之下，又不会太影响对其基本文意的理解。

他们自己也会死去。当然他们不是完全不知道，而且如有必要，他们甚至还能就生命之无常这类题目讲上它一大篇；只是他心里并不真正明白，也同他自己联系不起来，这正像一个人很难在盛夏的天气将那严冬的冰雪想象得十分清楚。可如今，也允许我讲句我心里的话吗？我可是对上面说的这种结账感受得太强烈了。我已经在算计我在这世上还能活多久，于是对所花费掉的一切时间，哪怕寸阴片刻，也都吝惜起来，有如一个守财奴对他的小钱。随着未来岁月的愈来愈少和愈来愈短，我对每一瞬流去的时光也就变得更加珍惜，简直想伸出手去止住那飞转的时间巨轮。我不甘心让自己像只"织工手中的梭子"那样一去无迹。这类比譬对我不是宽慰，也不会使死亡这副苦剂稍减其苦。我不希望被那时光的大潮携与俱去，虽说它会把人的生命轻轻携至永久，并对那命运的最终结局深表遗憾。我所热爱的是这片绿色大地，这些市貌村容，那难以言状的幽寂乡间，那甜美不过的宁静街道。我的圣幕神龛即将设在这里。我宁愿自己现在已多么大，就多么大，永远停住；宁愿我，以及我的朋友，不再年轻，不再富裕，不再美妙。我不想让暮年把我从我现有的一切中从此断开；也不要像，照人们的说法，一枚果实那样，一旦熟透，便将落入坟墓。任何些微的改变，在我所在的这个尘世上，不论是饮食居室，都将使我迷惘，使我烦乱。我家的守护神[1]在此已经扎根极深，如硬要将其拔起，势非酿出一起流血惨案不可。他们并不渴望另适他所，寻求什么天国帝乡。[2] 一种新的生活方式只会使我乱了方寸。

丽日、晴空、微风、幽径、暑天的假日、碧绿的田野、鱼汤肉羹的香味、热闹的社交、提神的酒杯、可爱的烛光、炉边的絮语、天真

---

[1] 亦即家神，欧洲旧俗认为每个家室都有其守护神。
[2] 这句话来自维吉尔的《伊尼亚德》1卷2章3行。

除夕志感

的虚荣,以及戏谑玩笑,甚至嘲弄揶揄——是否这一切都将随着生命的消失而消失?

你说,鬼也会笑吗,也会一副骨头架子笑得前仰后合,如果您把他也给逗乐了?

再有,你们,我的午夜亲亲,我的卷帙书册!那些芳馥盈掬、温馨在抱的东西,我也得同你们从此永别了吗?难道那时知识之到来,如其还能到来,将要靠一套什么蹩脚的直觉感悟之类的办法,而不再是过去的那种伏案用功?

再有在那里我还能再得到友谊之乐吗?难道那里就再没有了那能把我一下便吸引到他们身边的微笑的暗示——那一见就能使人认出的熟悉面孔,一眼便能叫你放心的"可爱顾盼"[1]?

遇到冬日晦暝天气,这种与死亡相抵触的烦躁心情——姑且把这意思说得稍委婉些吧——尤其容易不绝来袭,苦苦纠缠住我。但在一个晴和的盛夏中午,高空赤日当头,这时连死亡的有无怕是也会成为疑问。这时节正是像我这类可怜虫豸永生不死的大好时光。于是我们又发芽抽条,枝叶葱茏。于是我们又变得和往日一样强健,一样勇敢,一样聪明,甚至长高了许多。那肃杀生机、令我瑟缩一团的凛冽寒风则不免使死亡的念头萌生我的胸臆。一切与虚无不实相联系的东西都将助长那种情绪。寒冷、僵冻、梦幻、迷惘,甚至月光,那么幽翳,那么阴森——那炎阳的冰冷魂魄,菲伯斯的多病姊妹[2],正像《雅歌》[3]中说到的那个养育不良的小姑娘——我自信决非月的族类,

---

[1] 引自英诗人 Matthew Royden 的《悼菲利普·锡德尼爵士》一诗。
[2] 指月神戴亚娜(Diana),至于菲伯斯则为日神(亦作阿波罗)之别名。
[3] 亦即《圣经·所罗门之歌》,这里所说的小姑娘的原话是:"我们有一小妹,她的两乳尚未长成。"(见该诗 8 章 8 节。)

而倒是对拜日的波斯人①颇有好感。

一切对我横生枝节阻梗、把我引向舛连歧路的东西都会将死亡带入我的心中。一切细疵小恶，例如心绪不佳，都会将人引入那致人死命的厉疾灾疫。但有人不同，声称生命在他毫无所谓。他们欢呼生命的终结是一个人的避风港，说坟墓是他的温柔乡，从此可以一枕酣眠，长憩是间。有的人甚至还追求死亡——不过，我要说，滚你的蛋吧，你污秽丑恶阴影！我对你，只会厌恶，只会憎怖，只会诅咒，只会效昔日约翰修士②之所为，将你交付到十万恶鬼的手里去发落③，万无丝毫原宥宽假之理，而且像对一切蛇蝎毒虺那样，避之惟恐不及；不惟此也，还要将你黥刺之，流放之，声讨之！你是无论如何让我完全无法接受的，不管你是什么恍兮惚兮既惨且戚的号称虚无，还是一种更其可怖尤为恼人的所谓实在！

一切这方面的解毒妙剂，那旨在减缓对你的恐惧而开出的这类怯惊止怖的药物，正和你自身那样，全是一批僵死冰冷、有辱人格的东西。试问一个人难道徒因"死后得以与皇帝君王长眠一起"④便能获得多大安慰吗，如果当其人生时就从来不曾动过要与这类人同榻共枕的念头？或者，据说此事还言之非虚，"花容玉貌还将在彼地得其仿佛"⑤？这真乃咄咄怪事，难道徒为使我得到欣慰，那阿丽丝·温——登便必须转成花魅？尤为严重的是，我每每对镌刻于你们寻常墓碑之上的那些不伦不类的俗词滥语尤为厌烦，这些触目皆是，只能招我反

---

① 古波斯为拜日教（亦称祆教）的发源地。
② 法国作家拉伯雷《巨人传》中人物，塞尔维亚之僧侣，作战时以好诅咒与勇猛凶狠著称。
③ 《圣经》中的惯用语。
④ 引自托玛斯·布朗的《骨灰瓮》。
⑤ 引自苏格兰的一首歌谣"William and Margaret"。威廉曾对玛格丽特始爱而终弃，玛死后，其鬼魂出现在威的面前。

除夕志感　065

感。好像每具死尸都有权向我教训一番，而其意不过曰，"我既今日如此，君等亦必迅速同我一样"。恐怕未必那么迅速吧，朋友，如你所想象的那样。我此刻便还活着。我还能四处走动。我比你要值钱十倍。你也不要太不识相！你的一切元旦早已成为过去。我却依然幸存下来，于是有份再欢欢喜喜地去过那 1821 年。再斟上好酒一杯吧——且听那苍黄反复的鸣钟，刚刚还在为那逝去的 1820 年大放悲声，但此刻却调门一转，又正为它的新继承者的降临而欢歌阵阵，高奏凯调，那么何不让我们和着那铿锵的钟声将快活欢乐的卡登先生[1]的那首应景佳什也一道吟诵起来，以申节庆之忱，诗云——

新年颂歌

鸡鸣喔喔，远星闪闪，

宣告黎明已经不远；

冲破夜空，升入穹苍，

将那西山染作金黄。

星边出现双面大仙[2]，

目光炯炯望着来年，

一副神气似在表示，

来年光景未必顺利。

这样刚一展身观望，

入眼种种俱是恶象；

我们生怕发生什么，

担心本身便是折磨，

---

[1] 即 Charles Cotton (1630—1687)，诗人、学者，钓鱼大家华尔顿的友人，法国蒙田《随笔集》的英译者。
[2] 见前《牛津度假记》20 页注 ⑤。

066　伊利亚随笔

它带来的心灵紊乱，
甚至胜过实际苦难。
不过且慢，随着黎明，
眼前景物渐渐转清，
方才还是愁眉锁眼，
此刻顿觉湛然一片。
原来脸上种种表示，
只是说的去年不是；
如今大仙转过脸来，
对着新年笑逐颜开。
他的瞻望高极远极，
一年好景尽展眼底；
对于那副明察锐目，
人间万变他都有数。
愈来他愈笑容可掬，
可能他已觑出转机。
所以元旦刚一来临，
便向人间立报佳音，
既然如此那又何必
对着来年只生疑惧？
如说去岁一切不佳，
今年只会更加奋发；
既然去岁还能混过，
今年岂能挡住你我！
如此下去来年一到，

> 万事必然好上加好：
> 正如我们平日所见，
> 不吉不利不会永远，
> 坏事一旦出现过频，
> 好运必然再番降临，
> 所来时间虽不很长，
> 鼓舞之大却难估量。
> 三年之中一年还好，
> 已是命运极大回报，
> 谁如对此仍然悻悻，
> 那便与他嘉名不称。
> 快将佳酿盛满几案，
> 好让新客动动杯盏。
> 欢乐好运从来成双，
> 灾厄至此也会呈祥。
> 虽然女神转瞬即去，
> 且让酒袋鼓舞士气，
> 且让我们奋战今年，
> 直到来岁再拜新颜。

看官，读后感觉如何——您是否觉得这些诗行能将旧日英国佬的那种粗犷豁达的性格多少传出几分？诗的一番写法，是否会像那浓酒一杯，饮后足以使人强身健体，使人心胸开阔，热情洋溢，襟怀博大？适才所流露的或自谓的那番凄凄悲悲的死之恐惧，此刻又都到哪里去了？——它已像头顶上的乌云无迹可寻，已在美如新诗的曙色之中消融不见，已被赫里肯仙山[①]下的纯洌流泉荡涤一空——那唯一治愈您忧郁症的灵液圣水。好了，就让我们再斟上美酒，满引一杯，并举觞遥祝诸君各位新年快乐，年年如意，岁岁平安！

题解

  这篇志感文章所记下的感想是复杂的，也是深刻的；它绝不肤浅，但读后给人留下的一个最突出的印象是文中流露出的那种基本情调——对人生对生活的留恋热爱和对未来对来世的不抱希望甚至有所怀疑，因而就其精神而言，则不是基督教的（这在当日，不能算是小事），也正是为此，文章发表后曾遭到大诗人骚塞的批评，认为"缺乏健康的宗教感情"。文章中所表现的怀旧情绪也是明显的，但这种情绪似乎不宜被视作全然消极，当然更非颓废的东西，而更多地却是来自对生活的热爱，来自对曾经经历感受过的实实在在的事物的依恋和感情，并因为深恐它们会永远逝去而几乎要发出那有名的呼叫："时间，停住吧！"——哪怕以后的一切会再好更妙。这充分说明作者是一个重感情的人。他至少不曾喜新厌旧。凡是一切真正完美的事物，或者说事物一旦达于真正的完美，便不易再现（所谓"胜事难再"），这样一种认识也可能正是这种怀旧情感的心理根源。作者写此文时尚不满45岁，但已经对他今后的岁月做起"惜时如金"的计算！这不能不说是太早了些，也太不寻常，但这个，对生活的热爱而外，恐怕也与他一生当中能归自己支配的时间实少这件事不无相当关系吧。

  作者在忙于对比如生与死这类重大而严肃的问题的考虑中时而仍然不忘遇机会便谐谑一下，这也应是此文的另一特色。

  另外阅读过程中，您是否也充分感觉到了文中那仿佛微如细丝般的淡淡诗意，那非常温馨但也不无一点凄恻之感的慰人语言！这篇文章实际上也就是一首诗，尽管是用散文写成。

[①] 古希腊仙山，众文艺女神缪斯的常聚之地。

拜脱夫人说牌

"炉内火旺,炉前亮堂,炉边牌风端庄。"——这个,便是那位撒拉·拜脱老夫人(如今业已作古)历来的有名主张;她一生最重视的事,礼拜诵经而外,便要数打上一局规规矩矩的惠斯特牌了。[1] 说到这事,她可不是你们那种冷冷淡淡的牌手,半心半意的玩家,这种人三缺一时也能勉强凑上一把;但一边还要不断表白:他们对赢牌并不真感兴趣;他们有输有赢就行,赢上一局,就再输上一局;[2] 他们只希望在牌桌上惬惬意意消磨上一段时光,打和不打倒在其次;他们甚至巴不得对手常出点儿岔子,出了张错牌,收了回去,再出那对的。这类令人难耐的浅薄混混儿乃是牌桌上的一害。这正像一只苍蝇会毁了一锅好汤。说实在,这种人哪里是在打什么牌,他们只不过是逢场作戏,瞎耍一通。

撒拉·拜脱夫人可不属于这一路人。她憎恶他们,正如我自己那样,打心眼儿里头憎恶他们,因而除了逼不得已的特殊情形外,她是决计不肯同这类人坐到一张牌桌上去的。她喜欢的是一个死心塌地的

---

[1] 惠斯特,今日桥牌的前身,为一种四个人双打的牌戏。
[2] 这里有作者的一条自注,那话是"As if a sportsman should tell you he liked to kill a fox one day, and lose him the next."(这正仿佛一名猎人在对你说,他很想今天能射杀上一只狐狸,明天再让它跑掉。)显然作者这里是在讽刺说这种话的牌手的可笑和无聊。

搭档，一名顽抗到底的敌手。她自己从不对人，也不让别人对她，讲半点儿通融。她最讨厌别人照顾她。她从来不有牌不跟，也从来不在出手之后不让对方付点高昂代价。她打的全都是硬仗：冲来刺去，你死我活。她手中的那口利刃（她的牌）可是真杀真砍，毫不含糊，不"像舞蹈家"的那个道具，只是虚晃一招，耍个花架。就连她那一坐也总是端端正正，有模有样；这时她手里的牌你既休想看看，她也决不去看你的。当然在这事上每个人都难免会有他的弱点——他的迷信。我自己就听她私下里讲过，她打红桃时往往手气最好。

我一生当中——我与撒拉·拜脱有过往来的那许多年都正当我的大好年华——从来都不曾见过她在出牌之前先把个鼻烟盒打开来嗅嗅；或者打的中间顺手剪一下烛花；或者摇摇铃铛去唤用人，除非是牌已打完。另外牌戏进行当中她从不自己带头闲扯，说这道那，或允许别人这样。她就十分明确地讲过，打牌就是打牌：如果说我也曾在她那张上世纪的雅致的面孔上见到过对什么毫不掩饰的不满的话，那便是对一位有几分文士味道的年轻先生的骄矜态度，这个人要他凑一把手时就会颇费唇舌；而打起牌来又不免坦率过度，公开表示他以为在一个人用功读书之余，偶尔在这类娱乐上放松排遣一下，倒也无伤大雅！拜脱无法容忍她的高尚事业，她那为之而倾注其全部心智的追求，竟被人这么看待。其实这就是她的正事，她的本分，她的天职，她生到这个世界上就是来做这个的——而她做了。她懂得放松排遣的，但要在牌事之后——这时她会拾起一本书来。

在这方面，蒲柏是她爱读的作家，蒲柏的《劫发记》[①]是她爱读的

[①] 英诗人蒲柏1714年所发表的长篇游戏讽刺诗，题材内容取自当日宫中发生的一件琐事，即某一纨绔贵族子弟强剪了一位女官的一绺头发，以及由此而引起的轩然大波。蒲柏寓谐于庄，故意采用史诗的笔法来小题大作，对当日贵族与宫廷间的空虚无聊极尽其挖苦之能事。

作品。一次，她还投我所好，将那部诗里提到过的有名欧姆巴牌[1]亲自同我打过一回（当然是真用牌打），并对这种牌与特雷底里尔牌[2]两者打法上的异同向我作了一番阐释。她的举例说明都极适切生动，这些我都一一笔录了下来，并择要寄给过鲍里斯先生[3]去参考；只可惜邮件收到过迟，未能及时收入他对该作家的精彩注释当中。

她曾不止一次对我讲过，一开始时，她最钟情于夸特里尔；但牌艺渐深之后，便开始移爱于惠斯特牌，而不多旁骛。那前者，在她看来，终不免肤浅花哨，华而不实，往往最吸引年轻人。在这种牌里，那对手的忽此忽彼，来回换家——这一点那惠斯特牌的打手是最见不得的，因为在惠斯特里，对手搭档一经确定下来，便忠贞到底；那黑桃尖子的势焰熏天，权倾朝野——这一点，据她公正指出，则是荒谬不合理的，因为在惠斯特里，黑桃尖子虽也贵比帝王，位列勋爵，但权力却仍不得凌驾于其他一切尖子之上；那单家独打和胜利时的一番洋洋自得欣喜若狂之态，因而每对新手最具吸引力；以及，尤为可厌的，那不要搭档全输全赢的几乎横扫一切的过于招摇——而与之相比，惠斯特打起来时则往往只是输赢相间，胜负参半，若论辉煌确实无法与之抗衡。凡此种种，按照她的看法，正是何以夸特里尔会使一些年轻狂热之徒乐此不疲趋之若鹜的原因。但是惠斯特却是兵家之牌，这是她的原话。它仿佛是一顿可以供人从容享用的正餐盛馔，而不像夸特里尔似的，只是几样零食小吃。一两局由三至五个单盘构成的惠斯特打了下来，也就时间正好，足够消此长夜。工夫既那么长，这期间无论敦故交，叙旧谊，结新仇，积宿怨，一切都来得及。那另

---

[1] 一种三个人单打的牌戏。至于这种牌的打法和场面见于《劫发记》第3章。
[2] 也是一种三人单打的牌戏。
[3] 当日一位牧师、诗人与古物收藏家，其蒲柏诗注释本出版于1806年。

一种则不同,其间谁与谁的联手结合,纯出偶然,翻云覆雨,变化莫测,极不可靠,所以对此她最反感。夸特里尔中的那种频频出现的小打小闹,她认为,每每使她想起意大利许多蕞尔小国间的种种琐细倾轧、无聊磨擦,而一切又都不过是刹那间事,这点马基阿维里的书中曾记叙极详[1];这些小邦总是一刻不停地在改变着立场,修订着关系;今天还是深仇死敌,冤家对头,明日又会成了至亲至好,比蜜还甜;刚才还亲狎偎抱,火热一团,此刻却已撕破面皮,又抓又咬;但是惠斯特里面的战斗却足以与英吉利和法兰西这两个伟大国家之间所存在的那种敌对行动相比[2],这些历时既长,起源亦久,直至今日,少有改变,而且此中还不无其一番道理。

惠斯特之所以会让她如此倾心主要在其浑然简易这点。这里没有丝毫的无聊玩意儿,像在克里贝牌戏[3]中的那王牌杰克——没有丝毫不必要的细小零碎。这里也没有那同花顺——这实在是一个明白人所能想出的最荒唐的东西了——因为按照这种打法,一个人只要手中捏住几张花色相同的一顺牌,那么不用去打,也不管这些牌本身的大小如何或该值多少,就算连赢四分!她认为这实在是太不合乎道理:如果一名牌手的志向不过如此,那就和一位诗家只要押上头韵[4]便自谓尽其能事一样可怜。她瞧不起这种浅薄作法,她的见事要比单单看到这些花色更深得多。她认为,那一副副的纸牌就像一队队的士

---

[1] 即 Niccolò Machiavelli(1469—1527),意大利佛罗伦斯著述家与政治家,曾多次出使于法国、日尔曼与意大利各邦之间。所著《霸术》一书为社会科学名著。但这里指的是他的《佛罗伦斯史》。
[2] 过去英法之间历来战争不断,凡数十次,其中最著者为英法百年战争,前后历时不下一百一十多年(1336—1453)。
[3] 克里贝,一种二三至四人打的牌戏,玩牌时常用一块木板计输赢,故名。
[4] 押头韵,相对于押脚韵而言的一种押韵法,即在一行诗中对几个(特别是有重音的)开头辅音进行押韵。这种押法为古代英诗的普遍特点,但也不同程度地沿用至今。

兵，当然得给他们配置上一套统一的服装，以资识别；但是如果有一位乡绅，把他的佃户家丁全都一色深红号衣装配起来，便自谓立了军功，但却从不亲率他们去过前线，应敌冲杀，试问这样的队伍又算得什么？她甚至巴不得惠斯特能比现在的更简易些；而这个，据我的理解，即是要将它的一些附加的琐细再删去些，而这些，只是由于人的脆弱不够坚决，才会容忍甚至甘愿它们一直留着。她不明白为何确定它一张王牌还必须翻它一下。为何便不能让一副牌永远当成王牌使用？甚至为何非要两种颜色不可，没有这种颜色区别，那牌上的记号不就已经能够叫人清清楚楚地分辨出来吗？

"可是，我的可敬夫人，人的眼睛是要靠不断变化花样才会感到新鲜感到满意的。人并不是一个纯理性的动物——他的四肢五官都必须得到愉快满足。这点我们从罗马天主教国家的一些作法看得最是明白，那里的音乐和绘画往往会把不少人吸引去信奉礼拜，而按照贵教友派[1]反对声色之娱的主张，这一切只能在被摈弃之列。——说到您，您自己不是也颇有一批精美的画作收藏吗？那么请您说句心里话，当您走动在您桑德汉姆[2]的画室里面，徘徊在那些色调亮晶的凡戴克[3]佳作中间，或者您前厅的保罗·伯特斯[4]的什么画幅前面，难道您不也会因此而骤感心头雅趣盈怀，异样激越，那情景，同您几乎夜夜不离眼前的五光十色的花牌[5]，岂不也有几分相像？——那牌上面花哨古怪的服装，仿佛仪仗队里的传令官；那美艳漂亮，俨如胜券在握的红

---

[1] 教友派，俗称"震颤派"（意为对上帝的纶音应加战栗），英国清教的一派，教风以衣食朴素、恬静缄默为尚，因而与特别重视铺张彩饰的罗马天主教习气恰成一鲜明对比。
[2] 英国地名。
[3] 即 Sir Anthony van Dyck（1599—1641），荷兰著名画家，多年寓居英国，曾为查理一世宫廷绘出许多人物画像。
[4] 即 Paul Potter（1625—1654），荷兰著名肖像画与动物画画家。
[5] 即纸牌中的 K、Q、J 牌。

牌；那威风凛凛，简直致人死命的黑牌；那"老迈霸道的黑桃牌"；那荣耀不减巴姆[1]的方块杰克！

"所有这一切当然都可以省去不要；一张光牌上面印几个字，别的什么都不要，也不要什么画，牌还是可以打的。可这一来那牌戏中的美也会没了。把那可以引起联想的东西统统去掉，打牌这事也就会退化成了单纯赌博。——请想想看，要只说打牌，哪一张平平常常的普通桌面，甚至一张鼓面上头不可以摆开来打，还要那碧油油的桌毡台布做甚（其美好几乎不下于天然茵褥），而正是在这里才是那些高雅牌手大展其马术枪法的真正用武之地！另外难道那些雕制精美的象牙记分器也都得换掉——那些出自华夏良工之手的妙物，尽管那上面的符号他们说不清象征什么，或者说这些良工也正像那位能为那女神制出许多小银龛的以弗所有名巧匠[2]，对其制品的神圣用途一点儿也不理解——都换成小块皮子（我们祖先一度曾用以为钱币）或者粉笔石板才行！"

老夫人听了，不禁莞尔一笑，承认我的话不无相当道理。日后我一直觉得，她死后对我的一宗遗赠，与我那天晚上的一番议论蒙她嘉许（而且所谈又是她爱谈的题目）不无关系。遗赠物之一为一方赭黄大理石精制的古怪克里贝牌板，当年她舅父（即老瓦尔特·蒲鲁莫，我在另文[3]中曾提过他）亲从佛罗伦斯所购归；此外还得到一笔在她

---

[1] 巴姆（Pam）为 Henry John Palmerston（1784—1865）的绰号，作者著此文时巴姆为陆军大臣，首相庇特之追随者（1855年后曾累官首相），一时势焰熏天，炙手可热，故文中有些戏谑比譬。
[2] 以弗所（Ephesus）为当日小亚细亚西部一希腊人旧城，Diana 神的神庙所在地（按 Diana 为罗马女月神与司狩猎之神），那里有银匠一名，曾靠制作该女神银像及其神龛而发财，但用本文作者的话说，"对其制品的神圣用途一点儿也不理解"。见《圣经·使徒行传》19章24节以及以下诸节。
[3] 另文指前面的《南海所追忆》一文。

来说不过细数的五百镑现款。

这前一种遗赠（尽管我丝毫也并不真重视）我曾一直当作圣物一般地虔心珍藏着；而她自己对克里贝，讲实话，也并不怎么特别喜爱。这种牌压根儿就俗气——一次跟她舅舅争辩时我就听她这么说过，虽说她舅舅偏爱这牌。什么"开吧，开吧"或者"这回算给崴了"①等之类的词儿她是从来不大情愿冒出口的。她说这种牌是个缺乏章法的东西。不断拿木钉记分的作法尤其让她讨厌。据我所知，有一回她就放弃了一次赢钱的机会（赌注为五镑），其实这一局本来是该她赢的，只要她肯翻开那张杰克，再按照规定屈尊叫出一声："踩着两分"，这局的赢家就归她了。这种在利益面前的自我克制功夫本身就透着高雅气息。而撒拉·拜脱天生就是一位高雅贵妇。

至于皮克②这种牌她认为最适合两个人玩，但她最见不得它那套词儿——比如皮克住了，又皮克住了，全卡皮住了③——这些听起来（她觉得）实在太矫揉造作。④但这只能供两个人，最多三个人玩的牌她总不太重视。她喜欢的是那种方块阵式，或曰矩形对垒。她的理论是：打牌就是打仗，其目的在于赢钱，而且赢得光荣。不过打牌这种打仗是打着游戏的外衣来打的，因此双方如果就只有一名，这样一局下来谁输谁赢也不免太露骨了。光凭这么孤单的两个人来打，这种仗只能是距离太近的交手仗。这时即使一旁有人观战，情形也不会有多大改变。其实旁观者一般是兴趣不大的，除非他们就是专为来看输赢，但这样一来，兴趣也就单纯成了金钱问题了。这时他们对你的运

---

① "开吧" "崴了"为"开始吧"和"糟了"等意思的假设性的行话。
② 即 piquet，两人对打的一种牌戏。
③ 这也是译者假设或假想的一种行话，其意思从这些用词中不难猜出。
④ 之所以说是矫揉造作，是因为 pick、repick、capot 都属法语来源的词，因而在英人的耳中不免会产生某种不自然的感觉。

气好坏就会完全无动于衷，对你的牌艺也是同样。至于三人一局的打法，情形就更不妙。这时只会是一场赤裸裸的各自为战，彼此厮打，比如在克里贝里就是这样，其中既无联合，也无同盟；或者，不过像在特拉里尔那样，闹来闹去无非是小利小害、磨擦冲突的轮番再现，无非是忽此忽彼、半心半意的临时拼凑纠合，连他们的背信弃义也见不出丝毫诚意。但是在方形对阵当中（这里她指的是惠斯特牌），则举凡牌戏所可能具备的一切长处都可谓应有尽有。首先，这里有光荣赢钱的刺激，这点当然在各类牌中是共同的——但这种好处在其他牌中则往往体现得不够充分，另外在这些牌里那旁观者也很难真正参加进去。但是在惠斯特中，参战双方则既是旁观者也是战斗者。他们自身就组成了一个战场，这时有人观看与否并不重要。这种人甚至有比没有还糟，他们会显得多此一举。在打惠斯特时，最忌中立态度，最忌心思旁骛。你会对属于某个奇招或某种好运的妙牌而不胜其光荣，但之所以光荣并非是因为哪个冷冰的——哪怕是热烈的——旁观人看见了它，而是因为你的搭档在打的过程中始终与你同心同德，休戚与共。你赢是为两人而赢，胜是为两人而胜。高兴时是两人都高兴。烦恼时是两人都烦恼。何时蒙羞，有人分担，遇到光荣，双方共享（而又不致引起妒意）。两个人输给两个人总比单个人输给单个人要好接受得多，在后者那里厮杀实在是太靠近了。即使是偶有怨气，但这时既然多了一道泄怨的闸门，情形也就可以大为缓解。于是征战杀伐化为文明游戏。总之，诸如此类的说法便是这位老妇人对她心爱的排遣的一套辩词。

再有，在下列的情形下，再有人劝，她也不打。这即是，在凡有机会因素进入其中的那些牌里，如果机会只是机会，而并不引起输赢，她便觉得没有意思。机会这事，她常会这么讲——这里请同样莫忽略她论断的精妙！——机会这事本身并无意义，如若不是因为别的东西靠了它会如何如何。显然单独机会不算光荣。试问一个人又有什么理由值得欣喜若狂的呢，如果他把那王牌尖子一连翻出来过千百次，不管他单独一人也好，旁边有人见着也罢，但那里头却没下赌注？这正好像，你把一种奖券发行它十万张，张张上面都印上那个中奖的号。但试问，这时人的天性中的哪种东西又能得到半点满足，除了那愚蠢的惊奇心，即使抽的人连续抽上它十万次，但那里头却没设奖金？所以她对贝加蒙牌①里的那种种丰富机会并不喜欢，如果它的输赢与钱无关。她认为这样的打法是愚蠢打法，这样打的人是糊涂人，只因为碰上几个好牌，就那么兴奋吗？但另方面，全凭技巧的牌戏同样也不合她脾胃。单为赌注而打，这时牌戏会成为一种拼死拼活的东西。单为荣誉而打，又会变作双方斗心眼、斗记性，或者更确切些说斗综合能力的玩意儿，仿佛一场模拟性的作战演习，打了半天，既无伤亡，也无缴获。她很难想象一局牌戏可以没有机会这种能够使之变得生气勃勃的活跃因素——那福气财运的另种说法。正当惠斯特在大厅中间火辣展开之际，屋的一角竟还有人在下什么棋，这在她简直会视作怪事，厌烦透顶。那里头全都一模一样、精雕细刻的"城堡""骑士"，那棋盘上的整个花纹图案，她见了后总是要说（在这点上我倒以为她的话不无道理），全都按的不是地方，全都没有意思。那些单凭动动脑筋的僵死比试本来就与那想象也毫不沾边。那里面不论排场彩饰都无必要。弄上块干净木板，再用铅笔划几个格儿（她往往会这么说），也就足够这类战斗大家充当其演武厅了。

有些人不赞成牌戏，认为打牌会滋长种种不良欲望，对这些卑琐

---

① 十五子游戏，参加的双方各有15枚棋子，凭掷骰进行。

的反对者她的答复是,人本来就是个好打牌的动物。他总是要在不拘这事那事上去尽量制胜对方,而这种欲望的排遣再没有比在一局牌戏中更为稳妥安全的了:牌戏是一种短暂幻觉;事实上它只是一出戏;在这里我们只是在假装扮演着重大角色,尽管这时与己攸关的不过区区几个先令的输赢,然而恍惚之中却仿佛这里的赌注之巨大竟比那些争王夺国的情形也不在以下。牌戏只是一场梦中战,一阵无事忙;冲杀起来,轰轰烈烈,硝烟过去,不见血污;它手段非凡,而目的极为有限;同样有趣,但却丝毫无害,如若比起人世间许多更为严重得多的其他赌博,而这些,人们虽一直在进行着,但却从不理解原来就是这类东西。

虽然我对老夫人在牌艺上一番见解无不欣然乐从,我觉得有时候偶尔打打不赢钱的牌也仍能从中得到乐趣。因而每遇身体不适或心绪欠佳之时,我也常叫人拿出牌来,和我堂姐布里吉特——布里吉特·伊利亚①,玩上一局皮克,而且也只是玩玩。

我承认这样也许有点不够体面,但既然你已经害了牙疼,或是扭了踝骨,因而身心俱悴,不再神气,这时一个人也就只能安于一种不甚入流的普通行动。

我总觉着,按道理讲,世上也就真有所谓病人之惠斯特这一回事——

诚然此种打法格调不高,难登大雅之堂——唯愿彼撒拉·拜脱在天之灵恕不降罪——呜呼,谁其料之,我所欲求宽宥之人,如今已渺!——

是故每逢这类时刻,昔日贵友所不取之种种打法,在我竟也觍颜

---

① 作者为其姐玛丽所起的一个假名,并为将关系搞得再疏远一点而变为cousin。这个布里吉特在兰姆文中曾多次出现。

行之——我每每会因为连得三四张同花之牌而私衷窃喜,尽管实际上并无所得。我确已堕入低级趣味无疑。斯时也,似能赢牌之幻觉,实获我心。

最近我和姐姐[1]又玩了一回牌(我全赢了她)——我那时的一股糊涂思想也敢对您说吗?我真巴不得那局牌就能那样一直和永远打下去,虽然我们谁都没真赢什么,也没真输什么,虽然那只不过是一场虚幻之牌——我真巴不得我们永远也不再走出这场愚蠢牌戏。那小瓦罐就让它在火上永远滚着去吧,那是去煎我脚伤的止痛药的,只等牌戏一完,就要该着布里吉特(也是天意如此)去为我贴敷。不过既然我对外敷的事素来不感兴趣,那就让它在火上永远滚着去吧。布里吉特和我也就这么一直和永远打下去吧。[2]

题解

拜脱夫人这个奇妙人物据说是作者根据他的一个技艺非常不错的牌友所塑造出来的,但塑造竟是如此成功,被塑造者也必不朽。向来身怀绝技的人能引起人的赞佩,但这赞佩也往往是即此为止,除非是此人于这之外还另有许多别的东西:阅历、学问、修养、人品、性格、情操、风度、派头、趣味、才分、谈吐、机智、敏悟、见识、哲学……而的确也只有当一个人具有了这许多甚至这一切时,他或她才有可能真正抓住人心,才有可能领袖群伦,倾倒众生,睥睨一世——当然这也只有在过去,如文中的这位拜脱夫人。更何况,通过年岁上的"增加",这夫人又被上推了小半个世纪(又何况人家还有绘画馆之类),这样连辈分与地位等也就都占齐全了,所以难怪她会那么迷人。她确实是给写绝了。她竟给写得那么有身份!

---

[1] 原文这里仍是 cousin(堂姐),但按我国习惯,除非在正式场合,叫姐姐乃是很自然的。
[2] 这一段话与诗人济慈在其《希腊古瓶颂》中表达的思想颇有其暗合之处,并深为西方人所欣赏。英散文家与传记家 Augustine Birrell 在为万人丛书版的《伊利亚随笔集》所作的序言中即认为这段话写得很有情趣。

随着内容的一步步展开，整个文情也就愈写愈活，愈生动火辣，佳言隽语，秀句妙段，更是纷至沓来，天花乱坠，令人目不暇接。一句话，好文章多的是。这些还需要一一列举吗？比如那论黑桃尖子的一段，那论消此长夜的一段，论冤家对头的一段，论佃户家丁的一段，论各类牌的优劣的一段，论梦中战的一段，论违背夫人教诲的一段，以及而且尤其是文章末尾让小瓦罐永远滚下去和他们姐弟也永远将牌打下去的一段——这一段尤为情趣盎然，余韵无穷！

万愚节[1]

尊贵的先生们，值此良辰佳节到来之际，这里谨向各位恭致问候，并祝愿大家"四一"快乐！

祝愿这一天人人都高高兴兴，幸福如意，——对您——对您——特别是对您，先生——可别那样，可别皱起眉头来，可别一提起这事就板起一副面孔。难道我们彼此还不够熟悉吗？那么朋友之间还讲什么客套？我们大家不是人人都沾有点儿那东西——你明白我的意思——那滑稽人身上的这个那个？谁如果，当此普天同庆、薄海腾欢的重大时节，而居然畏缩不前，漠然对之，这个人可真是——天厌之，天厌之！该挨骂了！我本人可不是那种遇事一跑了之的人。我今天跑到这里，公司都管不了我，而且谁知道了，我也不怕。今天谁在这个树林里遇上了我[2]，可千万别指望我的嘴里会吐出象牙，这一点我预先声明。在下乃是斯吐尔吐丝——丝姆[3]一个，这个便正是在下。请麻烦您替我把这个词儿翻译一下；翻出来后，那个意思就全归您啦，以报答您的辛苦。可别小看，先生，咱们这个地球上的四分之四

---

[1] 万愚节，每年四月一日为欧洲自古流传下来的一个嬉戏宴乐节日，这一天人们可以向熟人开些小玩笑或搞点无害的恶作剧，以逗乐玩闹，被捉弄者也不以为怪。
[2] 文章假设这个游宴会是在一个树林中举行的。
[3] 原文为 Stultus sum，拉丁语，意为最大的笨伯。

的人就全在咱们这边儿①——这还是尽量往少里说。

快把咱们那晶光四射的好鹅栗酒②给满满斟上它一杯——在像今天这样的好日子里,咱们可绝不去动那喝了会把人变精明变沉闷变老练了的红葡萄酒③——然后就哼哼起那阿珉斯的轮唱曲④吧——杜阿达密⑤——杜阿达密——是不是就是这个唱法儿?

这里他见着啦,

个个傻得像他。⑥

为今之计,我此刻最急于查清的一桩公案便是,无论考诸史实还是征诸文献,谁到底是迄今为止世上所产生过的最大的傻瓜?这个我肯定能够提供您一大批的。至于今天的这人吗,我觉得这事并不困难,把您阁下也打了进去,不就结啦。

对不起,请把您的帽檐稍稍挪开一点儿,它挡住了我手里的棍棒⑦。好了,现在就请在场各位各凭所好,把您手里的不论什么铃铛家伙按照您各自心爱的曲子,漫天价地全都敲打起来吧。至于在下嘛,我又岂能不也献上两句:

教堂古钟,怪得发疯,

跟着排钟,没命嗡嗡。⑧

---

① 当然是故意说糊涂话。
② 这里原文为 gooseberry,作者在这里显然在搞文字游戏,因为 goose 一词在英语中即有傻瓜之意,因而 gooseberry 在这里便成了"傻瓜的酒"。
③ 红葡萄是外交、交际或舞会等场合的常饮酒,故云。
④ 阿珉斯,见《南海所追忆》14 页注④。这首轮唱曲的场面见莎剧《皆大欢喜》2 幕 5 场。
⑤ 杜阿达密是该轮唱曲中的"凑音词",今天在英语中已无具体意义,但据说它是从希腊语中承袭来的,其原义是呼唤奴隶排队站圈的一种吆喝词。
⑥ 这两行的原句:
Here shall he see
Gross fools as he.
这第一行出自莎剧的《皆大欢喜》,属于名句;但这第二行则系兰姆的胡诌。
⑦ 指欧陆戏剧中丑角惯持的短棒,通常是用纸做的。
⑧ 引自英诗人华滋华斯的《泉水》一诗。

恩皮道克里斯大师啊[1]，欢迎欢迎。真真是久违了，自从您纵身跃入埃特纳的岩浆口里去做火蛇的追捕。八成那比海藻的采集还更辛苦得多吧。但愿当年大人的胡须不曾烧焦。

哈——哈！克里奥姆布鲁图斯[2]！您老当年在那地中海下面的石头硬板上可曾发现了什么好吃的凉菜吗？我坚信不疑，在那批公而忘私的害热病（因而不惜去投海）的人们里头，您可要算得上是位奠基人啦！

盖比尔[3]，我们可敬的自由石匠老师傅，当年修巴别塔的泥瓦匠总头领，远古的伟大元老先辈！赶紧收拾收拾您的瓦刀来吧。您这回可是有资格坐在我的右首，来充当口吃者的保护人啦。记得您当年是一直干到，如果我对希罗多德的书[4]不曾记错的话，差不多海拔八个亿吐瓦[5]，或者类似的高度，才停下来的。我的天啊，您当年可得拉上多长的一个铃铛才能通知到您那些最上头的工人，好让他们下到示拿的低地上来享用他们的午餐。要不然，就是您用了个什么"起火"[6]才把大葱蒜头送上去的？说真的，在您所达到的那种高度之后，我如果还有脸把我们鱼山街的大火纪念塔[7]也拿来向您显白，那我可真的是太没趣了。可我们又觉着它还是有点——什么[8]。

---

[1] 即 Empedocles（约 490—430 B.C.），古希腊著名哲学家与政治家。关于他的传说之一为他曾跃入埃特纳火山口，以使他的突然消失留给世人以神灵般的感觉。
[2] 古希腊哲学家，生卒年代不详。据说因深信柏拉图的灵魂不死说，曾投入地中海中，以追求柏所信仰的极乐世界。
[3] 据《圣经·创世记》11 章，古代以色列各族人曾想在示拿建造一座通天塔，耶和华恶其狂妄，派天使下界扰乱了他们的语言，使其交际能力丧失，结果这塔未能建成。至于盖比尔这个名字则为兰姆所杜撰。
[4] 所谓希罗多德之书自然应指他的巨作《历史》，但这里文中所说的种种实际完全与此书无关，同样为兰姆的玩笑。
[5] 吐瓦，toise 一词的音译（原义为两臂的伸展长度），法国古代长度名，相当于 1.949 米。
[6] 起火，原文为 rocket。
[7] 为纪念 17 世纪下半叶伦敦大火所建。
[8] 当然意为不简单、了不起。

礼仪之镜

什么,那心胸不可一世的亚历山大吗,还哭鼻子?[1]——哭就哭吧,小宝贝,把手捂住你的眼睛,瞧,不是又来了个地球,圆得像个桔子,多俊的小不点儿!

阿丹姆斯牧师[2]——老天保佑,对您的种种我可是最敬佩的——现在即希俯允所请,将您的那篇讲道文,您当年借给过废话太太[3]的那篇,再给我们宣读一次吧——也就是您皮包里标号21的那篇——题目是论妇女饶舌——就是这一篇——这篇大作,虽说一派胡言,很不得体,但是拿到今天这样的场合,倒会是再合适不过的了。

好心肠的雷蒙德·鲁利大师啊[4],您看上去,实在俨若神明。请纠正一下这个错误印象吧。

顿斯·斯考图斯[5],快丢掉你的那些抽象定义吧。我可是要对你

---

[1] 传说当亚历山大认为他已征服了整个世界,而再无地可征伐时,不禁凄然泪下。
[2][3] 两人均为英小说家费尔丁的《约瑟夫·安德鲁斯》中人物。但兰姆这里说的情况费的书中则找不到,所以当然也属于兰姆的杜撰。
[4] Raymond Lully(约1232—1315),西班牙著名哲学家与神学家,生平有智慧博士美称。
[5] Duns Scotus(约1265—1308),欧洲中世纪经院哲学家。

浮以大白,以示惩处,或是出道怪题,难你一下。现在宣布,今天不论谁说话办事,都不准使用三段论法。堂倌,赶紧把那些逻辑程式全给撤走,不然哪位先生一腿绊在上头,伤了他的娇嫩脑筋,那可不是玩儿的。

斯蒂芬师傅①,您来迟了。——哈!寇克斯②吗,又碰面了!——阿古契克③,我亲爱的骑士,欢迎光临,这里在下对各位有礼了。——浅薄师傅④,您的仆人现在正听您差遣。——缄口师傅⑤,好在和您不需要太费唇舌。——单薄少爷⑥,您身子骨不太结实,我可得特别当心别碰坏您。今天这个会能否开得热闹,就全仰仗您六位了。这事我岂有不知,岂有不知。

哈!可敬的拉——⑦,我旧日的盖特图书馆员,这可是有些年头没见面了,没想到今天您又大驾光临!天啊,您身上那件紧外衣可也真是有日子了,和您口里的故事一样,不是太新鲜了——可您怎么还是这么东奔西跑,一刻不停?您的那些老主顾如今已是去的去,死的死,要不就是久病不起,缠绵床褥,早就不念书了。可您还是要往他们那里跑,看看还能不能再向他们出手一本两本。那位高尚的格兰维尔·夏——⑧,你的最后一名老主顾,就连他也一去不复返了。

潘迪翁王⑨,他已不在人间,

---

① ② ③ ④ ⑤ ⑥ 这里所列举的六个人均为喜剧中的人物:斯蒂芬,英国剧作家本·琼生的喜剧《个性互异》中人物;寇克斯,本·琼生喜剧《巴塞罗缪集市》中人物;阿古契克,莎士比亚喜剧《第十二夜》中人物;浅薄师傅与缄口师博,均为莎士比亚国史剧《亨利四世》下部中人物;单薄少爷,莎士比亚喜剧《温莎的风流娘儿们》中人物。
⑦ Ramsay,兰姆友人,余不详。
⑧ Granville Sharp,当日教友派一位废奴主义者。
⑨ 古雅典传说中两个同名国王之一。

你的友人，也在铅棺长眠。①

虽说如此，可敬的拉——君，还是坐上来吧，就坐在这里的阿玛多②与吉萨达③两人中间：您的长处太多了，因为不拘论娴雅，论端庄，论笑貌（对自己刁钻古怪，对他人和蔼可亲），论文章（丽藻华词，篇篇锦绣），论口才（精言警句，字字珠玑），总之不拘论哪方面，您比起那两位文武双全的西班牙"唐"④来都绝不逊色。的确我身上的那点骑士精神就得算是弃我而去全丢光了，如其我也会忘记，您是怎么坐在那两个老小姐中间，一边唱起那《麦克西斯之歌》⑤，而歌的意思是，歌中的麦君不论娶了哪位都会幸福。如其我也会忘记，您又是怎么一本正经地（那正经劲谁又模仿得来）向着那两位大献起殷勤，于是一会儿这位，一会儿又那位，而脸上的微笑始终是那马伏里奥式的⑥——正仿佛为其男主角所写的那首歌并非是一个普通的盖依写的，而是出自塞万提斯那样的淋漓大笔⑦；另外又仿佛，非待千龄兮万代已过，那礼仪之镜恐怕也很难在如此一对家产既富才艺亦佳的双美之间映射出这幸运者的终必招嫉的定夺来。

现在的确该是从这样的高度⑧降下来的时候了，另外我们的这场

---

① 引自英诗人 Richard Barnfield 的《它发生于某一天》一诗。
② 阿玛多，莎剧《爱的徒劳》中人物，在剧中被认为是"一个怪诞的西班牙人"。
③ 即西班牙大作家塞万提斯的代表作《唐吉诃德》中的这位著名主人公的另一拼写法。
④ 唐，Don 的音译，意为先生，西班牙人常用在男人姓氏之前以示尊敬。所谓的那两位"唐"，即指前面提到的阿玛多与吉萨达（吉诃德）。
⑤ 英国诗人、剧作家约翰·盖依（John Gay, 1685—1732）的名喜剧《乞丐的歌剧》中的一个插曲。内容讲被监禁在狱中的强盗麦克西斯同时被两个女郎所热恋，其一为狱吏的女儿 Lucy，另一为他自己告密者的女儿 Polly，因而感到左右为难，不知将娶下哪位才是。这里兰姆所描写的情景也正与这里的麦君相仿佛。
⑥ 马伏里奥，莎剧《第十二夜》中伯爵小姐 Oliva 的管家，曾不由自主地爱起了他的女主人。
⑦ 这里的意思当然是想说塞万提斯的规模气派远在盖依之上，非他所能比。
⑧ 这里之所以用"高度"，显系因为迄此所提到的大多为古今圣哲、名流时彦，所居地位与境界均极高。

万愚节　087

愚人的筵席也断无永远不散之理——因为我担心四月的第二天很快也就要到来了——那么我深愿趁此停杯散席之际,猛地清醒一下头脑,敬向看官们献上我心底的一桩隐秘。这即是,我喜爱愚人——而这事在我亦属生性如此,不得不尔,因而仿佛我与他们沾亲带故,血脉相连。小的时候,我念过耶稣的一些寓言,彼时理解能力稚弱,只能看个表面,对那里的深意还参不透——但那时我更喜欢的倒是那较单纯的建筑师[1],他只把自己的房子盖到沙上,而不是他那更聪明的邻居。我对那个老实人因为埋了交给他的银子而遭到那么严厉的斥责[2],心里也替他受屈。再有我对那五个缺心眼的少女[3],心里也只有好感,甚至充满柔情,因为我认为,那单纯比那更有心计的念头,而且,照我的理解,比她们那些竞争者满脑子的精明算计,都更有价值,而那类东西则是缺少女人味的。长大以后,不论处人交友,凡是那关系能处长的,遇困难肯相帮的,必其人的性格之中多少带点傻气才行,否则这事即绝办不到。我敬重在智力上稍有偏差的老实人。一个越是当着你的面便能弄出些可笑错误的人,越是能不断带给你些小不快的人,这种人反而最不会出卖你,欺骗你。我更看重的是那种看来似不够安全的安全,听来似不甚稳妥的稳妥。所以,请务必相信我这句话吧,看官,而且还不妨公开承认,就是听一个傻子讲的,那就是,一个人的骨子里如果没有一打兰[4]的傻气,他的肚子里就必定要有成磅成磅的

---

[1] 事见《圣经·新约》的《马太福音》7章24～26节。
[2] 故事属耶稣的寓言之一,内容讲一名主人外出时,曾将手下仆人们叫到跟前,每人给予银子一锭。数月后,主人归来,检查各仆人对其银锭的处理方法,只见一个仆人将它拿去生利,又挣回一锭,当即予以表扬,但另一仆人只知将银子埋在土中,结果以无能而遭到其主人的斥责。
[3] 事见《马太福音》25章1～13节,也属耶稣寓言之一。内容大致为共有十个少女同去侍候一名贵人,其中五女颇懂奉承阿谀之道,因得男主人欢心并留用;其余五女过于老实死板,致被主人斥退。
[4] 打兰,即dram,英国衡量单位,在常衡中1打兰相当于1.771克。

坏水。那里头是不会空着的。语不云乎,"凡鱼鸟中其性之弥顿者,诸如山鹧、雎鸠、鳖鱼头之类,其肉则弥细"[1]。其于人也亦然。故世人心目中通常之所谓糊涂人。岂非实即通常世人所不配有之高贵人?复次,其于仁义足堪为吾人之楷模者,岂非亦多属此荒唐人?然斯人也,人既爱之,神亦宠之。然吾人言词之意思,恒有其一定之范围,设若读者必欲于此义外而别求之,则今日"四一"之大愚[2],实汝也,非我也。

题解

　　此文系作者为万愚节而作,其身份应略相当于今日之节目主持人,而性质则为假想的宴会上之演说词。如若也要对之下一评语的话,那么译者的评语将是:演说词情真意切,妙语联翩,确是好文章一篇。当然这里情真而痴,意切而呆,妙语亦诚然不少,且又其来联翩,只是句句都不免有些呆头笨脑,又怔又愣,极浑极浑,故读来但觉一身浑气扑面而来,满纸荒唐冲鼻而人,真乃元气淋漓,甚为有趣也。或许有人以为还不过瘾,那也就无可如何。但过于追求过瘾,追求有趣,便势不得不引进聪明,而聪明一多,愚蠢便少,甚至全都没了,但愚蠢全都没了,光是"聪明",还会有好结果吗?还会有好日子过吗?须知道,愚蠢者,亦天地间之正气,空气中之氧也。人缺愚蠢则缺氧。所以当然不可以。所以难得的不是聪明太多,而正是糊涂过少。再说这里有趣的东西也不算少了。难道还嫌它不够吗?也真是的。难道那恩皮什么大师还不够逗吗?克里奥姆在石头硬板上找凉菜还不够邪兴,那瓦匠头的所作所为还不够"乐死人"吗?当然,也有的地方或许稍平凡了些,再有就是拉一君坐在两个洋妞中间的那一段,句子太绕弯子了些,译出后也显得"洋味"太足了些。但试问洋味太足,有何可惧?吾不惧其足也,而但惧其不够足也。事实上,这正是本译者所梦寐以求而仍患不能常得的东西。君或许不知,我们这些搞翻译的,平日之所畏者,非其译文本国味

----

[1] 此语乃系兰姆所自撰,因而"语不云乎"乃虚晃一刀。
[2] April Fool,愚人节中受捉弄之对象。

之过少,而恰为其洋味之不浓。洋味浓,则此生于愿足矣,则今后不愁没饭吃矣,则不必担心再遭人批评矣,则可以安心去睡其大觉矣。呜呼,今既得之,夫复何惧?夫复何求?至于洋味浓了译文是否就好,那又完全是另一回事了。很有可能那译文相当不是东西!

过去和今天的教书先生[1]

我的读书,言之痛心,实在是太支离破碎、杂乱无章了。几本古怪偏僻的英国旧戏,几部旧日论著,几乎就是我头脑里的全部思想来源,和我感受事物的主要门路。在论到学问的各个方面,我比别人短缺的乃是整套整套的百科全书。即使把我放到约翰王[2]时代的那些土地主小乡绅中间,我也未见得就会如何露脸。在地理知识上我比一个刚念过六个礼拜书的小学生也常不如。在我的眼里,一幅奥特里乌斯[3]的老地图比那阿洛史密斯[4]的新地图究竟差在哪里,就看不出来。我说不清楚非洲到底在哪些地方同亚洲接壤;说不清埃塞俄比亚究竟是在这些重大分界的哪边;至于新南威尔士[5]或者范迪门[6]又都确切位于何处,头脑里就连个模糊的影子也谈不上。不过我确实同上述两块无名土地[7]中的那前一个上面的一位亲密友人[8]迄今还保持着书

---

[1] 教书先生这里显然只指中小学教师(过去在英国中小学常是一贯制的),而并不指大学教师。
[2] 约翰王,即 King John,1199—1216 年间英国国王,1215 年曾在众诸侯的逼迫下同他们签订"大宪章",让出了一部分政治行政权利。
[3] 奥特里乌斯,荷兰地理学家,1570 年在英国出版了一部世界地图集。
[4] 阿洛史密斯,19 世纪初英国地图测绘家,出版过世界地图。
[5] 新南威尔士,澳大利亚东南部州名,首府悉尼。
[6] 范迪门,澳大利亚北部地名。
[7] 原文这里为 these two Terrae Incognitas(terra incognita 的复数),意为"不了解的土地"或"尚未被发现或开发的土地"。
[8] 指作者一位友人 Barron Field,那时在澳大利亚悉尼做法官,这个人另见《麦庄访旧》与《远方通讯》中。

信往来。至于天文学嘛,我的知识更等于零。大熊星也好,北斗星也好,我在天上都指不出来;其实哪个星我也指不出来,看见了也叫不出名字。有时候我倒是能认出金星,但那不是真认出来的,是凭它的光亮猜出来的——假如真的天降不祥,哪个早上太阳竟从西边出来,惊得周围的人全都瞠目结舌,慌作一团,我敢说那时候我也会和平常一样,毫不害怕,原因是我对它既打不起丝毫兴致,也瞧不出什么名堂。说到历史和大事纪什么的,我倒承认自己星星点点,略知一二,好赖我多少还胡乱念过些书,不可能一点儿都没记住;不过我可从来不曾静坐下来专治一史,即使是自己的本国史。关于古代的四大帝国[①],我的了解同样是一片模糊:四者之中到底哪个最强最大,那就会一会儿是亚述,一会儿是波斯,捉摸不定。我还会对古埃及,及其游牧时代的诸王[②],不着边际地乱想一通。友人曼——[③],费了不知多大气力,才算使我似乎弄懂了欧几里得的第一定理,但到了第二定理,他就只好自认无能,没敢再往下教。对于近代各国语言,我也是全都非常隔膜;好在论到古典语言,我还有一位先贤代为遮羞,总算"拉丁稍通,希腊则差"[④]。我对最常见的花草树木的形态性状也都一概陌生——这点倒与我的城市出身并无关系——因为带着这种遇事全不操心的马虎态度,即使我在那"草木葱茏的德文郡岸边"[⑤]早就见过,情形也不会有何两样,我对纯属城市景观中的一些事物,比如工具、机械、操作规程等,不也同样完全莫名其妙。我说这话倒绝非是我故意

[①] 亚述、波斯、希腊、罗马。
[②] 指自纪元前的约两个世纪起曾统治埃及达二百年之久的阿拉伯民族希克索斯王朝。
[③] 指作者的友人 Thomas Manning,1772—1840,剑桥大学教师、数学家,这个名字另见本书 199 页《烤猪技艺考原》注[③]。
[④] 所谓先贤,指莎士比亚,"拉丁稍通,希腊则差"是"Small Latin and less Greek"这个极有名的词语的翻译,这说法出自本·琼生的《悼莎士比亚》一诗。
[⑤] 这段话引自华滋华斯《远游》诗第 3 章。德文郡为英国西南部郡名,以林木葱郁著名。

要装糊涂,而是我的一副头脑堂庑不大,容量有限,所以只能往那里面填塞些小巧玲珑物件,庶不致撑破什么,引起头痛。有时我也纳闷,凭着这么点儿可怜货色,我居然还能在世人面前没太丢脸,这也真是够奇怪的。然而事实证明,知识极少而照样能混得非常不坏,有点儿漏洞也不一定立即让人发现,这在稠人广众之中,也常是有的。这时候每个人最关心的是怎么显示他自己的本事,而不是要看你的,所以藏拙也就有了可能。只是在面对面的细谈的时候,这事不太好办。这时是会露馅儿的。我平生最担心的就是让自己跟一个素陌平生的人弄到一起,这人既有头脑又有知识,而且一谈就是好半晌。我最近就陷入过这样一次尴尬局面。

生意关系,我每天照例要往返于主教门①与莎克威尔②之间。一次,途中马车停了下来,为等一位先生前来搭车,这人仪态端重,年纪三十开外,向前赶路工夫,一边还在以一种微带权威的口吻对身边的人作着训示。听训示的人是个高个青年,看上去既不像他儿子,也不像他下属或用人,但又有些什么都像。青年走后,我们便继续赶路。由于车里只有我们两人,这先生的话头自然转向了我。于是我们便谈论起车票的贵贱;马车夫的礼貌问题和准不准时;又有哪趟马车线新建了起来,以及由此而会产生的抢行竞争、挣钱赔钱;等等。对于这一切我几乎都能应付裕如,对答如流,因为几年来天天没少坐这类车,这时都该讲些什么,也就练出来了。没有料到,他竟突如其来地向我提出了个新问题——那天上午我去史密斯场③参观了获奖牛展没有?——这一下可让我愣住了。由于我既没去,又对这类展览毫无

---

① 主教门,伦敦街道名。
② 莎克威尔,兰姆在伦敦郊区的住地。
③ 伦敦城北的有名肉市场与牲畜市场。

兴趣,所以我的回答也只是个冰冷的"没有"。他听了,吃惊不必说了,还有几分扫兴,原因是(看样子)他可能就是刚从那里回来,所以希望有个人同他讨论一下。不过他一再表示我可是误了一次绝妙的开眼机会,今年的规模可比去年盛大得多。说话间,车已快到了诺顿费尔门①,这时店门口一些标着价的货品忽然引起他的兴头,于是大谈特谈起今春棉织品看跌的事。这一来,倒正中下怀,因为职业关系,我每天上午的这通奔跑早已使我对这类材料相当在行。真没想到,一谈起印度市场②来我的笨嘴拙腮竟也变得那般流利——只可惜,好景不长,这点儿得意马上就给他打落在地,跌个粉碎,他又问起我可曾对伦敦全部店铺的租金总和做过什么估计。假如他问的不是这个,而是,比如,塞壬海妖当年唱的是什么歌③,或者阿喀琉斯藏身于妇女中间时曾用何名④,那么我起码能够,凭着托玛斯·布朗爵士的帮助⑤,而自我作古,瞎胡诌了。我的旅伴瞧出了我的窘迫,恰好这时肖尔迪齐⑥那边救济院已经望见,于是也就不再逼我,而是把话题十分巧妙地引到社会慈善事业上来,这样不但对济贫措施之优劣作了一番今昔对比,而且还就旧日寺院或教会团体中的某些作法谈了他的见解;但是后来发现我对上述问题除了旧诗歌所能提供我的那几句浮泛的漂亮词语外,再没有半点儿称得上具体实在的数字材料可作依据时,他也就没再往下深谈。这时城郊的广阔田野已经尽展眼前,车快到金斯

---

① 伦敦地名。
② 兰姆长年在东印度公司任职。
③ 塞壬,希腊神话中一种海妖,身体半似禽鸟半似女人,好以其美妙歌声吸引来往舟人,致令其触礁而死。
④ 荷马史诗《伊利亚特》中希腊军方面的最著名英雄,据说幼时曾男扮女装在妇女中长大。
⑤ 这两个典故在布朗的《骨灰瓮》中都曾出现,故云。
⑥ 伦敦城北地名。

兰①税栅了(他的目的地)。不料他竟词锋一转,态度陡变,猛地把我推到绝境:他开始向我讨教起北极探险问题——这可是比刚才他提过的那些问题更要命了。当我正拼命招架,吭吭哧哧把在"拉洋片"上关于那些奇怪地方的东西(我确实看过)向他念叨时,马车已停下来,这一下才算绝地逢生,终于获救了。旅伴下了马车,车里只剩下我一人去独享我那无知之乐。就连这工夫,他还在向一名旅客(从另一辆车上刚下来的)问询起达尔斯登②一带的流行病来,而且对那人讲,这时疫已经传染上附近的五六所学校。听到这话,我才明白,原来我那旅伴是位教书先生,而刚才初见面的那个年轻人说不定即是他班上大点儿的学生,或许还是他的助手。这位教师一望而知是个忠厚老实人,他向你提问题显然并非意在同你讨论什么,而是但有机会便想多得到一些知识材料,以广见闻。另外他发问的兴趣也不在这些问题本身,更不是为问而问,而是因为身担教席,求知之心极为殷切。他身上的那件浅绿色服装已使我断定他不会是神职人员。不过这次遭遇倒促使我对长期以来这个行业中人的若干变化想了许多,而不胜今昔之感。

过去那些博雅的旧日教习早已尽其天职,无庸不安;当年之教育大家,例如李黎、林纳克尔③诸贤,如今也已形同绝迹,不复可见:照他们的看法,世上的一切学问即在他们所传授的那些语言之中,而其他诸般造诣成就则俱不入眼,鄙夷之为浮浅无用,故在他们,教书一事明明苦差,却以为乐,大有游于艺的意味。他们自幼至老,沉浸

---

① 伦敦郊区的一个地名。
② 兰姆住地莎克威尔附近的地名。
③ 即 William Lily(约 1468—1522)与 Thomas Linacre(约 1460—1524),二人均为英国早期教育家。

其中，度日若梦，仿佛始终不曾离去其早年之文法学校。于是，年复一年，数十百遍萦回往复于其胸次之事物，则变格也，动词表也，造句法与诗律学也；周而复始，不断重温之功课，则其自幼入迷、苦学得来之旧业也；屡屡搬演而弗衰之角色，则往古昔年之陈迹也；因而方当其奄忽物化之际，数十年亦恍如一日。他们仿佛一生都未出其幼时之故园，不绝地从其花草麦穗①之间收获其春种之嘉实；他们浑似烟霞散客，却又俨如白衣帝王；其手中的一具戒尺，虽不若天威那般可怖，但也与那巴西勒斯王②的御仗同其尊崇；其拉丁语与希腊语，即是那高贵的帕米拉与费洛克里亚③；而某个糟糕学生的偶尔丢人出丑又恰似那故事里调皮的满泼撒④（或称滑稽的达米塔），不失为严肃中的一小插曲，不禁令人破颜一笑，神为之爽！

今日试重检考列特⑤所编（世亦有谓保罗所编）《拉丁文词法》之序言，其词语间，意气又何盛也！"凡欲通晓古典语言，借以窥知智慧学问之宝库者，若语之曰，必先习文法而后可，固将视为无甚必要之劝说也。然谁其不知，为学而入手即差即误者，势难期其有成；此亦犹夫人之筑室，其有土质不固根基动摇不堪重负，而欲屋室之尽美尽善，亦属必无之事。"壮哉斯序！（不唯论宏伟足堪与弥尔顿所盛赞之诸绪论相媲美，而弥氏之言则为，"此种序言历来类多弁

---

① 指希罗古典诗文。
②③④ 这里的四个人都是英诗人菲利普·锡德尼的传奇《阿迦底亚》中的人物。巴西勒斯为阿迦底亚国王；帕米拉与费洛克里亚是他的两个女儿，亦即该国公主；满泼撒为帕米拉公主的监护人的女儿。
⑤ 即 John Colet, 1467—1519, 伦敦圣保罗大教堂主教，曾编著过文中提到的《拉丁文词法》。

之于某项法令之首,索伦①、利古格斯②最早颁布之法典中所载,即其例也"),其精神亦与下句中所表达之"信仰唯同"佳愿③不谋而合,甚至尤为鲜明,即文法规则之护卫,亦如信仰条文之护卫,必以严!——"至于历来文法中之歧异,亦胥赖朝廷圣裁,于今已多所蠲除,缘圣上俯察初学者之困难,亟思惠赐补救之道,而预为之防,因广延四方学人,力成此文法一编行世,以利天下习肄而广裨后学,庶不致偶因校中教习易人而成绩下降也。"再观紧接之一句,其信心则尤足:"学习者循是以求,则日后于其名词动词之使用,亦可望无大误矣。"不错,于其名词……!④

可惜这一美梦已日渐式微:今天一名教书先生所最不当事的就是向他的学生灌输文法规则。

今天对教书先生的要求不同了,他是什么东西都得懂上一点儿,原因是他的学生不容有任何东西一点儿都不明白。⑤他当先生的必须做到,不管有多肤浅——如果允许我这么用词——但却无所不懂。气体力学,他得懂些;化学,他得懂些;一切稀奇古怪东西,一切可能勾起年轻人的好奇心的东西,他全都得懂些;最好机械学再能瞎蒙它三分,统计学也能胡混上一阵;再比如土壤的特性等;再如有关植物学的知识,本国宪法的知识,诸如此类,不及缕述。至于他干了这行后对他的种种职责要求,诸位如肯翻阅一下那篇献给哈特利伯先生的

---

①② 索伦,Solon,约纪元前630—约纪元前558,古雅典的立法家。利古格斯,Lycurgus,纪元前八世纪斯巴达立法家。
③ "信仰唯同"佳愿,其原文为"that pious zeal for conformity",兹录出以供参考。
④ 请注意作者这里表达的微讽!
⑤ 请注意这话背后的讽制——社会与家长在这件事情(学生受教育)上的过分要求、极度主观与不现实的奢望等。

《论教育》的名文①,一切便也不难明白。②

所有上述这一切——这一切,至少是对这一切的求知欲——都是他责有攸归,该传授的;不过这传授不是靠定期上课③,那样他会按钟点儿向你要钱的,而是要在课堂之外,比如当他与学生一起在街上散步,或者在田间野外(那本身便是人的教师)闲游这类时候。至于那些完成于上课期间的工作反而最不受人重视。他必须利用一切最有益的时刻④向他的学生灌输知识。他必须抓住每一个情况——一年之内的某一季节、一天之中的某个时刻、一片流云、一道彩虹、一辆运干草的车、一队走过的士兵——向他学生教出点儿有用东西。他可能对偶尔入眼的旖旎风光并不真感兴趣,但他却必须抓住这个作为他的教材。他必须能对那美如诗画的丽景秀色指出其美之所在。一名叫花子,一个吉普赛人,在他是唤不起什么兴味的,这时他脑子里转的只是救济措施。他碰到的每一件事情,都会因为他的那番牵强附会的说教而给弄得情趣索然。宇宙万物——那本历来公认的伟大卷册——在他来说,的的确确和毫无疑问也会是这么一本卷册,但是从那里边读出来的只会是对一些不感兴趣的学童的乏味讲话。假日对他放与不放意思不大,甚至放比不放更糟⑤,因为每逢这种时候一到,一些高年级的孩子就会找上门来,把他缠住,官宦人家的小少爷、贵族乡绅家里没人管的糊涂虫,这些人他全得照拂,全得带上去看戏,看活动画,

---

① 指大诗人弥尔顿的《论教育》这篇长文(1644),该文前题辞上载此书献给他的友人哈特利伯先生。
② 这句话的意思自然是弥尔顿心目中的教师职责与要求是低不了的。
③ 自此至以下若干行当然全是讽刺。
④ 原文是 mollia tempora fandi,拉丁语。
⑤ 自此至这段末显系在暗讽教师已沦为孩子的用人地位。

看全景图,看巴特先生的太阳仪①,要不便去野外郊游,去人家做客,去他爱去的水边温泉。他走到哪里,这怪影子就跟他到哪里。他在桌边吃饭时有孩子,走在路上时有孩子,他一举一动周围都有孩子,他闹了孩子灾,孩子们害得他永无消停安生之日。

孩子们,就他们自己来说,和在他们同伴中间的时候,都是挺不错的小家伙;但是和大人做伴,却大不妙。这时哪一方都会感到极不自在——即使是再小点儿的孩子,那"偶尔逗着玩玩的小东西",时间一长也受不了。孩子们的喧哗声,他们心中可爱幻想的那种天然流露,的确会极大减轻我的写作艰苦——比如我此刻就正在我莎克威尔精雅的别墅中从事着严肃的思考,耳边一直听得见那从绿草上传来的孩子们的嬉笑——那高一阵低一阵的声音由于隔着一段距离,也就更好听了。这时就像一旁有音乐在为我的写作伴奏。而我笔下文句的节奏也给它调整得更和谐了。这点至少也是理应如此,原因是那发自幼儿口中的音响每每含着一种诗意,而与一些成年人粗俗刺耳的难听谈吐大不相同。不过好听虽然好听,真要是参加到那里头和他们一起去玩却绝使不得,那就不但搅了孩子的游戏,也会使我对他们的好感减了成色。

我是不愿意让自己时时刻刻都生活在一位本领极强的人的熏陶沐浴之下的——这个,如若我还了解自己的话,倒并非是出于我的妒嫉或自卑心理,因为同这类较高心智的偶尔接触确实也能给我的生涯带来幸运欢乐,但是如果陷溺其中,形成癖嗜,那便非但不能使你获得提高,反会使你受到压抑。一天到晚只是醍醐灌顶般地受着人家高明思想的哺育沾溉,你自己身上那点儿仅有的创造本领也必永远休想发

---

① 巴特先生(Mr. Bartley)为当日一著名喜剧演员,据说他曾在伦敦学园(Lyceum)作过天文学系列通俗讲座,且备有整套这方面的仪器,加以演示。

展。你势必迷失陷进另一个人的心智当中,正仿佛你在别人家的园地里会找不见路。又仿佛你身边有个高大仆从在领你走路,他那宽大的健步只会使你显得没精打采。听任这种强大的媒介力长时期地发挥下去,我深信总有一天我会彻底变成傻子。你可以从别人那里汲取思想;但是你的思想方法,你的思想所赖以铸成的模型,却必须是你自己的。知识或许是可以传授的,但每个人的知识结构却做不到。

凭借交往而使我自己被这样一步步地提高起来固然远非我之所愿,但由于他们而使自己越来越给拖得无望拖得下降,也同样(甚至更加)不是办法。一支嘹亮的号角固然会因为它声音太响而震耳欲聋,一声细语也许正因为它太细太听不见而更加使你心烦意乱,其造成的麻木程度甚至比那号角还更厉害。

为什么我们在一名教书先生的面前总是有些不太自在?原因是我们往往觉得他和我们在一起时他自己就不够自在。他一接触到和他地位相当的人,他就别扭起来,不自然起来。他好像加利弗似的,刚从那小人国里出来,他那高大的智力一时无法和你适应。他很难平等待你。他处处要你让着他几分,正像打牌时对一个不太会的人那样。他平时教他的学生教惯了,所以此刻也得教教你这个学生。一位教书先生,在听到我讲自己的一些小品文写得太没条理而又无力将它们改好时,当即慨然应允愿意把他自己在教作文课时用的那些方法向我作番传授。一位教书先生嘴里的笑话总是太露骨、太寡味。这类东西出了课堂是没人想听的。他的那副拘谨说教的做作习气走到哪里也摆不脱,正像教士那样开口闭口不离仁义道德。他的满腹学问在社会交往中是一丝也用不出来的,正如那教士心里的真实情感。在同辈中间他很孤独,而他的晚辈又成不了他的朋友。

"令侄与我关系不睦,"一位这个行业中的聪明人在其致友人书中这样写道，内容系关于一名青年突然离校出走事[1]，"此事只能由我任其咎。然而此其中之一番苦况，亦确有为外人所难以想象者。我们周围全是青年人，而青年人按说都有一颗火热的心，然而你却休想得到他们的半点好感。师生关系似使这事少有可能。"这会使你多高兴啊，这会让我多羡慕你啊"，我的友人们有时会对我这么说，因为他们看到：我教过的一些年轻人，在离校多年之后，又回校前来看望，眼里闪着微笑，正在同他过去的老师亲切握手，奉上我一份野味或送给我妻子一件小礼物不说，还对我的一番栽培之德以再热情不过的语言深表谢意。于是我特为他们向校中请下假来；全家也顿时喜气溢洋，一片欢欣；只有我，我一个人，心下里不是滋味——这心气高昂、满腔热血的年轻人，在他看来，他已经对他老师过去花在他身上的心血作了报答；这个年轻人，在我以父亲般的关心指导他长达八年之久的学习过程中，就连正眼也没有瞧过我一下。他得意过，在我表扬他的时候；也服帖过，在我责备他的时候；但什么时候他也没对我有过好感，而此刻他所误认为的感激盛情等，只不过是一种欣快之情罢了，是每个人旧地重游又见到他幼年充满各种苦乐的环境时都会有的；只不过是一次以平等身份出现的见面罢了，而这在过去，则是要收敛点儿的。至于我内人，"这位有趣的通讯人接着写道，"我那过去可爱的安娜，如今早已是一名教师的夫人。当年在我娶她的时候，因为深感一名教师的妻子得是一个不辞劳苦善理家政的人，我曾担心我那娇嫩的安娜恐怕肩负不起我母亲当年的那副重担，那时她刚去世不久，而当她生时，那真是这屋那屋，里里外外，一刻不停，但劝她歇歇又不听，无奈只好威胁她说要把她捆到椅子上，以防把她累死——

---

[1] 这里离校指离去这位写信人自己所办的私人寄宿学校。

这种担心我曾向安娜表露过，即我将把她带入的这种生活怕是不合她的性情；但她哪，爱我极深，竟一口应下，为了我，将来新环境里的一切事务她都会尽其全力认真做好。这话她果然说到做到。真的，一个女人为了爱，还有什么人间奇迹不能完成？结果是，我这里的一切都管理得整洁体面，井井有条，比别的学校都强；我的学生个个营养良好，身体健康，住房设备样样不差；而这一切又都能做到精打细算，节俭而不流于寒酸。只是我那娇嫩、软弱的安娜，今天却再见不到了！——每当我们在忙了一天，坐下来想稍轻松一下的时候，这工夫我耳朵里灌得满满的还是她当天都完成了哪些有用的事（当然极为有用），或者明天她还打算干点儿什么。她的一颗心，她的一副容貌，早已因为她的责任地位而大大变样。在学生面前，她的身份便永远只是那教师夫人的身份，而我自己也只是一位学生的老师；而对待老师，则只能是敬，而不能是爱，不能是亲热，否则便是不合体统，于她于我都将身份不符。可是这事我于感激之余，却难以向她提出。正是为了我的缘故，她才变成了今天这种情形，因此我好责备她吗？"——以上这封信系从堂姐布里吉特处读到，这里谨向她表示谢意。

题解

  这是兰姆文集中为数不多的谈论学校教育的一篇，内容寄寓了他对教书先生及其特点、生涯等的许多感慨。议论是零散的，您不必指望从中能找到什么明确的教育指导原则，比如学校该如何如何办才是正确的方针等。这事太复杂了，弊病也最多最严重，不是本文所能胜任的，另外那样去写也不符合兰姆的思想与文风（兰姆遇事不喜欢太假充聪明或故作解人）。他在论到教书先生的今昔时所作的对比是有趣的，即指出他们已从旧日的塾师型转成今天的社会实用型——这显然是工业发展的必然趋势。这篇文章的长处仍在它的文笔，这可以说是太精彩了。开篇带自叙性的（而且也比较真实）千数字就是极好的小品文；紧接着的马车上谈话一节亦妙，为幽默的人物刻画；再接下来好几段关于今昔教师的对比描写同样好，其间颇不乏精彩笔墨，聪明观察；再往下，对教书先生的刻画也令人佩服，只是这形象未免太沮丧了些——作者对这个行业中人的印象恐怕是欠佳的，至于最后的那封信则尤将让人凉透脊背，但情况如此，或许也就是客观规律，又能奈何！不过不拘所论所感为何，文章却依旧是好的，同样佳妙，同样精彩。或许这篇文章毕竟因为少了一个较明确的教育思想，所以终难成为名文，但却绝对不失为极高明的写作，读来永远会令人欣喜。

麦庄访旧[①]

布里吉特·伊利亚[②]做我的管家可是很有些年头了。她在我的身上是有恩的,而这事的开始之早,也已超出我的记忆。[③]我们两人,一个未娶,一个未嫁,虽然一家共处,却又各自分住;但是大体而言,却颇能相得,而且不无慰藉,因而就我来说,还不致想要带上那位卤莽国王的燔祭,登上山巅为自己的无室而涕泣哀号一番。[④]我们在爱好与习惯上也大致吻合——虽然吻合之中,也还"有所不同"[⑤]。我们是大体粗安而又小有龃龉——这在近亲之间本来便是如此。我们间的理解主要靠的是默契而不是语言,因而一次当我在说话的口气上故作多情时,我的堂姐哭了,责怪我变得有异往常。我们两个都颇能读书,只是路子不同。当我正在津津耽读着(也许已经是第一千次

---

① 麦庄。地在赫福郡。
② 见前《拜脱夫人说牌》中79页注①。
③ 兰姆之姐长作者十岁,自他幼年起事事即多赖他姐姐的照拂,但最早的几年他当然已记不清了。
④ 典出《旧约·士师记》第11章30~40节。亚扪人来攻打以色列人。以色列的领袖兼元帅耶弗他为了战胜敌人,曾向耶和华许愿说:"你若将亚扪人交在我手中,我从亚扪人那里平平安安回来的时候,无论甚么人,先从我家门出来迎接我,就必归你,我也必将他献上为燔祭。"结果神帮助耶弗他打胜了亚扪人。耶弗他回到了自己的家,不料他的独生女儿竟拿着鼓载歌载舞来迎接他。于是耶弗他只得以他这独生女来献燔祭。但答应她在燔祭前准她上山为她自己的终为处女而哀哭两个月。这里"卤莽国王"即指耶弗他。
⑤ 这里的"有所不同"(with a difference)为莎剧《哈姆雷特》4幕5场中的一个短语。

了）布登①或他的某个古怪的同代人的某段好文章时,她却正把一部现在的什么故事或传奇观之入迷,于是我们两人那张共用的书桌上便又会供应丰富,新著②不断。记叙文学每每使我厌烦。我对情节的发展一向很少兴趣。但她看的书却非有个故事不可——不论叙述得好与不好,只要那里面充满着生活,充满着事件就行。小说当中——甚至现实生活当中——的祸福命运久已引不起我的兴头,至少对我情趣索然。毫不入时的奇癖怪论——癫狂之辈的异想天开——某些著作之中的刁钻古怪,这些才最能使我喜之不尽。我的姐姐则对一切怪异谲诡的事物天生反感。一切离奇乖张或违背常情的东西都完全不合她的脾胃。她"坚持自然应是更加清明"③。她对《医生的宗教》④中的那种光怪陆离之美全然无力欣赏一点,我是能加以原谅的;但是她对她自己所说过的种种不敬的话也应向我略表歉意,因为她近来对我所最私淑的一位大家,即倒数两个世纪之前的那位无论性格、操守、人品都堪称一时无两,但又别具心裁和乐善好施(当然其性情不无怪异之处)的玛格丽特·纽卡索⑤,便言词之中颇多诋毁口气。

但也多是我姐姐的命运使然(而且这情形连我也未免感到略多了些),她和我的相识者中却偏偏有不少"自由"思想家——新哲学、新体系的领袖人物及其门徒⑥;好在她对他们的种种高见是既不反驳,也不拜受。那些自童蒙时期起便在她心中形成的正确而崇高的事物至

---

① 即罗伯特·布登(1577—1640),英国17世纪散文家,以行文奇幻谲诡著称。兰姆平生最好阅读其书。
② 新著这里当然特指布里吉特所读的书。
③ 这句话引自英诗人兼剧作家约翰·盖依(1685—1732)的一篇碑铭诗。
④ 见前《人分两类》中54页注⑥。
⑤ 见前《人分两类》中56页注②。
⑥ 这里可以一提的至少有高德文(William Godwin)、霍尔克洛夫特(Thomas Holcroft)、赫兹利特(William Hazlitt)、李·亨特(Leigh Hunt)等思想较激进的作家与活动家。

今依旧对她保持着绝对的权威。她从来是不拿或不和自己的思想认识来开玩笑或耍把戏的。

随着年龄的增长，我们两人都不免变得有点过于自信。我曾注意到，我们之间的争论总是不出下面两种结果——在涉及事实、年代、细节的问题上，总是我对而我姐姐错；但是如果我们的分歧是关于伦理道德方面的问题，是关于某件行事之宜与不宜，那么不管我的反驳是如何之激烈，或者信念是如何之坚定，比如在我一开始的时候，但辩论到后来，我仍不免要屈从于她的看法。

不过我对我的这位本家的一些弱点绝不准备吹求过苛，事实上她是不太欢迎人家向她指出缺点的。例如她就有一种好当着客人自己读书的别拗习惯（如果不是说得更重的话）：这时她往往是似听非听，没完全弄清人家的意思便"是啊""非啊"地漫口应承一下——这实在令人非常恼火，对问题提出者的个人自尊也是一种极大的冒犯。她心智的敏捷，足以应付生活中最急迫的难关，但在无关紧要的场合下，她的头脑却不知道又跑到哪里去了。遇到情况紧急大事临头的时候，她的一副口才完全可以应付裕如；但是如果内容并不牵扯到什么"良心的问题"[1]，她却又难免会有时出言不合时宜。

在读书上她自幼便乏人指导，但也惟其如此她才幸好没有沾染上一般闺秀的那套文绉习气，而这在不少人是以才学风采目之的。不知是出于有意还是偶然，她从小便被拖入那座四壁英国优秀古籍满架的宽阔书室当中[2]，一切但凭她任意取观，漫无节制，仿佛初生牛犊那样在一片鲜美的草原上恣意啃啮。其实如果我自己有许多女儿的话，我

---

[1] 这个短语引自莎剧《奥塞罗》1幕2场2行。
[2] 指伦敦中殿法学院的名律师塞缪尔·索尔特的图书室。兰姆之父曾在索的手下做用人四十余年，因与索家关系极密，他的书室曾是兰姆姐弟幼年得以自由出入之地。

敢说她们的教养大概个个也都会是那个样子。至于这么一来她们将来的婚事幸福是否要受到影响，我就说不清了；但有一点我敢肯定，就是这样培养出来的老处女（即使从最坏处着想）必然是了不起的。

困苦时期，她是你最可依赖的慰藉者，但是遇到你小不如意或琐细麻烦，因而无须发挥人的多大意志力来加以应付时，她却往往因为干预过多而把事情闹坏。如果说她平时并不能为你更多分忧的话，遇到高兴的场合她却肯定能够使你两倍三倍地感到满意。在一块玩牌或出门做客时，她都是再好不过的伴侣；但最妙的时刻却是当她和你一道出游。

前几年的一个夏天，我们曾一起到赫福郡①远游过一次，主要是去打扰了一下我们在那个美丽的麦产区里的几位远亲。

我最早能记得的地方便要算麦克利安了——也作麦克莱尔安，或许这是更正确的地名，赫福郡的一些老地图上便是这么拼法——为一座农庄之名——地离惠赞斯台②不过一程路，周围环境极为幽美。我还模糊记得，我曾跟着布里吉特到那里去看望过我的外祖姨，那时我还很小，由我姐姐照拂着；而她，我曾说过，要比我大上十岁。（我曾幻想过是否能把我们两人的桑榆晚年合在一起，以便我们能共同享用，谁也不先把谁丢下。当然这是不可能的。）这农庄当年是本地一个殷实农民的产业，后来他迎娶了我的老姨。这位老姨夫的姓氏为格赖德曼。我外祖母的娘家姓布尔顿。后来许配了费尔得家。目前格赖德曼家与布尔顿家在那个郡里还门庭兴旺，但费尔得家已经人丁稀少。我说的那次走亲戚距离今天已有四十多年，这中间多少年来我们和这两门亲戚也都久疏音问了。因此麦克利安现在已经由哪些人——他们本族人抑或外面人——作了继承，我们几乎连想也不敢想，不过

---

① 地在伦敦之北不远，为英国著名麦产区之一。
② 赫福郡地名，在麦庄东南。

我们还是决定哪天要亲自去打探一下。

我们这次前去的那条路还是挺弯弯曲曲的。从圣阿尔班[1]出发,取道陆登公园[2],我们终于在中午时分到达了那个我们翘企已久的地方。这座古旧农舍在我的记忆中虽然早已不留丝毫痕迹,但是一见之下,它在我脑中所唤起的喜悦之大,却是我多年来所不曾经历过的。虽然我已经忘记了它,可我们两人却从没有忘记曾经一起去过那里,况且我们平时也常好谈论麦克利安,最后谈得多了,那个地方在我的头脑里遂形成一种幻象,因而我也就不免认为我对它的外貌一清二楚,但是现在身临其境——啊,它却和我想象的多不一样。我向壁虚构的那个景象竟不是它!

这周围的气息却是那么馥郁,时节也正值初夏[3],于是我不觉追随着诗人[4]之后而吟哦起来:

但是你[5]啊,在美好的想象当中,

却竟是俏丽如许,

在白日的熠熠之下,确实胜过

她[6]最妖娆的儿女。

现在旧地重游,布里吉特所感受到的则是一种比我更"清醒的快活"[7],因为她自然而然便又认出了她这旧相识[8]——当然在外貌上已经颇有改观,这点不能不增人惆怅。的确,乍见之下,她简直惊喜得

---

[1] 赫福郡西南部镇名。
[2] 自圣阿尔班至北部的赫福郡的中间地名。
[3] 这里"初夏"的原文为"heart of June",英诗人本·琼生语。
[4] 诗人指兰姆的同时代诗人威廉·华滋华斯。下面的四行诗句引自诗人的《再访雅路河》。兰姆对此诗极为爱好,认为是英诗中罕见的佳篇。
[5][6] 这里"你"指雅路河,"她"指第一行中的"想象"。
[7] 意即充分意识到的快乐,与朦胧的梦境不同。短语引自弥尔顿的名诗《宴神》。
[8] 指兰姆姐弟所走访的那座农庄。

不敢辨识；但这周遭的景物很快便在她的感情上唤起了往日的温馨，于是她立即跑遍了这座古老邸宅外面的每个角落：柴房、果园，还有那鸽舍所在的地方（虽然那里连鸽带舍早已两不可见）——她都气喘吁吁地一一前去找寻，而那份焦灼的心情，虽说不无可原，但在一个已经年逾五旬的人，究竟太欠稳重。不过布里吉特在有些事情上确实是和她的年龄不太相称的。

这时只剩下该进屋了——但这事在我却是一桩天大困难，如果这次是我单独一人，完全是会无法克服的，因为我平日最怕的就是见生人和认远亲。但在我姐姐身上却是热情远胜顾虑，于是撇下了我而排闼径入。只一晌，她已经又走出来，身边跟了一位相当秀丽的人物，而那人的神情风韵之佳，如果有什么艺术大家想要雕刻一尊"欢迎之神"的话，实在是再理想不过的形象了。她是格赖德曼家族中最年轻的一辈，后因与布尔顿家结姻而成了这座邸宅的女主人。按这布尔顿家人都是漂亮人物。其中有六位女性都是全郡之中最有名的美人。但是这位嫁到布尔顿家的，在我看来，则比她们更胜一筹——更加标致。她由于年岁过小，已认不得我。她只记得小时候大人们曾经把刚刚迈过树篱门的布里吉特表亲指给她看过。但是只须一提起亲戚这话，一提起表亲关系，也就够了。这点纤细的纽带，尽管目前在大城市中的那种互不闻问的空气之下会微弱得像游丝似的扯不起来，但在这个火热、质朴和可爱的赫福郡里，我们发现，却把人们绾得紧紧。不过一晌工夫，我们已经非常厮熟，仿佛我们自幼便是在一起长大似的；并且不再拘礼，很快彼此以教名相称了。[①] 其实一切基督徒都

---

① 按英美习惯，一般人见面须称呼人家的姓氏，只有家人亲戚旧友同学才能直呼其名。这里教名实即与其家族姓氏相对应的"名字"，之所以称为教名是因为西方不少"名字"都取自《圣经》。

麦庄访旧

无不应当是如此。尤其令人快慰的是看到布里吉特和她^①在一起——这真是《圣经》上的那幅姊妹晤面图^②！在这位农妇身上我们可以看到一种独特的风范与威仪，一种丰腴体态与颀长身量，恰与其心灵相适应，即使在宫廷之上也会是华彩动人，迥出一般的——至少我们是作如此想。我们在男女主人面前都同样受到欢迎——我们，还有和我们一道来的那位朋友。我这里几乎忘掉了提他，但是贝·费^③是

质朴可爱的赫福郡里

---

① 她，指农庄的那位年轻女主人，亦即布里吉特的那个表亲。
② 耶稣的先行者——施洗者约翰的母亲以利沙伯与耶稣的母亲马利亚为表亲。以利沙伯怀孕将生约翰之前，马利亚曾前去看望与照拂她，并在她家住了三个月。详见《路加福音》1章1～56节。这里以这两人的会晤比喻布里吉特与农庄女主人的欢聚。
③ 指兰姆挚友与家中常客贝伦·费尔得（1786—1846），英国名律师，这次去农庄曾与兰姆姐弟同行。他曾任澳大利亚悉尼市最高法院审判长等职。

绝不会轻易忘记这次快晤的,如果万一他在那袋鼠遍野的辽远海滨①也能读到这篇文字的话。说话间,肥犊②已快在厨下备好,甚至早就备好,只待我们入席享用,仿佛早就知道我们会来似的;接着又在把家乡旧醅小酌一番之后,我永远也不会忘记我的这位殷勤的表亲曾以何等天真的得意神情把我们一伙带去了惠赞斯台,并把我们当成什么新发现的宝贝似的引见给她的母亲和各位姨姨,而她们居然对我等的情形③还颇有所知,比这位表亲了解得多,因为那段时间早了。至于我们在她们那里又同样受到了多么盛情的款待;至于布里吉特的那副记性又如在此情此景和极度兴奋之中而变得出奇地活跃起来,因而又将多少早被人们快忘干净的陈年旧事全都勾引了出来,结果不仅大大使我吃惊,使她自己吃惊,甚连那在座的唯一不属表亲关系的贝·费也都为之诧怪不已;至于那些被人遗忘过半的姓名、情况等的模糊印象又是怎么纷至沓来地重返她的胸臆,正如那蘸了柠檬汁写成的词句,一朝拿到阳光之下,又会在观看者的眼前再现出当年友情的温暖。对于这一切如果我也能统统忘掉的话,那么我那乡下的表亲们就把我也忘掉吧④;而布里吉特也就不用再记得我,不用再记得我在孱弱的童年时是怎样处处都离不开她——正如在后来懵懂的成年时也还事事多赖她的操心;正如在久久以前,在赫福郡的麦克利安的美丽的草地上漫步的时候。

---

① 悉尼市濒海,而澳大利亚又以盛产袋鼠著称,故云。
② 这里"肥犊"暗用《新约·路加福音》中浪子回头的典故。书中那个浪子把父亲给他的钱财挥霍净尽,沦为乞丐,但当他知错而返回家中时,他的父亲非但没责备他,反而杀了肥犊,盛情欢迎他的归来。另外"肥犊"一词在《圣经》上还曾多次出现过。
③ 兰姆姐弟此时早已是英国文坛上的名士。
④ 意即这一切他是绝不会忘记的。这是典型的英国式的表达法,但意思实际并不难懂。为了更好保存这种风格,这里乃至以后的部分都采取了直译法。

题解

  一篇风情绝佳的好文章，主要记作者的姐姐，也兼写了他自己。文章一起笔就见出精彩，蕴藉而有味，姐弟二人的一切，特别是他们的文学趣味，在这里可谓历历如绘。对姐姐的描写尤为成功。它不是一帧死板的肖像，被画者仿佛只是呆呆地往那里一坐，将自己的一副尊容交给画师去点窜涂抹，而是一个活生生的人，一个五十多岁了还东跑西颠，到处去寻柴房找鸽窝的老姑娘！另外也因为不是亡姐追忆之类的文章，写起来比较随便，于是光是毛病缺点就数落了一大堆（甚至里面没少夹杂挖苦埋怨），但反而使得这位令姐更可爱了，生动饱满，足堪不朽。至于那被访问的麦庄倒成了陪衬，也不暇去细写，匆匆几笔，就交代了。但那几笔又是何等的神笔啊！一首田园诗、一幅群美图、一番亲情话，尽管（除了他姐姐一人而外）谁都没说多少，故读来真是风光旖旎，美不可言，令人心醉，再加上"肥犊""姊妹图"的字样，更不免将使西方读者的心中引起《圣经》上的美丽联想！够了。再多写也许只会坏事。所以尽管这里一切只是虚写（相对于前面的实笔而言），却是恰到好处。主次颠倒和内容离题了吗？题目本来就是由作者定的，又不是应试文，所以也就无所谓离题不离题。而且笔调又是那么闲适轻快，典故引文也用得稍少，因而这篇可爱的"人物记"确实无愧为兰姆散文中的一个逸品。

论尊重妇女[①]

论及古今礼貌之异同[②]，我们今人最引以为荣的一件得意事情即是对妇女的尊重；亦即我们对于女性之为女性所理应会施予之某种谦恭，某种礼敬。

我会相信这一准则已经在我们的行动当中起着作用，如果我能忘记，即使迟至我们据以标志我们文明之端的这个纪元的这第十九个世纪的今天，我们也才刚刚不太经常将女囚徒同那些最粗野的男犯人一道加以鞭笞示众。

我会相信这事在我们中间已经翕然成风，如果我能对妇女在我国至今仍然偶遭绞刑这一事实全然闭眼不看。

我会相信这事的，如果女演员不再动辄给一群男观众嘘下台来。

我会相信这事的，如果一位文明绅士肯于搀扶着一个卖鱼婆迈过路边阴沟，或者把被一辆马车碰撒在地上的水果帮助那女摊贩亲手一一捡拾起来。

[①] 这个标题的原文是"Modern Gallantry"，直译应作"今天对妇女的殷勤态度"，但显然太不自然，也太累赘，故只得如此来译。
[②] 这里"古"与"今"中之"今"，如按本译者的理解，并参照第二段中的文义（本文作者把纪元的开始即认为文明之端），那么这个"今"字至少还应包括整个中世纪，甚至再包括从五世纪上推至纪元之初的这四百多年，亦即从纪元直到兰姆时代的这近两千年。

我会相信这事的,如果这些文明绅士(于其私人生活中素被认为是这种礼仪的卓越典范)在一些他们不为人所知,或自以为没被人看见的场合下,也能同样按这规矩来做;如果我将看到一位前往某豪华商业区的乘客能把自己身上的阔绰呢大衣披在一个穷女人的肩上,这女人为赶回她的教区,正在这辆车的顶座上给大雨淋透;如果我不再看到一名妇会在伦敦戏院正厅的后座边上因为站得过久而几乎晕倒,而周围的男人不仅照样心安理得,而且还在一边笑她,甚至这时还会有个多少更有点儿礼貌和良心的人竟然冒出这么句话:"要是她再年轻漂亮一些,我是会让她坐进我这里的。"不过如果你把这个短小精悍的货栈老板或那个马车乘客放到他们熟惯的那些女性中间,那么他们的那一番礼貌周到怕是你在整个路斯伯里①这个地区也再看不到的。

最后,我会相信确实是有某种这类的准则在影响着我们的行为,如果世上一半以上的苦役粗活不再推给女人去承担。

在那一天到来以前,我很难相信这种被人们吹嘘成如何如何的所谓礼貌云云,除了不过是一种久已有之的虚构之外,还有半点儿实际意义;充其量,它不过是两性之间的一种游戏,它扮演于社会的某一阶层中间,生活的某一阶段中间,在这里男女双方倒也互不吃亏,各得其所。

我甚至会认为这事将不失为生活当中的一种有益的虚构,如果我将看到在文明圈子里礼貌殷勤不仅施之少的,也施之于那老的,不仅施之于美的,也施之于一般的,不仅施之于肌肤白皙的,也施之于皮肉粗糙的——一句话,施予的对象是女人,是因为她是女人,而不

---

① 伦敦地名。

是因为她是美女、财神、贵妇人。

我会相信尊重妇女将不仅是一句空话，如果一位衣冠楚楚的先生在衣冠楚楚的人群当中偶一谈起"老年妇女"这个词时，不致便引起，更无意去引起，一阵讪笑——如果"过了期的老姑娘"或这种人在"市场上再卖不掉"之类的话，一旦冒出口后，必将在在座的人中，也不分男人女人，立即引起一致公愤。

约瑟夫·佩斯[1]，一位家居面包山街[2]的巨商，南海公司的一名董事——另外莎士比亚的注释家爱德华兹，曾为他写过一首佳妙的十四行诗的那位先生[3]——则是在尊重妇女方面我所见到过的唯一一位表里如一的真正雅范。他自我少年时起即对我进行过栽培，为我花费过心血。我至今身上的这点儿商人气质（尽管极为有限）全赖他的言传身教。[4]至于我日后长进不大，这倒并不怨他。他虽生长于一个长老会[5]教徒之家，且自幼从商，却不失为他那时代最风雅的体面人物。在对待妇女的态度上，他从不是在客厅中一套，在店铺或货摊时另一套。我倒不是说他在对待人上毫无区别。但是他从来不是眼睛里没有妇女，或者说把一些地位不够优越的女人根本不当回事。我就见到过他在对待一个普通年轻女用人的问路时，也会脱下帽来恭恭敬敬地认真回答——那样子难免会让你好笑——而一副礼貌又是那么从容不迫，听话的人既不会因此而受宠若惊，说话的人也觉着十分自然。他

---

[1] 这名商人的确实有其人，下面关于他的恋爱经过也实有其事。
[2] 伦敦街道名。
[3] Thomas Edwards, 1699—1757, 18世纪一名文人, 上面佩斯的舅父。这首诗的内容据说是劝他早日结婚, 不要影响了门庭和个人幸福, 但佩斯却因初恋的女友早夭, 受刺激过深, 以致终身未娶。
[4] 兰姆离去慈幼院后（1790年），最初即在佩斯的事务所做见习生，从他学习簿记与商业知识，故云。
[5] 长老会，基督新教之一派，John Knox 所创，反对英国国教的监督制，奉加尔文之说，将政治上的共和制推行于教会之中，以会员自选之长老（年高有阅历者）主持会事。

当文明绅士帮助女性水果摊贩

绝非是世人所谓的那种特别好追着女人献殷勤的人：他所敬重、所维护的乃是那整个的女性，不拘其以何种形式在他的面前出现。我就看到过他——似乎没有必要再笑了吧——非常亲切地护送着一名半路遇雨的女摊贩，手中的雨伞打得高高，以免她篮子里的水果受到损失，那关切的程度不亚于对待一位伯爵夫人。对于那些理应受到敬重的年迈女性（哪怕只是一名老女乞丐），他在给她们让路时那礼貌的殷勤周到，比我们对自己的老奶奶也不在以下。他正是这个时代的忠勇骑士；是我们这个世纪的加里多尔爵士[1]、特里斯丹爵士[2]，对于那些缺乏一位加里多尔或特里斯丹去保护自己的女人来说。那憔悴面颊上的玫瑰虽然久已枯萎，但在他的眼中却依然是当年盛开时的情景。

---

[1] Sir Calidore，意为热情爵士，英国大诗人斯宾塞的《仙后》中一个骑士名，以对妇女殷勤礼貌、举止娴雅著称。据说这个人物的塑造系以锡德尼爵士为其原型的。
[2] Sir Tristan，英国古代传说中亚瑟王的圆桌骑士中的一员。

然而这样的一位好人却从未结婚。他年轻时候也曾向一位美丽的小姐苏珊·温斯坦利求过婚——克莱普顿的老温斯坦利之女——但追慕未久，即遽尔殒殂，致使他矢志终身不娶。他曾跟我讲过，在他们不长的恋爱期间，一天他曾向他情人讲了许多温情的话——也即是普通献殷勤的话——对这类东西她一向并未表示过明显反感，但这一次却不同，话听到后无反应。他从她口中始终得不到一句稍肯定的话语。得到的倒毋宁是对奉承的反感。他觉得这事很难归之于对方的反复无常，因为这位女士的一贯态度表明她还不致如此浅薄。于是第二天感到她心情稍好些时，他便向对方提出她头一天的态度冷淡问题，对此，她老实不客气地讲了实话，而她平时也就最喜欢实话实说，这即是，她对他的好意向来并无反感，她甚至能容忍他的不少言过其实的恭维，而一个处在她这种地位的女人也就自然少不了会听到这类受听的话；另外她也何尝不希望她自己能消受得下几分这种赞美颂扬，只要真是出自肺腑，而且也会像多数年轻女人那样，感到听了也无损于自己的原有谦卑，只是一点——就在他讲他那些恭维言词之前不久——她却碰巧听到他在责骂一个年轻女人，而且骂的话相当难听，原因不过是那女人没能按要求将他的围巾及时送到，这件事就引起了她不少感想，"现在因为我是苏珊·温斯坦利小姐，是个年轻女士——一个有名的美人，而且还会有笔财产——于是我便有可能从这位追求我的漂亮先生的口里听到那么多最漂亮的话；但假如我只是个可怜的玛丽什么的（她的女裁缝的名字），又没有能按要求把围巾及时送到——尽管为了赶制这东西多半夜都没睡——到时候我也能落什么好，听到许多恭维话吗？想到这里，我作为一个女人的那种尊严不让我就此罢休。我心想，即使是仅仅出于对我个人的尊重，一个同我一样的女人也不该受此对待。所以那些漂亮恭维话我难以接受，我不能自己好话听尽,却让我的同性受屈,因为说到底我的地位与权力首先便来自我所隶属的那整个女性"。

我以为女士对她情郎的一番责备既说明了她待人的宽厚,也显示出了她见事之准确。因而我有时常想,这位先生身上那种对待妇女的非同寻常的认真态度,即不论老少贵贱,一视同仁,而这一点终其一生都能身体力行,坚持不渝,这个,如若问其所以然,恐怕正是多亏他那位早逝情人的及时点醒吧。

另一方面,我深望整个妇女界对上述种种也能具有温斯坦利小姐的那副眼光。那时,对妇女的真正尊重的精神必将得到光大,而不致再更多出现那种反常情形,即同一个人,对其妻子则是文质彬彬,礼貌典范;对其姐妹则冷嘲热讽,粗鲁不堪;对其情妇则卑躬屈膝,奉若神明;对那同属女人的姑姨,乃至极为不幸但也仍是女性的未婚堂姐表妹则除了鄙夷取笑而外,不知更有其他。只要一个女人在尊严方面受到贬损,则不论受损害者的身份为如何——即使她不过是名侍女,是个仆从——这时都不能说一个女人的地位在这个方面不曾遭到贬低,甚且完全会有身受这种轻视的可能,如若一旦她自己的青春美貌与优越条件等——而这些并非是与其性别不可分的——不再对人有诱惑力。所以一名女人对一个正在向其求爱期间(乃至在这之后)的男子的要求便必须是,首先要把她当成一名妇女来尊重她;而只有在这之后才是对她的尊重须超过对一切别的妇女。但是她的立足点却必须是她的女性的人格,这个正是她赖以独立的基石;至于那些因人而异的种种关注殷勤,尽管花色样式繁多,而且会多至妙至难以想象,也只有当其一一附丽从属于这座坚实的基础之上时方有意义。因此一个女子人生的第一课便是——诚如可爱的苏珊·温斯坦利小姐所教授的那样——必须尊重她所属的整个女性。

题解

记得小泉八云（Lafcadio Hearn）本世纪初在日本讲英国文学时，曾提出过西方的妇女观念是该国学生理解西方文艺时的一大障碍，原因是西方素有尊重妇女的传统。相对而言，这种传统也许无可否认。但现在读了兰姆此文，便又会觉得，原来这种相对的东西在那里也还是很相对的。不是西方许多女工至今还是低报酬吗？不是西方至今还有不少"女权主义者"吗？如其这个问题在西方已经甚至早就完全解决，那么这样的奋斗者的存在就将不可理解。可见妇女权益的维护及其各方面地位的提高仍将是摆在东西方，摆在全世界面前的一个带有共同性的大问题，而远非仅限于一国两国。

很高兴地看到，兰姆在本文中发表了很正确的思想。他的首先是女人，其次才是情人或妻子的提法已经几乎成了东西方人们的共识；即使今天最先进的女权运动者也不会认为它太过时。在语言上，这篇文章也是好的——一切表达得那么中肯有力，而又具有文采。开篇的几段更大有报章体的味道，是很现代化的。但兰姆写文章总是离不开写人，他发议论也常是要通过人物的口中来发出的——跟写小说差不多，也就避去了枯燥。再有在态度、口气与笔调上这也是兰姆文中较严肃和正规的一篇。

记内殿律师[①]

我的出生地是内殿法学院,我生命最初的七个年头也都是在那里度过的。那里的教堂、厅室、花园、喷泉,我甚至会说连那里的河水[②]——原因是在那些童稚的岁月里,我心目中的众河之王岂非即是沾溉着我们那片可爱乐土的秀丽水流?——这些正是最早便出现在我记忆里的事物。直至今日,我口边吟哦得最多的,而且也最带感情的,仍然再无过于斯宾塞下面的几行诗句,那正是写这地方的。

  当年他们到来之时,巍峨高楼

  正矗立于古老泰晤士河之畔,

  如今早是律师们的精雅居室;

[①] 这篇文章的原标题为"The Old Benchers of the Inner Temple",意即内殿法学院的过去主管或负责律师。Bencher 一词系从 bench 而来,而 bench 意为席位,故 bencher 特指在议会或法院等占有一席地位的人,在本文中则指这个法学院中的负责人员或这个学院委员会的主管律师。至于内殿法学院,地在舰队街与泰晤士河之间,则为英国历史悠久的法学人员与律师的培养所,其历史可追溯至 14 世纪,其前身为"圣殿骑士"的驻地(之所以称作"圣殿骑士"是因为这些骑士曾于 12 世纪作为一种武装教派〔military order〕参加过十字军东征,并因曾在圣城耶路撒冷的圣殿附近驻过军而得名)。后圣殿骑士于爱德华二世期间被解散,其地屡经易主,卒于 14 世纪前期归为日后的法学院所有,而这法学院复分为内殿与中殿二部分,各自独立经营,遂成为内殿法学院与中殿法学院。

  文中的索尔特即为这座内殿法学院的主事律师之一。兰姆之父曾佣于索尔特家,故兰姆自幼即随父而全家住于学院内的索尔特家,直至索尔特去世后(1792 年),他家方才迁出,但仍长期在该法学院一带居住,直到 1827 年为止。因此文中回忆到的种种即系数十年来这一居住地提供给他的。

[②] 河水,指泰晤士河。

圣殿骑士曾经在此演武习兵,

直至他们盛极而衰。[1]

的确这里不愧是整个京城里最幽雅的去处。一个生平第一次来伦敦的外乡人,在穿越过那稠密的滨河路,繁嚣的舰队街,又遍经无数的宽街小巷之后,一旦进入这片宏敞的地带,看到它那古意葱茏的幽雅僻静,能不别有一番惬意的不同感受吗?那地带真会使你一见之下,胸襟骤畅,眼界顿开,这时任你从三面环视,皆可俯见一片广苑[2];同时瞥见一座雄伟建筑,正是

楼名文卷阁,坚固亦轩嚻[3],

一面与一座规模稍逊稍旧然而式样则更古怪奇绝的所谓哈尔考特楼遥遥相望,另一面则是那饶具谐趣的国玺部楼(即我之诞生地),对面恰为那庄严的泰晤士河,水流静静绕行于庭园脚下,因未受市廛沾污,故尔清澈可爱,一尘不染,似乎刚从特威肯汉仙源淌出未久![4]而一个人有幸而生到此地,亦可谓是前世修得。那座具有伊丽莎白时代风格特点的大厅[5]又是何等一副学府气派,那里的喷泉便是院中一景,而且我就曾,不止一次地,使那喷泉升落不定,上下翻飞,结果引得一些小儿童,和我同样年龄的人,由于不知那背后的机关奥秘而见了惊诧不已,叹为神迹!那几乎已经磨损不可复识的日晷,又是何等一副古色古香模样,其上遍镌道德铭文,看上去与其所曾测过的时间同其悠远,它仿佛上与光明之泉直接相通,借以将天光之飞逝为人

---

[1] 诗引自斯宾塞的《婚礼颂》("Prothalamion")中的第8节。
[2] 内殿法学院东南角的一处庭院:其地南临泰晤士河,北为作者的故居国玺部楼,西为哈尔考特楼。
[3] 作者自己顺口所编的一行诗句。
[4] 特威肯汉,格罗斯特郡山地镇名,为泰晤士河的水源;这里之所以说是仙源,是因为其处地势较高,未受泰河下流的城市污染,故尔想象河中水仙可能喜居其地。
[5] 指内殿法学院大厅。

记内殿律师　121

记录下来！而我又如何凭着那童稚的目光，眼睁睁地盯着黄昏的暗影是怎样（尽管完全看不出来）悄悄地一步步向前推移，一心只想察出其踪迹，却又永远捕捉不住，那飘忽如浮云，迷惘如惊梦一般的流光暗渡！

　　啊，那美的消失恰似光影流逝，
　　日晷之针刚指此处，瞬已过去！[1]

人的鸣钟简直是死物一具，它那满肚子里笨重得发死的铅铜肠肚，那报时的或粗或浊的呆顿方式，又怎么能与旧时日晷的那美如圣坛般的简朴构造，那毫不扰人的默默心语相比！日晷乃是一切基督教人家花园里的护守之神。那么何以它竟到处消失得这么干净？如若说它的日常事务用途已经为更为复杂精巧的新发明所代替，那么它的道德功能[2]，它的美育作用，却仍应是它继续存在的理由。它所教导的是合理适量的劳动，是日落以后不再纵情游乐，是节制之德与按时作息。它乃是原始初民的钟，是世界早期的计时器。亚当过去在天堂时是不可能没见过的。它对鸟兽草木俱极有用，草木的滋长萌发，禽鸟的唧啾鸣啼，牛羊的放饲归圈，样样都离不开它。牧人当初正是"凭借日光将此妙物雕镌出来"[3]；这样日居月诸，聪明既进，故虽以牧圉之卑，竟也将那种种佳言隽语遍刻其上，其感人之深，实亦不下墓志碑铭。据玛尔威尔[4]讲，花匠素来就有这种本领，他们过去在华丽园圃之风大行的时代，便经常利用花草做个日晷。所以下文我将引用他的诗句，帮助说明此意，因为这些诗，正如所有他认真写成的诗那

---

[1] 引自莎士比亚的《十四行诗》第104首。
[2] 这种日晷上每每镌刻有道德格言，故云。
[3] 引自莎剧《亨利六世》第三部，2幕5场。
[4] 即 Andrew Marvell, 1621—1678, 17世纪英国著名诗人，共和期间曾充任弥尔顿助手。

样,实在灵秀精美之至。在一篇谈到喷泉日晷的文章里我想这类的话或许不致太不合体。下面的诗句便是谈园林景物的:

我的生涯真是乐比神仙!
苹果一熟就会落在脚边。
串串葡萄那么汁美水汪,
到嘴之后立即化为甘酿。
枝间油桃蜜桃多么可口,
不待我摘已经送到我手。
园中路上也会给瓜绊倒,
跌在草丛竟让野花缠绕。
这点趣事虽然不算什么,
却似渐入佳境,引向至乐。
人心犹如海洋,其中万汇
一一都将觅得它的同类;
但是境由心造,又何止此,
新的海天必将随之而至;
人的世界此刻已经淡忘,
只盼绿荫之下稍寄遐想。
就让我在这里光滑泉边,
傍着哪棵果树根旁苔藓,
然后将那身上外衣一脱,
我的灵魂早已潜入枝柯:
仿佛自身竟也化为鸣禽,
但知摇翼拍翅,浅唱低吟;
只待稍事小憩,便将远航,

>毛羽之间银波熠熠放光。
>堪羡园中花匠其技何能,
>一具日晷竟靠花草制成!
>凭着这件妙物,天上太阳
>行经黄道①自身亦染芳香:
>勤劳蜜蜂随着日影推移
>也像我们那样精密计时。
>试想计此芳馨美妙时刻
>不凭花草我们又凭什么?②

日晷如此,喷泉亦然,这类人造景观在京城这里也在迅速消失。多数已经干涸,或者给人堵死。不过偶遇一两处尚残留者,比如在南海所后面的那小片绿色角隅,那它又会给那里枯燥的屋舍凭添多么大的生气!就在林肯法学院③的广场附近,云石雕成的四个带羽翼的小儿童过去便一直在驰骋着可爱的童稚幻想,将一股股常新的水流从他们那天真而顽皮的口中不绝喷吐出来,而那时我比这些顽童也大不了多少。可今天这些水流已不见了,泉眼给人堵住。那种时尚,据人们讲,已经过时,再弄这些就会被人视作幼稚。既然对成年人是幼稚,那又为何不留下来,只给儿童看看也算?律师们,我想,一度也曾经是儿童吧。至少这对启发他们的童稚心灵也会有益。为什么事事物物都只让人想起成人,都只是带成人气?难道是整个世界全都老了?难道童年都已死掉?或许一切也并不都是这样,我们一些最聪明最善良

---

① 这里黄道(黄道十二宫的简化说法)实指园丁用花草所制作的日晷上的刻度,系譬喻式的说法。
② 玛尔威尔的这些诗行引自他的名作《花园》("The Garden")一诗。
③ 伦敦的四大法学院之一。

的胸怀之中不也还多少保留着一点儿童稚之气、赤子之心，因而对自己幼时的迷恋仍然稍能反应？不错，那些雕像有些古怪。但是难道那些头戴生硬假发、口中喋喋不休、穿梭般地往来于这片地区的众多活人[1]，他们的形象看起来就很顺眼吗？或者说他们满嘴里唾星四溅的漂亮高贵吐属就比出自那些已经过时的幼小天使口中的可爱戏波更清爽更天真吗？

人们近来已将内殿厅的入口处，以及图书馆的门首，将其原有的建造哥特化了[2]，以便，据我猜想，将它们与那大厅本身融成一体，尽管彼此绝不般配，是融不成一体的。那入口处的飞马今天又沦落到了哪里？那么庄重的形象标志！那素以意大利风格著称的文卷阁末端的许多有关美德的壁画——我最早接触到的那些寓言故事！——又都是谁给挪走了的？这些他们都得向我作出个交代，因为我实在是太想念它们了。

不错，楼前的草坪是给留了下来，那个我们曾管它叫散步场的草坪；但是曾经步履于其上的赫赫威仪今日则已不可复睹！那地方变得平凡庸俗起来。当年的老律师们对此地是视若神圣，很当回事的，至少在一天的前半天是如此。他们行起路来是不容旁边有人同他们并行比肩，挤挤撞撞的。他们的气派，他们的服饰都十足表明，这块地方是只属于他们的。你要是走过他们时，也得和他们之间保持着相当的一段距离。今天不同了，你跟他们的后一代则可以肩靠肩地并排行走。那位杰——尔[3]的一副鬼气十足的眼神，只一闪动便是一个笑话，

---

[1] 显指法官律师一类人。
[2] 意即使建筑具有扇形拱顶、尖角拱门和格字花窗等特点。
[3] Joseph Jekyll，1795年后内殿法学院的主管律师之一，以才智机敏著称，兰姆友人，因而显然属于那个学院中较年轻一辈的领导人。

记内殿律师　125

那眼睛几乎对一个素不相识的人也会笑逐颜开，从不讨厌他们跟他自己斗句嘴皮。可是请问谁又敢，任你多么高傲简慢，和托马斯·柯文垂①去套套近乎？——那人的体形就是个庞然大物，他的行路，一迈多远，像只大象；他的面孔，上宽下阔，像头雄狮；他的步态，威风凛凛，一往无前，行不由径，钢挺笔直，活像一个走动着的巨柱，下属固然早吓破肝胆，上级平辈也常惧他三分；足之所至，儿童立即跑光，因为他的到来谁也消受不了，趋避之速有如对以利沙之雌熊②。他的吼叫如雷贯耳，不管他是高高兴兴同人谈话，还是在怒目斥责别人，尤其当他讲起客气话来，那声调甚至更加要命。他的说话已经够吓人了，再加上那滚滚浓烟，不绝地从他那巨大的鼻孔喷出，弄得一室皆黑，就更加剧了恐怖气氛。他的吸烟也与别人不同，不是一撮一撮地捏起来慢慢嗅着，而是大把大把地捂到鼻孔强闻猛吸，一只手从他那老式背心的大口袋里掏个不停。他的背心色泽红得发怒，他的外套给烟熏得死黑，既还透着点儿布料原色，也杂上了许多别的，而衣服上的黄铜扣子又都是那最老式的。他每天踱在草坪上时就是这么一副神气。

在他身旁还会不时见到另一个较为温和的形影——那文雅沉静的塞缪尔·索尔特③。他们是同辈人，但两人的共同处，除了这点外，也

---

① Thomas Coventry，1766 年起为内殿法学院主管律师，并兼任过南海公司副总裁，死于 1797 年。兰姆著此文时他早已故去二十余年。
② 以利沙，古希伯来先知，以利亚的继承人。关于他和雌熊的事，见《圣经·列王纪下》第 2 章 23 ~ 24 节。"以利沙从那里（按指耶利哥城）上伯特利去……有些童子从城里出来，戏笑他……他……就奉耶和华的名咒诅他们。于是有两个母熊从林中出来，撕裂他们中间四十二个童子。"
③ 关于这个索尔特，《麦庄访旧》106 页注②以及本篇 120 页注①中虽已提到，但这里仍须补充几句，即不仅兰姆的父亲多年是他的用人，兰姆之母也曾一直为他做饭和干杂活。幼时兰姆进基督慈幼院和后来去东印度公司做职员也均与索尔特的帮助分不开。甚至兰姆姐弟早年的读书学习也多赖索家的优越条件（有丰富的藏书可供他们自由翻阅），因而索对兰姆的成长实可谓影响巨大。

仅仅是他们同为主管律师。在政见上，索尔特属辉格党①，而柯文垂则是托利党②的忠实信徒。这后者对他同事的那些同党可是没少讽刺攻击过——柯文垂本来便脾气粗暴，语言多刺，但是那些恶毒叫嚣碰到他同事的温和胸膛就像炮弹打到羊毛堆里，只会给轻轻弹回，不生作用。塞缪尔·索尔特可不是那种一触即跳的人。

索——素有聪明过人之誉，每以其任法律顾问时最具识见一事为人艳称。但我疑心他的学问却未必很大。他每遇财产纠纷委决不下，亦不论其为遗产方面抑或其他，总是稍加交代，即推给他的随员罗威尔③去处置，而罗威尔这名短小精悍角色，也总是凭其天生聪明（在这方面颇有可观），一办即妥，脱手迅速，案无积牍。遇事但凭作谨愿状，便能博得如许才名，此事亦诚有不可解者。索——天性便属腼腆者流——三尺童子也能轻易将他难倒；况且毛病又多，其作风之慵懒，办事之拖拉，亦世罕其匹。然而虽说如此，他却懒得劳苦功高之美誉，实亦无可如何之事。甚即在其日常生活方面，其人也未可尽信。他每次盛服赴宴之际，即常忘其佩刀——彼时仍时兴荷带佩刀——或其装饰上之其他必要物件。凡遇这类情形，罗威尔的一副目光即对他一刻不能放松，以便及时作些提醒。再有，某些话在某些场合不应当讲，但他却不顾场合，非讲不可。比如一次他应邀去布兰地

---

①② 辉格党（the Whigs）和托利党（the Tories）为英国过去的两大政党，形成于17世纪末叶而终止于19世纪30年代，从此前者改名为自由党（the Liberals），后者改名为保守党（the Conservatives），直至今日。
③ 实指作者的父亲约翰·兰姆，长年佣于索尔特家，社会地位不高，但为人忠厚，天资聪颖，实际上颇有学识，是一个快活而多才艺的人，其姓名曾多次见于当日一些作家之书（如Murphy、Bayley、Clara Reeve、Townley等），故据兰姆注家考证，兰姆此文中所谈情况极有可能即来自上述诸人之书。1796年9月兰姆家发生惨剧后（兰姆姐狂疾发作时刺死其母并伤其姑），其父因受打击过大，从此一病不起，未久即抑郁死去（1799）。

小姐[1]的一个亲戚家赴宴,其时恰值此不幸少女临刑之日。罗威尔深知此老马虎习惯,生怕他会讲出不当的话,故在他出门之前,已殷殷叮咛过他,切不可以任何方式提及受刑的事。而索——也答应得好好,一切遵嘱即是。但他在人家客厅里还没五分钟,就在众人等待入席一时无话的工夫,他已沉不住气似的站了起来,瞅瞅窗外,又拉拉衣袖——他的习惯动作——然后冒出一句"天阴沉得厉害",紧接着是,"此刻料想布兰地小姐已不在了"。诸如此类的情形实在指不胜屈。尽管如此,索——在当日一些要人的心目中还是位遇事最值得向其讨教的人,这不仅限于法律事务,其中也包括不少普通礼仪处世方面的细节难题——这大概也是他的风度使然吧。他是一位不苟言笑的人。他在女流辈中素来享有盛誉,深为一些贵妇所倾心,其中有几位据云甚至对他思之成疾,而之所以会闹到如此地步,据我猜想,理由也很简单,他平日从不向她们随便调笑,卖弄殷勤,甚至连一般的礼貌都谈不上。他模样身材都颇不恶,不过也并非无美不具,比如据我观察,他身上便似乎缺乏着一种会让女人们一见动心的东西——他的眼睛缺乏光泽。不过这仅属我个人之见,苏珊·皮——[2]便不作如此想。这位女士直至六秩之年据说还曾冒着冬夜风寒,只身一人前往布——德路[3]吊唁,并因伤恸过度而泪洒街头——她的友人竟不在了——而此人,她虽明知无望得到却仍苦苦追求过四十年。这段痴情,岁月既无法消弭减弱其激烈程度于万一,那薄幸单身汉的早

---

[1] 1752年间一桩谋杀案主犯,当日一名律师之女。谋杀原因据说系因乃父不准其与一个已婚之海军军官往来,于是军官以毒药冒充药物,假此女之手将律师害死。事发后,军官逃逸,布兰地小姐遂以杀父罪被处绞刑。
[2] 即下文中提到的彼得·皮尔逊之妹Susannah Pierson。索尔特故去后,曾遗赠过她一些钱财与不少藏书。
[3] 伦敦布特福德路。

就矢志不娶的决心与百般推脱的温和战术也不足以动摇其不移夙志以分毫。多情的苏珊·皮——，此刻想必您已经和您的心上人在天上相会了吧。①

托马斯·柯文垂出身贵族，但因非长子，年轻时手头并不宽裕，故自幼养成节俭习惯，这点日后亦无改变；不过他这人福气不错，迭交好运，所以到我认识他时，他已是财主一名，积蓄不下四五千镑；另外神态气派也都跟得上去，不损他的地位。但他的居处却与他的种种太不相称，只住在舰队街律师会馆中一处与水泵房院②相对的阴暗旧房里面。如今，这座房子已由一个名叫杰③的法律顾问住着。至于柯何以非要自讨苦吃住到那里，我则至今不得其解然。其实柯并非是再没有去处，他在北格莱便拥有舒适的别墅一座，只是他很少去那地方，最多夏天时候偶尔在那里住上三两天；而尽管天气那么炎热，他还是宁可整月整月地留在他那又湿又闷仿佛像只深坑似的这个居室里面，以便站在窗边望望，以他的话说，"那些整天不断前来提水的女人"。他之所以如此深居简出，想必有其一定原因。其韬光养晦，不无深意。④或许他以为这样最能保住其财产安全。他的居室本身便坚固得像只大保险箱。柯简直像是一毛不拔的伧夫一个——其特点似更在聚财而不在守财——即使算好守财，也绝非是厄尔威斯⑤那类狂人，那只会败尽一个人的名声，因为守财也得有些长处，如全无一点坚忍品性乃至固定目标，此事也无由办到。人们也许会厌恶一名守财奴，

---

① 索尔特死于1792年。
② 宅院名，地在内殿法学院内。
③ 不详。
④ 原文为拉丁文，可能系出于兰姆自制。
⑤ 当日一有名啬富人，酒商之子，他生平除了挥金如土这一特点而外，几乎再无可称述，但他还是出资让人为他写了一部传记。

但却未必好轻易对他鄙视。他固然锱铢必较,但也能一掷巨万,其气派规模之大,简直将不少漫无目标的慷慨人士也远远抛在后面。柯生时曾向一盲人救济所一次便捐赠过三万镑。他平日家用极俭,但待客留饭也还颇为像样。当然他对谁该来谁不该心里是有计算的,但客到之后,总不致灶突不烟,让人空腹回去。

在这方面,正如在许多别的方面,索尔特则恰好与他相反——他对他自己究竟有多大家底从来便不清楚;除了职位所携给他的那笔收入外,再无其他进项,而他自己又生性慵懒,不善聚敛,因而按理早已会穷得过不下去,如若不是多亏有个好人从旁相助。罗威尔便正其人,事无巨细,全赖他一手亲为操持。罗既是他的文书,又是他的忠仆,他的益友,他的服装师,他的"敲打者"[①],他的引路人,计时器,会计、出纳,什么都是。而索尔特在办事之前,对罗威尔也总是每事问,而事后如果做错,则会既盼望又惧怕罗的诤谏。索几乎把他自己全都交到了罗的手里,不过幸好这双手是世上最干净的。他甚至连自己应被当作主子来敬重这个权力也放弃了——好在罗还头脑清醒,没有一刻忘记其仆人身份。

我对这位罗威尔是了解的。这是一个明知吃亏也不会掉头跑掉的人。罗当然是个老实人,但必要时也敢"跟人动武"。路见不平,他会挺身而出,不畏强横,不计众寡。一次他便将一名举刀向他劈来的贵族从他手里夺过刀来,用那刀柄着实教训了他一顿。这是因为这持刀人侮辱了一名妇女——遇到这类场合,天大的不利也拦不住罗,他会出头前去干预。不过第二天他又会找上那人,恭恭敬敬地脱下帽来为干预的事向他赔礼道歉——因为罗的地位观念极强,虽对方行事不

[①] 即提醒劝诫他某事某事该不该做。

当，但名分所关，不容不顾。罗实在是世上再活跃不过的人，生着一张盖里克①般的欢快面孔，而人们也认为罗与盖的外貌极像（我手中的罗的肖像可以证明此点），另外饶有诗才，长于谐谑之作——在这方面也仅次于斯威夫特与普里俄②——又善于以巴黎之黏土胶泥塑出精美头像，而这手艺也并非有何传授，不过是自出心裁罢了；还会自制牌戏板与各类摆设玩物，亦钧臻佳妙；在游戏上也颇能来得，擅长跳四对舞与打滚木球；配制潘趣酒尤其拿手，全英国同阶层中无人能及；至于耍俏皮，讲怪话，更是来得轻松，总之论到胡调玩笑他真是满肚子都是，花样翻新，巧妙无穷，要多少就有多少。钓鱼对他，也是性之所近，是人们这方面最顺心、最热闹也最可靠的帮手，当年艾萨克·华尔顿③要是寻个渔伴儿的话，是少不得先去找他的。我认识他的时候，已值其暮年，躯体日衰，半身不遂，垂垂老矣——正所谓"疲驽憔悴之甚，非复当年"④。但即使是那时，一提起他心爱的盖里克来，他仍然会顿时容光焕发。"盖的最拿手戏，"他会讲道，"就是演贝易斯⑤——这个角色在舞台上是一直贯穿到全剧终场的，真真是满场飞。"有时候他也会谈起他的早年生涯，他是怎么一打小就从林肯城⑥到京城来做仆役，给他送行的母亲是怎么哭得泪人似的；他又是怎么在一别多年之后，身着一件漂亮号衣回家去看他母亲，而他母亲

---

① 即 David Garrick, 1717—1779，著名英国演员，大文学家约翰逊友人，曾任 Drury Lane 剧院经理，一生中曾演出过莎剧二十四出及其他喜剧多种。据约翰逊说，他的逝世曾使不少人为之不欢，可见其当日声誉之隆。
② 斯威夫特除小说与散文成就外，兼长诗作。普里俄即 Matthew Prior, 1664—1721，英国著名诗人。兰姆之父也出版过一本诗集，题名 Poetical Pieces on Several Occasions。
③ 见《人分两类》中 55 页注⑤。
④ 此语引自兰姆自己的《悼姨母》诗（1797）。
⑤ 贝易斯，英国白金汉公爵（George Villiers, second Duke of Buckingham, 1628—1687）所作闹剧《排演》（The Rehearsal）中一纨绔子角色，在剧中的身份为一剧作者与舞台监督。
⑥ 兰姆的祖籍为英国东部的林肯郡林肯市。

又是怎么见到一切大变连连感谢上苍,简直无法相信自己眼前的这个新人就真是"她自己的宝贝儿子"。又怎么在一阵兴奋过去之后,他也流下泪来。听到这里我真是巴不得这个可怜的老儿童,还能把头再偎在他妈妈的怀里。不过没有多久人类的共同妈妈[①]终于非常亲切地将他也揽进了她的怀里。

在这个草坪上来来往往的,除了上述柯文垂与索尔特之外,最常见的还有一位叫彼得·皮尔逊的[②],于是而成三人行。那时候他们走起路来可不像今天我们魁梧的三巨头那样臂挽着臂走,而通常是背着双手,以保持尊严,或者一只手背着,另一只携一拐杖。这皮尔逊为人厚道,但貌不出众。他平日脸上的一副表情倒也难说便是如何不快活,他毋宁说是生性关系根本就快活不起来。他的面颊没有血气,甚至可说非常苍白。他的神情也不招人,样子活像(只是无其乖戾)我们那位有名的大慈善家[③]。据我听说,他[④]确实做过不少好事,但是他自己到底是什么情形,我却一直捉摸不透。与上述三人年龄相若但辈分却不同的(他们的下级)还有一位叫丹尼斯·巴灵顿[⑤]的——也是一名怪人——也是走起路来步履沉重,方方正正——大概是有意学柯文垂的——不过这学步者在气派上还是要稍逊一筹。但是他在这里还是混得很不坏的,而其理由也有两条,一是他还略懂古物收藏,二是他有一位当主教的兄弟。只是有一回,他所管的账目缴上去后,其中一项在审查时遭到律师委员会的一致驳回,那项目

[①] 指大地。
[②] 即前文提到的那个苏珊(索尔特的苦恋者)之兄,1800年起成为内殿的主事律师。1792年兰姆初进东印度公司时皮尔逊曾为兰姆做过保人。从年岁上说,他只是柯文垂、索尔特的晚一辈人,不可能与前二者同任这个职务。
[③] 指当时英国一富翁,名叫 John Howard。
[④] 这个他到底指这富翁,还是指皮尔逊,这里不明确,但有可能指富翁。
[⑤] 显然巴灵顿也是一名主管律师。

是"为购灭麻雀药物事支付园丁艾伦20先令。主管人批。"再次为老巴顿——一名在脾气上恰与前者①相反的快活人,每逢律师们去议会餐厅公醵时——略与学校之联谊会相当——订饭一事照例由他主动承办——饭虽不行,他的同事们却个个吃得顺口。关于此人,我的了解即限于此。再下来是里德②,还有杜平内③。里德脾气好,有风度;杜平内,脾气也好,但人偏瘦,好开玩笑,甚至好拿自己的长相开玩笑。如果说杜只是消瘦一些,华利④则是瘦得近于稀薄,一阵风也能把他飘起。不少人大概还记得他(因为他的到来较晚),记得他那奇

儿童的角度

---

① 前者指皮尔逊。
② Thomas Read,1775年任主管律师,死于1791年。
③ Richard Twopenny,实际为英国国家银行之证券经纪人,只与内殿法学院有经济交道,而并非内殿主管律师。
④ 另一主管律师(自1801年起),死于1810年。

绝的步态——三步一跳法，即每行三步后必有一跳。那步倒是不费劲的，跟刚学着走路的小娃娃也差不多，但那跳却远而有力，所以那跳距与步距的比例约为1英尺:1英寸。至于他这怪走法系从何处所学来，抑或缘何而有此，我却不得其解。其实这种步态并不雅观，另外也未必比一般的走法有更多妙处。或许这与他躯体的过于单薄有关，致使他不得不尔。其亦保持其自身平衡之一法欤？杜平内平日每好以其瘦来取笑他，见面必呼之为"健壮老兄"；但毕利不喜人开他玩笑。开他玩笑则必怒，面带愠色。我听说每逢人冒犯了他，他便将其自家耳朵（其状似猫耳）掐个不停。再次为杰克逊[1]——亦即人称万事通的杰克逊——也属于这稍晚的一伙。他素有杂学家之誉，世上百般学问几无他不知，时人不及。他无愧内殿中知识稍逊一些人中的培根修士[2]。我便记得如下一节趣闻：一次一名厨师前来向他请教，牛的屁股之骨一词该是如何写法，以便上账，至于来时那态度之谦恭自不必说，因为他在人们的心目中确实无所不知。他于是告诉那人，正确的写法该是——牛的臀骨——不仅如此，为证明所说之权威性，还据解剖学之学理大大论证了一番，一时使得那司务长确实闻所未闻，大长知识，高高兴兴地称谢去了。当然也有人径写为"屁骨"的，则于音于义殊欠雅驯。再有，我几乎快忘记了还有"铁手"明盖[3]，不过他所属的时期又更靠后。他在一次事故中失去其右臂，于是装了一个抓手，但这东西他用得还是挺灵便的。我见到过这只按上去的家具，只是当时年岁太小，一时还弄不清它的真假。不过这件事给我带来的惊

---

[1] 另一主管律师，1770年起任主管律师，死于1787年。曾任国会议员。
[2] 这个培根不指弗朗西斯·培根，而指的是比他更早得多的罗杰·培根（Roger Bacon, 1214？—1294），英国著名僧侣、哲学家与科学家，以博学著闻。其学说重实验与观察，为近代哲学的滥觞。
[3] 另一主管律师，1785年起任主管律师，死于1812年。

奇则至今还能记得。这是一个说起话来吵吵嚷嚷、嗓门极高的人。这件事我的解释是这也无非是权势的一种流露罢了——仿佛弥凯兰安琪洛的摩西雕像[①]头额上的峥嵘怒发。最后一位是马塞里斯男爵[②]，他至今（至少是直到不久以前）出出进进还是乔治二世时的那种服装。好了，关于内殿法学院旧日主管律师们的零星回忆就写到这里。

稀奇古怪的形象啊，你们都到哪里去了？或者说，如其像你们这样的人物今天依然存在，那么为何我却再见不到？你们这些难以名状难以理解的奇人异事啊，为何理性之光非要把笼罩你们头上的那团超自然的氤氲迷雾无情地驱散不可？为什么你们的一切到了我的笔下就变得那么寒伧，而这些过去在我——在我那时童稚的眼睛里——实在无异乎内殿偌大的神仙谱一部？在那些岁月里，我是见过神的[③]，而神的样子就是行走在地上"身着披风的老人"。[④]让那往古偶像崇拜的迷梦全消亡吧，让那历代关于精灵仙子的全部谵言呓语也都死净灭绝。但在一个儿童的心底里，一种天真健康的迷信还是会像一股股清泉那样永远不绝地喷放出来——那套夸张虚构的种子仍然会在那里扎根发芽，开花结果——仍然会从每一件日常的琐细之中勾引出瑰丽神奇的新鲜东西。在这个小小的歌珊仙境里仍然会是光灿一片，尽管那

---

① 指意大利文艺复兴时代大画家与雕刻家弥凯兰安琪洛为罗马圣彼特大教堂所作之摩西雕像。
② 数学家，1774年起任主管律师。
③④ 这些话见《圣经·撒母耳记上》第28章13～14节。以色列第一任国王扫罗临终前，遇非利士人来袭，知不敌，苦恼万分，求耶和华指示，不应；无奈，只得往求女巫，为他召回已故撒母耳的鬼魂（按撒为以色列士师，他的前任领袖），以为他指明前途，结果撒的鬼魂告诉他，翌日战争中他必阵亡，其国亦必分裂为二。"老人"等话即出现于女巫招魂时，她与扫王的问答。
王问：你（指女巫）看见了什么呢？
巫答：我看见有神从地里上来。
王问：他是怎样的形状？
巫答：有一个老人上来（按指撒母耳），身穿披风。
扫罗知是撒母耳，伏地便拜。

个成人的世界已在理性与物欲的黑暗中颠簸得不成样子。只要一天人的童年，人的梦幻，那能使人重返童年的梦幻，不曾离开我们，那么想象也就不会鼓其神翼，翩然远引，抛弃我们而去。

跋

上文对塞缪尔·索尔特蕴藉悱恻的一面记叙上颇有不公，故这里合应稍予纠正。从这里也可看出，单凭记忆每每会多么不够全面，而童年的观察亦多有失真之处。不过我过去确曾以为他终生未娶！只是在一位先生，亦即赖·诺·[①]，告诉我之后，方才得知原来他年轻时也曾娶过，但婚后不过一载，其妻[②]即亡于产蓐，这一打击给他造成的创痛极深，致使他终生未能愈合。有此一节，则他对苏珊·皮——之拒婚事（但愿能对此说得更加委婉），似亦不容我们不用一副新的目光去看待——而将这位腼腆谦让的先生的种种怪癖之中所蕴积的内在之美尽行揭示出来。另外今后伊利亚笔下的种种也确实再难让人相信！这些，今天看来，不过是捕风捉影之谈——貌似而已，而并非事实——不过是远离史实的村野之言、乡曲之见。他在信实方面确实无法与赖·诺·这样的良史相比，事实上他在将这种粗制滥造的回忆送往报馆刊出之前早就该先去请教一下这位先生。而这位副财务长——他对各位新老上司素来不乏敬意——如今看到伊利亚的这些不雅文字放肆言论，想必会吃惊不浅。料想此老或许还不知道，当此说话行文全然不解禁忌为何物的时髦时代，一般杂志的放纵出格业已达到了何

[①] 即 Randall Norris, 1751—1827, 内殿法学院图书馆馆员与副财务长，50 年一直居住于该学院内，与兰姆一家关系极密。
[②] 实即上面柯文垂之女。

等地步，或者说他还不曾梦想到，在《绅士杂志》[1]之外，竟还有这类东西存在——而且即使是这个刊物，他老先生每月读起来时也仅限于乌尔班[2]所编部分中之讣文这一严肃栏目。但愿相当长的时间之后，赖·诺·自己的大名也将光耀这个充满着不招人嫉的赞语栏目！同时，你们内殿的新主管律师，请好好记住他吧，因为他实在是世上少有的好人一个。即使将来他百病缠身——不过目前他还是老而不衰，精神矍铄——也还是得多体谅他，因为不可忘记，"你们自己也有老的一天"[3]。但愿那匹飞马，你们的古老象征与标记，仍能长期奋蹄骧腾！但愿未来的胡克们和塞尔顿们[4]能继续为你们的教会与事务所添誉增光！同样但愿院中的小麻雀，在我们未找到更美妙的歌手之前，暂允许其不被毒死，而听任其蹦蹦跳跳在你们的行人道上！[5]同样但愿那些肤色鲜嫩、衣着整洁的年轻保姆，在得到准许之后，也能带上她们的小儿童闯进你们典雅的花园里去透透气，而且在你们走过时，还会满面通红漂漂亮亮地屈下膝来向你们致敬，于是说不定又会勾起你们青春时的回忆！最后同样也但愿这新一代的后生，在以目光追随着你们走在这庄严的草坪上时，那眼底里的一副迷信崇仰之情也会不亚于当年伊利亚之对那老一辈的伟大人物，而正是他们才使得你们面前的那条大道那般神圣！

---

[1] 1731年由凯夫（Edward Cave）创办，约翰逊为其赞助人与撰稿人之杂志。
[2] 即凯夫的化名。
[3] 语见莎剧《李尔王》2幕7场194行。
[4] 胡克，Richard Hooker, 1554？—1600；塞尔顿，John Selden, 1584—1654；两人均为英国大学者与法学家，曾先后在内殿担任过领导职务。
[5] 请注意这里兰姆的幽默。

题解

文章同样属于回忆录性质，也同样主要是写人，但也兼记录景物；人物描写生动，景物记叙鲜明，工致细腻，绘形绘色，词采斐然，且文长近万言，分量较重，无疑是兰姆精心撰构的力作之一，可谓一篇杰作。它在文采、笔路、情趣与风格等方面都极具特色，其间句型的丰富复杂也都有很多值得人赞美的地方，因而不仅在兰姆文中，就是放到整个英国文学乃至全世界的散文里面，如此出色的写作与完美的成就似乎也绝不多见。它是兰姆散文艺术的高峰，也是英国文学的骄傲，能够产生这样优秀作品的国家是有理由引以为荣的。

显然这里提供的首先是一种繁富之美。也许有的人不欣赏这路写法，而只崇尚那清淡的。色彩稍重就会使他们疑心不够自然，甚至矫揉造作。其实也不一定，文非一体嘛。清淡固然值钱，华丽又何尝容易？译者自己是更喜爱那文笔较丰腴的。关于这类口味问题，不必争。

众多佳处当中，尤为令人心醉的是文中丰富的"童趣"。这些正文里已经非常充分，"跋"里又续有发挥，使这种情趣更为淋漓尽致。写人从他们走路的样子去写，就是儿童的角度；"在那些岁月里，我是见过神的"——指院中的那些古怪律师！这也是儿童眼睛里反射出的东西。这个句子译者以为实在是这篇文章中再精彩不过的表达，是只有童心未泯的人才讲得出的。只可惜这些人物（律师）在他自己（兰姆）的笔下如今已显得"寒伧"，而深慨一切已成为过去！确实是写得太好了。再有兰姆的写人似乎还有一个特点，即大人物他从来不写或不大写，而只写那平凡的，那不足道的，那注定，而且他也明知，绝对无望留名于世的，只要这个人使他感到兴趣就行。也即是说，一个人值不值得写，标准只在他自身，此外再没别的。这同样也是儿童的标准。而从这种标准看，名人反而会是最乏趣的——他们有了包袱。我们说兰姆是最天真的一个作家，其原因之一也正在这里。他笔下的柯文垂与索尔特固然令人难忘（他们实在是太生动了），那些寥寥几笔勾勒出的更次要角色也都是艺术，是有看头的。文中对罗威尔的描写尤具深情，这是用以纪念他父亲的，但却并不明提出来，也许这样更有利于文章的写作。这也说明了兰姆行文的一条原则——真实更重于实在。

席前风雅饭前经 [1]

吃饭前念感谢经一事由来已久[2],若探本求源,恐怕直可追溯至世界早期与狩猎时代,那时吃食朝不保夕,很难做到顿顿都有饭吃,因而一顿饱餐便无异是一种齐天洪福;肚皮吃得鼓鼓便是人交好运,天降大恩。人们在苦苦挨过一段无物可食的强烈痛楚之后,而居然有幸弄到一批野鹿山羊,于是一片鼓噪欢歌声中,遂将猎物拖回——这个或许即是今日饭前诵经的起源吧。看来这件事也只有这样去认识才说得通,否则何以我们对口腹之福——甚至仅是吃的本身——便必有着明确的特殊感谢表示,而对世上许许多多别的美好事物佳妙惠赐便只是悄悄受用就是但并不如何声张?

我老实认为,以一天之中除吃饭外所出现的各种事物而言,其足以使我深感有诵经以表感谢的场合实在非止一二十处。一次愉快的旅行,月下的漫步,好友的快晤,乃至某一难题的解决,这些都会使我于欣喜之余,也巴不得有个相应的仪式以表示一下谢忱才好。为何我们对书籍——那些精神食粮——便没有诵经的感谢表示呢——比如在

---

[1] 这标题的原文是"Grace Before Meat",即饭前经,意思说晚饭之前先诵经以表对上帝的感谢。但这句英语又有双关意义,因为 grace 一词首先即有风雅的意思,即席前风雅,故为兼顾这两义而这里作如是译——席前风雅饭前经。
[2] 其实基督徒不仅有饭前经,也还有饭后经,不过饭前经的作法似更普遍。

读弥尔顿前，祷告一番；在读莎士比亚前，祷告一番；在读《仙后》[1]前，也有什么相应的仪式，以示虔敬呢？不过，既然习俗规定，这种仪式之使用仅限于张口大嚼这狭隘一类，那么下文中我势不得不将我的观察所得大加压缩，而只谈谈我个人对吾人所谓之饭前祷告这事的一些体会；而把原拟扩大其用途之既具哲理又富诗意甚且不无某种异教之嫌的那套经文全书[2]（按现正由友人胡末·休曼诺斯积极编纂中[3]）暂时束诸高阁，而只留供一些悠然自得聚无定所之少数带点儿乌托邦[4]、拉伯雷味道[5]的基督徒去自由使用吧。

饭前祈祷祝福一事在一个穷人的饭桌上，或在儿童的天真无邪的进食时确实有其一定的动人之处。而这里诵经的感谢才真是感谢的诵经，感谢的成分非常明显。一个经常短缺食物吃了这顿难保下顿的人，一旦坐下来享用其饭食时，一种感激之情就会油然而生，而这种感受一个富人便很薄弱，在他的心目当中没有饭吃的概念，除非纯靠推理，往往便形不成。食物之根本目的——维持生命之延续——这事他们就很少想到过。一个穷人的面包才是他每天的面包[6]，真真不假地就是他每天吃的面包，而且每天吃的就是这种面包。

再有，饭前诵经一事也只适合于较平淡的饭菜。那些最不易于勾

---

[1] 英国16世纪大诗人埃德蒙·斯宾塞（Edmund Spenser）的代表作，为一篇结构宏大的象征性传奇诗。
[2] 指上文包括各式各类足以引起人们兴感恩之念的祈祷经文的这样一部经文全书。实际上这部经文并不存在。
[3] 这个友人及其奇怪姓名只是兰姆的杜撰。
[4] 乌托邦，这里意为虚幻的、不实际的，原因是英国学者托玛斯·摩尔所著的《乌托邦》（*Utopia*，原意"无有之境"，Nowhere）系关于在某个并不存在的岛屿上所建立的一个空想的社会的纯想象的描述。
[5] 意为狂诞不羁的，原因是法国16世纪人文主义作家拉伯雷（François Rabelais, 1494？—1553）所写的《巨人传》以离经叛道、怪诞奇肆和讽刺夸张过度著称。
[6] 每天的面包，daily bread，意即每天的正常食物，语出《圣经·马太福音》6章11节，为登山宝训中 Lord's Prayer 中的话。

起食欲的吃食才能使一个人的负担不重，有心情去想想吃以外的东西。一个一餐只吃盘萝卜炖羊肉的人有可能会产生感谢的念头，真正从心底里产生的这种念头，这时他会有工夫认真想想一切有关饮食方面的圣典教规；但这同一个人，一旦坐在一桌有着鹿肉和甲鱼的盛宴面前，便必将承认，这时他自己的头脑难免会紊乱起来，因而与诵经的事不甚协调。每当我也有幸（当然是名稀客）坐到一位富者的筵席之上，于是但觉眼前肴馔诱人，异香扑鼻，目迷五色，垂涎欲滴，几乎不知该吃什么才是时，这工夫，对这种诵经之类的典礼就会感到很不适时。狼吞虎咽的欲望既已在你占了上风，宗教的虔敬情绪便难以再横插进来。一张口水不止的嘴里还要再嘟囔什么祷文，实在也与诵经之原义大乖。强烈的食欲如此大炽，微弱的道心也必澌灭。这时祭坛上飘起的袅袅香烟乃是纯异教的，而饕餮之神只顾截去供其自家享用。这种饮食方面的穷奢极侈已使目的与手段之正确观念荡然无存。这惠赐人已为其惠赐物遮去其面目。所以也就难怪如此多的厚赐却赢来如此少的感谢——感谢什么呢？感谢自己已吃得太多，而不少人还没饭吃。以此来颂神也只能是去渎神。[1]

　　我便注意到过，这种不自然的情形不是人们毫无察觉，只是这察觉在那诵经的人不是很清楚罢了。这种不自然我在一些牧师或其他人的身上就看到过——一种羞耻之感，一种夹杂着不伦不类的东西的不适之感，致使祝福之事价值贬低。每每在几秒钟的郑重其事的虔敬声调之后，那诵经人的速度已越来越快、口气越降越低，卒致降低至与其平日之语言无异，仿佛其意不过在使他自己乃至席上的其他人尽多地消除一些不自在的虚伪感觉。这倒并非是说这位诵经的人一定虚

---

[1] 请注意这段中的句式——基本由短小的简单句所组成，其目的可能是为了鞭挞的有力。

伪，或者说他平日执行公务毫不负责；但是他的内心深处确实感觉到了某种的不协调之处，即一方面是只待人们大啖大嚼的满桌酒肉，一方面却是凝神屏气、一本正经的感恩举动，这两个之间确乎不够相称。

我已经听到有人在高声反对——怎么，难道你竟主张我们基督徒在坐下来进餐时，也要像只猪在饲养槽前那样，对食物的赐予者丝毫也不知感谢？——当然不是，我也希望我们在进餐时要像个基督徒那样，时刻不忘那赐予者，而可别像了猪仔。或者说，如其人们的食欲必将泛滥溃决，势不可当，非吃尽天南海北之美味珍馐便难以罢休，那么愚意以为，这祝福诵经之举至少不妨稍事推迟，推迟到食欲已退之时，推迟至良心①发现之时，推迟至更适合于诵经感谢之时——亦即当食物已趋清淡、杯盘有限之时。纵饮暴食、餍甘饫肥而云感恩，则于时于理，俱不合宜。我们从经书上面即曾读到，耶书仑②在他吃得膘肥体壮之后，即常乱打乱踢，表现恶劣。至于维吉尔，则对哈尔皮之恶毒更是了解极深，因而他笔下的塞连诺③一旦启齿，便是恶语，云何感谢！不错我们对某些食物在口味上之胜于其他一些也不会在感到之后毫无感谢表示，但这种感谢也只是一种较为卑微的低级感谢。然而诵经以表感谢之真正用意却应在其营养而不在口味；在于每日的面包而不在一时的美餐；在能维持生命之所需而不在纵容口腹之贪

---

① 这里"良心"的原文为 still small voice（直译为"经常地细小的声音"），意即上帝或是非之心对人的提醒督促，故文中译为"良心"。这话出自《圣经·列王纪上》19章12节。
② 耶书仑，《圣经》中人物，希伯来人族长雅各的后代，摩西将死前，上帝本欲提拔他做士师，对他关怀备至。"但耶书仑渐渐肥胖、粗壮、光润，踢跳奔跑，便离弃造他的神，轻看救他的磐石。"见《圣经·申命记》32章15节。结果这个领导职务只得由约书亚来承担。
③ 塞连诺，希腊神话中鸟身女人面的怪物哈尔皮之一，贪婪报复的化身（塞另有两个恶姐妹，她们三人的共名是哈尔皮）。见维吉尔《伊尼亚德》卷三，245～257行。

欲。我往往纳闷，一名主事的牧师在一次市政厅的宴会上带领祈祷之时，其体态神志又如何能保持其应有的端肃清明，因为他分明知道，只待他的最后一个虔敬的字眼一旦脱口——而这个字眼十有八九即是那最神圣的名字——便无异是对一群早已急不可待的贪食女鹰的一声号令，于是个个张喙努爪，猛扑席上，暴食滥饮，全无体面可言，而这时的感谢云云（真正的感谢即在能够节制）早已抛诸脑后，因而与维吉尔笔下的那些禽鸟又相去几希！而当此之时，这位主事人如其竟不曾意识到，他的一番祈祷已被那团秽浊之气所障蔽，已被那股正在玷污亵渎着圣洁的祭坛（因而变得那般乌烟瘴气）的贪欲横流弄得黯淡无光，如其他竟不解乎此，那才真叫咄咄怪事！

文学上对宴饮无度的尖锐讽刺再无过于《复乐园》中撒旦为遂行其荒野中之诱惑为耶稣所奉上的那桌奢靡筵席，这时但见：

一桌豪华酒筵全然王者气派，
席上玉盘珍馐罗几盈案，色香
俱属上选；猎获之兽，弋得之禽，
或烤或炙，或炖或烹，或者和面
制成酥脆糕点，色比琥珀鲸膏；
鱼鳖虾蟹全自江河湖海捕得，
地无远近，水无巨细，靡不广求，
庞图、鲁克、北非沿岸，概行搜遍。[①]

这位诱惑者，以我看来，准会以为既有如许之多的山珍海错罗列案头，饭前祝福之举也便无甚必要。所以如果魔王请客，诵经的事似乎即可豁免。——我担心诗人此处似忘记其平时之风范体面。难道他

---

① 引自《复乐园》第二卷340～347行。

此刻心目中的场景只是古罗马的骄奢糜烂[1]，抑或剑桥的某个狂欢节日[2]？这种令人心醉神迷的诱惑或许只有对赫里奥卡巴鲁斯[3]之辈方才适合。诗里整个宴席的都市味庖厨气实在未免过浓，而其中所罗陈的品类之丰之杂也似与所描写的深邃玄秘圣洁严峻之境多所剌谬，拟于不伦。那鬼厨手制的香料浓汁也大有万弩齐发薰人欲醉之势，凡此都与一名朴素饥客之平淡需求大不相俦。那搅扰人睡梦的人，必从其睡梦之中受到教训。在那忍饥受饿的神子[4]的谦冲的想象之中，什么样的饮食才有可能出现？——他的确也曾梦想到过，

——正如口腹之欲常梦到的，

一顿酒肉，人所需的可爱食物。[5]

那么什么食物呢？

梦想之中他[6]常独立基立溪畔[7]，

只见群鸦凭其细长利喙，将那

食物自朝至暮为以利亚[8]携来，

鸦虽也饿，却遵帝命，一口不沾；

他还看到那名先知如何一度

亡命大漠深处，倦卧一株罗藤[9]

荫下，及至醒来，食物已在炭火

---

[1] 古罗马的皇帝向以骄奢极欲糜费无度出名。
[2] 这里之所以提剑桥是因为弥尔顿曾在剑桥读书多年。
[3] 即 Heliogabalus，古罗马皇帝（在位期204—222），奢靡挥霍无度，后为部将所杀。
[4] 指耶稣。
[5] 引自《复乐园》第二卷264～265行。
[6] 指耶稣。
[7] 基立溪，《圣经》中水名。弥尔顿诗中所叙的耶稣这个梦，见《圣经·列王纪上》17章1～7节与19章4～9节。
[8] 以利亚，古希伯来先知。见《基督慈幼院三十五年前》中27页注[2]。
[9] 树名，松类。

> 之上做熟，于是遵照天神之命，
>
> 起身用餐，所余之物，过午再食；
>
> 如是四十昼夜，精力竟保不坠：
>
> 时而他也与以利亚分享此物，
>
> 或受但以理①之邀请，也不推辞。②

弥尔顿对这位神圣饥饿者的谦冲梦想的描写确属他作品中的绝佳笔墨。就这两节虚构的宴请来说，试问诵经祷祝一事在哪种情形下您觉着更适切得体？

从理论上讲，我对饭前诵经并无反感；但实际上我却不得不承认（尤其是在盛宴之前）往往会带来相当的难堪不便。我们的欲念，也不拘其为其中的哪类，往往恰是对我们理性的一种最强有力的刺激，舍此则生命之保存，种族之绵延等伟大目标势必难望真正达成。这一切若以较长远的目光思之，也确系人类的某种恩赐，理应对之申表相当之感谢。然而当人的欲望大炽之际（贤明的读者当不难理解我的意思）或许恰是这类活动最欠适切之时。但教友派则例外③，其生活行事，待人接物，每以稳健沉静著称，为我们所不及，故饭前祷告之事，则他们显较我们更为适合。我对他们平日诵经时默不作声一点素极佩服，甚至达到崇仰程度，而理由则为，我便曾看到他们在诵经既毕开始用餐之时，其举止态度绝不像我们那样过于热烈激动。他们，就其多数而言，在饮食上颇能节制，既不嗜酒，也不贪吃。他们吃起饭来就像马吃饲草那样，心气平和，干净利落。他们不会吃罢油渍袖口，汤溅身上。我看见一个人吃饭时上有围嘴下有餐巾时，并不能在

---

① 但以理，古希伯来先知。
② 引自《复乐园》第二卷266～278行。
③ 关于教友派，见前《拜脱夫人说牌》中74页注①。

席前风雅饭前经

我心中引起多大的神圣感觉。

　　至于我个人在饮食上倒也并非是那教友会的一派。我不怕承认我对饭菜的好坏不是毫无反应。一盘喷香滑腻的精美鹿脯也就不该以十分冷漠的态度对待。一个吃起来狼吞虎咽但却要摆出一副若无其事的样子的人，这种人只会招致我对他的十足反感。这会让我怀疑，他对一些更高级的事物是否也是如此。我对一个自称只爱吃点儿碎牛肉馅的人也会不由自主地跟他产生距离。口味食性虽说小事，但也大可反映出一个人的品性。柯——[①]就坚决认为，一个连苹果布丁都不要吃的人，其人的心地必不光明。这事我拿不准，也或许就是对的。另外还得承认，由于自己已不像小时候那么天真，一些天天都吃的平淡食品我今天已经不太喜欢。瓜果蔬菜对我已经失去其魅力。唯有芦笋我的耽嗜不减，每吃起来便会心情极好。烹调上的不佳甚至会引起我的烦躁抱怨，比如忙了一天跑回家来，原指望有点儿可口的饭菜好吃，但一切却是那么索然无味，难以下咽。奶油没有化开——这本是做饭常有的事——也会一下子使我失去平静。据说《漫谈报》的作者[②]每次碰到他爱吃的饭菜时，便会像头畜牲那样，呼噜呼噜，喃喃有声。难道这种音乐也好用来匹配那刚刚诵过的神圣经文？或者说这位虔敬的先生是否也可考虑将这祷祝的事稍向后挪，及至激动已过，神志复清，再加认真履行不迟？我说这话决无意与人争口味上的高低，更不致太不知趣，拼着老脸去扫人家的兴头，因为这些，本来便是一场红火，一团喜庆。不过，虽说其志可嘉，但由于这类举动中的感恩或优雅成分毕竟不多，因而一个人在进行这种荣耀的行为之前至少应当心里清楚，他在这样尽量也想以祷告为重，把事办得更漂亮些的时候，

[①] 指柯勒律治。
[②] 指约翰逊博士。

自己的一副目光不曾完全盯到那条鱼上——他的神鱼①——虽说此刻的供奉之地并非是什么圣洁的约柜②，而只是一个深深的盖盘。其实诵经感恩这阙幽美的曲调只适合于天使与儿童的宴会；只适合于卡特斯贫僧③的菜根菽水之养；只适合于穷苦贱民那所享菲薄然而感恩并不菲薄的粗糙饭食。然而这种曲调在那纵饮无度穷奢极侈者珍馐罗满几案的盛馔华筵上面就会变得极不谐和，其扞格牴牾、不适场景的程度以我看来实在不亚于儿童们在故事书里读到过的诺顿猪子奏琴。④我们往往在餐桌上沉湎的时间过久，对菜肴的注意费神过多，将刀叉交错互碰的乱糟程度弄得过甚，把那些好吃的往自己的盘子里扒罗的分量过大（按说那席上的东西本该人人有份），因而早已体面丢尽，哪里还配带头去诵什么经！如其说我们需要感谢是因为我们攫取到的比例超过别人，那更是多占之外再加虚伪。正是因为我们也都隐隐约约感觉到了这点，所以这件神圣的职务在执行起来时每每显得冷冷冰冰，无精打采，不少宴会桌上，都常如此。在那些把诵经看得和餐巾同样缺少不得的体面人家里，谁不曾见到过这种怪现象，即由谁来领经一事，竟会好久定不下来；这家的主人也好，来访的牧师也好，乃至以齿以德稍居次位的其他贵客嘉宾也好，不从来都是在这项光荣任务的承担上你推我拖，谦让不完，以示敬于对方，而内心之中只巴不得把这桩难以言喻的麻烦推出手去方才称心？

---

① 神鱼，非利士人的民族神，形象为半人半鱼之物。见《士师记》16 章 23 节与《撒母耳记上》5 章。
② 约柜，ark（of the covenant），亦译作结约之柜，意为这个木柜中之所藏（十诫石板）为上帝与以色列人之间的一种契约——上帝保护他们，而他们必须遵守上帝的这些诫命。这份契约（十诫）则供奉于该民族不绝移动之圣幕（一种帐篷，因当时仍属于游牧民族）中，日后定居于耶路撒冷城时，便固定于那里的圣殿中。
③ 一种主张苦修苦炼的罗马天主教的教派。
④ 据英国一句古谚语说，诺顿地方的猪也会弹琴。

一天傍晚我曾同两位同属监理会[1]但却不同宗的牧师在一起饮用茶点,而他们还是经我介绍才认识的。在茶还未饮之前,其中的一位非常郑重其事地向另一位提出恳请,他是否准备念点什么。看来他这一派中人即使在这类小饮之前也要先诵段经。他的那位可敬神长一时还不甚理解其意,经解释后,才以几乎同样认真的态度回答道,此事在他的教派中尚未闻知。不知出于礼貌尊重,抑或出于对此不敏同行之屈就,提出恳请的人对此婉拒当即表示认可,于是此项附和要求亦即茶前诵经的事便也不再施行。写到这里,我不免觉得,这类情形实在是可供卢西恩[2]去大写特写的绝妙题材。他完全可以也写上两位教士,而这两位也都属于他的那派,以及他们在对进行抑或略去某一奉献这件事上又是怎样地你推我让互敬不已——而整个这工夫,那早已饥不可耐的上帝,一时弄不清他的香火保不保险,只得张大鼻孔,反复翱翔于这两名祭司之间(大有脚踩两条板凳的危险),乃至最后发现一切无望,只得放弃这顿晚餐,空腹悻悻离去。

一般而言,诵经一事过短过长都不相宜。过短必被视为对神缺乏虔敬;但过长则我担心又难免会对人有所冒犯。所以我不很赞成那模棱两可的滑稽鬼(但不失为我的有趣同窗)查·凡·勒格[3]的过于简练的作法,即每逢有人请他带领诵经时,他总是,眼睛诡秘地扫下餐桌,接着问道:"牧师没有来吗?"然后便意味深长地补上个"感谢上——"这便算诵经完毕。但另方面我们过去学校里的那套老章法也同样未必得体,那就是,在我们享用那些干面包烂乳酪之前,总是照

---

[1] 耶稣教之一派,最早由英国国教分出,教义以修身克己为主,主要流行于美国,亦译为美以美会。
[2] 即Lucian,纪元二世纪希腊诗人与讽刺家,其诗作对当日之宗教多有攻击。
[3] 见《基督慈幼院三十五年前》中44页注[5]。

例得先念上一篇开场白,从而将这点有限的恩赐与宗教所能提供给我们的任你如何想象也认识不完的一切令人肃敬生畏的重大好处全都结合到一处。庄严则庄严矣,其奈时不适何!① 犹记其中"体面脚色"②一语确曾将我们难住,而这个词分明又是全篇祷文文眼之所在,只是苦于无法将它与眼前的食物联系起来,于是只得妄作解人,仅按其较低级与动物性的一面去理解,亦即解释之为好吃的东西,还以为便是这样,直到有人想起了一个"传说"③,即在基督院④当年的黄金时代,院中的学生每天晚饭时确也曾肥牛烤肉地享受过一阵,只是好景不长,即有某位虔敬捐赠人提出,学生之可悯处初不在其膳食而更在其仪表。于是乎变化发生,美味遂易成美服——此事迄今思之,犹有余悸⑤——亦即取消了羊肉,而改发长裤。至此,"体面脚色"一词方才得其真释!

题解

　　表达的丰满是这篇文章的一大长处,而这丰满又是在不避重复甚至即是通过重复而取得的,所以就更是长处,因为文章与音乐不同,通常是忌重复的。一点意思,一再强调,反复申说,但又重申而不觉重复,多说而不嫌多余,甚至没有因此而把整个文章搅坏,以至最后达到其尽可能充分透彻地发挥,这当然是最不容易的。这时解决之道恐怕只有多凭句法词汇上的不断变化,因而不避重复的丰满和富于变化的重复,只要做得好时,总是极大的长处,如此篇所显示的。过于平直枯涩和简单的表达又有什么看头?笔墨上没

---

① 这句话为拉丁语,Non tunc illis erat locus。
② 原文是"good creatures"。
③ "传说"一词属小事大说,实即兰姆之旧同窗,后为英国作家的李·亨特(Leigh Hunt)所讲。
④ 即兰姆所上过学的那个基督慈幼院。
⑤ 原文为拉丁语——horresco referens。

有一点富裕便写不了文章。甚至重复也比不能重复强。至于这里重复的是什么呢？是富人的诵经常是口不应心，以及和诵经的真义相去很远；另外他们吃饭太没样子，席前一点风雅也没有。这自然又是兰姆的一贯思想，富人在他心目中是没地位的，他同情的只有穷人。文中弥尔顿的两处引文也有趣，增强了要表达的效果。监理会两牧师一段倒不重要，主要为了逗趣。至于最后慈幼院的那段显然是为了进一步挖苦这诵经上的虚伪——为了那么一口可怜的饭食还得大诵其感谢经，仿佛是受了天大的恩赐似的，而这点恩赐中的一大部分最后又给取消了！再有值得一提的是，可能是为了避免误解，这篇文章的每段的第一行都是个"提式句"（a topic sentence），但尽管如此，文章发表后还是遭到了诗人骚塞的误解和反对，这也就是无可如何的了。

幽默的特别丰盛也无疑是此文的另一优点。再有文中警句极多。

第一次看戏[①]

在十字院[②]的北端至今仍矗立着一座门廊，那建筑还是很有些气派的，只可惜它今天已用途不大，仅给一家印刷所充当了一条进入通道。然而这个古旧门首，看客，如果您年岁不大，或许还不清楚，它正是当年老祝莱——盖里克的祝莱剧院[③]——的正厅入口处，劫火之余[④]，所留仅此。我每次路过这里时，都仿佛有一种肩上的四十年重担至此为之一扫的感觉[⑤]，于是又重新回到了这个我第一次看戏的地方。那天下午雨一直淅淅沥沥下个不停，而我们（我父母和我自己）要去看戏就得雨停下来。所以我的一双眼睛一直就没离开过窗外的一个小水坑，一颗心始终忐忑不安，因为大人告诉我说，何时那里的水不再冒泡就说明雨不下了。我似乎还能记得，在看到这事时我是怎么欣喜若狂地去飞报这条天大佳讯。

我们是凭着免费券去看戏的，券的提供人是我的教父费——[⑥]。

---

① 据兰姆年谱，这第一次看戏应在1780—1781年。
② 伦敦过去地名，现已无存。
③ 所谓老祝莱、盖里克的祝莱剧院，均指祝莱巷剧院（Drury Lane Theatre），在英国的戏剧史上极有名，许多剧坛名作曾在这里演出过。著名演员盖里克（David Garrick, 1717—1779）即曾在此担任过经理。1776年后，经理继又由名剧作家谢立丹担任，直至1809年剧院毁于火焚。
④ 见本页注③。
⑤ 意即他自己又从四十多岁的年纪而一下重新返回童年。
⑥ 即弗朗西斯·费尔德（Francis Field）。

他在荷恩本区[1]费瑟通大楼的拐角处开有一个油店（如今已转手戴维斯）。费——，伟丈夫也，性情端肃，讲话好拿腔作调，派头超过身份。他当时与一位名叫约翰·帕默[2]的喜剧演员颇有过从，这个人的一举一动他似乎都在刻意模仿；不过另方面（而且同样完全可能）那个约翰从我教父的那副派头里大概也没少学到东西。连谢立丹也认得我教父，甚至枉顾过他。布林斯里[3]年轻时，就曾带上过他的第一个妻子——标致的玛丽亚·林莉（刚从巴斯[4]的一所寄宿学校私奔出来就他）来荷恩本这里去找过费——。那天晚上他带着他那十分投缘的伴侣到来时，我的父母恰好也正在场（正在那里打夸特里尔[5]）。有了以上这两层关系，我的教父要从当日的祝莱剧院弄上张免费入场券自然不是难事——事实上这种票就常直接送到他的手里。据他说，他那不时会来到手里的张张带着布林斯里的流利签名的大量白票正是他多年来夜夜给那里的乐队池和各入门处提供灯油所换回来的唯一补偿——不过他也就以此为满足，不再更多奢求。能够和谢立丹攀上交情——哪怕只是自谓的交情——已属莫大的荣幸了[6]——这在我那教父来说，确实比发财看得更重。

费——实在是油商里面最称温文尔雅的一位了——虽说言辞之间不免浮夸，但却总是那么恭而有礼。再平凡不过的简单事实一到了他的口里便会是西塞罗式的。有两个拉丁词更是时刻不离嘴边（拉丁而

---

[1] 伦敦区名，亦街道名。
[2] 即约翰·帕默（John Palmer），当日伦敦一名喜剧演员，死于1798年。
[3] 即谢立丹（Richard Brinsley Sheridan），才隽、议员、演说家、剧作家，代表作有《造谣学校》《情敌》等。1772年曾与日后成为歌唱家的玛丽亚·林莉小姐相爱，并为此而与人决斗，之后双双私奔法国，至于他个人生平好借贷等事，已见于《人分两类》中48页注④。
[4] 巴斯（Bath），英国西南部城镇名，为温泉著名，为旅游胜地。
[5] 牌戏名，这个名称曾多次出现于《拜脱夫人说牌》一文中。
[6] 谢立丹在当日确可谓大名鼎鼎。

从一名油商口里说出，又焉能不大走样！），但随着知识渐长，我已能订正其误了。因为按正确的发音，它们本该读作 vice versa[①]——但这在他的嘴里，是一个个单音读得长了，还是太英国化了，却仿佛成了 verse verse[②]——这在当年已是让我够敬畏的，但如今既已到了能直接读辛尼加[③]或瓦洛[④]的程度，也就不敢再恭维了。但是凭借着他那副动人的风度以及那点儿荒腔走调的拉丁，他居然竟在圣安德鲁教区一带赢得了颇不低的声誉，虽说这其实也算不得什么。

但如今他已不在人世了，故这里聊志数语，以示怀念：一以感谢我早年得到过的那些免费戏票（何等神异亨通的小小灵符！——法力无边的微细钥匙，外界肉眼虽不易察觉，但却能为我打开比天方夜谭里也更瑰丽的乐苑之门！）；一以追叙他对我的一份遗赠，即多亏他的眷顾，我才得以继承一处从此可以归入我个人名下的仅有地产——地在赫福郡的普克里基[⑤]，村旁公路，风景极佳。当我亲往其地前去接收，这时但见自己的脚跟即站立于这片土地之上，遗赠者的庄严法衣稳落自己肩头，于是（此时的一番得意心情又何庸掩饰？）迈开双脚，快步将属于我的那四分之三英亩土地绕行了一周，而舒适的邸宅一处即位于中央。此刻心下不禁自念：上及天顶，下至地心，此间的一切即尽归我个人所有了。今天这份地产业已转入更为精明之手，但荒芜败落之甚，除非农业专家，一时恐怕很难复其旧观。

话拉回来。那时候剧院是发正厅后排的优待券的。后来不知是哪

[①] vice versa, 拉丁语, 意为反之亦然。应读为 ['vaisi 'vəːsə]。
[②] 亦即读成了 [vəːs vəːs], 和 verse（诗）的读音一样了。这里当然是在讽刺这位费先生根本不通拉丁语。
[③] 辛尼加, 即 Seneca, 纪元一世纪罗马著名散文家、哲学家。
[④] 瓦洛, 即 Varro, 116—27？B.C., 罗马学者与作家。
[⑤] 据兰姆研究家考证, 赠地还确有其事。费尔德曾于1812年将上述房地遗赠兰姆, 但兰姆三年之后又将此地以50镑的低价转售给一名叫格利格的人。

第一次看戏　153

个煞风景的经理竟把这个给取消了！——我们正是带上这个去看戏的。我还记得我们是怎么守在门边等待开戏——不是今天还残留着的那个地方，而是在那地方和一个有顶篷的内门之间——我真是多么希望我还有可能在那里去等待！耳边再不停地灌满着那卖糖果的吆喝声，仿佛是剧院的一种伴奏，这在当年是少不得的。我今天仍能模糊记得，戏院前女水果摊贩流行的吆喝法是，"桔子哩卖，糖果哩卖，戏单儿哩卖"——"买"全念成了"卖"。一旦进入剧场，登时巨幅绿色帷幕一方，赫然眼前，在我的想象之中，那背后便直通天堂，只待人去揭开——而我又是怎么心急火燎，屏息苦待！这种场面我以前在《特洛勒斯与克莱西达》[1]的前面插图上（罗氏[2]的莎剧全集版）曾看到过，即迪阿米德在军营前的那幕[3]——以后每次再看到那插图时那天晚上看戏的情景就会重现在眼前——那时的包厢一般都延伸到正厅后座的头上，里面坐的尽是些衣着华丽的贵妇人；那半露的壁柱自上而下遍涂着一种闪闪发光的物质（我也弄不清是什么），看上去仿佛是罩上了层玻璃罩子，但又似乎更像——这种想象诚然难免凡庸——但我确信是涂了蔗糖——不过，在我那发了烧似的热情当中，它那凡庸的品性早已尽脱，而呈现为一种辉煌华贵的高雅糖果！不久，乐队池里的灯终于亮了起来，那些"美丽的曙光女神"[4]！第一遍铃声响了。当然它还要再响一次。可是我已是不堪再等待了，于是索性两眼一闭便一头扎到母亲怀里，不再等了。接着铃响二遍。大幕升起。那时我

---

[1] 这里指莎士比亚所作的剧本，因为在莎之前薄伽丘与乔叟均曾以这同一题材写过故事和诗作。据希腊神话，特洛勒斯为特洛伊王普里安姆之子，后死于阿喀琉斯之手。克莱西达则据中古传说为特洛勒斯之情人。
[2] 即 Nicholas Rowe, 1674—1718，他本人即剧作家，曾编订莎士比亚全集一部（1709）。
[3] 迪阿米德为希腊军的武士，上述的克莱西达在与特洛勒斯结好后，又入希腊营中与迪阿米德热恋，致使特因受刺激过深，而迅速阵亡。文中所说即为该剧第五幕第二场。
[4] 语见该剧的开始曲。

还没满六周岁——那戏是《阿塔薛西斯》[1]！

在这之前我是胡乱念过点儿世界通史的——其中的上古部分——而戏里演的正是波斯宫廷里的事。这使我有机会重温了一下往古历史。我对台上演出的东西并不太感兴趣，因为那里的意思我看不懂，但我听到了大留士[2]的名字，另外但以理[3]也来到了我们中间。我的全部感情顿时沉醉在了一场梦幻之中。这时但见华衣美服、乐苑宫殿、嫔妃郡主频频出现在了我的眼前。那时我还不太懂得那全是些演员扮的。我完全陷身在了珀塞波利斯那座京城[4]，那里煌煌煜煜的火神祀典[5]几乎把我也变成了一名袄教信徒。我完全给那恢宏谲诡的盛大场面震慑住了，心想这里的冲霄烈焰绝不可能是人间凡火。一切都成了魔法世界，梦幻天地。这戏给我带来的快乐之大，自此之后，再没有过，除非偶然在睡梦里。接着《哈利昆入侵记》[6]演了起来。关于这出戏，我仍记得，几名地方官被变成可敬的老媪的事在我的眼中也都是极严肃的史实，大有信不诬也的味道，另外一名裁缝在被杀之后仍然自持其头的严峻情况，也正像圣丹尼斯[7]的传说那样，同为有案可

---

[1] 《阿塔薛西斯》，即 *Artaxerxes*，英国作曲家阿恩（Thomas Augustine Arne, 1710—1778）所写歌剧，内容系关于古代波斯故事。至于"阿塔薛西斯"一词则为人名，古代波斯国王多用之，计有三人，即阿塔薛西斯一世，465？—424？B.C.；阿塔薛西斯二世，404？—358？B.C.；阿塔薛西斯三世，？—338 B.C.，但尤指一世与二世，而这两个国王均与希腊有关（前者进攻过希腊，后者曾向希腊借兵与其兄争王位）。
[2] 大留士，Darius，波斯王，前后涉及三个国王（换句话说，波斯王用此名者有三人），但尤指其一世（558—486 B.C.），这一世曾两次出兵希腊；以及三世（？—330 B.C.），他曾率全国之兵与东征之亚历山大作战，不胜，为部下所杀，波斯遂亡。
[3] 见《席前风雅饭前经》145 页注[1]。
[4] 珀塞波利斯，古波斯京城，遗址在今伊朗舍拉兹市附近。纪元前 330 年为希腊占领军焚毁。
[5] 古波斯人是拜火教信徒，其偶像为火神。
[6] 《哈利昆入侵记》，加里克所编的一出哑剧，描写哈利昆（哈利昆为欧洲传统哑剧中一种滑稽小丑的统名，特点为奇装怪服，专逗人笑）侵入莎士比亚的国土，但结果大败而归。
[7] 丹尼斯，纪元后三世纪圣人，殉道者，被法国人尊为保护神。

稽的确凿事实。

我第二次随大人去观看的剧目是《庄园女主人》,对此,除其中个别场景外,已印象模糊,不大记得。戏完之后继而上演的为哑剧《鲁恩之魂》[1],戏为讽刺剧,内容据我了解系对已故不久的里奇的一篇嘲弄之作,但这出戏在我的眼中(那时又哪里懂得何为讽刺),鲁恩也跟鲁德[2]无大区别,同属很久很久以前的古昔旧事——彩衣小丑的鼻祖宗师——曾将那木条制作的短剑(即其木笏)代代相传,以迄于今。我看到过,那古老的彩衣小丑自他那凄惨的坟墓里悄悄地走出来时身上穿的乃是一件可怖的百衲白衫,样子同一条死去的红鳟鱼也差不许多。因而不免心想,那些彩衣小丑如果死了,大概也都会是那么一副模样。

没隔多久,我第三次去看戏的机会就又来了。那回戏目是《世情图》[3]。料想我当日坐在那里看戏的神情一定会像老吏断狱那样的一丝不漏,原因是,我至今仍能记得,那位善良的维施福特夫人[4]一次次大动肝肠的哭哭啼啼实在对我震撼太大,无异悲剧里的深沉感情。继而上演的是《鲁宾孙漂流记》;其中的鲁宾孙、用人星期五,以及那只鹦鹉都跟那原书里的情形一模一样,没有改变。那些哑剧里的一切类似插科打诨、调谑噱头的东西在我早就忘得一干二净。不过我相

---

[1] 鲁恩(Lun),英国哑剧名演员里奇(John Rich,1692—1761)的艺名,曾任伦敦新剧院和修道院花园剧院经理。他1728年所演的《乞丐的歌剧》(约翰·盖依所作)在伦敦大获成功。
[2] 鲁德,亦称鲁德王(King Lud),被尊为古不列颠人之神,据说伦敦城最早就是他亲手建造的。
[3] 《世情图》即 *The Way of the World*,英国剧作家康格利夫(William Congreve,1670—1729)的喜剧代表作。
[4] 维施福特夫人,《世情图》中女主人公,这里之所以说她哭哭啼啼是因为剧中的男主角米莱贝表面向她求爱,但实际上却只想利用这种关系来达到他勾引夫人的侄女的目的,致令她十分气恼。

信，我绝不曾嘲笑过这些，正如同我当时对内殿古老圆顶教堂（我的教堂）内周围那些奇形怪状龇牙咧嘴的哥特式的石制头像（这在我当年只会深感其中宗教奥义无穷）不会去加以嘲笑那样。

这些戏都是在1781至1782年间看的[①]，彼时我还不过六到七岁。在中间又隔了六七年后（上学期间看戏的事是严禁的），我再次走进了一座剧院。那个演老阿塔薛西斯的夜晚仍然神萦梦绕在我的记忆之中。我指望着再能得到我原来看戏时的那种感受。但万没想到一个人在六到十六岁之间所出现的差别竟比他十六到六十岁的差别还大。这中间才隔了几年，而我的所失竟那么大！在最初看戏的时候，我是什么都不明白，什么都不理解，什么也都不能分辨。但我却感到了一切，爱上了一切，迷住了一切[②]——

不解缘由，但却饱受沾溉滋润——[③]

我离去圣殿[④]的时候是个虔诚信徒，但归来之后却成了一名理性论者。论到场景环境，一切都不曾变；但那象征，那联想，却不见了！那深碧的帷幕，已不再是一幅圣幔——曾将生死幽明永隔，而一旦撤去，便能使往古异代重回，"先王魂灵"[⑤]再现——而只不过是一种绿色的绒呢，一件用来把剧场看客和那些即将登台献技的戏子暂时分开一段的普通设施。那灯光——乐队池里的灯光——不过是一些粗糙的装置。那第一阵铃响，第二阵铃响，也都不过是提示人通知演员上场的一种办法——而这些，也正如布谷鸟的鸣叫，一个隐隐约约的声音，

---

① 据注家考证，兰姆最初看戏的时间应为1780—1781年，因以后他已去慈幼院上学了，无暇再去看戏。
② 这话的表达极精彩，且概括了很深刻的哲理，非常值得细细玩味思考。
③ 语出英国散文作品《钓鱼名家》，著者Izaak Walton，见《人分两类》55页注⑤。
④ 这里"temple"，一语双关，既指内殿法学院，又指这个剧院，因剧院在兰姆当时便神圣得如圣殿一般。
⑤ 指哈姆雷特的被弑父王的魂灵，见《哈姆雷特》第一幕。

一只望不见猜不到但却能发出信号的人工之手。至于那些演员,更不过是涂抹上了油彩的普通男女罢了。我还以为毛病出在他们身上,而不知这毛病就正在我自己,就正在那些变化,而变化又是那几乎已经好几百年——而其实只不过短短的几十个月——在我的身上给造成的。幸好那天晚上演出的喜剧不过平平,还不致使我对演戏抱望过奢,不然带上那种心绪是会影响后来的观剧的,因为不久我便能真正兴会淋漓地看到了锡顿夫人[①]在《伊莎白拉》中的精彩表演。这时一切的品评与回顾完全消释在了眼前那最迷人的场景之中,而戏院也凭了这类新嫁接的剧目[②]而再度成了我最耽嗜不倦的可爱地方。

题解

画画画出味道,就是好画。照相照出神情,就是好照片。写儿童写出了儿童,就是写好了儿童,也就是好文章,如本篇。儿童看戏可不是小事(儿童的什么大概都不是小事)。您看,那份期盼,那份焦灼,那份急不可待,那份痴迷入神,全是儿童心理,所以说写得好(那再等不起了,一头栽进了妈妈的怀里的一节更是好文章,只有文学家才写得出)。您再看那写法,也真是在写杂文,夹七夹八,题外话一大堆,闲文有多少,多不容易才入了正文!我数了数,到"话拉回来"为止,已用去了1 500字。还没完,又扯了一通取消白票和糖果小贩的吆喝,又用去了几百字,结果4 000字不到些的一篇东西,闲文已占去了2 000字还多!当然写孩子看戏,又能有多少好写?孩子能看出什么?所以闲文当然会是少不了的。但或许也不全是因为这个——和文章的性质有关系。夫妻瞎扯,朋友聊天,"闲文"少得了吗?哪有那么多正经话。离题不离题就更难说。不离题甚至就没有有趣的谈话,没有闲文也就没有好文章——至少有些文章是如此。君不见儿童的吃饭吗?不总是要得不待耍了(山西话)才吃。猫吃耗子也是这样。所以若要问兰姆

[①] 即Mrs. Sarah Siddons, 1755—1831, 著名英国女演员。据考证,她在伦敦主演《伊莎白拉》的时间为1782年10月间。
[②] 剧目这里的原文为"stock",也属双关语,即作树干讲,又有轮换演出的剧目的意思。

此文的艺术何在？那就正是猫吃耗子的艺术。所以你要当文学家，就得拜猫为师。

对于对美学、文艺心理学有造诣的同志，或许这篇文章使他最感兴趣的是"什么都不理解……但却感受到了一切……"的那一段。这的确是哲理性最强的了。但是这个问题过于复杂，要讨论的话译者的知识确实不够，无奈何也就只得到此为止。

梦中的孩子

孩子们总是爱听关于他们长辈的故事的，当这些长辈自己也是孩子；总是爱极力驰骋想象，以便对某个传说般的老舅爷或老祖母多少得点印象，这些人他们是从没见过的。正是由于这种想法，前几天的一个晚上，我那两个小东西[1]便都跑到了我的身边，要听他们曾〔外〕祖母费尔德的故事。她老人家的住处为诺福克[2]的一家巨室，那地方可比他们爸爸的家要大上百倍，而那里便曾是——至少据当地的传闻是如此——他们最近从《林中的孩子》歌谣[3]里听说到的那个悲惨故事的发生地点。其实，关于那些儿童及其恶叔的那段说法，甚至一直到后面欧鸲衔草[4]的全部故事，在那座大厅的壁炉面上原就有过精美的木雕，只是后来一个愚蠢的阔佬把它拆了下来，另换了一块现代式的大理石面，因而那上头便不再有故事了。听到这里，阿丽丝不觉微

---

[1] 即下文的小阿丽丝与小约翰。
[2] 英国地名。按兰姆的曾外祖母玛丽·费尔德曾做过管家的地方其实并不在诺福克而在赫福郡的布莱克斯威尔。兰姆这里之所以要把地名更换，是因为他这位老祖母侍奉过的那家主人威廉·浦鲁莫在《梦中的孩子》一文写作时还活着。
[3] 这个歌谣最早见于波希主教（1729—1811）的《古歌拾遗》与弗朗西斯·詹姆斯·蔡尔德（1825—1896）的《英吉利与苏格兰民谣》中，后经英国剧作家托马斯·泰勒改编为戏剧。内容叙述一诺福克富绅临终前将其幼子幼女二人并全部家私托给他的弟弟照管。但孩子们的这个叔叔是个凶残的人，于是蓄意杀死他的侄子侄女而独吞财产。他雇了两名恶汉带孩子去一树林，准备在那里杀死他们。恶汉中一人忽生悔心，杀了另一恶汉而逃走，结果两个孩子遂被活活冻死在林中。事泄，这个凶残的叔父被拘下狱。
[4] 歌谣结尾处说这些鸟怜悯儿童死于非命，曾衔来树叶覆盖了他们的尸体。

含嗔容,完全是她妈妈①的一副神气,可是太温柔了,很难说是责备。接着我又继续讲道,他们那曾祖母费尔德是一位多么虔敬而善良的人,是多么受着人们的敬重爱戴,尽管她并不是(虽然在某些方面也不妨说就是)那座巨宅的女主人,而只是受了房主之托代为管理,而说起那房主,他已在附近另置房产,喜欢住在那更入时的新居里;但尽管这样,她住在那里就好像那房子便是她自家的一般,她在世时始终非常注意维持它的体面与观瞻,但到后来这座宅院就日渐倾圮,而且拆毁严重,房中一切古老摆设家具都被拆卸一空,运往新宅,然后胡乱安装起来,那情形的刺目,正像有谁把惠斯敏斯大寺②中的古墓盗出,生硬地安插到一位贵妇俗艳的客厅里去。听到这里,约翰不禁笑了,仿佛是在批评,"这实在是件蠢事"。我接着又说,她下世时葬礼是如何隆重,附近多少里的一切穷人以及部分乡绅都曾前来吊唁,以示哀悼,因为这位老人素来便以善良和虔敬闻名。这点的一个证明便是全部赞美诗③她都能熟记成诵,另外还能背得新约的大部。听到这里,阿丽丝不觉两手一摊,大表叹服。然后我又告诉他们,那曾祖母当年还是个身材高挑模样挺好看的大美人,年轻时候是人们公认的跳舞好手——此话一出,阿丽丝的右脚不由她地划了个小圈儿,但是看到我的神情严肃,便止住了——是的,一直是整个郡里最会跳舞的人,可后来大祸来临,舞女(dancer)碰上了癌魔(cancer)④,才使她受尽痛苦,跳不成了;但是疾病并没能使她颓唐下来,使她一蹶不振,她依旧心气健旺,精神不垮,这主要是因为她太虔敬善良了。接着我又说,她晚上是如何单独一个人睡在那座空荡宅院的一个单独的

---

① 关于阿丽丝的妈妈,见下文。
② 亦译西敏大寺,地在伦敦,为英国王室与国中名人的葬瘗之地。
③ 指《公祷书》中根据《圣经·诗篇》所改写的祷告诗篇。
④ 兰姆在这里搞文字游戏。

房子里，以及她又如何仿佛瞥见那两个婴孩的鬼魂[①]半夜时候在靠近她床榻的楼梯地方滑上滑下，但她却心中坚信，那天真的幽灵不会加害于她；而我自己小时候却是多么害怕呀，虽然我身边还有女用人和我同睡，这主要因为我远没有她那么虔诚善良——不过我倒也没见着过那婴儿们的鬼魂。听到这里，约翰登时眉头大展，露出一副英勇气概。接着我又说起，她对她的孙子孙女曾是多么关心爱护，每逢节假日总是把我们接到那座巨宅去玩，而我自己最好一个人独自玩上好半天，常常目不转睛地凝注着那十二个古老的恺撒头像出神（那些罗马皇帝）[②]，最后那些古老的大理石像仿佛都栩栩然活了一般，甚至连我自己也化成了他们，变为石像；另外我自己在那座庞大的邸宅之中又是如何兴致勃勃，流连忘返，那里有多少高大空荡的房间，到处张挂着破旧的帘幕和飘动的帏幔，四壁都是雕花的橡木护板，只是板面的敷金已剥落殆尽。有时我又是如何跑到那敞阔的古老花园里去游玩，那里几乎快成了我一个人的天地，只是偶尔才遇见一名孤零的园丁从我面前蹒过。再有那里的油桃和蜜桃就挂满墙头，伸手可得，但我却自重，碰都不碰一下，因为那是禁果[③]，除非是偶一为之——另外也因为我意不在此，我更大的乐趣是到那些容貌悒郁的老水松或冷杉间去遨游，随处撷拾几枚绛红的浆果和枞果，而其实这些都是中看而不中吃的——不然便是全身仰卧在葱翠的草地上面，默默地吮吸着满园的清香；或者长时间曝浴在橘林里边，在那暖人的温煦之下，仿佛觉着自己也和那满林橙橘一道成熟起来；或者便是到园中低处去观

[①] 即上文《林中的孩子》中那两个孩子的幽灵。另一说，普鲁姆家一二百年前曾丢失过两个孩子，因有此鬼魂之说。
[②] 罗马帝政时代自渥大维（Octavius）至哈德里安（Hadrian），先后共12帝，至于恺撒，则为罗马皇帝的称号。
[③] 借用《圣经》中语，关于禁果的事，见《创世记》2章16～17节。

鱼，那是一种鲦鱼，在池塘中倏往倏来，动作疾迅，不过时而也瞥见一条个子大大但性情执拗的狗鱼竟一动不动地悬垂在半中间，仿佛其意在嘲笑那些胡乱跳跃的轻浮举止。总之，我对这类说闲也闲说忙也忙的消遣玩乐要比对蜜桃柑橘等那些只能吸引一般儿童的甜蜜东西的兴趣更浓厚得多。听到这里，约翰赶紧把一串葡萄悄悄地又放回到盘子里去，而这串东西（按并没有能瞒过阿丽丝的眼睛）他原是准备同她分享的，但是，至少目前，他们两人都宁愿忍痛割舍。接着我又以一种更加高昂的语气讲道，虽然他们的曾祖母费尔德非常疼爱她的每个孙子，她却尤其疼爱你们的伯伯约翰·兰——[①]，因为他是一个非常俊美和非常精神的少年，而且是我们大家的共同领袖。当他还是个比我们大不许多的小东西时，他绝不像我们那样，只会绕着个荒凉的角落呆呆发愁，而是要骑马外出，特别能骑那些烈性的马，往往不消一个上午，早已跑遍大半个郡，而且猎户们一出去他必相跟——不过他对这古邸和花园倒也同样喜爱，只是他的性情过于跅弛奔放，受不了那里的约束——另外待这伯伯长大成人之后，他还是跟过去一样的英俊勇敢，结果不仅人人称羡，那老曾祖母就更亲得不用提了；加上他又比我们大上了许多，所以我小时候因为腿瘸不好走路时，总是他背着我，而且一背就是多少哩；——以及以后他自己又怎样也变成跛足，而有时（我担心）我对他的急躁，他的痛苦，却往往体谅得不够，或者简直忘记他以前对我的跛足情形曾是如何体贴；但是当他真的故去，虽然刚刚一阵工夫，在我已经恍如隔世，死生之间竟是这样判若霄壤。对于他的夭亡起初我总以为早已不再置念，谁知这事却愈来愈萦回于我的胸臆。虽然我并没有像一些人那样为此而痛哭失声或

[①] 即 John Lamb，兰姆之兄，死于 1821 年 10 月。

久久不能去怀（真的，如果那次死的是我，他定然会是这样的），但是我对他确实是成天思念不已，而且只是到了这时我才真正了解了我对他的感情有多么深。我不仅怀念他对我的好处，我甚至怀念他对我的粗暴，我一心只盼他能再复活过来，再能和他争争吵吵（我们兄弟间平时也难免阋墙），即使这样也总比他不在要好，但是现在没有了他，心里面那份凄惶不安的情形就正跟当年你们的伯伯被医生截去了腿脚时那样。[1] 听到这里，孩子们不禁泫然泪下，于是问道，如此说来，那么目前他们身上的丧服便是为的这位伯伯，说罢，仰面叹息，祈求我再别叙说伯伯的可怜遭遇了，而给他们讲点关于他们那（已故的）美丽的妈妈的故事吧。于是我又向他们讲了，过去在悠悠七载的一段时光之中——这期间真是忽而兴奋，忽而绝望，但却始终诚挚不渝——我曾如何向那美丽的阿丽丝·温——登[2] 表示过殷勤；然后，按着一般儿童所能理解的程度，尽量把一名少女身上所特有的那种娇羞、迟疑与回绝等，试着说给他们——说时，目光不觉扫了一下阿丽丝，而殊不料，蓦然间那原先的阿丽丝的芳魂竟透过这小阿丽丝的明眸而形容宛肖地毕现眼前，因而一时间简直说不清这伫立在眼前的形体竟是哪位，或者那一头的秀发该是属于谁个。而正当我定睛审视时，那两个儿童已经从我的眼前慢慢逝去，而且愈退愈远，最后朦胧之中，只剩得一双哀愁的面庞而已。他们一言不发，但说也奇怪，要说的意思却传给了我："我们并不属于阿丽丝，也不属于你，甚至连孩子也不是。那阿丽丝的孩子是管巴尔图姆[3] 叫爸爸的。我们只是虚无；甚

---

[1] 据兰姆注家们的考证，截肢并无其事。
[2] 即温特登，兰姆年轻时情人安·西蒙斯的化名，这个女人兰姆文中曾多次提到过，可见用情之深且专，参阅《除夕志感》中有关部分。这里兰姆对她显然作了理想化。
[3] 上注中西蒙斯的丈夫，为一典当商。

164 伊利亚随笔

至不够虚无,我们只是梦幻。我们只是一种可能,或许将来在忘河[1]的苦水边上修炼上千年万年后方能转个人形,取个名义。"这时我蘧然而觉,发现自己仍然安稳地坐在我那只单身汉的安乐椅上,而适才的种种不过是一梦,这时忠诚的布里吉特[2]仍然厮守在我的身边——但是约翰·兰——(或曰詹姆斯·伊利亚[3])却永远再也见不到了。

题解

  文章为记梦之作,字数不过三千,是兰姆散文中最短小但也最为人传诵的一篇。内容为给假想的儿童说故事,所以结构、写法、用语、句子等也都较为简单。文章写于他的长兄新丧不久,这时他身边除姐姐玛丽外,再无别的亲人,因而一种孤零的情怀,不禁溢于言表,透露了一个没有家室子女之乐的人的莫名悲哀。在文情的凄惋悱恻与笔致的温文蕴藉上,这个短篇都是独绝的,一向被人认为是他的最感人也最完美的作品。全文不分段落,一气蝉联而下,直至好梦打破,所用技巧也与文情相吻合。其实这篇文章也并未使用多少技巧,甚至宁可说就没有技巧;如非要说技巧,也至多是那无甚技巧的技巧,但至情至性,自然感人。文章当然少不了悲剧成分,但也只是骨子里的,可说是善用节制的例子。这也与他在叙述上的较能超脱不无关系,因而虽然用了第一人称,主观之中仍带有了一定的客观性,不是那么拘执的。但是文章的突出成就似更在其格调的高贵。不知是有意为之,还是纯出自然,文章总是采用了它最适切的手段,选中了最能寄寓自己情思的表现形式,它单纯而集中,确切而易行,因而能在极有限的篇幅内包蕴了相当多和丰富的内容,并借助于这种凝练而在意境上达到了极大的高度,远胜于许多形式杂乱的流俗写作。它的完美性在此,它的诗意、文学价值也在此。这篇文章是兰姆散文中被收入各种选集中最多的一篇,想来是不无道理的。

---

[1] 忘河,希腊神话中冥府里的河名,据说饮其水后,人即忘掉他过去的一切。罗马大诗人维吉尔在《伊尼亚德》第六卷中说,人的灵魂在饮了忘河之水千年后,便有可能再托生成另一个人。
[2] 兰姆之姐玛丽的化名,已多次见于前面文章,如《除夕志感》《拜脱夫人说牌》与《麦庄访旧》。
[3] 其兄约翰·兰姆的另一化名。

远方通讯

——致贝·费·先生书[1]（新南威尔士州、悉尼市）

费兄如晤——每当我想起，如今你远居异域，一封来自你出生地的书信将会使你感到多么欣慰，而我竟长期对你保持缄默，似此绝情作法，实不免有愧于心。然而我们在地域上的睽隔又是如此之大，折简投书之事便会成了难题。横亘于我们之间的那无际烟波浩瀚汪洋一想起来就会令人思为之竭。很难想象我笔下的这几行涂抹竟能越海漂洋，远达你处。心头的一点儿意思竟能在经历如此远行之后而仍不泯灭，这事连想都不太敢想。这已不只是一般的通讯，而大类在为未来写作，于是不禁令人记起罗夫人[2]的一篇文章——《阿尔坎德自冥土致斯特芬书》。考莱之置邮天使[3]在传递这类信件时都未必十分轻松。一个人在伦巴街投下一封邮件，不消一昼夜工夫，他在坎伯兰的友人便已收到，收到时还新鲜得仿佛刚从冰中取出。这其实只不过是传声的

---

[1] 贝·费·，即 Barron Field，1786—1846，这个名字已在前面《麦庄访旧》中出现过。他的哥哥曾是兰姆在东印度公司的同事，他本人也与兰姆都为《反光镜报》写过文章，因而为兰姆的密友，曾经常参加兰姆家星期三晚间的聚谈会。后来费去悉尼任最高法院审判长，并在那里出版过一本诗集，其中有描写当地风情与袋鼠的段落，所以本篇中提到的这方面问题，显然与这部诗集不无一定关系。
[2] 罗夫人，指伊利莎白·罗（Elizabeth Rowe，1674—1737），她写过一本书，题名《生死之交，死人致生者的24封信》。
[3] 英诗人亚伯拉罕·考莱（Abraham Cowley，1618—1667）在他的《光颂》中有一联诗，"让一位邮递天使与你一起出发，地球上的目的地也必同他一起到达"。

管道长了一些罢了。但设使这个管道极长极长，一直长到月球那里，于是你在其一端，而听话人则在那另一端，那时谈话的兴头恐怕就不能不减煞了，因为你显然清楚，你与你那位有趣的通天人士之间的一番交谈是要在一座高级发光体的两三遭的环行之后，方才有可能传递过去的。不过，在与那古远的理想——柏拉图的飞行人①——的趋近程度上，你比我们这里的英国人所敢自谓达到的更多出若干个巴拉桑②，也未可知。

历来书信所包内容，不外三事：说新闻，叙感情，讲笑话是也。这后一项，窃以为，举凡一切非严肃之事物皆属之；或事物本身非不严肃，然对待之态度则尔，如不佞之所为。现即先从新闻一事说起。新闻之首要条件我以为即在其真实。但试问我又如何能保证，我所认为真的东西在奉寄之后不会到了你手之时莫名其妙地转变成伪？举个例来说吧，我们的共同朋友普君，在我写此信的时候——在我来说，正是现在——正身体健康，诸事顺遂，颇得人望。这事你听到后也会高兴。而这既合道理，也是情分。但是等你接到这封信时——在你来说，也是现在——他却有可能已给传到法庭，甚至被判处绞刑，而这样一来，你的一番兴奋之情（即当你听到他一切无恙，等等）必将骤降，至少大受影响，这也是情理中事。再比如我写信说我今晚要去看戏，与那孟顿③好好同乐一番。但你那里却没有剧院，我记得你告诉过我，在你们那该——的庸俗鬼地方。你听到后自然会咂咂嘴，嫉

---

① 这事纯出弥尔顿的想象。弥在其《关于亚里士多德所理解的柏拉图的理念》一诗中，写到了一种远古的理想人，这种人遨游飞翔于天体的各个星宿之间，任往任来，不受拘牵，仿佛天马行空一般。
② 即 parasang，古波斯长度名，约相当于三哩半。
③ 即 Josepeh Shepherd Munden，1758—1832，英国名演员，自1790年进入剧坛后，迅速以善演喜剧角色蜚声戏剧界。兰姆文集中即有两文直接写他，并于它文中数次提起过他。

远方通讯　167

妒我的好运。当然这只是刹那间事,稍一沉吟,你便会丢掉这种带敌意的情绪。真的,那时候在你已经是礼拜天的上午,已经是1823年了。① 这种时态上的混乱,这种两个现在时上的谬误,在一定程度上正是一切邮递行为所必有的。但假设我寄给你的信只是发往巴斯或戴维齐斯②,内容还是那要去看戏的事,那么尽管你在收到这消息时我的这场高兴已经过去,然而在这之后的两三天内,这点你必清楚,在我来说仍然会是齿颊留香,余韵不尽,于是自不免会使你对我至少稍生不满之情,而这个多少也正是私衷有意使然,故激君怒的。不过再搁上它九、十个月,那就不论你的嫉妒也罢,同情也罢,全都不会再有半点意义,就同用情于死人那样,没有半点意义。其实不仅真是如此,因为间隔一长,真会变假,就连做假(此尤为令人难堪者)也得小心,因为谁又敢说自己胡编滥造的瞎话,在一番海远之后,不会假也成真!回想三年前我对你所开的那个玩笑——亦即声称威尔·魏泽奥③已娶一女佣为妻的事,曾是何等荒唐!记得我曾就以后应如何对待之一事认真向你作过讨教——因为威尔之妻固不容你不重视;也记得你在这事上是如何同样一本正经,如何善意地提出以后文学问题在新夫人面前便应少提,尤宜注意在提及地毯一类事时不可过于唐突,以免所谈超出其理解范围。而你信中语言亦颇审慎其词,或曰不妄下断语;以及烤叉、炙具、拖布等物在提及时以谈到何种程度方为合宜;是否对这类事便有意识地绝口不提比偶然漫不经心地稍提一下效果更糟;再如,当威廉·魏泽奥的新夫人在场时,我们对家里的女佣

---

① 这封信发出时为1822年。当时因邮递条件关系,一封从英国本土寄往澳大利亚的信件往往会长达数月。
② 英国地名。
③ 兰姆杜撰的人名。

贝基又该是如何一副态度,这时是应当,为了向新夫人表示出更大的区别和更多的礼貌而对贝基照样是那老一套,该说就说该骂就骂,还是应当改一改以前的旧章程,对贝基也开始恭而有礼起来,仿佛其人也并非没有价值,只是命途关系,方才落入今天这种情形。记得你信中还提过,这事在双方都不无困难,这些你都为我之故而论述极详,律师措辞之精审,友人用心之诚笃,可谓兼而有之,溢于言表。但是你的一番堂皇高论,我读了却只是暗笑,又岂料事情之发生诚有出人意外者!谁想得到,就在我正对自己在新南威尔士之友人①身上小施之骗局自鸣得意之际,英国这里的魔鬼却早已按捺不住,行动起来。按此事系出于对非其族类者竟也敢大撒其谎之嫉妒心理,抑或干脆就是抄袭了我的故伎②,一时虽说不清,但这鬼物却悍然不顾一切,诱张为幻,非撺掇我那贵友娶下此婢不可,于是信发出后不过三天,这门亲事居然作成!而我原来只不过想编个故事以博君一粲罢了。但如今,威廉·魏泽奥迎娶考特莱尔夫人③使女一事,固已不容置疑。从以上,你费君已不难看出,极而言之,在我为新闻者,在你则已成旧事。因而这事我既无心再写,君亦必不屑再读。除非身有卜师神通,谁又能保其所叙之事在经此遥远途程之后而不会讹谬百出。的确,或许也唯有《圣经》上的先知们才能做到彼此间的消息传递正确无误。于是写信人(比如是哈巴谷④)的此刻也就仍然是那收信者(比如是但

---

① 即贝·费。
② 兰姆平日说话与作文(当然只限于熟朋友间和写小品文时)每好说些无害的小谎言,玩弄恶作剧与搞神秘化(mystification),以捉弄他的一些老实友人和天真读者,并常以此为得意,自诩为"a matter-of-lie man"(系他从 a matter of fact 一语造出)。这里他更变本加厉,扬言魔鬼也是在学他,几乎想做魔鬼的贼祖师,直乃滑稽之极!
③ 也属杜撰之名。
④ 哈巴谷,古希伯来纪元前七世纪先知。

以理①)的同一时刻,二者互相吻合,分秒不爽;但可惜你我又都非先知。

再说感情。那情形也好不许多。感情这事,正如菜肴,必须趁热上席,趁热来吃,方是道理,这时你友人从其中所得到的温暖,也不下于从你自身。如果等到凉了再去享用,那就比吃冷肉更无味道。我常对已故坎——勋爵②的一个古怪想法感到好笑。据称他某次漫游于日内瓦附近时,遇到过一处绝美的草地,或某个僻静的角隅,其地绿杨依依(或许是其他树木),低拂水面——是这样吧?抑或石上?这都无关紧要——但景色之幽之峭,则堪称奇绝。但此地之一派宁静安谧,在经过一番旅途劳顿之后,又恰值此爵爷一生颠颇奔波之余的偶然得闲时刻,此情此景会使他对之骤生好感,实在很有可能,因而他曾扬言,他年埋骨之地,再莫善乎此。就感情说,这在他原很自然,似无可厚非,而且更能见出其人性格可爱的一面。但是如果这种感情一旦变为事实,一旦,经过一道正式的遗嘱安排,他的灵柩竟真的被从英国千里迢迢地运往那里,彼时请问又有谁,当然个别极端的伤感主义份子除外,不会提出如下的疑问,即这位爵爷大人如若但求那地境之幽僻,角隅之奇崛,枝条之浓碧亦且摇曳,乃至水流之更能表其心志,那么这一切,在其本土之色利之道塞之德文③,难道便再寻觅不到第二处吗?请想想吧,这些感情被打包装箱,登舟启运,送进海关(货色之奇那里的人员也不免吃惊),然后再给吊入巨船。请想想

---

① 但以理,已见前《基督慈幼院三十五年前》《席前风雅饭前经》中注。他也是古希伯来先知,但晚于哈巴谷,其活动期间在纪元前六世纪。

这里兰姆当然是在开玩笑——生当公元前七世纪的人发出信去,那个公元前六世纪的人接到此信时,其接到的时间却会与百年前发出的时间恰恰相同!
② 指 2nd Baron Camelford, 1775—1804, 曾在海军任职,性暴戾,生活中常与人发生冲突,最后死于决斗。
③ 以上三地均英国郡名,也都以风景幽美,草木葱蔚著闻。

170　伊利亚随笔

它们又是怎么被一帮身披油布满嘴脏话的粗鲁家伙抓来摸去,抛上扔下——本来是那么娇嫩的物件——怎么给舱底的盐渍泡透浸湿,损害之大无异于丝绢丢了光泽。再想想这些会遇到的更实际的危险(顺便说一句,水员对感情这类东西向来就禁忌极多,迷信重重),它们会在突然刮起的一阵狂浪中被卷到一条吉利的大鲨鱼身旁(圣哥萨德大仙①啊——保佑我们可别陷入那与船只的设计者用意相左的万劫不复的厄运吧!),但总算侥天之幸,最后不曾葬身鱼腹。再接着追踪它们又是怎么幸运地登上了陆地——比如说登上了里昂吧?反正我手边又没有地图——在四个脚夫的肩上给碰来撞去;在这个镇上打个尖,在那个村头喘口气;在这里等个路条,在那里领个许可;一会儿是某某地方长官的放行批件;另一会儿又是一些州郡首脑的同意签署;直至最后抵达其目的地时,早已人困马乏,疲惫不堪,于是原来的一点儿清新感情,至此已变成一种故作多情的矫饰,虚张声势的浮夸,哪还再有什么真情可言!说真的,我亲爱的费君,我们所曾笔之于书的那些感情又有多少能称得上有水员所谓的"海面价值"②?

最后,论及那些惬人心意的游戏文字,虽说在分量上不足称道,却往往是一些粲如珠玑般的精彩东西,最能为一封友人的书信增辉。只是我觉得,我们的这类细小笑谑恐怕都适用的范围极窄。因而以容积论,我担心大都耐不住扎捆装箱,上船出海,甚至用手捧送都完不成隔室传递。它的活力,正如它的产生,都不过是瞬息间事。它那短暂存在所赖以维持的养分便是周围人们的一点文化气氛;或者说这后者,正仿佛尼罗河畔的沃土——那滋育万有的膏壤——一些精致语言的微妙成长既离不开那河流母亲般的涵育容摄,也离不开那太阳父亲

---

① 圣哥萨德大仙(Saint Gothard),日耳曼人海上水手的保护神。
② 即经得起海浪的考验。

般的照临温煦。一句妙语每每会使你有一种骤然耳明心亮的爽快之感;然而它的原味你却难以传达给人,正如你无法寄出你的热吻。难道你不曾将你昨天讲过的什么妙语又在某位先生的面前重讲一遍,但那还奏效吗?那就恐怕不仅他听起来会不新鲜,就连你讲起来也会感到陈旧。它已不再合榫入扣。这正仿佛你在一个乡下小酒店里抓起一份两三天前的旧报那样。其实那报你也并没看过,但你还是会抱怨居然让你去看那陈旧东西。这种货色的特点首先就在反应的快捷。一句俏皮话,同那慧心的笑声,必须如响斯应,才有意思。一个如同闪电,一个好比迅雷。稍一耽搁,中间联系即被切断。一句妙话刚一出口,朋友的脸上往往就有反映,正像镜之映物那样及时。如果一个人想去看看自己的一副尊容,可那光净的家什却好半天(更不消说十一二个月了,我亲爱的费君)都迟迟反映不出,请问这样谁还有耐心去照镜子?①

你目前的住地情况我无从想象。当我凝神细想时,首先浮现在我眼前的便是那彼得·威尔金斯岛②。有时你给我的感觉是,你干脆就生活在那盗贼横行的地府阴曹。我看到狄奥金尼斯③便仍往来窥伺在你们中间,手中的一盏提灯至今不灭,但亦迄无收获。请问如果你此际也能寻到一个诚实的人,那你又会什么代价不肯付呢?很有可能你

---

① 这一段语言更是精练警策,真是晶光焕彩,妙绪珠联,正如文中的话,充满着"粲如珠玑般的精彩东西"。
② 英国作家巴尔托克(Robert Paltock)的传奇故事《彼得·威尔金斯历险记》(*The Life and Adventures of Peter Wilkins*)中所描写的一个岛国,地在南极地带。主人公威尔金斯行船到了那里,航船失事,漂流到该岛,岛上居民为一种长着翅翼的飞行人,威尔金斯去后还同其中的一个少女结婚。
③ 即 Diogenes。古希腊哲学家中以此名著闻于世者,至少有三人,这里显指活跃于纪元前五世纪初的那位被冠以"犬儒派"(the Cynic)之名的哲学家。他生活特别简朴,摈弃一切物质享受,只生活在一只木桶中,另外关于他的故事之一即他曾在大白天提着一只灯笼,据说是去寻找一个诚实的人。当然这行为本身便是一个绝大讽刺,一是要说世上已无光明,二是社会已无好人。

现在连我们的模样都快记不起来了。请来信说说吧，你们悉尼人一天天都干些什么？难道说他们日日都只是以××[1]为务吗？我的天，果真是那样，天大的家业怕也禁不住这么一抢吧！还有袋鼠——你们的那些当地土著——是否它们还能保持其原有的淳朴，而未被欧陆恶习所污染，仍然是前面一对短爪，仿佛生来就是世上扒手的贼祖师！说真的，论到绺窃之术掏包之巧，它们在这方面的天赋神禀其实未必太高；但是一旦追捕之声漫天响起，它们却会又个个立即转成后腿行走动物，其行动之神速，你们殖民地的一些一日千里的旅行大家怕也不过如此。对于那些遥远的地方我这里听到的怪事奇闻也真够不少的了。听说你们那里的年轻斯巴达人[2]生来便都是六指的，因而也就都不会数音步[3]，请问这事果然是真的吗？要说也真是够古怪的；但又何必认真，听之可也。至于不会数音步，更无须惋惜，果真他们也想当当诗人，那情形多成是，他们大部分人也只会是剽窃别人的角色罢了。难道对一名贼人之子与其孙也要硬作区分吗？或者说这污点要待到何时才能已呢？三到四代之后能漂净吗？要提的问题还相当多，但就怕乘船前往德尔菲[4]跑上十遭，那工夫也还不够回答完我的满腹疑窦。——你们使用的大麻[5]也是自己种出来的？请问你们目前的主要营生又是什么，当然我的意思是，国家指派的事务除外？估计锁匠[6]在贵地准吃得开，你们的不少大资本家大概就出在那个行业里头。

不知不觉中我又和你闲聊起来，那随便的程度就跟我们当年住在

---

[1] 指盗窃。
[2] 指澳洲的当地土著年轻人，这种用法属纯玩笑。
[3] 既然多了一个指头，数起音步便会出问题，不是数多，就是数少。这里也同属开玩笑。
[4] 即Delphi，古希腊城镇名，因阿波罗神殿而著闻，甚即成为这座神殿的代称。人们自古前往瞻拜，以求神示。
[5] 显然指用以编成绳索去捆甚至去吊死盗贼。
[6] 当然也是用来对付这种人的。

内殿的那个以水泵[1]出名的赫尔院时没有两样,那时候我们不是一早就隔窗相呼,互道早安吗?可你为何竟离开了那个幽静的角落?——同样我自己又为何?片片只剩下四棵可怜榆树的地方,正是从它们那已被烟熏黑的树皮上——当年谐谑田园诗人们[2]的吟咏题目——我第一次捉到了那些瓢虫!我的一颗心简直干涸得像那眼泉水在八月旱季里的情形,只要我一想起横亘在我们中间的茫茫海天;路途的迢递会把任何发出的东西不等到达便化成旧闻一桩。但我此刻谈话时,想你还是听得见的——那些充满着空想臆测的调皮东西——

唉唉,而你此时已被呜湍狂濑送至远远。[3]

回来吧,别等到我已老迈得叫你认不出来。回来吧,别等到布里吉特已经拄上拐杖。你走时还是些小娃娃的人现在早已是聪明得不得了的主妇了,就在你淹留海外的这些岁月。当年如花似玉的温——小姐(你可能还记得那塞利·温——[4])昨天来看我们时,也已是老婆婆一个。好多人,这些你都认识,正在一年年死去。以前我曾以为,死神自己大概也快不行了——身边有那么多身强力壮的朋友在护着自己,还怕它的袭击!詹·怀·[5]的去世,前年春天的事,纠正了我这看法。自那以后,那个惯好扯散人家的家伙[6]就一直没闲下来过。如果你还迟迟不作归计,到那时,能够前去接驾的,不论我本人我家

---

[1] 这个宅院在《记内殿律师》129页注②中已提到过。这个院中有一水泵,因而也以水泵宅院称呼。兰姆家在1809—1817年即在此居住。费尔德1809年起在此学法律,住在兰姆家附近,故文中说起每天早晨彼此"隔窗相呼,互道早安"。
[2] 指费尔德和兰姆自己。
[3] 引自弥尔顿的《黎西达斯》诗。
[4] 据兰姆自注为Winter,但其人无考。
[5] 指兰姆的友人James White(1775—1820),曾有文集行世。但他更值得赞美的事绩则在《扫烟囱人赞》中。
[6] 指死神。

人，恐怕就很有限了。[1]

题解

　　动笔过程当中，也不晓出于何种原因，偶尔会出现一种特别佳妙的时刻，这时仿佛头脑的闸门顿开，但觉天机活泼，思如泉涌，毫无遮拦，左右逢源，笔下的一切来得极为容易，于是而取得可喜的通顺流畅的品质；甚至还不止此，情节事例、典故引文、意象比譬、文采词藻也都纷纷跟踪而来，文情也更加热闹；甚至还不止此，奇思妙悟，警句隽语，乃至戏笔闲文，诙谐笑谑也全奔赴腕下，诗情画意也都凑泊而至，出现了一种罕见的丰饶富赡，而给人以光华四射、彩焕缤纷的迷人感觉；甚至还不止此，这时气势还会特别遒劲，情趣极其跌宕，意境相当超脱，整个气象也就更好，而且这个还其势不衰，一气走转流贯到篇末；这种流畅，这种自然，这种情趣、丰腴、健劲、意境和气象在这篇《远方通讯》中便都能见到，不过众多优点之中，它的突出长处似尤在其扩展，在于它的铺排之能。本来不过一点点意思，无非久疏问候和邮寄的时间一长意思就会变得陈旧，但是凭借幻想和想象的诙奇，竟然蔚成这样精彩的妙文，精彩到令人一读之下几乎兴奋得快要手舞足蹈起来，真是甚矣乎扩展之为用也，幻想想象之奇且伟也。据说这篇文章是以作者的一封真实书信为基础而写成的，但经发展而达到了这种效果，也就远非一般尺牍所可比拟。

　　其实又何止一般尺牍，古今中外浩如烟海的书翰当中，在文词美和趣味性上真能和它媲美的又会有多少？

　　它幽默的丰富，又显然是此文的另一大特点。

---

[1]　文章后部分的一派胡调也属趣极。

扫烟筒人赞[①]

我喜欢遇见一个扫烟筒的——你理解我的意思——不是一个长大了的——扫烟筒的成年人已经不再招人注意了——而是一个刚刚从业的嫩手,黢黑[②]的脸上还透着红润,颊边母亲的洗涮还带着痕迹——那种每天黎明即起甚至不明即起的小家伙,口边不时会哼喝起他那行道的吆唤,听起来跟小麻雀的唧唧唧唧也差不多[③];或许我该说更像那高空的云雀,那些常常不等日出就已凌霄升空的可爱小鸟?

对于这些模糊的斑点——可怜的墨渍、天真的灰暗乌黑[④]——我往往有着一种说不出的缱绻柔情。

我敬重我们同种中的这些小阿非利加人[⑤]——这些几乎僧侣般的细小精灵,不停摆动着身上的皂袍[⑥],一点没有矜持之态;他们从自己小小的道坛高处(烟筒顶端),在十二月清晨的刺骨寒气之中,向世

[①] 这种雇用儿童(甚至女孩子)去做扫烟筒人的极不人道的作法在这篇文章(1822)发表后的十八年,亦即1840年,终于被英国议会明令废止。
[②] 为了描写这一"黑"字,作者在文中几乎使用尽了英语中它的一切同义词,包括那最偏最僻和最不经见的词。
[③] 据兰姆注家言,当时按这行业的规定,每个扫烟筒人在扫毕一家烟突后,必须登至烟突顶部高喊几声"Sweep"(意即已扫完),以示交代。而之所以有此规定,据说是为了防止扫除上的"蒙混偷懒"。这种行业上的吆唤,即高喊"Sweep",恰与英语里小鸟的叫声"peep"相近(谐韵),故文中有此一比。
[④] 这里"斑点""墨渍""灰暗乌黑"当然都指这类小扫烟筒人。
[⑤] 与本页注④中意思相同。
[⑥] 西方僧侣例着黑衣,扫烟筒人亦然,故有此比。

人宣讲了一段关于坚忍的道理。

回忆幼小的时候,去观看他们的操作曾是一件多么神奇的快乐!我曾怎么眼睁睁看着一个比自己也大不许多的小东西钻进了,也不知道是靠什么办法钻进去的,那简直是冥府的咽喉①——怎么在想象之中追随着他,想着它是怎么一边探索,一边穿行在那一个个的黝黑窒息的洞穴里面,那么骇人的阴森!怎么心中突突地念叨着,"唉呀,这回他可是永远完了!"怎么在听到他重见天日时的微弱呼喊后又精神振奋起来;以及接着又怎么(啊,这时又有多高兴)匆匆跑出门去,刚好赶上看那黑貂色的怪物安全脱险,那件挥舞不停的行业武器②也一并凯旋归来,活像飘拂在一座攻克的城堡上的猎猎旌旗!好像记得有人说过,有一个不好的扫烟筒小孩曾被连人带扫帚塞在了烟囱口里,当了个活风向标。这当然是个吓死人的景象;这岂不真成了《麦克佩斯》旧日舞台说明上的"手擎树枝的幼儿鬼魂出场"③。

看官,如果您每天早上散步的途中偶尔遇上位这类的小先生,那就务请发发善心,给上他一个便士吧。能给两个更佳。如遇冱寒天气,行业本身的苦况之外,又拖上一双冻烂的脚跟(这两者又常碰到一起),这时对您的恻隐之心的考验真会是够大的,难说不会大到要人命的六便士。

市面上久有一种合成饮料,其主要成分据我所知乃是一种素称之为黄樟一类的香木。此木经滚水煮沸,再佐以乳、糖等配料,对某些人说饮之味极佳妙,不亚于中国一些名茶。我说不清您尝后感觉如何;至于我个人,虽说对那位聪明的理德先生素来不乏敬意(按此公

---

① 烟筒口。
② 即扫烟筒用的刷子。
③ 语见该剧4幕1场。

早自说不清的久远年代便已开设了一座店铺,而且据他称还是全伦敦的唯一一家这类店铺,专门出售此"爽口提神之有益饮料",店址即在距离桥街不远之舰队街①的南侧——那独此一家的"萨露普②茶社"。),我却一次都没敢将我自己的那古怪唇吻稍稍沾过他那颇负时誉的高级饮料——我那谨小慎微的嗅觉官能就曾不止一次地悄悄提醒我说,我的那副烂胃口,虽说不该拒绝人家那份盛情,但到底恐怕还是无福消受。不过我也见过不少于饮食一道不能说是全不在行的人,对此倒也颇能耽嗜不倦。

这种东西究竟投合了人体的哪种官能?这点我虽说不清楚,但是我却每每注意到,它可出奇地适合不少年轻扫烟筒人的脾胃——难道这是因为其中的油脂部分(黄樟木一般微含油性)多少能帮助冲淡或减弱烟物沉淀,而这些自不免会黏附到一些新手的口腔上部(这事从解剖标本上不难看到);抑或是因为造物者深悯这类可怜虫平日接触到的苦木涩果过多,因而特产此嘉树一种,庶几稍为下界减灾——但不拘原因为何,事实仍归是事实,即对于一名年轻的扫烟筒人来说,天下大概再没有第二种香气或味道能比这东西带给他们更多的兴奋刺激。即使身上一文不名,他们也会一头煤炭地凑近那热气腾腾的饮料跟前,以便(哪怕只在一种官能上)寻点儿满足,而那心情之快慰,跟一些家畜——比如猫即其一——也差不多,如果它能寻到一株缬草③,就会咪呜咪呜地叫个不停。这样强烈的爱好怕是哲学也培养不出来。

尽管理德先生颇曾自诩,而且这话也不无理由,他的萨露普茶社乃是独此一家;然而,看官,此事却不容我不据实相告——如其诸君

---

① 桥街、舰队街均伦敦街道名。
② 萨露普(Saloop),用黄樟木皮配以其他香料所制成的热汤。
③ 缬草(valerian),植物名,其根茎可制一种镇静剂。

即属于那所谓起居以时并不赶早贪黑的人，则此事容或不知——即实则他的效仿者早已成群成批，人数极伙，此等人沿街露天，到处设摊，专向低层顾客兜售此种美味，时间则可早至天未大亮之前，斯时也，麇集于行人道上者每每有两种人（正所谓物之极者恒相遇也），一种为急忙返家的冶游之徒，早已因不胜其午夜之酒力而足不成步，一种则为不亮即起的健壮工匠，因赶早班而无暇多睡，这两种人猝然在行人道上狭路相逢，自免不掉一番争路的事，而吃亏者只会是那前一种人。若在夏天，则亦正值家家旧烬已熄新火未燃之际，京城千街万巷的阴沟所发出的气味最为呛人。那些淫荡浪人本想借杯可口咖啡解解酒醉，嗅到这种难闻气味只会骂不绝口，掩鼻而过；但工匠却会闻香止步，大赞这种饮料芳香适口。

这就是那萨露普茶——那女摊主们一大早即捧献出的宝贝——最是一些赶趁早市的菜农的心爱之物，这些人天蒙蒙亮即将那冒着水气的蔬菜从汉默斯密斯①匆匆运抵柯文花园的有名广场②——这心爱之物，对那些身无分文的扫烟筒的人就不仅是如此，而且还常常是一种极为难得之物。这种人如若您也偶然遇到，一副模糊面孔正悬垂在热气腾腾的汤茶上面，那就请君务必慷慨解囊，款待他痛痛快快地喝上一大盆吧（所费不过一个半便士），然后再请他吃上一片精致的奶油面包（再多出半个便士），这样，对您家的灶房烟突只会大有好处，即由于您平日慷慨过度的狂宴烂饮所造成的煤炱堵塞便会被清除一空，从此袅袅升空的只会是缕缕轻烟。这样您高贵的美妙羹汤便不会再斑斑点点，落上烟灰；这样也就不会动不动便一阵怪叫，声闻街头，说是您家的壁炉着起火了，结果闹得附近十里八乡的救火队全部

---

① 伦敦郊区地名。
② 柯文花园（Covent Garden），亦译作修道院花园，伦敦有名的市场。

一哄而出，齐奔现场，徒为了这点星星之火而使贵府阖家受惊，腰包遭损！

我天生对街头的一些无礼举动每每极端敏感。比如市井游民的轻薄挖苦嘲弄，对一个偶尔跌了一交或鞋袜溅上泥水的人所流露的那种得意非凡的粗野表情等即属此类。但我对来自一个小扫烟筒人的笑谑则非仅能忍让，而且不怨不怪。记得前年冬天，我在奇普赛大街①赶路时便出过毛病，因为一贯太不小心，往西走时一个擦滑竟把我摔了个仰面朝天。我挣扎起来，真是又羞又痛，但表面上却仍尽量装作没事一样，可没料到这已成了一个这类的小家伙眼中的活笑话。他站在了那里，一只黑手将这件事指给他周围的人去看，特别是指给一个女人（估计是他妈妈），一边可就笑了开来，他笑啊又笑，一直笑到他那刚刚哭红过而又给烟熏红了的红红眼角边都冒出泪来——这桩少见的滑稽（在他看来）实在是太好笑了；可是悲惨到了这种田地，他居然还能苦中作乐，寻点开心，眼中一直闪烁着那么多的真正快乐，如果荷加斯②看到此景他一定会——其实荷加斯早已经将他（荷又怎么会漏过他的？）画进了他的《向芬奇利进军》③里头——那扫烟筒小孩正向一个卖饼的咧着嘴笑——是的，他站在了那里，就跟他站在了那画面里一样，动都不动一下，而是只管去笑，仿佛他会永远这么笑了下去。而他那玩笑里，乐子虽然大得上天，恶意却一点儿没有——一个扫烟筒孩子的笑里是绝对不会藏刀的，因此如若不是因为观瞻所系体面攸关，我便继续留在那里，甘作笑柄，让他一直笑到午时夜分，这事在我来说，其实也无所谓。

---

① 伦敦著名街道名，作东西走向。
② 见《南海所追忆》8页注⑥。
③ 荷加斯的一幅油画名作。

一般来说我对所谓的一口好牙的迷人之处往往感觉迟钝。每一副玫瑰般的香唇（这话务请女士们见谅）正像一只宝盒，里面装的大概便是这类珍奇；但是恕我直言，这些珍奇还是最好少露为妙。一位向我大露其齿的女士或先生实际是在向我大露其骨。但是我却老实承认，这事如若发生在一个真正的扫烟筒人的身上却会有所不同，这时他们口中这种洁白发光的骨质物的展露（乃至炫耀）在我看来却会不失为礼貌上的一种可爱变体，一种仍属能够为人接受的纨绔习气。这正仿佛

> 黑貂般的乌云
> 忽于暗夜翻出它的银亮衬里。①

它会令人记起一种仍属不绝如缕的贵胄残余，一件足证昔日华年的徽记标志，一纪透露名门望族的隐约暗示，因而很有可能便在业已被那卑微身份与阴暗处境所尽行掩去的变形外貌之下，每每潜隐着某种高贵血胤、优越背景，而这些，或因其先世早夭，或因族谱失坠，遂致造成今日的不幸局面。一些可怜的小家伙在如此稚嫩的年龄便已进入这种行道，这件事的本身就难免会使人大大疑心这背后所掩盖的幼儿甚至幼婴诱拐罪恶；这些幼童身上所残存的一点可爱礼貌与真正教养，而这点在这类仿佛新嫁接过来的嫩枝上面每每仍能察觉（否则此事即无法解释），同样泄露了事情的真相，即他们属于胁迫被逼对象②。即使迟至今日，许多高贵的拉结③仍常为其失子而痛不欲生的悲惨情况也有力地证实了这一事实；不少儿童被所谓的仙女拐走的这类

---

① 引自弥尔顿的《考玛斯》一诗。
② 指一些小扫烟筒人往往是被拐卖后给这类业主强逼干了这种营生。
③ 据《圣经·创世记》，希伯来族长雅各娶拉结后，生约瑟，聪慧异常，招其众兄之妒而被卖到埃及为奴，致使其母拉结饱受失子之苦。这里拉结泛指失去子女的母亲。

扫烟筒人赞　181

童话也许并非纯属虚构而是背后大有文章；小蒙太古[1]的重新获救无疑是少有的幸运例外，至于那些永远也无法摆脱沉沦的悲惨遭遇还不知会有多少。

请回忆一下这件怪事吧。几年前出现过一名扫烟筒的小孩失踪的事，官方百寻不得，最后竟在一个中午给发现了，其时那孩子正在熟睡。但这睡的地方却非比寻常，而正是阿伦戴尔城堡[2]中的一个华贵床榻——其上有公爵的华盖悬垂，富丽堂皇（按荷华德的府第向以其床褥之华贵闻名，前往观谒之游客极夥，当年之老公爵即最娴于此道），周围帐幔猩红，精美绝伦，珠缀翠饰，粲若群星；下面锦褥绣被，光洁柔软，远胜维纳斯哄其孙入睡的温馨怀抱[3]——正是在这地方他被寻找到的。这小东西，可能在这贵族之家的错综复杂的烟道之中迷了方向，于是便从某个不熟悉的孔穴处下到这间豪华卧室。这时走洞穿穴的劳累早已使他倦不可支，这里的舒适休息条件又是如此诱人，因而也就再顾不得许多，于是悄悄上床，钻进被窝，一脸油泥，倒头便睡，那神气活像便是荷华德家的一位少爷。

以上便是访客们在这座城堡里所听到的。但我听后的一个强烈感想则是，这恰恰是我上面一番话里的意思的一个有力印证。我几乎敢打保票，在这件事上有某种高贵的天性在起作用。试问这是可以想象的吗，一个如上所说的那种贫穷儿童，不管他当时有多疲劳，竟然胆敢揭开那公爵的被单，坦然便睡，而丝毫都不考虑这么做可能带来的刑罚，因为刑罚的事他是不可能没听说过的，更何况他周围又不是没

---

[1] 蒙太古夫人（Mary Wortley Montagu, 1689—1762），英国18世纪著名女贵族，有文才，诗人蒲柏友人，所著《书翰集》极有名。据说她的儿子爱德华幼时即曾被拐卖去做了扫烟筒人，后经发现被领回。
[2] 地在伦敦滨河路大街，为英国贵族荷华德之世袭古老邸宅，内中一切陈设极为华贵。
[3] 事见维吉尔《伊尼亚德》第1卷643～722行。

有地毯铺垫之类的东西可睡,而这些已经大大超出他能指望的了;真的,我不免会再问,这是可以想象的吗,如若那自然的伟大神力,这点我始终坚信不疑,不曾在他的身上有所流露,以至促使他有些壮举?显然这位年轻贵人(在这点上我则是只觉其是而不觉其非)所受到的诱惑来自其襁褓时期生活环境的某种模糊记忆,尽管这个并不十分明确,即他此刻所见到的种种正是过去他母亲或保姆所常将他放入的那类被单,而此刻他不过是再度还其初服或又回到什么这类的休息地方罢了。除了这个(我姑名之为)先在状况之知觉说外,我再找不到第二种理论可以解释这一现象,即这个年轻而不得体的睡眠者身上所表现出的这种既极为大胆但却又(不论按什么说法)异常出格的奇特行径。

我的一位名叫詹姆·怀特[①]的有趣朋友,深感人世间此类变形悲剧之频频发生,并屡思对这种"偷换儿"[②]的厄运有所改变,故特为扫烟筒儿童发起一种年宴活动,在每年的这种宴请会上他都是既做东道,又当听差。这是一种在史密斯场[③]举行的隆重义宴,时间在每年巴塞罗缪节[④]起始之日。请帖在此一周前即发至京城各个扫烟筒业主,所请客人仅限其行业中极幼小者。间或也有年龄稍大的混入其间,对此亦只得佯作不知;但宴会之主体仍为此类孩童。但一次,某个倒霉家伙,凭其一身黑服,竟也不请自至,前来混充,但却很快为

---

① Jem White(1775—1820),这里 Jem 为 James 之简称或昵称。兰姆幼年的同学与密友。这个名字已见于《远方通讯》中 174 页注 ⑤。
② 偷换儿,英语 changeling 一词的译语,指传说中为仙女们偷去的俊美儿童(然后以一个丑儿放回原地)。这里指被拐卖人口犯骗走的儿童。
③ 伦敦著名肉类与牲畜市场。
④ 过去自每年 8 月 24 日起在首都伦敦史密斯场举行之为期一周的全国性盛大集市与游宴活动,其时许多剧作、音乐与各类杂技等亦均在此上演,这一活动始行于 1133 年,至 1840 年后废除。

人识破，发现其并非此道中人（盖貌似煤灰者非尽煤灰也[1]），一时群情激忿，遂将他逐出场外，这亦犹如结婚而不着婚服，又乌乎可[2]；但一般而言，这类宴会的气氛都极为融洽。至于宴会场地之选择，亦有讲究，一般都设于集市北部之栅栏[3]间一处便利地方，既距离闹市中心不是太远，因而那可爱的喧哗声仍时有所闻，但又不使地点过于临街当路，以防无聊之辈蜂拥而来驻足围观。宴会时间多订在晚间七点。在这些临时充作宴厅的三张长桌之上，台布餐巾，一应俱全，虽够不上精致，但都坚实耐用，另外每张桌上均有漂亮主妇一名，亲为主持餐政，手中平锅内的滚热香肠正哧哧作响。闻到香气，小家伙的鼻孔都张得大大。詹姆斯·怀特，作为首席侍者，照例在第一桌前当差；至于我和一位忠实伙伴毕各得[4]则通常伺候那另外两桌。这时一番喧嚣碰撞自然是少不了的，因为谁都想挤到那第一桌上去，而我的友人在这种场合下的凑趣逗乐的本领就连那当年最以狂喝滥饮闻名的罗彻斯特[5]也会有所不如。在对座客所作的一番敬意表示略致答谢之后，紧接着的一项礼节便是行吻礼，这时但见东道主来到三个主持人中那年龄最大身体也最胖，而此刻正站在那里忙着炸这煎那的乌尔苏拉[6]跟前，一把便将伊之肥腰搂住（对先生[7]的此举她是又喜又嗔，一边念经，一边骂人），然后便是凑近她那纯洁的唇边，轻柔地印上一

---

[1] 这句话乃系从英谚语"All is not gold that glitters"（发亮的东西不一定都是金子）中套出。
[2] 这里暗用《圣经》典故。耶稣在《马太福音》第22章里的一个寓言中讲道，一个国王举行婚宴，宴席上有一个客人没着礼服，遂被逐下堂去。
[3] 指畜棚，史密斯场为牲畜市场，当然不乏这类设施。
[4] 关于此人，见《人分两类》中50页注[3]。
[5] 即 John Wilmot, 2nd Earl of Rochester（1647—1680），英国王政复辟时期的有名浪子，以长于戏谑与阴谋诡计著称，查理二世的弄臣，平日嗜酒如命，据说曾一醉五年。
[6] 这个名字是英诗人、剧作家本·琼生戏中的一个饲猪女之名，可见兰姆之善谑。
[7] 当然指詹姆·怀特。

吻，以示敬意，这时但听到那女主持人的一声高叫，那声音之尖，简直能撕裂青天，而室内也已弄得哄堂，几百副牙齿的光亮也足以吓走黑夜。啊，眼见着这些仿佛身着黑貂般的小贵族嘴里吃着那甘美的食物，耳边又听着他那更甘美的词令，又会是多么大的愉快——你且看他是怎么将那稍小块的肉分给那年龄上也稍小些的，那更大块的留给那年龄上也更大的；怎么把已经快进入一些狼吞虎咽的家伙的嘴边的东西又半路截下，坚持"必须再回回锅，弄得更焦脆些，不然就不配绅士们享用"；又怎么向一些更幼小的推荐这种白色面包，介绍那种软皮点心，提醒他们可别碰坏牙齿，那正是他们最值钱的传家之宝；又怎么在斟酒时候特别彬彬有礼，仿佛那些淡啤酒是什么名贵佳酿，一边还将牌子向大家亮亮，并且宣称，如果那质量不行，他是不会用来饷宾待客的；另外还特别建议，饮酒之前，唇边必须揩净；等等。然后便是祝酒——一祝"国王万岁"，再祝"黑袍光荣"[1]，这后一项，虽说可能有人并不太懂，但却都感到既很有趣，也很入耳；最后一项为最隆重的祝词，而这个从来都没被忽略过，这即是，"祝愿画笔胜过桂冠"[2]。所有这许多乃至多到不能再多的吉言妙语，虽未必句句理解，却都能感受得到，而这也都亏他能想得出来，这时但见他规规矩矩地往桌前一站，未曾开口先都冠上一句诸如"各位先生，请允许我作某项某项提议"之类的话，这对一些小孤儿确实是一个极大的欣慰——一边不断地把整条整条香喷喷的腊肠匆匆填到嘴里（这种场合是来不得太斯文的）——于是个个都欢天喜地，而成了整个宴会中最有兴味的一项内容。

---

[1] 关于黑袍，请参阅本文176页注⑥，这两处的意义是相同的。
[2] 这里当然也纯属玩笑。扫烟筒人用的刷子自然有毛，因而也就同画师手中的画笔相似；另外画师美化生活。扫烟筒的人也美化环境，也相似，故有此比。至于桂冠，为竞技胜利者、获奖者以及诗人等的象征。这里意为扫烟筒人甚至高于这些人。

> 玉女金童也必变泥化尘,
>
> 最后结局无异扫烟筒人——①

但如今詹姆斯·怀特已经作古,他的宴会也早成过去。他的去世几乎把世上的一半②——至少我的世界的一半——乐趣也都一齐带去。他旧日的那些顾客至今还常在那栅栏附近寻寻觅觅,想找到他,但失望之余,益发感到圣巴塞罗缪宴会之不可再得,而史密斯场昔年的光荣也已一去而不复返了。

题解

文章名赞,赞以明志。一个"赞"字,表出了作者的态度,他对社会上那样一种"贱业",竟是如此高看。不仅是高看,而且是崇仰,是礼拜,是热情洋溢,歌颂备至。还不止此。作者的表现还更积极。作者本着他最虔敬的心境,凭着他最深厚的同情,用着他最温存的话语,拿出他最认真的态度,最高超的写作能力,最丰富的词汇,最繁复的修饰技巧、状拟描绘,并依赖借助于他最礼貌的语言、最恭谨的措词乃至最高昂欢忻的心绪情怀,尤其是调动、发掘和罄尽了他几乎全部的讨好取悦迎合奉承的媚人本领,诙谐机智戏谑调侃的聪明手段,以便使这部分久被困压在社会最底层的人得以舒一口气,使他们的地位也能给暂时地,哪怕纯想象地,稍稍抬高一下。当然这些被描写的可怜虫是没有条件阅读它的。但是能使高贵者看到,也未尝不是好事。或许对这类积弊的废止能有促进作用!果真如此,其有裨于社会进步文明行程,也自不可小觑。

但这篇文章的最引人注目处可能尤在它的写法。以欢乐来写悲惨。明明是惨绝人寰令人发指的黑暗现象,却被作者披饰以最华彩的盛装,明明是一种罪恶制度的牺牲品,其描绘却被赋予了这么欢快的色调——这对比实在是太扎眼了,简直叫人目盲。这样的写痛苦是不多见的,也让人料想不到,所以确属世间奇文。

文章开篇的几段尤其用笔不凡。写得真是太好了。它就是诗。

---

① 诗行引自莎剧《辛白林》4幕2场。
② 夸张的手法确实用至极点。

谈京城扫丐事 ①

社会改革的那横扫一切的可怖巨帚——或曰你们那藉以消除积弊的唯一阿尔西底斯式的森严大棒②——业已风标凛然，高高祭起，而以其雷霆万钧之声势，正将京城里的乞讨这个怪象的一切残滓余孽，尽行扫除。一切讨饭家具、行乞口袋——拐棍柱杖以及狗类——整个这帮讨吃家伙及其破衣败服烂铺盖等终于在这最后关头从那贫民窟里一溜烟地都不见了。从此，通衢大道，街头巷尾，处处面目一新，那乞丐大神总算是谢天谢地，给请走了。

对上述人等的这种全面清除、无情讨伐，或曰彻底消灭③，我个人实在未敢苟同。须知乞丐身上往往也大有可资汲取的长处。

在以依靠周济为生的众多行道之中，行乞实为其中资格最老抑且最为光荣的一种。他们的诉诸对象乃是我们人类的共同天性；因而对于一位心地纯良的人士来说，其令人反感的程度未见得便更大于那些讨好乞助于个别慈善人家或慈善机关（教区也罢，社团也罢）的人。另外其"征课"之道，亦别有其妙处，即多求而人亦不嫌，厚予而人亦不妒。

---

① 1818年后，英国下院在当时一个叫"禁止行乞协会"的建议下，成立了禁绝行乞委员会，专门从事伦敦市的这方面工作，对行乞者实行了一系列极严厉的取缔措施。作者有感于斯事，悠而书此。
② 阿尔西底斯，希腊神话中大力士赫鸠利斯之别名。
③ 这几个字的原文为拉丁文——bellum ad exter minationem。

再有,这种人的尊严恰正来自其孤苦茕独、无依无靠;事实上一副袒裼裸裎之态反更接近于人的本来面目,而远胜于彼身着制服号衣者流。

一些伟大的人物在其身遭厄运时必将会有感乎此;当狄俄尼修斯^①自其帝王之尊而最后沦为一名教书先生时,试问这时我们对他除了轻蔑之外,又宁复有它?设使凡戴克^②也将他的情形著之丹青,于是画中的他不再手持王节而是改握戒尺,难道他的形象也能和这位画师笔下的那讨小钱的贝利萨尔乌斯将军^③那样,见后不禁令人悯然以思,为之心恻吗^④?难道还有比画上的这位将军更为庄严更为感人的吗?

传说中的那个盲丐——美丽贝西的父亲^⑤——其身事虽早被一些胡诌歪诗、酒店招贴弄得面目大非,但其中的一种不可刮磨的英气壮概仍不免会透过其敝服,凛然而出——这位当年的康沃尔伯爵(这才是他的本来身份),曾经饱受命运戏弄的显赫人物,因横遭其主上的不公诬判,而被褫夺其一切,以致不得不流亡于拜斯纳的草莽之中,这时与他相依为命的只有他的这个女儿,但却是一个比周围的花草都更鲜美,甚至使他的穷愁潦倒破衣烂服也会因之生辉的可爱女儿——但设使这落难父女不是这般的惨不忍睹,而是尚能开个小店,不愁吃穿,或者尚能在一个三尺柜台之后缝缝补补,聊以度日,试问这时的情景还能太动人吗?

---

① 指 Dionysius the Younger,即小狄俄尼修斯,叙拉古(希腊城邦之一,地在西西里岛)僭主狄俄尼修斯之子,继位(367 B.C.)后曾两番被逐,最后流落于哥林斯,以教书为生。
② 即 van Dyck,1599—1641,荷兰著名画家,1632年后一直寓居英国。
③ 贝利萨尔乌斯,即 Belisarius,东罗马帝国将军,曾因受诬陷被查士丁尼一世(482—565)刺瞎双目,抛置街头乞讨。凡戴克曾以其乞讨形象作过一幅油画。
④ 之所以不会如此(不会特别产生怜悯之心),显系因为这个尚能以教书糊口的国王要比那个将军的遭遇要好得多。
⑤ 故事见于一首英国民谣,"the Blind Beggar's Daughter of Bethnal Green"(《拜斯纳草莽中的丐女》),内容讲一位伯爵在战争中失明,只得与其女儿在林野间行乞。

在您笔下的故事或真事里头，那当乞丐的大概总是那当国王的一个大掉个儿。一些多情诗家传奇妙手（那玛格丽特·纽卡索[①]准会用这个词去称呼他们[②]的）在动笔描写一下命运的舛迕时，那火候也必强而又强，烈而又烈，非待使其主人公落到披麻包片的地步是决计不肯罢休的。坠落之深方足以显现其坠落之甚。半半拉拉的坠落写出来是交不了账的。要落就得一落到底，落到深渊。所以那李尔王[③]，一旦被逐出宫，也就必得被褫其衮冕，以便好让他去栉风沐雨；同样那克莱西达[④]，一旦失宠于其王子[⑤]，也必手臂不得再白净，全然失去其原有的光洁如玉之美，甚至难保不带上不雅白癜，然后便摇铃敲钵，沿街乞讨。

卢西恩[⑥]式的文人最懂得这个道理；因而当他们想对伟人表示轻蔑而又不致勾起人们的怜惜时，他们每每采用一种所谓的颠倒笔法，譬如将亚历山大写成在阴间给人补鞋，或者让塞米拉米斯在那里洗脏衣服[⑦]。

试想如果有哪首歌里写道某个伟大帝王拒绝了一位面包房老板女儿的婚事，那又能产生什么动人的效果呢！但是如果我们读的乃是一篇"真正的歌谣"[⑧]，其中讲道考菲图阿国王竟向一个女丐求婚[⑨]，这时我们不反会觉得一切非常自然，而没有丝毫牵强之感吗？

---

① 这位女贵族作家深为兰姆所服膺，其姓名曾多次出现于作者的文中。见前《人分两类》中56页注②。
② 指这类作者。这里显然有嘲讽意味。
③ 即莎剧《李尔王》中的那个下场不妙的国王。
④⑤ 关于克莱西达及这个王子，见《第一次看戏》中154页注①与③。
⑥ 卢西恩，见《席前风雅饭前经》中148页注②。
⑦ 关于补鞋与洗衣服的事见法国作家拉伯雷的《巨人传》，其中提到亚历山大大帝在阴间给人补鞋，塞米拉米斯（传说中之古亚述女王）为乞丐捉虱子（并非洗衣）。
⑧ 这里所谓的"真正的歌谣"显系那种具有十足、地道和典型性的民谣，是由古代和民间所产生（而有别于日后纯文人等下所写的歌谣），是更加天真、质朴、活泼、生活气息浓厚、传奇与浪漫味道也更强的民谣。
⑨ 古代一篇英国民谣中的故事，其中说到一位国王曾向一名女丐求婚，并娶了她。至于这位有名有姓的国王则纯系这个民谣中的人物，其事绩无考。

谈京城扫丐事　189

吃救济也好，贫民穷汉也好，这些一般说来都是与"怜悯"一词分不开的，而这怜悯当中便含有鄙夷成分。但是人们通常倒并不鄙视一名乞丐。贫穷乃是一种相对的情形，其中的每一个等级都不免会遭到比它略强一些的所谓"邻近等级"的嘲笑。这种人的那点儿可怜收入进项早就给别人算得一清二楚。甚至连哭穷都快成了滑稽的事。而这时候抠抠缩缩想攒点儿钱也只会让人感到好笑。一个好嘲弄他的伙伴这时就会走上前来拿他那稍重一些的钱袋跟他比比，来压他一下。街上的穷人骂穷人时，也总是动不动便揭那对方的老底，因为他自己稍强一些。但一位富人听到这些话时只会对他们嗤之以鼻，哪个也瞧不起。不过那好和人比的家伙却并不笑话一名乞丐，或也想同他比比钱袋的轻重。乞丐是不上比较等级的。他不在财产衡量的范围之内。他连装也不装，干脆什么没有，就像狗呀羊呀那样一件东西没有。没有人会嘀咕他冒充阔气，摆谱装相。没有人会责备他得意忘形，或申斥他假作谦卑。没有人会跟他抢道争路，计较先后，或同他滋事寻衅，比试高低。他的有钱邻居不会千方百计地想去抢占他的穷窝。没有人会对他递诉状。没有人会拉他上公堂。如果我今天不是一名多少还有些独立进项的绅士，而必须择业的话，那么出于对我自己的细微感情与真正心性的尊重，我未必想凭投靠某位大人物来讨碗饭吃，比如去充一名他手下的小军官或他家里的穷亲戚，而是干干脆脆把脸一拉，当乞丐去。

　　破衣烂衫，这在穷人每每是穿不出去的东西，但却正是一名乞丐堂而皇之的法衣官服，他的行业的幽雅标记，他的独有特权，他的正规盛装，是他在稠人广众之间抛头露面时的必备行头。另外他的衣着不存在过时的问题，也绝无因稍嫌落后于时尚而出现自感尴尬的顾虑。国丧期间没有人会对他作出服饰要求。颜色也是一切皆可，百无

破衣烂衫是乞丐堂而皇之的法衣官服

禁忌。在式样的更替上也是极小，比教友派的变化还慢。天地之间如果也有谁可以不去注重梳妆打扮的话，那大概就唯有他了。人世间的一切荣枯浮沉都与他再无相干。他的那个官尽可以终身不退，连任到底。股市地价的涨落波及不到他的头上，农业商情的兴衰对他也不发生影响，至多是他的施主们换换模样罢了。再有一切取保交保的事都不会去劳他费神。至于他个人的宗教见解怎样、政治立场如何，更从来无人麻烦他去辛苦解答。因而他无愧是天地间再没人能比的自由人。

这座伟大都会①里的叫花子正是构成其众多奇观的重要组成部分，属于它最为迷人的胜景之一。在我看来，失掉了他们就会像失掉了伦敦的叫卖声一样可惜。街头巷尾如果少了他们就少了热闹。他们就跟

---

① 指伦敦。

那些唱曲的人一样，是完全缺不得的；他们那五颜六色的服装正像这座古伦敦城中万千店铺的招贴似的，把这里装扮得美不可言。他们还是活生生的道德剧、象征画、备忘录、箴言书、有形的教育、幼儿的启迪，以及对那熙来攘往疾如闪电般的人流浪潮的一种有益的缓冲或遏制——

——看吧，

那给弄得无以为生的可怜家伙。①

尤为令人难忘的是一批瞎了眼睛的老乞丐，这些人在那毫不容情的措施不曾严厉执行之前，常是成排蹲坐在林肯法学院②园庭的墙外，偶尔抬下那已经残废了的眼球，望望周围，冀以博得一丝怜悯，甚至（如其可能的话）一线光明，而他们忠实的引路狗就卧在脚边——但如今他们都哪里去了？或者说，他们都被，从那空气新鲜、阳光温暖的环境当中，驱赶到什么看不见的，和他们眼睛一样看不见的，阴暗角落里去了？而一旦被关进什么四堵墙内，他们又将在什么摧残人的贫民院里去忍受那双重黑暗的折磨，这时便士的丁当声既再不会去宽慰其孤苦无助的心，过路行人的那可能会带来欢乐和希望的脚步声也远得一丝再听不到？他们的那已归无用的讨饭棍现在挂在了哪里？他们的狗由谁去养？——难道是圣勒——③的教区救济员已把它们全都宰了？或者给塞进麻袋，沉到了泰晤士的河底？在那位温和的——院的贝——院长④的授意之下？

但愿那位最有古典文学修养，同时也是最有英国气味的拉丁语作

---

① 很可能是出于兰姆的自制。
② 伦敦的四大法学院之一。
③④ 据作者兰姆自注，这些名字皆为虚构。
⑤ 布尔恩指 Vincent Bourne, 1695—1747，以拉丁文写作的英国诗人。下面《狗的墓铭》一诗亦为拉丁写成，这里由兰姆译为英文。

者，那并非毫不容情的维森·布尔恩⑤的亡灵安息！在他的那首最可爱的"Epitaphium in Canem"亦即《狗的墓铭》的诗里，他曾将人与四足动物的联合，实即人与狗的友谊，处理得淋漓尽致。看官，读读它吧；然后说说，这种过去常见的景象，那足以使人写出如此温厚的诗作的这种景象，对于这座庞大的繁忙的都会中日日驰驱于其通衢要路的众多过客行人来说，于其道德观念方面，究属有害抑或有益。其诗曰：

长眠此处的我乃是伊路斯①的忠犬，生前每日曾为我的盲眼主人引路，充当他的向导以及保卫：当我在时他便无须非要拄杖不可，但是如今外出时候离了拐棍就会寸步难行，否则走在大道路口之际准要揪心；但是当年凭着我颈边的一根绳索，他就走到哪里都会稳稳当当，直至到了他那石头座上，周围不远便是熙来攘往的不尽的人流，对于他们他便要以他那高声的悲苦的哀号自朝至暮将其一生遭遇向人倾吐。这番哭诉倒也并非全然无效，因为间或也有好心肠人向他作些薄施。这个工夫我便服服帖帖在他脚下睡着，其实睡着时候一双耳朵仍在时刻注意着那微小动静，以便从他那仁慈的手中吃到我的那份常有面包，或者从那残羹剩饭之中分些余沥；直到夜幕告诉我们天色不早，这才拖着疲惫步子一道返回家去。

以上种种便是我的行状，我的生涯，然而老病侵寻，终于夺走这条性命，从此永远离去我那失明主人身边。为防如此盛德不致因为年长日久湮没不闻，我那主人特用草泥为我

---

① 诗中的乞丐之名。

竖此墓碑，并且镌诗其上，以志不忘；碑铭虽云简陋，在我主人却属义举，诗中道出乞丐及其狗的种种美德，以及长年人畜之间一段动人情谊。

几个月来这双昏花老眼一直在竭力寻索一个人的形象或曰其部分形象[1]而终不可得；这个人过去一向以其体面的上半身滑行于伦敦的行人道上，亦即以飞快的速度滚动在一具木制的机车之上；这一现象无论对当地人、异国人或儿童们都构成一种奇观。此人体格健壮，肤色红润，有如海员，头部因长年日晒雨淋，早已童山濯濯。他实在是一个天生的奇人，科学家之考察目标，无知者的赞叹对象。就连儿童也对如今被贬抑至他们高度[2]的这个强有力者惊奇不已。普通跛子见到这位仅存半身的巨人的那副硕大体躯、非凡心胸，也只会深深自感相形见绌。大概不少人以前都见过他；因为那曾将他弄成今天这种情形的不幸事故就发生在那1780年的骚乱期间[3]，自此之后他便只能猥自枉屈，做个矮人。但他却仿佛便是地母后土直接所生，俨然安泰[4]一般人物，浑身一副神力完全自其所自生之土地中得来。他又好似一尊残缺雕像，例如厄尔金[5]的那类收藏。那本可以进入其截去的下肢部分的浑然元气并未从其身上完全消失，只不过转到其上半身罢了，因而不失为半个赫鸠利斯。一次我突然听到一声霹雳般的吼叫，简直仿佛地震将临，而不觉低下头来去寻，原来是这个"三尺地丁"在怒

---

[1] 所以说"部分形象"，是因为这个乞丐的下身受到截肢，以致其"形象"不全。
[2] 理由同上，因此这乞丐过去虽身材高大，如今也只有儿童的高度。
[3] 指1780年由乔治·戈登勋爵在伦敦制造的一起骚乱事件，目的在逼迫议会取消一项对英国天主教徒的救济法案。
[4] 安泰，希腊神话中大力士，善角逐，据说他浑身刀枪不入，只要他的脚跟踏住土地（因为他乃系地母所生）。
[5] 厄尔金，英国收藏家，1801—1803年间曾将雅典巴台农神庙中的一批雕像购回伦敦家中，1816年为英政府以巨资收归国有，藏于大英博物馆。

斥一匹惊马（这马可能见了他的怪状着怕起来）。如若不是因为他身子缺了半截，他简直非站起来把那四足东西撕成碎片不可。他仿佛是一头人马怪①身上的那人的部分，那马的部分已在一场腥风血雨的厮杀之中给砍去了。但他却活了下来，仿佛仅凭这余下的部分躯体仍能一切应付裕如。一种浩然之气在他身上并不缺乏；仍然一副笑脸仰对苍天。他干此户外营生业已四十二年，长期的辛苦已使他两鬓皆白，但却豪情藉甚，不减当年，但因他不愿放弃新鲜空气、自由生活和甘受那救济院的约束，他终以不服管教的罪名被关进某个感化所里（怪名一个，感化什么？）。

难道这样一个本属习见之极的日常现象竟也要被目为公害一桩，非得动用法律手段予以驱除不可吗？难道这个就不该非但不加干预，而被尊为是对这座大都会中过往行人的一种有裨世道广益人心的健康事物？那多至难以计数的展览厅、博物馆乃至陈列着种种叫人一见目呆的奇珍异物的无尽场面（因为除了这些奇观——那无止无休的奇观——的一番聚集荟萃而外，一座大都会又将有何可贵？或者说还有何可留恋处？）都有地方安置得下，但何以便再没有一个空处可以留给一个事故畸形人（况且还并非是天生如此，而只是事故造成）？即使说，在这长达四十二载的流动乞讨生涯当中，此人曾积攒下相当一笔数目（外界传闻如此），而且还给过他儿子好几百镑，但请问那又算得什么？——他伤了谁了？——他骗了谁了？不错有人给过他钱，但这钱也不算白出，他们欣赏到了他的那副奇观。再即使说，他在历尽了天天的风吹雨打暴晒霜冻的百般苦况之后——在将一副不雅躯体

---

① 人马怪（Centaurs），希腊神话中的一个种族（不是一个人），其形状为半马半人，原居住于今希腊东部。曾因抢劫另一叫拉皮西族（Lapithae）族长的新娘及侍女而与该族发生大战，不胜，被逐出其住地。

谈京城扫丐事　195

千难万难地辗转奔波于长街小巷之后——也偶尔能在哪个残废人俱乐部里享用上一盘青菜烧肉之类的东西,而这件事已被一名牧师在下议院一个委员会上当成罪名正式加以指控——但请问这又一概得什么?难道这个,或者是刚才说的那件对孩子的关怀事(而这件事,如其果为事实,则为彼树碑立像抑且不违,又胡可对之滥动刑罚?且据此,则所谓的长夜纵饮狂欢之诬陷亦可不攻而自破),难道这个便成其为剥夺彼所选择的生活方式(一种全然无害甚且高尚的生活方式)之理由,并因其老而弥健便以游民罪名将其拘留收容?

据说过去有一位名叫约里克其人的[①],平日不耻与贫贱残疾者为伍,可以友其人,去其家,分其食,为其降福,甚至薄资相助,以表寸心。"时乎时乎,若是人者于今宁复有乎!"[②]

世上不少关于凭乞讨而成巨富的传说其实大都是一些一毛不拔的悭吝人胡诌出来诬蔑人的。这事我就这么认为。不久前有个故事在报端颇为盛传,还据此引起过对慈善事业的种种议论。一名银行职员突然意外接到一项款额达五百镑的遗赠通知,而遗赠人的姓名他并不知道。据推想事情可能出于下述原因,即这个职员每早自其住处派可汗[③](抑或其附近某村镇)前去上班期间,途中经过巴洛区[④]时每每碰见一个路边的老乞丐,这时他便总是在他的帽子里丢下半便士,如是习以为常,二十年来迄未中断。其实这盲眼乞丐对这位施主也只能凭其声音相认罢了;但他死后却将其全部乞讨所得(长达约半个世纪的积蓄)悉数留给了他的这位银行朋友。到底这个传闻的意义何在,是

---

① 英国18世纪小说家与教士斯特恩(Laurence Sterne, 1713—1768)的代表作《商地传》中牧师名,为作者斯特恩的化身,故这里的约里克即斯特恩。
② 出处不详。
③④ 均伦敦地名。

要人们锁住其良心,勒紧其钱袋,再别向那些穷瞎子施舍一个小钱呢?——抑或是,意在宣扬一个美妙道理,即一方面劝人广积善因,另一方面教人知恩图报呢?

不过我倒常觉得我宁可当当那银行职员。

我似乎便记得有过那么一个可怜然而懂得好赖的慈祥老人,眼睛一眨一眨的,尽管里面无珠却仍不时地仰起头来望望天日——

难道对这个人我也好铁下心肠再不掏钱?

愁只愁我有时身上未带零钱。

看官啊,请千万别给那些冷酷无情的字眼吓住吧,什么欺诈啦,哄骗啦——给就给吧,又何须多问!只管拿您的面包往那水上丢吧①。因为又焉知您不曾无意中款待了天上的哪位神仙(正犹如那名银行职员之所为)?

不可因为某种苦况带有渲染成分便把你的钱袋勒紧。还是偶尔行行善吧。当一个穷人(至少其外貌显然如此)来到你面前时,不必非得打听清楚他为向你求援所提出的"七名幼小儿童"这个说法是否绝对属实。不必非要把一些不愉快的事实盘根问底,查个透彻,而最后所省也无非半个便士。相信他说的就是了。即使他说的并不都是实话,也绝非是像他装扮的那样,是几口之家的什么主人,还是可以照给不误,因为你不妨想想(如果你非想不可),你接济了一名走投无路的穷单身汉也总不失为一件好事。当他们一副假相闷声闷气地来到你面前时,就当你是在看戏罢了。你去戏院看人家表演这些不是也得出钱?不过我总觉着,在涉及这类穷人时,要说他们的这些言行一定是假,这话也很难讲。

---

① 英国谚语,意谓好事只管去做,而不必图报。此语亦出自《圣经》。

题解

　　这是一篇不折不扣的乞丐赞,乞丐颂;是继对愚人、对扫烟筒人之后的又一篇赞颂,但也是,或更是,辩,是为这种人讲话、鸣不平的。这的确很不寻常,是一般人做不到的。我们平日为有本事的人去唱赞歌还来不及,哪里有工夫或闲心去干这个。但兰姆却干了,而且干得出色。作者为乞丐进行了正名,承认了其职业,肯定了其地位,追溯了其历史,指出了其价值,证明了其存在的理由,论证了这件事的正常性、自然性、可接受性、其社会与心理根源,还举出了在善待他们方面作出成绩的经典榜样和当代范例,并对其所遭遇之种种冤屈不公、所蒙受的羞辱诬陷而作了强有力的抗议、申说、解释、争辩、维护、辟谣等,甚至还对其"装饰"功能或作用从美学的高度给予了阐发(用今天的时髦话说,即是还"构成了一道都市的风景线"!)。谁又能说兰姆不会辩论?再看这套辩词又是讲得何等的好啊。真真够得上是雄文劲采,灿烂辉煌。那思路,那谈锋,那文笔、词藻、见识、学问,又有谁能比得上!要说也怪,对兰姆而言,题材、对象愈是低下,他便会色愈卑,词愈谦,貌愈恭,心亦愈诚,整个的文情与格调也愈升愈高,庶几文质彬彬,情词相称,不辱(其辩护)使命,因而所写的质量也就极高。其义正,其旨真,其词秾,卓如也;玉洁而冰清,蝉蜕超脱乎浊世之外,推此志也,几乎足与日月争光。呜呼,至矣,尽矣,无以复加矣。英国乞丐亦何幸也,竟感化得此等之大文豪出来为其作此高级义务辩护(真是花多少钱也买不来的),即使受点委屈,又算得什么。

　　这个,便是这篇奇文。这个,也便是我们的这位兰姆。

烤猪技艺考原[①]

我们人类，根据一篇中文的手稿[②]里面讲的（我的友人曼——[③]曾不辞辛苦亲自为我口述出来），在最起初的七八万年间一直都是吃生肉的，即弄到一个活物便生裂活剥起来，又抓又咬，撕下肉来就吃，正如阿比西尼亚人直到今天还仍然保存着的那种吃法。这段时期他们的大圣人孔夫子在其《春秋》的第二章中即显有涉及[④]，曾称此黄金时代为"厨封"[⑤]，照字面的意思即厨子的节日。这篇文稿接着讲道，烤肉，或更确切些说烧肉的这门技艺（按烧比烤似乎出现得更早一些）乃是人类无意之中发现的，其经过如下。一天早上，一个名唤

[①] 这篇文章的原来标题是"A Dissertation upon Roast Pig"。这本身便是一个玩笑，因为 Dissertation 是个大词，只适用于分量重、篇幅大的长篇正式论述，比如博士学位论文等（连学士论文、硕士论文尚不能使用它）。兰姆的幽默小品文标题用了这样的大词，显系为了滑稽效果，所以译文也用了"考原"的词（只一个"论"字还怕分量不够）。
[②] 关于兰姆这篇作品的原始材料根据，其说不一。兰姆在这篇文中提到是从其友人曼宁那里来的。他在 1823 年的一封致友人信中也曾这么承认。但他的一些研究者却认为这话靠不住，而提出材料是从意大利人的一本题为《猪颂》（1761）得来的。另一些学者则主张是从三世纪一个叫 Porphyry 的文章中看到的。总之说法不一，但这些对我们阅读和欣赏此文实无重大影响。
[③] 即 Thomas Manning，见《过去和今天的教书先生》中 92 页注[③]。关于他仍须补充几句。曼宁自 1799 年与兰姆相识后，两人关系极好，不断有书信来往。他于 1803 年赴巴黎学中文，后为东印度公司派往广州做医务工作，其间去过北京与其他各地。
[④] 不是"显有涉及"，而是显系兰姆的虚构。
[⑤] "厨封"的原文为"cho-fang"，并称按字面讲为"厨子的节日"。殊不晓兰姆的这个音译所根据的汉语原字为何。这里姑据揣测暂译为"厨封"二字。厨封者何？关闭厨房也，厨房关闭了，亦即厨子的假日，于意似亦勉强可通。

胡悌①的牧猪人像他往常那样为打猪食进入山林去采集橡实榛果,看家护院的事即托给他的大儿宝宝②;这宝宝,傻瓜一个,又有他那个年龄的孩子们的毛病,特好玩火,而这次一不小心,火星溅到了草捆上头,便着起来,火越着越旺,迅速蔓延开来,整个居舍顿时化为一片灰烬。被烧掉的除了茅屋(当然不难想象只是大洪水③前的那种极简陋的住房),还有一桩比这贵重得多的财物,即一窝刚下了不久的可爱小猪,数目多达九个,也无一幸免。中国猪在整个东方向来便被视为馔肴珍品,这点自很久以前便有所闻。宝宝此时的惊恐之大是不难想见的,这倒不全是因为房子,这个他们父子捡些树枝不用多大工夫就能重搭起来;更叫他发怵的是那批小猪。就在他正为如何向他父亲作交代这事大大犯愁和一边为着这些还在冒烟的屈死鬼搓手跌足的工夫,一股异香却猛地袭来,直钻鼻孔,可那香气又与他以前闻到过的都不相同。这会是从什么地方冒出来的?——显然不是从那烧掉的房子里头——那种气味他以前闻见过——说实在,由于这少年纵火犯的疏忽大意而酿成的灾祸,这在他已经不是头一回了。另外这也不像是花草树木烧着后的气味。不过这时候他的嘴边已经来了一种流涎生津似的感觉。他的心实在是乱透了。接着他猫下腰去摸了摸那些猪,看看还有救没有。这一下他烫着手指头了,于是赶紧缩回手来放到嘴边去舔舔。可这么一来那烧焦之物浮头儿上的东西自然也就黏到了他手指上一些,而他也就破天荒第一次地(在全世界也应说是破天荒的,因为在他之前谁又有过这经验)品尝到了——烤猪的娇嫩脆皮儿!于

---

① 原文为 Ho-ti。
② 原文为 Bo-bo。
③ 指《圣经·创世记》第6至9章中讲到的大洪水。据说这洪水是上帝发的,目的在消灭尽世上一切有罪孽的人类,而只留善人挪亚一家人。

200 伊利亚随笔

是他又把手伸了过去，摸个没完。这时候已经不太烫手了，可是缩回手来还是不自觉地要在嘴边去舔舔。这道理终于给他那迟钝的头脑慢慢弄明白了，原来那气味是猪发出来的气味，那吃到嘴里那么可口的猪；沉醉在这一新发现的狂喜之中，他也就再顾不得许多，只管一股劲地把那烧焦了的猪连皮带肉地大把大把撕扯下来，像只野兽似的连连往嘴里头填。就在这时他的父亲走进了这个到处断椽烂木乌烟瘴气的家。在查明情况之后，那早就在手里掂上掂下的棍棒立即劈头盖脸地打将下来，其来势之凶猛激烈就跟一场冰雹巨灾也差不多，但面对这一切宝宝却似乎毫不在意，只当它是几只蝇子嗡嗡罢了。他肠胃下部所感受到的那种极度快活使他对一些较远地域①所遭到的皮肉之苦早已麻木不仁。所以尽管棰楚交加，他的父亲还是无法把他和那猪肉扯开，直到最后他把那东西完全吃完了为止。这时他才对自己的处境稍清醒了几分，而有可能出现大致如下的对话。

"你这丢人现眼倒运败兴的东西，你这是在吞吃什么？你上次一下子就烧了我三间房子还嫌毁得不够吗？不吊死你行吗？你这是在吞火吧，不是火又能是什么——你手里拿的是什么东西？"

"我的爹啊，小猪，小猪，快过来尝尝吧，这烧猪肉可太好吃啦。"

胡悌听了这话只觉耳边嗡的一声，差点儿没吓昏过去。他咒天抢地咒起他儿子来，咒了儿子又咒他自己，咒他家门不幸，生此孽子，居然吃起烧猪肉来了。

宝宝的味感、嗅觉此刻早已灵到了极点，于是不由分说，就又从灰堆里拉出一头猪来，然后一劈两半，将那稍小些的一把塞进胡悌

---

① 指和脾胃乃至肠等离开得较远的身体其他部位。

烤猪技艺考原　201

的手里,一边喊叫着"吃,吃,快吃这烧猪,爹爹,你尝尝就明白了——我的天啊",以及诸如此类的呜呼喊叫,一边只管把肉往自己的嘴巴里填,噎得连气都快喘不上来。

胡悌手里攥着这不洁之物,浑身哆嗦得像是筛糠,心下一时拿不定主意他儿子这个丧心病狂犯了天条的小人妖是否还让他活;就在这时,曾经发生在他儿子身上的过程在他自己的身上也发生了,即猪皮怎么烫了手指,又怎么为了减轻疼痛放到嘴边去舔,等等,而这么一来他也就尝到了那肉的味道,而这时尽管表面上还假装弄些苦脸什么的,仿佛味道并不怎样,但内心之中已感觉到还不是太不中吃。其结果是(按中文原稿这里不免稍嫌啰唆),父子二人也就不再多说,而是干脆往那里一坐,便吃将起来,吃呀吃呀,一直吃到那窝小猪一个不剩,这事方才消停下来。

但宝宝在这事上却受到了严禁,即秘密万万不得泄露出去,否则后果堪虞,周围邻居肯定会因为深憎他们对上天所赐予的美食也居然妄思加以改进的狂悖举动而将其父子当作一对贱人去用石头砸死。然而秘密虽然守得很严,怪事还是不断传了出去。人们注意到胡悌家屋舍起火的事来得太频繁了。因为自此之后,他家但有事情发生,便定是着火无疑。而且火灾之来,也更加不分时刻,有的是在深夜,有的公然便在白天。再有每逢母猪下仔不久,胡悌之家也必烈焰一片,不可向迩;而此时之胡悌,此固尤属不可解者,非但不对其子稍作诃斥,反而温柔有加,体贴逾于恒常。侦察开始了。严密窥伺之下,恶行终于败露无遗,父子也即被解赴北京受审,而彼时的北京尚远非日后之规模,不过一审判地。人犯而外,赃物亦一并呈上,即人共厌之的那烧猪肉,而裁定也即将作出,正在这时,陪审长忽提请堂上将人犯所被据以指控其罪行之部分赃物送至陪审席上一观。肉送上后,他

"我的爹啊，小猪，小猪！"

首先用手摸了摸，其余陪审人员也挨次都摸了摸，而他们也都正像那父子之所为，个个烫了下手指，而个个也都仿佛是天性使然，采用了那把手指放到嘴边的疗法，而在这之后，也就再不管什么人证物证，再不管那法官业已明明白白提出的指控——而这事确曾使在场的全体人员，包括市民、外乡人、记者等全都大吃一惊——而且在不离席、不讨论、不协商的情形下，陪审团人员竟异口同声地作出了如下结论：无罪释放。

那法官是个滑头家伙，此刻虽明知裁决不公，但眼见舆情如此，也就不再吭声：待退堂后，他马上悄悄溜了过去，声言他要把这些猪全部买下，于是连哄带蒙，将那东西悉数据为己有。时隔不久，他老爷城里的公馆便同样出现火情。事情至此，遂一发而不可收拾，这时抬眼一望，到处只见火光熊熊，连绵不断。全境之内干柴与生猪的价格顿时突飞猛涨。保险公司一无例外，纷纷倒闭。房屋的盖法也出现变化，越来越趋向于简易，以致人们不禁担心，照此下去，不用多久，建筑科学必将从世上永远绝迹。就这样，烧房之风有增无已，继续绵延下去，直至又经历了相当时期，据这文稿写道，终于有圣人出，略如吾国的洛克①之流，这才首次作出重大发现，即猪猡之肉，乃至任何畜类之肉，其烹制（或按当日之说法为烧制）并非必须将整座整座房屋付诸焚如始可。于是类似日后烤架之类的炊具遂渐具雏形。至于使用吊挂或炙叉等更高级的烤肉技艺一二百年之后也渐次出现，只是具体王朝年代则已记忆不清。正是这样，文稿最后写道，一步一步，这门极为实用而看起来也未必便如何复杂的烤炙之术方可谓粲然大备，广泛在民间传播开来。——

以上叙述虽未足尽信，但有一点似乎不容怀疑，这即是，如其说为了达到烹饪的目的，即使危险如点火烧房这样的极端举动（尤其在那时代）也不妨为其寻找到某种冠冕堂皇的借口的话，那么烤猪一事即其突出著例。

在世上水陆繁庶的可食之物②当中，我坚决认为烤猪乃是那最佳妙的——无愧为百味之冠③。

我这里指的并非是那些已经长大了些的小猪——那介乎幼猪与成猪之间的豕类——那半大不小的家伙——而是指那很嫩很小的乳猪——还不足整月的小东西——还不曾被污秽的猪圈所沾染——色欲之念④，那自它的远祖便世代相传的原有恶习，在它身上尚未萌发

---

① 即 John Locke, 1632—1704, 英国著名哲学家。见《基督慈幼院三十五年前》中 37 页注 ④。
② 原文为拉丁文 mundus edibiles。
③ 原文为拉丁文 princeps obsoniorum。
④ 原文为拉丁文 amor immunditioe。

出来——另外在发声上也还未倒嗓,在最尖的童音与细弱的咕哝之间——而为后来那种浊闷粗厉的呼噜声的一个引子[①],一种前兆。

这种东西只有用文火细焙慢烤才是道理。我非常清楚我们的前人只是把它扔到锅里滚熟或煮透便吃——殊不知,这么一来它表面上那一层嫩皮的妙处岂不给全糟蹋了!

我始终认为,天下再没有哪种美味比得上在烤工极佳火候绝妙的高超技艺下精制出的那种一嚼即碎、稍抿便化、香酥爽利、棕黄焦嫩的乳猪脆皮儿,而这脆皮儿一语再无其他的词可以代替——它不由得你不想去咬咬那层酥软津道的娇嫩薄壳,以便去尽情享受那里面的全部美好内容——那凝脂般的膏状黏质——"脂肪"一词太亏了它——而是一种近乎于它的难以名状的温馨品类——它乃是油脂的花朵——在它的蓓蕾初期才采撷到——在它的抽芽之际便摄取来——在它的天真无邪的阶段就……——那仔猪的细肉的妙品和精华——那似瘦而又非瘦,简直是肉中的玛哪[②]这类高贵神物——或者说,是肥与瘦、脂与肉(如果非用这类的词不可)的罕有的美妙结合,这时这两者早已交融一道,密不可分,因而化为玉露琼浆一般的超凡逸品。

且看它那烤着的样儿——那么乖乖地接受着炙烤,仿佛不是什么火辣的燥热,而是一种清爽的温煦。它又是怎么围着那吊丝稳稳地转着!——此刻它已烤好了,刚刚正好。且看在那幼小的年纪它是多么出奇地敏感——眼睛哭得通红——像果冻——像流星——

再看它在盘子里的样儿,它的第二摇篮,它的一副神态多么安详!——难道您愿意看到这天真的小东西将来也变得那么粗鄙不堪、

---

① 原文为拉丁文 proeludium。
② 即 manna,《圣经》中词语,古希伯来人在旷野中所获得的神赐食品,见《出埃及记》16 章 14—36 节。

桀骜难驯,因为一到长大,便非成了那个样子不可?十有八九,它准会长成一个贪吃、懒惰、顽固、可憎的家伙——完全沉溺于一切肮脏的勾当之中而难以自拔——可现在它已被从这万般罪孽中抢救出来——

　　在那罪孽害它,忧患伤它之前,

　　死神先期而至,对之勤加照拂——[①]

它在记忆中总是那么芳馥可爱——它不会在被制成腥臭的咸肉后连野老村夫也因为难以消受而骂不绝口——不会在变成难闻的肉肠时连背煤的人也无法下咽——而是会在一名考究的美食家的那真正识货的高雅口胃里找到它自己理想的归宿——如其说这里便是它的死所,那也算是死得其所。

　　在口味上乳猪确实允推首选。当然那凤梨也堪称一绝[②]。只是凤梨却不免过于冰清玉洁,超凡脱俗——这种尤物,谁人不喜,但稍加染指便不免会使人有亵渎之虑,至少不无罪疚感觉,因而一个心地还不够歹毒的人最好稍知进退——对于凡人她实在是太令人销魂了——妄图亲昵只会灼伤嘴唇,而其痛无异裂肤——正像那情人之吻,会啮人的——这种快乐已濒临痛苦,那美妙太狂烈了——但是她也有其弱点,即一不能解馋,二不能饱腹——一名只讲实惠的饥汉宁肯拿她去换盘羊排,也会是常有的事。

　　然而小猪——这里我可要为它美言几句——则不仅可以使一般人的脾胃为之大开,就是对那在饮食上最细、最刁、最苛刻不过的考究人士也都能交代得过去。健夫壮汉固然能对它耽嗜不倦,病人弱者也从不排斥凭它做成的美妙羹汤。

[①] 引自柯勒律治的《婴儿墓铭》一诗,见于柯与兰姆于1796年合出的诗集里。
[②] 在这一段中,凤梨不仅被人化了,甚至几乎被"仙化"了。

而且与我们人类这种往往一身而兼具着多重性格的情形不同，因为在这里总是善恶同在，忠奸并存，错综纠葛，难解难分，要想理清，只会治丝益棼。但小猪则不同——它是通体完美的。它的每个部位全都很好，很难说哪处便好，哪处便差。它对谁，在其有限的条件下，都一视同仁。而筵席上人们对它也是极少挑剔的。它确实做到了远近咸宜，雅俗共赏。

我也是那种人，他们何时运气到来弄得一批难得之物，总是要将其中的一部分毫不吝惜地慷慨分赠与其友人共享，尽管我的友人有限。我敢说，我对友人们的爱好、口味与乐趣的关心程度也几乎和对我自己不相上下。我常好讲，"礼来人亦来，不在似如在"[①]。野兔、山雉、鹧鸪、家鸡（那些温顺的园禽）、阉鸡、鸰鸟、腌制的野猪肉，成桶的鲜牡蛎——我都是随到随送，毫不费难。我仿佛觉得，我的友人们吃了，也就等于我自己吃了[②]。不过凡事总还得有个分寸。一个人总不能像李尔王那样，"样样全都奉送"[③]。猪肉在我便是一个界线。我觉得，如果我对执掌天下一切美味的伟大给予者所赐给我的这种特殊恩典，那显然最适合我，甚至简直可说是天生便最对我脾胃的这种神物也毫不吝惜，到手便轻率送出，仿佛只要推出家门便算了愿（而借口无非是友谊友谊等），那就真是太暴殄天物，不知感恩了——那只能证明我这个人是冥顽不灵，钝根一个。

记得我幼年在学校时便受到过这样的良心责备。我的一位好姑

[①] 这句话兰姆的原文是——"presents," I often say, "endear Absents." 文义双关，极不易译。这里也可看出兰姆用词之灵巧精妙。
[②] 这句话的原文是——I love to taste them, as it were, upon the tongue of my friend. 试直译一下，以看看效果！
[③] 语见莎剧《李尔王》。所以说"样样全都奉送"，是因为李尔王把他的疆土、王权全部让了给他的两个女儿及女婿。

妈,每次在我度假完毕即将返校的时候,总是要往我的衣袋里塞点糖果甜食之类的东西;一天傍晚分手之际,她把一块刚出炉的热气腾腾的梅子蛋糕送给了我。返回学校途中(亦即在伦敦桥头[①]),一个头发灰白的老乞丐向我打了下招呼(今天回想起来,那人准是个骗子无疑)。我手头一时没有零钱去打发他,又抹不开情面,于是,我竟在一阵须要克己的虚荣心的冲动下和大耍阔少爷派头的糊涂想法中,而这也只有学童才干得出,把我的那块蛋糕——整个都给了他!然后便兴头十足地向前走去,心中的那分得意与欣慰之感真是难以言喻;只是工夫不大,实际上还未过桥,我便明白过来,不禁哭了,我认识到了我的作法太对不起我那姑姑,我竟把她的那份赠送见了个生人就给了出去,这人以前连见都没有见过,又谁知道他是好人坏人;继而又想到,我那姑姑[②]的心里可能还正高兴我——只是我,而不是旁人——会吃到她的精美蛋糕——这样我下次再见着她时该说什么——我怎么会舍得放弃她的那件漂亮礼物——那块喷香的糕点又让我想了起来,还有我在看着她制作时的那份高兴、好奇心情,她自己在把它送进烤炉时是多么兴奋,而一旦她知道原来我连一口也没尝到又会感到多么失望——我于是责备起我那莫名其妙的胡乱施舍和用得不是正经地方的虚假善良,尤其让我怀恨的是那又刁又滑不是东西的白头发老骗子,这辈子也休要叫我再见到他。

话拉回来。我们的先人在对这种娇嫩之物进行治膳时是很有一些讲究的。我们从书里读到过小猪是先要用一捆禾束抽打死的,种种旧的作法当中,这也应属其一。不过体罚的时代业已过去,否则倒大可

---

① 兰姆当日所进的学校并无桥可通。
② 这个姑姑叫海蒂(Aunt Hetty),自小照料着兰姆。《基督慈幼院三十五年前》一文中给他送食物的那位便是她。

以研究一下（当然只是为了弄清道理），过去那种办法对像幼猪的肉那本来就极娇嫩可口的质地是否可以使之更加滑润细腻无比。这正仿佛我们在给紫罗兰添香增色。不过我们在谴责这种作法的残忍时，似也不可完全忽略那里面的道理。难保那样不会使它的味道更好——

记得我当年在圣欧默学院[①]读书时曾听到过年轻同学们的一场辩论，题目是，"设使被抽打致死[②]的猪在味道上比以其他方式弄死的猪更好一些，我们是否便有理由将它这么处死？"辩论的双方各执一词，旁征博引，笑话百出，颇曾热闹了一阵。只是最后结论如何，我却记不起了。

最后调料一节也是大意不得的。当然在做猪肝、猪脑时，少许面包屑乃至味道清淡的鼠尾草等衬料诚属必不可少。不过，厨娘大人，凡是葱类，均属大忌，务请坚决排斥，一概免用。如果你是在烤全猪，那便把它整个浸渍在青葱绿葱堆里，把园子里的难闻呛人的大蒜全部塞满在它的肚子里去，也不打紧；你是毁不了它的；你的葱蒜气味再大也压不住它的腥气的——但仔猪不同，它还很娇嫩——还是一朵小花。

题解

这是兰姆散文中极有名的一篇，也是其中游戏味道最浓的一篇，笔意之活泼，文情之热闹，词汇之繁富与句法之参差多变等均达到了极点，整个写作水平是很高的。文章大体分两个部分，第一部分写了一个故事——极度的

[①] 指当日法国耶稣会教士在伦敦所办的一所天主教学校，至于 St. Omer 则为法国一城市名。但兰姆并未上过这所学校。
[②] 这里原文还有一个括号，里面的词也为拉丁文——（per flagella-tionem extremam），目的显然是为了增加一些学府味乃至迂腐味！

烤猪技艺考原　　*209*

流畅之外，幽默感也特别丰富；第二部分主要写作者对烤乳猪的欣赏与赞美（也写入了一些别的——作者幼年的一段回忆）。第一部分本身即构成了一个独立篇章，谁读了后也会喜之不尽。但是读到那第二部分，想法就有可能不全相同了。这倒不是因为这一部分写得欠佳或者文笔不好。不是的。难道谁还会在这方面提出异议？这篇文章的佳妙是会被公认的。它岂止是好，它实在是出奇地了不起。它就是诗。但尽管好到妙到这种程度，可能有人看了还会生反感，还会不太好接受。原因是，在小猪的描写上是否残忍了些！也许我们连反感也没有资格，我们好多人不是自己也吃猪肉，包括小猪？可还是接受不了。于是"君子远庖厨"的话也就想了起来。或许天下就是有一些事（当然绝不会多）很特别，是做得而想不得说不得的。肉还是得吃和吃得的。真不吃行吗？那恐怕是既受不了，也行不通的（还牵涉到"生物链"和"生态平衡"等大问题）。人既也是一种动物，便也会，同其他动物一样，去吃别的动物，甚至还吃得更广、更宽和更别具花样。吃别的动物合理吗？这问题也没法回答。站在人的立场上便算有道理吧。无道理也是有道理。无道理也得这么去做（吃）。所以做（吃）就是了，想它做甚？想也想不清楚。至于说（这里包括写），就更不好办了。我们都受过教育，感情上细腻敏锐得很，做（吃）已经早有几分不安，再想再说，精神上还受得了吗？可又有谁能为我们解决这个矛盾？这也是译者读此文后的一点感想。

已婚者的态度辨析 [1]

因为是单身,我平日每不惜时间精力,将已婚者的若干弱点略作札记以自遣,且以弥补我所失去之众多更"高"乐趣,而这些,据个中人告诉我,因我故态不改[2],故尔失之。

其实夫妻间的一切勃豀反目之事在我来说并不曾留下过太深刻的印象,或者说对我那反社会的决心[3]起到过多大的坚定作用,我当年之所以下此决心实乃出之于更重大的考虑。我在一些我去过的已婚人家中所遇到过的最令我反感的事情则完全属于另外的一类;——不是他们夫妻间太不和好,而倒是他们太亲热了。

太亲热这话要说也不确切:这还不是我要说的意思。再说,人家夫妻亲热又碍我何事,让我生何反感?使他们自己与其外面世界隔开以便尽情享受其彼此相得之乐的这件事本身便说明,他们彼此间的这种爱恋实远远超过对人世间的其他一切。

但是令我不满的是,他们把那超过人世间的其他一切的爱恋却未

---

[1] 这篇文章的写作与发表时间均较《伊利亚随笔集》中的其他文章为早,是在1811年便在英国的《反光镜》上刊出过。后经兰姆修改,重新在《伦敦杂志》1822年9月号上发表。在性质上属于社会风习讽刺文,是他文章中较严肃的一篇。
[2] 即不改其独身故态。
[3] "反社会的决心"指不结婚的决心,因不结婚这事不合社会习俗,故云。至于说到"更重大的考虑",则其中最主要的一项即为照料患有精神病的姐姐。

免在人前表现得太招摇了，在我们单身汉的面前也张扬得太露骨了，以致达到了不懂遮掩的程度，因而你在他们中间不用多呆，一些明言暗示早就会使你深切感到，你当然不在他们的那种爱恋之列。世上的事本来就是这样，不一定什么都会招致人的反感，如果只是按下不说，或曰心照不宣；但是明讲出来，便要得罪死人。如果一个人走到一位容貌平常衣着一般的女相识面前，然后便直截了当地告诉她，因为她人不漂亮或者钱不够多，所以不能娶她，那么就凭他的这种混蛋行为而狠狠揍上他一顿，也不算屈枉他；但如今他一有条件二有机会向她提出结婚的事而却迟迟不这么做，这背后所包含的意思正和上面讲出来的那话其实并无两样。这位年轻女士对此是一清二楚的，即使没说出来，实也不过如此；可这时一个通情达理的女人通常却不会以此为借口来找他吵闹。同样，一对已婚夫妇也没有权利用话语或表情（那明白无误得不下于话语的表情）明告我说，我不是人家的意中人——没有给哪位女士把我相中挑上。我知道我自己没有也就是了：犯不着你们这么一次次地提醒。

在别人面前炫学或夸富同样也常会令人十分难堪；但这类事说来倒也有时不无其有利的一面。那本意不过在羞辱我的学问，卖弄也偶尔可以使我借此而大长见闻；而一名阔佬的精筑名画——他的奇花异卉，也至少可以使我快意一时，暂且享有一下所谓的"受益权"[①]。但是这婚后幸福的一番展示却没有丝毫好处可言；它只可能是十足的、干脆的、不折不扣和毫无补偿的侮辱行为。

婚姻这事，说得再漂亮动听，也只能是一种独占，而且属于那最招人嫉的独占。向来某些排外性特权的享有者往往非常聪明，总是尽

[①] 受益权，或作用益权，法律学名词，指在不损害产业的条件下使用他人产业甚至享受其收益的权利。

量使那到手的好处不太显山露水，以便使那些不如他幸运的邻人因为不常见着，而想不起来对他的那种特权多加追究。可这些婚姻独占者却不然，他们只懂得把自己专利中那最讨人厌的部分赤裸裸地全都亮在了你的面前。

最使我瞧不下去的便是一对新婚夫妇面部上流溢出来的那种踌躇满志的得意神情，——这在那女方的脸上尤为明显；其意仿佛在告诉你说，她在这个世界上业已大事了结，名花有主；而你也就不必对她再存他想。其实，我也就从没存过想法；或许连这念头也都不曾起过；不过这也属于我在前面已讲过的那种道理，即这类事也只须心里明白即是，而无必要表示出来。

这些人之所以在我们面前大摆其架子的唯一原因即是认定我们未婚者什么也不懂得，而其伤人之甚也恰在其并非全无道理。我们承认，在纯属他们自己的那个独特的行道中，我们对其间的种种奥妙之处确实领会得不如他们，而这也正是我们这些总还有些摆脱不开他们的单身汉的实际情形；但是他们的骄矜之态尚远非止此。事实是只要是一个单身汉在他们的面前开口就什么问题谈点儿他自己的看法，哪怕只是那最不相干的问题，他马上就会以资格不够这条理由给人家一下堵了回去。甚至会有这样的事：我认识的一个女人她自己结婚也不过刚半个月，而好笑之处也就恰在这里，一次交谈中，在涉及如何才能更好地为伦敦市场培育牡蛎的问题时不幸恰与她的看法相反，这时只见她一声冷笑，反问我道，在这类事情上一名老光棍汉竟也敢假充内行。

不过我上面谈到的种种如若和下面的情形相比就又会显得完全不算什么——这就是如果他们一旦有了孩子，而孩子他们肯定是会有的，到那时，那架子可要摆得足了。我常寻思，孩子绝对够不上什么

已婚者的态度辨析　213

稀罕之物——每一条活街死巷里到处都挤满了他们,——而且越是贫穷的人家里孩子就越多,——还有只要有结婚这样的事便至少不会低于一个,——而一旦长大,那不太好的常是多数,处处伤透他们爹妈的心,坏事少干不了,而下场则又常是贫困潦倒、判罪服刑,等等——每当我想到这一切时,我实在弄不明白何以有了他们,便值得一家人如何骄傲。如果他们个个都是雏凤,多少年才出一个,那还犹有可说。但如果只是平平常常——

至于一些女人在这种情形下在她们丈夫面前所摆出的那副居功自傲的骄态,我这里就不提了。这完全属于他们自家的事,不归我管。可是说到我们这些并非天生是其臣民的人,为何也必须手持乳香没药[1],前去瞻仰朝拜,——这在我就不可解了。

"儿童正如巨人手中之箭"[2]:祈祷书中为妇女要行安产礼时所规定的祷文中曾有这话。我这里合应再为之补充一句,"那箭袋充盈的人是有福的";只是那些箭不应射向我们这些手无寸铁的人;——好箭尽管是好箭,但别伤着刺着我们。我经常注意到,这些箭往往是双头的;那上面有个分叉,因而这个打不着你,那个也会打着,你总逃脱不得。比如说吧,你走进了哪家去作客,而这家孩子极多,但你却没多搭理他们(你可能正心里有事,因而对他们的一番亲热举动反应十分迟钝),好了,你准会被人认定是个不通人性的古怪沉闷家伙,天生讨厌孩子的人。但另一方面,如果你竟发现他们特别招人,——而给那些可爱的举动迷住了,于是竟真的忘记一切而和他们耍闹滚跌在一起,你瞧罢,不用多久,借口就会寻找出来,把那些孩子都支出

---

[1] 古代东方一些民族间流行的圣洁与敬神物品。所以当耶稣降生后,东方的三圣(the three Magi)前往伯利恒去朝拜这位圣婴时,所持礼物即黄金、乳香与没药。
[2] 这句话见于《圣经·诗篇》中第127篇。

去：比如他们实在是闹翻天了，或者是，——先生并不喜欢孩子，等等。箭上的那两个叉总有一个会闹住你的。

他们的这种嫉妒心理我是能谅解的，而且不去和这些小鬼去耍更没什么，如果这样，他们的爹娘就会不高兴；可是非要人去爱那些孩子，而我又看不出他们有何可爱之处，那就未免强人所难了，——而且要爱就得去爱那整个一大家子，无一例外，不管十口八口，——要个个小家伙都爱，因为他们个个都是那么可爱，这就不免要求过分。

"爱我，就请也爱我的狗"，这个成语我当然知道，只是要付诸实行却常常并不十分容易，如果这狗猛扑过来去吓唬你一下，或去咬咬你玩。但是一只狗，或者一个更小的东西，——一些没有生命的物件，比如一件纪念品、一只手表、一枚戒指、一棵什么树、一处和我远去他乡的友人告别的地方，对于这些我都不难有几分爱，因为我爱那人，爱可以使我记起他的那些东西；只要那件东西或事物的本身不是那么固定、具体，因而容许我的想象去赋予它以任何的色调。但孩子则不同，个个性格具体，特点明确：他们或者可爱，或者则否，各随其性；而我也只能按其各自情况，或爱或憎，有所不同。一个小孩子的良莠优劣可不是一种简单情形，仿佛他们只不过是某某人的一件附属物品，因而可以按其所附属的那个人的本身之优劣与否来决定对这些孩子的爱憎态度：他们完全和我一样，个个都是发自其不同根苗上的独特东西，与世上的一切成年男女并无不同。不错，你会讲道，他们的那年龄正是那最惹人喜爱的年龄，——童稚时期本身就具有着特别迷人的地方。而这也正是我之所以对他们特别慎重的主要原因。我当然知道一个可爱的儿童乃是天底下最可爱的珍奇，甚至还包括生此宁馨儿的俊俏妈妈；但是唯其这类事物的本身极其佳妙，一件这类的具体事物也必同样佳妙才好。雏菊也许"在荣光上"一朵和另一朵差不太多[1],但紫罗兰就得在色泽芳馨上更精妙些。——我自己对妇女和儿童素来标准很高,不是随口便夸人好的。

但最糟糕的还不在这里:既有人家怠慢冷落他们这话,那起码就先得有过热乎阶段,先得人们同他们接近接近。也就是说,要不断有人前去看望,以及其他种种交往。但如果这男的是一个你在他结婚之前便和他久有过往来的人,——如果你不是和那夫人沾亲带故,——不是坠在她的石榴裙后溜进人家贵府来的,——而是和那男的在他几乎尚未认真考虑求婚之前早就是他多年的亲密老友,——那你可就得多加些小心——你在这里的地位大概也就不太稳了——很有可能不用一年半载,你就发现你那老友对你的态度已经由热转冷,乃至全然改变,最后寻个口实和你一刀两断。个人经验,在我的已婚友人当中,而他的友谊又是我信得过的,这样的关系几乎没有一桩不是只出现于这个人业已结婚之后。这种情形在一定限度内,尚不出那女方可以容忍的范围:但设若那做丈夫的竟胆敢在还不曾与她们协商过之前便擅自与何人订立了什么生死不渝的神圣同盟,尽管此事发生于她们认得这人之前,——发生于他们夫妻二人尚未逢面之前,——那也仍然是罪孽一桩,无法容忍。一种友谊,不管已经维持多久,一种关系,不管怎么早经考验,至此全不顶事,它们桩桩件件都得呈递到她们的办公室来重新审察核实,加盖新章,方为有效;这正仿佛每位新王登基之后,一切在他降生之前乃至谁也不曾想得到会有他之前的旧王朝时所铸钱币都得悉数收回,再次回炉,重新铸上他的权威标记,方准许其在市上流通使用。明乎此,则像我这样的一块破铜烂铁在这种回炉新铸时又将命运如何,自然可想而知。

---

[1] 这句话系对《新约·哥林多前书》15章41节中一段话的模仿和套用,那话是:"日有日的荣光,月有月的荣光,星有星的荣光;这星和那星的荣光,也有分别。"

她们为了屈辱你，为了使你渐渐失去其夫君的信任而采取的办法实在是太多了。用一种颇带惊异的目光对你所说的一切大笑不止，仿佛你这人是太奇怪了，虽然所谈内容不无可取，但毕竟是怪物一个，这个便是她们惯用的手段之一；——她们为达到其目的所用的那种双目圆睁的盯视方法也是很特别的；——这样时间一长，她的丈夫，虽然一向对你的见识极为重视，即便认为你在个别事物的认识乃至礼貌上小有差池，但却无害于你那每每见有独到的正确观察（相当不同于一般流俗），这时也不禁开始动摇起来，疑心你是否到底有几分不够正常，——过去单身汉的时候做做朋友还则罢了，但是如今在一些高贵女士面前出出进进便显得不够合适。这种方法可名之为"目瞪法"，而且是用以对付我的一种最习用的方法。

其次是那夸大法，或曰反语法：那便是，每当她们发现你成了她们丈夫特别器重的对象时，这个手段便使用起来，因为你在她丈夫心目中所受到的尊重非止一日，如此长期形成的地位是不容易一下动摇的；而那具体作法便是，不管你说了什么、做了什么，她们都百般叫好，拼命夸大；到了后来，那当丈夫的，心里虽然明白这一切不过是在奉承他本人，而且那一片赤诚也令他感激，但时间一长，这感激的重负就使他承担不了，因而为了松弛一下，不得不使自己的热情稍稍降温，降至一种适可而止的一般尊重——降至"以礼相待，和和气气"①的有限程度，这样，调子既定，她也就马上夫唱妇随，配合起来，而这样做既无须自己心上作难，又无损于她的一贯忠诚。

再一种手段（其实她们为了实现其心愿而采取的办法是多至说不尽的）则是，她们会以一种一脸假天真的神气，时时处处对曾使你取

---

① 这句引语来自苏格兰作家 John Home（1722—1808）所著悲剧 *Douglas*。

重于其夫君的那些地方故作曲解，往歪处引。如果说她丈夫对你操行人格上的某种长处的尊重是她想打断的那根维系链条，那么只要何时她自以为发现了你在谈吐上稍欠精彩，便会大声叫道，"我记得，亲爱的，你不是把你的朋友——先生说成是一名大才子吗？"但另一方面，如果她丈夫看上你是因为你的谈话俏皮，并因此而对你道德上的一些小小不言的毛病也都不大追究，但这些，只须有一星半点撞到她的眼里，那她马上就又会爆发起来，"原来这个，我亲爱的，就是你那位道德高尚的——君。"一次我因一位太太不曾以她丈夫的老友的身份待我而不客气地向她提出质问，对此她的回答倒也十分爽快，她讲她在婚前曾屡次听到她先生——说起过我，因也早就非常渴望与我结识，但是既见之后，我的一副仪表却与她原先想象的大不一致，所以深感失望；因为照她丈夫对我的说法，她所要见到的那位先生应当是一名风度翩翩，身材高大，带些军官气派的人（此处所引是她的原话）；然而事实证明我却恰好相反。这话讲得不能再坦率了；但我自己如若不是拘于礼貌，未尝不可以反唇相讥，问她几句，即是她的那套为其夫君择友的标准到底是从何处捡拾来的，因为这在取舍上显然与其先生的尺度极不相同；再说我那贵友，如论身材，也最多与不才相接近而已；其垂直高度，而且穿上皮鞋，也不过五呎零五，尚少于我半个英寸；另外在气度与长相方面也瞧不出比我就更有多大军人气概。

  以上即是我自己在前往一些人家做客的无聊蠢举中所遭遇过的种种不快。要把这些全都一一列举出来确实无此必要；因此这里仅将观察范围局限于其中一事，即已婚女士身上所普遍存在的一种失礼行为——将我们外人当成她自己的丈夫对待，另外反之亦然。我的意思是说，她们对待我们的态度相当简慢随便，而对其丈夫则恭而有礼。

举例来说，一位甲壳太太①前几天请我吃饭时，时间超过了我正常用饭的两三个钟头还吃不成，而口口声声只顾唠叨她的丈夫——先生不能及时回来，因而宁可让那牡蛎全都凉了，也绝不肯在他返家之前早吃一口。这就不免与礼貌的本义大相径庭了：因为礼貌之为用即在去掉人的不安感觉，而这种感觉是很容易产生的，他们明知自己比起另一些人来本不是人家最受重视和爱戴的对象。礼貌的要点在于以小补大，即靠对一些微小细节的高度重视借以弥缝那在大的方面不可能给予你的特殊享受。设使甲壳太太将那些牡蛎只留给我享用，而暂置其夫君这方面的口腹要求于不顾，那么她的行事便将严格符合礼的精神。以我之见，一名妇女对其夫君所必须遵守的礼节不外二事——态度谦逊与言行得体而已：职是之故，我对樱桃夫人②所表现出的那种代人受过式的贪吃行为在此提出严重抗议，因为，身为席上女主人的她，居然好意思将一盘我正在连连享用、吃得非常开胃的黑樱桃，一把从我跟前抢了过去，拿到坐在桌子另一端的她丈夫那边，而将那并不特别起眼的醋栗之类的东西换了过来，推荐给我这种没结过婚的人来将就。同样我对——那种肆无忌惮的公开侮辱也是——

再说我也实在再不耐烦把我认识的许多已婚的男男女女的大名全部都用拉丁文代号③一一开列出来。着即令其痛改前非，弃旧图新；如若怙恶不悛，终有一日必以英国文字将其真名实姓悉数公诸于世，彼时固无愁彼等罪大恶极分子不闻而股栗，肝胆俱裂也。且说到做到，勿谓言之不预。

---

① 原文为 Testacea，拉丁语，意为贝壳类动物。这是兰姆戏为这位夫人取的名字，所以这么说是因为这位夫人为了等她丈夫，宁可让那牡蛎凉了，也不肯让客人先吃。
② 原文为 Cerasia，拉丁语，樱桃。这也是兰姆的戏谑取名，理由也与本页注①相仿佛。
③ 亦即用拉丁文假名，如在本页注①与②中之所为。

已婚者的态度辨析　219

题解

过去常听人讲,未结婚(包括结婚迟)的人(尤其是那女的)都是有毛病的,因此怨不得他人。这类话听得多了,也就信以为真,成了一条固定的看法。这时再听到这种人的抱怨,便先入为主,听不进去。现在读了作者此文,才大吃一惊,原来未婚者方面还有这么一大堆意见,这么一大篇道理,真真是闻所未闻。但怎么以前便不知道,也从来就没想到过?可人家又绝非胡说,哪句话说得不对,哪件事讲得不在理,哪个情况不是分析得头头是道?真是聪明反被聪明误,这回可叫人挖苦透了。谁说兰姆光是仁厚,真要是捅上你一下,也是会叫你直不起腰的。要说也真是够损的。可道理在人家手里头,你想充硬汉也不成。也就只得乖乖认输,向人家道歉而外,保证今后痛改前非,不再重犯就是。否则真等人家把你的大名公布出来(如文中所警告的),岂不更没面子!可见情况是复杂的,道理也并不全在我们一头儿。今天既吃了教训,以后就得放聪明些,夹着尾巴做人,不可过于傲气。现联系一下自己。译者本人因结婚稍晚,在已婚者行列中资历也是偏浅的,只能算是晚辈,因而上述罪行也许略少一些,但也未必全无,所以仍得虚心。但另一方面,这后一段(结婚后时间)短了,那前一段就会长,故受压的历史也应该是有的。奇怪的是,何以在读此文前对这类事竟不敏感?难道自己过去就没遭人小看过甚至捉弄过?由此也不难看出自己悟性之顽钝与兰姆观察之敏锐。不可能是没有,而是忘了。也或许是因为结婚之后,"社会地位"略有提高,过去的疮疤也就——了?这个,今天检查起来,也是一种背叛吧。但个人的情况太次要了。重要的是这篇文章确实是见地非凡,笔锋犀利,真能让人大开眼界;至于文情气势,也是那么劲健夭矫,一意骧腾,极尽开阖盘曲之能事,不愧为用笔如舌,语妙天下。

伊利亚随笔续集

伊利亚君行状[①]

——出自其一位友人之笔

数月以来,先生病情日笃,益形不支,今兹功德圆满,谢世竟去。差堪告慰者,临终前尚能无违宿愿,亲见其文裒辑成集,然《伦敦杂志》[②]今后则与先生成永诀矣。

昨夜十二时整,恰值此奇人辞世之时;圣布莱德教堂之钟声已将先生并旧岁而一道送别。钟声凄悲,况然传至其友人泰与赫[③]之餐室时,众人方团聚席前,欢庆又一元日之到来,闻噩耗而举座为之

[①] 此文发表于《伦敦杂志》1823年1月号,时间在《伊利亚随笔集》(1823)与《伊利亚随笔续集》(1833)之间。由于身体关系,兰姆对这类散文不打算再写了,于是宣布了其替身伊利亚的死讯,并假托他人之笔为自己写了这篇行述,性质类似我国陶潜的《五柳先生传》。文章不长,但其中表达的思想与情绪则较复杂,褒贬赞抑,嘲讽戏谑,兼而有之,个别细节也在真伪虚实之间,文笔的警策精练也一如既往,不过基本情况与他的生平无大出入,是他散文艺术中极有代表性的一篇。1833年他的《伊利亚随笔续集》出版时,这篇文章便被充作这个集子的序言。

　　有趣的是,这篇文章发表后,《伦敦杂志》对伊利亚的死讯却加以否认,弄得兰姆只得又拾起笔来,重操此项旧业,那情形恰与数十年后柯南·道尔的情形差不多。尽管他也同样在写了《福尔摩斯历险记》后,想通过这个侦探被跌死的办法来终止这种写作,还是不得不让他再活起来,而以《福尔摩斯归来记》的续集形式,顺着那条路线再写下去,甚至终其一生都只写了这类故事。

[②] 英国一杂志名(出版于1820—1824年间),兰姆的许多散文作品就曾几乎逐月刊载在那里。实际上兰姆今天的文名在绝大程度上即是靠的这个杂志,仿佛它的存在便主要是为着兰姆服务的。

[③] 全名为Taylor与Hessey,《伦敦杂志》的两名出版人。

不欢，默然罢饮。詹诺斯[①]不觉涕下。波——脱[②]，君子人也，悄声表示合当为其著一挽诗，而艾伦·坎[③]，更慨然置其国人之冤屈于不顾[④]，誓为亡友之英魂撰一翔实恺悌之回忆录，体例则仍仿其《丽镇故事》云[⑤]。

质言之，先生于此际下世，实亦恰值其时。其文中之情趣，如说前此尚有若干，于今已可谓索然；而一幅幻象竟长存至二载有半之久，亦近乎世人之容忍限度[⑥]。

此刻我已能坦然承认，种种对亡友文章非难的耳闻原也并非无根之谈。他的文章确属率尔操觚之作——熨贴既差，连缀亦劣——无非一连串陈词旧语之不自然的恶俗拼凑，硬充门面而已。如若不是如此，亦即不成其为他的文章；不过这也未尝不好，一名作者宁可安于这古怪自娱式之自然，而无须强充那并不适合他自己天性之所谓的自然。

个人主义是另一些人对其文章的看法，实则说这话的人并不清楚，他的许多自涉之处，只有按到别人头上（就过去而言），才算真实；他较前期的一篇东西[⑦]（这又何须多举）即是一个适例，在这篇里，凭第一人称之掩护（他最喜用的文学手法），他隐约讲过一名伦

---

① 詹诺斯，当日作家 T. G. Wainewright 的笔名。
② 波——脱，全名为 B. W. Procter，兰姆传记的作者。
③ 即 Allan Cunningham，苏格兰诗人、文士与传记作者。
④ 文中有此一句是因为，兰姆在他的《不完全的同情》（"Imperfect Sympathies"）一文中，词语间对苏格兰人曾有失敬处。艾伦既为苏格兰人，故对此有过不满。以上几人均为《伦敦杂志》的撰稿人。
⑤ 艾伦·坎所写的故事，曾在《伦敦杂志》上连载。
⑥ 意为"伊利亚"之文久已不受欢迎，而竟在《伦敦杂志》上连续载达二年半之久，实在令人难耐。按这里所说大体符合事实。兰姆自 1820 年 8 月至 1823 年 1 月止，曾陆续以"伊利亚"的笔名为这个杂志写了两年半多的文章。
⑦ 即兰姆的《基督慈幼院三十五年前》一文。在这篇文的前半部分中，兰姆以第一人称口气所讲的那个"我"实则说的主要是他的友人柯勒律治幼年时的情形，而并非是他自己。

敦公学中之村童，孤苦伶仃，无亲无故——一切均与他自己的幼年情形大不相符。不过话说回来，如其将一己之身世与另一人之苦乐合并之联接之于一人——将一己变为多人，复将多人缩为一己，即所谓个人主义，那么那巧妙的小说家，历来便引入不少男女主人公们，而个个又都大谈其自己，岂非是更大的个人主义者；然而却从未听说这些小说作者因此之故而被斥为狭隘。再试问那更激烈的剧作家又将何以逃脱此种罪名，而其行事更每每假借他人之热忱以尽吐其个人之隐衷[1]，或者曲述其自家之身世？而世人却不以为怪[2]。

然而亡友性格在不少方面却都够得上一个怪字。那些不喜他的往往不止是不喜；即使一度还喜欢他的，过后也常变成他的死敌。原因是，他对所谈内容以及当谁的面来谈等太欠考虑。他对时机、场合全不注意，往往心有所感即脱口而出，略无保留。在严峻的宗教家眼里，他是个离经叛道的人；而离经叛道的人又把他看成顽固分子，至少认为他心口不一[3]。一般人不理解他；我敢说连他也未必时刻都理解他自己。他太好使用那种危险的笔法——说反话了。他的谈吐不明不白，但招来的怨恨却既明且白，种下败籽，收恶果吧。他往往一句轻飘的嘲弄便把人家最严肃的议论打断；当然这些在善解者听来倒也未必全属无当。那些讲起话来便总是长篇大论的人自然恨他。他的那副散漫成性的思想习惯，加之他的口吃宿疾，断了他的演说家的前途；而他似乎也坚决不让别人在他的面前扮演那种角色。

---

[1] 比较接近我国的说法："借他人之酒杯，浇自家之块垒。"
[2] 这一段道出了兰姆关于写散文的一种见解，即写散文时也应允许在人物的刻画上享有小说家和戏剧家的自由，即人物可以虚构。这些话对理解兰姆的散文极有帮助。
[3] 据兰姆的友人大散文家赫兹利特讲，兰姆的言谈每有因人而异的情形，即常顺着别人的口气或话头而敷衍人家几句，并不讲出自己的真实意见。果真如此，则兰姆也就有他滑头的一面（其实，我们平日还不都常是如此！）。但即使是这样，兰姆还是难免有得罪人的地方，亦可见做人之难！

他身量不高，相貌仪表也均平常。我偶尔也在所谓的体面人士中间看到过他，在这些地方他总仿佛像个局外生客，呆坐其处，一言不发，被人目为怪物；不过，不知什么倒霉时机一到，他又会突如其来地迸出句什么话来，一语双关，听了莫名其妙（当然真弄明白倒也未必全都莫名其妙），结果使他在晚会上真面毕现。这些话有的得当，有的失当，但不管如何，这么一来，十有八九会使满座的人此后和他结仇。他心里的思想要比他说出的话语宽厚得多，而他的一些即兴妙语反而有刻意求之之嫌。他常被人认为好故作聪明，而其实他也只不过在尽量直抒其胸臆罢了。

他交友的原则是，所结交者必其人性格上有独特之处。——以故无论学界当中抑或在自命文士的人们里面，堪充其选的自然寥寥[①]。他的友人多属家无恒产之人；因此在这类人看来，而他们最见不得的也正是有固定（尽管有限）进项的人，他这个人也绝不舍财。不过据我所知，此事则纯属误会。他的那些号称知己，无庸讳言，在世人眼中不过一群衣衫褴褛的穷措大而已。他萍水相逢的尽是社会上层的一些浮渣；可能是这些人服装的某种色泽[②]，或者别的什么，使他感到悦意。这些卷丝毛刺也就粘附住他——不过虽说如此，但他们也自有其善良可爱之处。

他对世俗所谓的善人在交往上并不汲汲[③]。设若其中的某位人物受不了他的为人行事（按这类开罪本属无可避免），他也只能听之，而无可如何。如果有人向他提出，他对这些善人未能作出更多的忍让，

[①] 这里也是最能见出兰姆性格的话，他不是趋炎附势之徒，一心只望结交名人。不仅如此，而且这类人在他心目中的地位还常不高。
[②] 这里的服装显属一种委曲语，实指其政治信仰与色彩。按兰姆年轻时，所交多当日拥护和同情法国大革命的思想急进派，而为英国政治宗教界人士所不喜。
[③] 意义与本页注[①]中所讲略同。

他准会反唇相讥，质问这些善人又何时对他自己迁就过半点？

饮食娱乐方面他自奉亦俭，然而撙节有度，俭不至苛。唯有在烟草一端则诚不免稍嫌糜费。对此他亦有说词，即烟草足以引为谈助。真的，一旦轻烟缭绕，盘旋直上，他的谈吐也必妙绪联翩，袅袅而起，与之氤氲一处，这时但见那平日钳口结舌的他，竟然韧带皆活，其滔滔不绝又何逊于一名政治大家①！

友人之死我真不知该忧该喜。他讲的笑话今天听起来已不再新鲜，他写的故事，今天要再读还不易搜寻。他久已感到老之已至；他虽常自谓热爱生活，然而谁也清楚生命在他早已不绝如缕。前不久与他谈及此事时，他语气之间甚形猥琐，殊与其为人不够相称。一次与他在其住地沙克威尔之郊外隐庐②（他惯以此名称之）周围散步时，所遇当地工业学校学生在对待他的一番礼貌上，据他看来，颇有某种异样之处。"八成他们把我认作一名前来视察的学监，"说时态度极为认真。他最怕的事便是，而在这点上他又不免有些矜持过甚，被人误认为什么要人大员或教区官吏。而他又自感其外貌日益趋近于这类形象。他历来的大忌便是为人视作端肃伟岸者流，因而年事日高之后，更为忐忑不安，惟恐自己将给人以如此观感。

故尔他但有可能便混迹于稍年轻者中间。他无法与时代之行程俱进，而只能被拖曳于涂，尾随前行。其举止亦落后于其年龄。人虽长成但仍稚气十足。成人之服③在他肩上总不称身。童年的烙印沦肌浃髓，入他太深，因而成人之种种在他几同冒犯，最易招他反感。凡此均属他的缺点；然而唯其如此，对理解其作品则不失为一把有效

---

① 这里的原文为"a statist"，讽刺之意极为明显。
② 可能为兰姆的虚构。
③ 原文为"toga virilis"（拉丁文），指罗马男性青年成年（16岁）之后所着服装。

伊利亚君行状　　227

钥匙。

他身后萧然，遗产无多。自然这点有限财产（主要为印度债券）悉归其堂姐布里吉特名下。另外于其写字台发现论文数篇，现已转交此杂志主编，不久当可发表，其上尚留有其平日之签署。

他生前曾明白表示过他一向供职于一所机关。想东印度公司出口部诸位先生谅不致对我提及下述一节有何意见，即在搜求亡友遗稿方面颇曾得其热情襄助。他们还极客气地将他那一坐便四十年的旧椅指给我看；并将他那记满密密麻麻数字的沉重账本摊在我的面前，但见那里笔划清晰，一丝不苟，这些较之他那点有限的铅印文章更无愧为他的真正"著作"。他们对他都非常怀念，并对他的簿记长才赞不绝口。他似乎不在账簿方面颇多发明，能将意大利复式簿记（记得他们是如此叫法）之精密准确与夫德国的某种更新的简便系统冶于一炉；只是对此我太不懂行，其精妙处未能尽识罢了。

常听他讲，他对自己的机关同事情愫极深，认为能将自己的命运与他们结之一处实为其平生之一大幸事。无论论识见、论谈吐、论精明，甚至论文才，这些职员（他常好这么讲）都要比我接谈过的成倍职业作家更强胜得多。每当他提起他"旧日在印度公司的日子"时，总不禁会辄然色喜：其中交往较多者为伍德鲁夫君也，威塞特君也，彼得·考贝特君也（考贝特主教[①]之哲嗣，虽地位弗如，而谐才不减）；塔索之译者胡尔[②]君也；巴特莱米·布朗君也，其父曾有溯新华尔顿书之功[③]，愿神勿怪；老冠尔君也，调皮而能急人之危，昔日同

---

① 指曾任过牛津主教的 Richard Corbet（1582—1635）。
② 即 John Hoole（1727—1803），东印度公司主要审计师，意大利著名诗人塔索作品的翻译者。
③ 意即将17世纪名散文家华尔顿的名作《钓鱼名家》一书的拼写等加以现代化，以适合19世纪的英国读者。

仁颇曾以冠王相称；坎波君也；冯贝尔君也；其余诸君，多至不可胜举，然亦皆一时之选；复次，则杰克·波尔赖尔君，旧日南海公司之美食家也；其手下之出纳小艾顿，小丈夫也，曾有蒲柏"复印本"之谑称[1]；丹·伏侬特君，博雅之士也，其皮藏流传至今。

呜呼，伊利亚去矣——据我所知，与其旧友求重聚矣——眼前斑斑残墨亦即其唯一所以饷世人者。天下最称健笔之人，其文之得传者，又复几何！生时其言其行，多至无算，传诸后世，吉光片羽而已！友人之文零散披露后，稍遇识者。以如此孤单篇章闯世，而不曾迷失于途，尚可谓文运非恶。其"满纸荒唐言"[2]，既蒙不计赢亏，汇集成册[3]，今后命途如何，固亦其出版家之事，非复鲰生所得妄议者矣。

题解

担心自己的身体难以再写下去，因而便想就此搁笔，兰姆发明了这种向读者告别的妙法——提前宣布了他的替身的"死讯"。这当然是个大玩笑。事实证明，这个宣布稍早了些（出于估计的保守），而且也没行得通。不过这却为我们提供了一篇他的自我评价，对人们理解他是有帮助的。因为本不打算写成一篇正式自传，文中的种种未可尽信。但大体而言，倒也比较接近真实。文章写了一个不合时宜、不逐时尚、不太受人欢迎（但却可能自得其乐）的人。对于个人的长处，比如工作认真、笃于情义与性情天真，乃至较富机智等，他倒也作了肯定，只是对其文章的命运把握不大。这些都和事实出人不大。现在回头来看，他对自己性格天真的评价，实在是再准确不过。这是他性格中最可贵也最难得的一点。人一大了，文化一高了，这种品性就

---

[1] 英国诗人蒲柏个子极矮。现在说这个人是蒲柏的复印本，当然也属三寸丁，但却同样短小精干，甚至还具诗才。
[2] 原文为"weaved-up follies"一语的活译，原语见莎剧《理查二世》4幕1场228行。
[3] 指1823年1月出版的《伊利亚随笔集》。

很难保持。文学一到了太理性化、太知识化和太具分析性，就会出现价值的降格，就会使诗意减少甚至丧失——缺了天真的东西。这一点人们未必都不懂得，只是谁做得到？但兰姆却做到了，所以他了不起，因而也就比许多人都更好得多地抵制住了和经受住了时尚的抛弃与时间（或历史）的考验。什么叫时间的考验？人们认识事物的能力常是差劲的，缓慢的，靠不住的。有时候，一件东西，也不论好坏，时间短了便常不行；不止一两代不行，甚至好多代都不一定保险，但在这段较长的时间中如果你的东西还未彻底灭绝，那便有可能被人重新发现而有幸流传下来。正因为如此，兰姆当日对他文章的前途当然会拿不准，所以也就只提提别人的（不佳）看法了事，何况一个人总不便自诩其文吧。但后来事情的发展证明，命运（至少在这件事上）对兰姆还是公平的，他得到了他心底里所期盼得到的公认。这是难得的。所以兰姆，安息吧。

穷关系种种

一门穷关系是什么？——那实在是天底下最扯不到一起的关系了，一种迹近渎犯的相应关系，一件令人作呕的近似事物，一桩缠人要命的良心负担，一个荒谬已极的单身怪影①（你的好运的太阳愈是当头高照，它就伸得愈长），一位不受欢迎的提醒人②，一种反复不绝的沮丧③，一个你钱袋上的漏洞，一声对你荣誉上更为难堪的催索④，一件你事业上的拖累，一层你升迁上的障碍，一宗你血统上的不纯，一个你家声上的污点⑤，一处你服装上的破绽，你家筵席上的死人骷髅⑥，阿迦索克里斯的讨吃锅盆⑦，宅院前的末底改⑧，堂门边的拉撒路⑨，一头

---

① 所以说"怪"，正为这种影子与一般的影子相反。一般的影子是日中则短，日昃则长。
② 对暴发户过去老底的提醒人。
③ 由于本页注②中的原因或其他原因而在"主人"心中所造成的沮丧。
④ 之所以说是"对你荣誉上更为难堪的催索"，是因为不应承穷关系的某些索求则于荣誉有损，而欲加应承又于钱有不合。
⑤ 这里的原文为"a blot on your'scutcheon"，西方纹章学（heraldry）名称，特指庶出，这里不过泛用其意。
⑥ 希腊史家希罗多德所著《历史》第2章78节中有这样一条记载，说一个埃及人曾携一死人头至富人们的宴会上，对他们讲，将来他们也无不如此。
⑦ 阿迦索克里斯（约361—289 B.C.），西西里王，本该国一陶工之子，生后遭弃，幸得人抚养成人。及长，亦业陶，后入军队，卒为西西里王。据云其幼年曾因贫穷挨门乞讨。
⑧ 末底改，古波斯王之犹太姬以斯帖之亲戚，幼贫苦，曾因犹太人受压迫而在王的朝堂门前，粗布垢面，以示抗议。见《旧约·以斯帖记》。
⑨ 拉撒路，耶稣所讲寓言中之乞丐名，见《新约·路加福音》16章20节。

拦路的狮子①,一只乱室的青蛙②,一只你兰脂芳泽中的苍蝇,一撮你眼睛里面的灰尘③。在你的冤家,是他的一场胜利④;在你的朋友,是你的一番解释⑥,一件谁也不要收留的什物,一阵收获季节的冰雹,一团甜蜜中的一瓢苦水。

他的敲门便是他的通报。你的心头一沉,明白"这是——先生"。门的敲法,在熟惯与恭谨之间;仿佛在指望着,而同时又绝望于,人家的欢迎。他走进时,面带笑容,却又——面带尴尬⑦。他伸出手,要你来握,但又缩了回去。他不过偶然进来坐坐,却恰当你用饭时候——桌上已摆满杯盘。他向你告退,提出你家已有客人,但却被挽留下来。他入了座,而你客人的两个孩子便给安顿到一张小桌上去。他照例偏偏不在会客日⑧到,不给你的夫人说着⑨,"亲爱的,——先生也许今天会来"。他是记得准你家的那些生日的——而且要表白一番,他的运气不坏,又碰上了一次生日。他宣称说他不要吃鱼,这大菱鲆不够尺寸——但却又背其初衷,听凭人家给他敬上一块。他坚持说他自己只饮红葡萄酒——但如果哪位生客⑩怂恿他把剩下的一杯喀莱里脱⑤干掉,那也正中其怀。他对用人是个难题,他们既怕对

---

① 班扬的《天路历程》中用过的比喻。书中主人公基督徒在天国的历程当中,突然有两狮夹道阻拦,不过为铁链所系,不能行至路中害人。
② 《旧约》中多次用过的说法。
③ 《新约·马太福音》中耶稣用过的比方。
④⑥ 这里"胜利""解释"二句可简单疏解为:因为一个人有了穷亲戚,所以便仿佛在仇人手里落了把柄,在朋友面前有了短处;于是遂有"胜利"与"解释"之说。
⑦ 请注意这里以及以下许多地方破折号的使用。在兰姆的巧妙使用下,这些破折号可以表示各种对比以及犹豫、迟疑、顾忌和吞吞吐吐等细微含义。
⑧ 西俗会客有一定时间,如每星期某一天规定为会客日,这时客人可自由来访,不受拘束;其他时候则须预约,唯至亲好友不在此限。
⑨ 这位穷本家所以不在会客日到显然是为了:(一)表示他本来便不是一般客人,而是你的同宗本家;(二)不让人家把他摸准猜透,以保持自尊。
⑩ 请注意这里只是"生客"!"人家给他敬上一块〔鱼〕","生客怂恿他把酒干掉"——可见主人并未殷勤地"举酒瞩客"。
⑤ 法国波尔多市所出产的一种著名红葡萄酒。

他过趋奉承，又怕对他短了礼数。客人们的心中想起来了，他们以前见过他的。人们纷纷猜测起他的境遇身份①，并又不约而同地认定他是——在等交好运吧②。他称呼你时，总是直呼你的教名，言外之意，他在姓氏上与你相同③。他已经是过于简慢，而你却还宁愿他不必如此谦卑④。如果他不是这么简慢过度，人们不过把他看作一名临时帮闲罢了；如果更加大胆一些，他也就不致留给人现在这种印象⑤。作为一个朋友，他未免谦逊太过，但毕竟又有点架子，因而与他的依附身份不合。他还不如乡下的佃户受人欢迎，因为他携不来半文租子——然而从他的装束与举止端详，八成你的客人又把他当成这种人来看待。他被邀去牌桌上凑一把手；他哪，因为贫穷，作了拒绝，但却又——愤愤被冷落一旁。聚会散了以后，他提出要自己去叫车——把要去的用人拦了。他追忆起你的祖父；中间总是要加进几件——有关贵府的——猥琐不值一提的小事。他是深知底细的，彼时的一切尚不是如他"今日得见，三生有幸"的现在的样子⑥。他追忆过去情景的目的，照他的话讲，是为了构成——愉快的对比。他以一种略带挑剔的称道口吻询问你的木器价钱；但却专夸你的窗帷不错，以屈辱你。他的看法是，那只缸子固然颇为雅致，但毕竟还是你那把旧茶壶似乎更加实

---

① 可见酒席吃到这时，那主人还没有将他介绍给在座的客人，致引得他们猜测纷纷。
② 换句话说，他此刻便还在"倒霉"！这时的破折号，以及后面的话尤其值得留意。显然客人们在一番猜测打量之后，已经弄清他的身份地位，但这里却不照直表达出来，而是在略加迟疑之后，改用了一直较缓和与一般的词语——"在等交好运吧"作为代替。即使是这个，至少也说明这穷本家是其运不佳吧。
③ 这句话的意思是表示亲密。按英美习俗，只有家人、同学、亲戚、旧友才能直呼一人之名，一般须以姓氏相称。这里作者再次揭示了穷本家的种种复杂心理，虽云本家，但贫富不同，判若霄壤，似已不便再强调原来关系；但这人却执意不肯，硬要突破现存界线和坚持本来身份，一以表示抗议，一以进行刺激，这当然也是绝妙的心理描写。
④ 请注意这个以及以下一个句子表达的精练和有趣。
⑤ 一个穷本家的印象。
⑥ 穷本家的这个文雅语当然很有尖酸味。

穷关系种种　233

用——那茶壶你一定还能记得。他敢断定,现在自家有了车马,你一定会感到不胜方便,然后便质之于你的夫人,加以验证[1]。并要询问,是否已在羊皮纸上用过你家的纹章[2],而且是直到最近方才知道你家的纹章为如何如何[3]。他的回忆不合时宜;他的恭维更是荒唐;他的谈话令人心烦;他的逗留没结没完;因而一旦他离去,你马上会没命似的把他那把椅子往墙角一摔,感到总算清理掉了这双份孽债。

世上还有一种比这更要命的灾难,那便是——一名女穷亲戚。那前面的一种你有时还稍有办法可想;你还可以把他的情况虚虚装扮一下;但遇上一名女穷亲戚,这可真会叫你无计可施。"他只是有些古怪",你不妨替那男的这么开脱,"总好故意穿得破烂些。其实家境不像人们想的那样。诸位不是也想席上见到一位怪客吗,那这就是一位。"但是如果一名女人穷相毕露,那你可是替她遮掩不住的。原因是女人在穿戴上可不会为着好玩故意装穷,穿得低于自己的身份。那情形是护不住的,马上露馅。"她准是兰——家的亲戚;不然她到这里做甚?"她不用问,就可以断定是贵夫人那头的人。至少这么认识十有八九不太离谱。她的一身打扮又像侍女又像乞丐,不过前一方面可能性大。她的谦卑程度太突出了,自卑心理流露得过于招眼。她与那男本家或男亲戚不同。那男的有时气焰太盛,真还有必要往下压压——但这女的你就有意往上托托,也常抬举不成。你把汤送到了她面前,但她却非要等一些男客用了她才敢用。席上——先生会邀她与他自己对饮一杯;但该喝红葡萄酒还是白葡萄酒就成了她的难题;最

---

[1] 夸窗帷、赞茶壶、提车马,特别是再"质之于……夫人,加以验证",都是揭老底的话,也是穷本家得以借机快意的事。
[2] 过去西洋贵族在自家的马车与文件上照例印有其家族的纹章(以某种动植物的图形为自己家族的徽号或标记),以示显贵。
[3] 这种话当然也是这位主人——"新贵"所最不愿听的。

后喝了红的——只是因为那位先生也喝了红的。她对仆人是以"先生"称呼人家的；另外一再强调别为她托着盘子久等。女管家对她全然是一副主子神气。女保姆就更不客气了，对她是有错必纠，比如一次她把钢琴叫成了键琴。

戏里面的理查德·阿姆莱特先生[①]就是一个生动著例，这说明那些满脑子装着"近亲即至友"的糊涂观念的天真先生到头来会落入何等悲惨的境地。其实他和一位广有家资的女士之间的唯一微弱的牵扯只不过是那点儿可笑的血脉关系罢了。他的命星在一名歹毒的老妇人[②]那里遭克，屡屡受挫；那老妇人只要一提起他，便是"她的儿子狄克"[③]。尽管好久以来她的一门心思甚至一大乐趣便是叫他永世不得翻身，但到了后来还是掏出钱来补偿了他一番，没让他白受屈，因而他才得以夤缘际会，飘浮到显赫上层。只是能有狄克那种善于忍辱负重的本领的人毕竟不多。我在现实生活中就遇到过一个活阿姆莱特，但由于他到底缺乏狄克那套载沉载浮的技巧，终致只沉未浮。可怜的威——[④]曾是我在基督慈幼院时班上的同学，希腊语、拉丁语都学得不错，前途本来大有可为。如其说他也有何缺点的话，那便是心气有些高傲；不过傲而不骄，并不伤人，尚不属于冷酷无情一类，一遇不如他的便拒之于千里之外；只不过自我防范较严，不愿别人派他

[①] 阿姆莱特，英国18世纪范布若（Vanbrugh）所作的喜剧《阴谋》（*The Confederacy*，1705）中的一个人物。他的母亲是个商贩，为了儿子能进入上流社会，不惜花费巨万来装扮他，致使他能攀上一门与他家沾亲的贵族家亲事，但在最后事谐之前，这年轻人所遭受的歧视、奚落也是数不尽的。
[②] 即阿姆莱特所追求的贵族小姐之母。
[③] 狄克为阿姆莱特的名字理查德一词的昵称。"她的儿子狄克"一语显有拿他调笑的不庄重意味。
[④] 即兰姆幼时的同学 Joseph Favell。见前《基督慈幼院三十五年前》结尾处的费——。这个人学习不错，入剑桥后因自己是"工读生"（因缴费少而须为学校干杂役，且服装上也与正式生不同），自己的父亲又是装潢商（因而在社会上也无地位），深以这两事为耻而离校从军，不久阵亡。

不是。这实际上是自尊心理的一种极度发展，但与他人的自尊并不冲突，这点他认为人人都有必要保持。他巴不得别人也都能与他有这共同看法。我们之间过去没少争辩过，要说也仅属一些细事，比如我们个子长高以后，再穿上那身蓝色制服挺不顺眼，所以每逢假日两人一起出没在那座眼睛极尖又好笑话人的大都会时，我往往不大愿意跟着他到处走街串巷，以防人们盯视，就为这个我没少得罪过他。后来威——去了牛津[①]，这些不快可能还耿耿于怀，不过一旦进入其中，学人生涯的那种高雅醇美，再加之他卑微出身所带来的欣幸之情，不禁使他百感交集，深深热爱上了那个地方，而同时对一般世俗也就益发格格不入。但那套工读生服装（甚至比他过去的那蓝校服更不顺眼）箍在身上简直比纳撒斯的有毒血衫[②]还更要命。他总认为身着那件怪服是一种奇耻大辱，而其实当年拉提摩[③]穿着它时照样到处昂首阔步，全然不当回事；至于那胡克[④]，少年时着上此衣之后，则据说非但不以为耻，而且反以为荣，一副欣欣之态，几乎令人羡煞。不过潜踪于学府的深深庭院之中，遁迹在幽寂的书室之内，他到底避开了闲人耳目。他在群籍里面找到了自己安身立命之地，书册不会向他示辱；学术也不会追询这位年轻学子的财产状况。他书城一居，俨然王者，典籍领域以外的事物他几乎概不闻问。学问的钻研给他带来了治疗功效，排忧解闷，莫此为善，整个身体也日渐好了起来；就在这时，恶运仿佛故意与他为难，再次突然袭来，致使他重新遭厄，受到了比以往更甚的打击。他的父亲多年来一直在牛津附近的一个N——

---

① 按实为剑桥。
② 据希腊神话，人马怪之一纳撒斯（Nessus）临死前曾把染有他毒血的衣衫交给了大力士赫鸠利斯之妻，后赫着起这衣衫来，致被毒死。
③ 即 Hugh Latimer（1485？—1555），剑桥出身，英国著名主教与神学家。
④ 即 Richard Hooker（1554—1600），出身牛津，英国著名学者、散文家与神学家。

镇干着居室油漆商的卑微营生。由于自以为与某些学校领导人有着某种有限的关系[1]，又听说那里正在动工，竟举家迁入这个城镇，以便在一些即将兴建的工程中揽些活计做做。自那时起，我即在这个少年的神情上窥出某种心理变化，这个终于使他与学术前途彻底绝缘。一个对我们大学状况不甚熟悉的人或许不知，那所谓的长袍人士（the gownsmen）与城镇平民（the townsmen）——特别与其中的商人——之间，一向便畛域分明，不容逾越，而且矜持之甚，几会令那上述人士为之咋舌，难以相信。而威——的父亲在性情上又与他截然相反。那老威——乃是一名个子不高、逢人便巴结奉承的忙碌生意人，平日一遇到多少带点长袍味道的人，便立即脱下帽来，又是鞠躬，又是收步——全然不顾他身边儿子的暗地皱眉或公开反对，而这些礼数有时就是对着他的那些同窗甚至工读生的，可他老先生还是照样卑躬屈膝，一例奉承，请安哈腰，忙个不迭。这种情形自然不能长此下去。威——或者得离开牛津，换换空气，或者在此憋闷而死。结果他选择了前一条路。道学家们也许会严按孝道的原则，对这种违逆父志、放弃学业的不智举动，大张其挞伐之词；但他们对这场斗争的意义却未必能正确估计。我终于站到了威——的一边，时间也是我最后见到他的那个下午，地点即在他父亲家的屋檐之下，亦即通往××××学院后门的一条名叫高街的雅致小路，其时为老威——的寓居所在。此刻威——仍心事重重，但态度已稍见缓和。我发现他情绪有所好转，便大着胆子，就一幅传道艺师[2]的画像和他调侃起来。这幅像，

---

[1] 从这句话乃至以上的叙述可以看出，兰姆在这第三部分中主要写了一种不善于利用社会关系（学校关系以及他父亲的社会关系）的人。这与上面所举戏中的那个男主角适成一鲜明对比。
[2] 指《新约·路加福音》的作者路加。路加曾被奉为画师与医生的保护神，因此这里也受到油漆匠的供奉。

威——的老人因见到自己生意有起色，特用考究相框将其悬挂在他那的确很不错的店铺前面，一以庆贺生意兴隆，二以感谢他的保护大神。威——抬眼望了一下路加[①]，于是仿佛撒旦那样，"见到镀金招牌——便跑掉了"[②]。次日，他父亲在桌上见到书信一封，声称写信人业已接受某军团委任，刻即启航开赴葡萄牙待命。不久噩耗传回，圣塞巴斯提安城[③]下第一批阵亡名单上便愕然见到他的大名。

此篇初写之际，亦不过聊作戏笔，原无意端肃其词，不期而愈写愈悲，添人凄怆，亦不审为何故；然而穷关系一类题材，其中笑料固多，实亦不乏伤感成分，强为区别，殊属不易。在这方面我早年的一些印象，今天回忆起来，当时也并无特殊痛苦乃至屈辱感觉。犹记当年每逢周末，父亲的餐桌（当然与豪奢无涉）之上照例可见到一位神秘人物，其人时已年迈，着修洁深色礼服，容貌惨戚之中，亦自动人。他仪态庄重，无异端肃化身，素来少言寡语；而我在他面前似亦不宜大声响动。事实上我也无意如此——因为家人也就讲过，我只须恭恭敬敬，不必多言。一只带扶手的坐椅向来是他的专座，他人不得僭越。另外为他特制的精美布丁也只是在他到来的时候才会出现在席面之上，其他日子是见不着的。我一向以为他是一位大有产业的阔人。关于他的情形我也只打听到一两件事，即他在不知何时曾是我

[①] 同上。
[②] 这里戏引了弥尔顿《失乐园》卷四第 1013～1014 行的一句诗，那行诗即 "The Fiend looked up, and knew His mounted scale aloft"（那恶魔抬头一望，看见了上帝的光辉云梯。）The Fiend 即这里说的撒旦，地狱中的头号魔鬼。现在兰姆在文中将 "scale"（云梯）一词换成了 "sign"（招牌），又将在那诗里原作"高超"的 mounted 一词暗示"镀金裱装"之意（按 "mount" 一词也兼有此意），从而和那 "sign" 一词联系起来，以造成双关又谐谑的效果。这是兰姆好搞文字游戏的又一例子。
[③] 地在西班牙。

父亲在林肯市[1]的同学，再有他家居明特[2]。这明特我知道乃是钱币的铸造地——因而不免认为那地方铸造出的东西大概就全都归他。坐到他的面前，种种关于伦敦塔的可怕形象都不禁会给勾引出来。他给人的印象超凡脱俗，人类的种种弱点、情欲仿佛与他毫不沾边。一种悲怆的宏伟笼罩着他的全身。在我的想象中，可能出于某种不可解的劫数，他不得不每出必着丧服[3]；或许他便是一名囚徒——不过属于那伟岸者流，仅在周末才获准出塔一次[4]。因而我对父亲在他面前的某些大胆冒失举动每每吃惊不浅，原因是，父亲本人虽一向恭敬待他——而在这点上我们更是一例对他毕恭毕敬——却也竟敢出言去顶撞他，特别当涉及他们少年时的某些情况。林肯市那座古城在住房上（这事看客们大概都清楚）向有山岳区与河谷区之分。居民如此，来自那里的学生自然也形成山岳派与低地派二党（尽管同在一所学校上学）；仅此一端，亦足以使那些年轻的哥罗西斯[5]在其见解上时起争执，互不相让。我父亲当年曾是山岳派的魁首；他所代表的那些山上孩子，在胆识与本领上，常较那些以这位先生为其头目的山下孩子一直稍胜一筹。时至今日，在这个问题上，一番恶战仍然屡屡发生——而且也正是在这个问题上那老先生方才真正见出其本色——而且积怨复炽；有时怒不可遏，双方几乎动起手来（那一来倒会真有看头）。不过我父亲毕竟为人宽厚，不愿意得理太不让人，这时常是将话题巧妙一转，

---

[1] 兰姆家从未在这里定居过。
[2] 地名，即皇家造币厂所在，位于塔山。原意为造币厂。
[3] 由这人平日好着黑色服而联想而来。西人丧服为黑色。
[4] 指伦敦塔，过去是英王拘禁国事犯的监狱。
[5] 哥罗西斯，这里意为法学家。按这个词来自 Grotius（1583—1645），荷兰学者、政治家与法学家。既然这些学生都居住于林肯市，而林肯市又与英国的林肯法学院同名，于是这些学生便也都被转成了法学家，而这些法学家又不用表达这个意思的较普通的词，而还要换成 Grotiuses（复数）！这些地方均可看出兰姆行文中的戏谑玩笑味道。

穷关系种种　239

改口对古老的西敏大寺赞美起来；而在这座人所共仰和公认为全岛大小教堂之冠的宏伟事物面前，一切山居者也好，低地派也罢，终能找到其和解基础，而暂置其较次要之分歧于不顾。但有一次我看出这老先生可真恼了，并记得当时一缕愁云不禁猛掠心头："八成他以后再不来了。"而起因不过是一桩细事。有人劝他再来一盘我上面提到过的那种美味，这东西是他一来时就一定端出来的。他表示不再要了，但那口吻却几乎严厉得近乎负气——就在这时，我那姑妈，也是一位老林肯人[①]，脾气与我的堂姐布里吉特没有两样，总是殷勤得过于出格，竟冒出了这么一句我至今难忘的话来——"怎么也再来上一块吧，毕莱德先生，布丁你不一定天天都能吃到。"老先生当时没有发作——但到了晚上便为了和那姑妈的一句口舌而使着大劲地迸出了句刻薄话，"女人，你老得不中用了"——顿时一座皆惊，甚至直到今天我写起这句话时仍不免有牙齿格格之感。约翰·毕莱德在这次受辱后不久也就去世了；不过死前尚来得及使我看到双方又重归于好！而且如果我的记忆不错的话，又为他奉上了一盘更加精致的布丁以代替那惹他生气的那个。他死于他在明特的旧寓所里（1781年），据他说他在那地方颇有一笔进项；他死后在其书桌里共发现钱款5镑14先令零1便士，足够开销其埋葬费用，因可谓与世无亏，不欠一文。原来这位先生——也属于一种穷关系。

[①] 同样也并无此事。

题解

  文章的原标题是"Poor Relations"。过去人们提到此文时总译为"穷亲戚",其实不太对,故这里改译作"穷关系",原因是这篇所讲到的(或曰研究的)四种关系当中,也只有那第二种才可能是亲戚,其余则都不是,而分别是本家、旧同学与父亲的旧同学。这是要说明的。文中的这四部分关系,正仿佛一部交响乐中的四个乐章,是以穷关系为其主题而谱成的,其中以第一乐章最为精彩,但别的乐章也并不差;总的来说是兰姆文中写得极好的一篇(其实兰姆的文章又有哪篇不是极好!)。另外这篇同样是(部分地)以回忆的方式写成的,琐细啰唆,然而有趣,是儿童眼睛里的成人世界,这点集中表现在文中的第三、四部分。但文章的前两部分则情调与口吻稍异,应当说并不代表兰姆本人的观点,而是从世俗(用世侩便不好听了)的眼光来着笔的;当然要说成是兰姆的也不是不可以,那就得说是兰姆用了反语笔法(irony)。但几部分当中,特别值得一说的则是第一部分。它无疑是古今中外这类题材中的经典之作,在许多方面(语言、修辞、技巧、精辟、警策、新颖、凝练、生动、诙谐等)都达到了写作所可能达到的极高境地,是人物刻画中少有的妙品,是令人叫绝的幽默杰作。文章一开篇的二三十个"是什么"就突梯滑稽之极,真是继莎剧夏洛克的那一大长串有名的诅咒与福斯塔夫的许多绝顶荒唐之后英国文学中罕见的谲奇恣肆的天才笔墨。接下来的那段更是出色,字字考究,句句精彩。你看,那穷本家一到,便立刻天下大乱,人人(主人、主妇、客人、仆人,连他自己)都不自在起来。那市侩气和寒伧相算是给写绝了。怎么,还不够好吗?——可能是的——按照某些人的看法。没有超出十八九世纪写基本道理(essential truth)的狭隘历史局限,没有越过"天理即人心"的古旧表现范畴。这里再替他们补上一条。晦涩大概也不够吧?也罢。认识由人。不过不可忘记,文学而离去了这些也就离去了它的阵地,也就会不再是文学,可又成不了任何别的,也就不会再有读者,不会再有(至少是真正的)理解、同情与赏识,不会再有前途。它就也会成了兰姆笔下的穷亲感、穷关系——成了和人们生活"最扯不到一起的关系",成了"谁也不要收留的什物",成了人们的眼中钉(用文中的话说,"眼睛里面的灰尘")……

札记一则——书与读

> 花费心思去钻书本,乃是以别人头脑惨淡经营之所得,以供我取乐。以蔽见观之,一位有地位、有教养的人士,但凭自己心灵之天然涌现,亦即大有可观,良足自娱。
> ——《旧病复发》中法平顿勋爵[①]语

我的一名聪明友人,因深为此爵爷阁下上述之精彩妙论所倾倒,乃至一反常态,全然束书不观,其结果据说自此每每见有独到,文思大进云。然而论到在下,则虽明知此事说出来不甚光彩,但仍不得不老实承认,我个人的相当一大部分时间却恰是倾注在了别人的思想上面。我的一生光阴大都是在他人思虑的迷梦中糜费过去的。我喜好将我自己沉溺于他人的心智里去。我的空余时间,除了散步,便是读书;我不会安坐下来专去思考。要思考,书会替我思考。

在读书这事上我素来禁忌较少。莎夫茨伯利[②]不至于对我太雅,《乔纳森·魏尔德》[③]也不嫌其太俗。一切我尚可以称之为书的东西我

[①] 《旧病复发》(The Relapse)为英国王政复辟时期约翰·范布若所著喜剧。法平顿勋爵为剧中一头脑空洞,只知衣着时尚的花花公子。
[②] 莎夫茨伯利(Shaftesbury)即 Anthony Ashley Cooper 伯爵(1671—1713),英国伦理道德著作家,代表作为《人之习尚研究》(Characteristics of Men, Manners, Opinions, Times)(1711)。
[③] 英国小说家亨利·费尔丁(1707—1754)的同名小说中的主人公,是从真人真事中提炼出来的一个匪徒典型。在这部小说中他被赋予了政治寓意,以代表那些盗窃国家人民资财、损公肥私、说谎欺诈成性的政治蠹贼。

都能阅读。因为事实上也确有一些虽颇具书的外观但我却难以以书相认的书。

在这类形似书而实非书——非书之书①——的书目里面，我将特别列入如下种种——各类宫廷年鉴、礼拜规箴、袖珍丛书②、装订成书册模样而背脊上有图文的跳棋棋盘、各类科学论文、年刊日历、法令全书；休谟③、吉朋④、罗伯逊⑤、毕亚提⑥、索姆·詹宁斯⑦等诸氏之书；以及通常标为"学人雅士必备之书"的那些高文典册，比如弗莱维·约瑟弗斯⑧（一位大有学殖的犹太人）所撰之历史著作、巴莱⑨所撰之道德哲学等即属之。这些排除之后，则世上之书固无不可读。真该庆幸，我自己在读书的兴趣上竟还如此其广，极多包容而绝少摈斥。

说实在的，每当我看到那些披着书籍外衣的东西⑩竟也悍然盘踞于书架之上，便不禁怒火中烧，难以平抑；这些实乃伪圣也，神龛之篡夺人、圣坛之入侵者也，真正之合法主人被逐在外，而彼等反觍颜居之。朝着一本装订精良模样十足的卷册伸出手去，原指望会是一部蔼然可亲的曲文戏考之类，再一翻那"俨乎书页"⑪的纸张，不料冒出

---

① 原文为 biblia a-biblia，希腊语。
② 原来在 Pocket Books 之后，尚有"(the Literary excepted)"一语，原因是兰姆自己曾是当日一套 Literary Pocket-book 的撰稿人之一。但这个"(the Literary excepted)"实在未免过于滑稽，故兰姆后来在出他的文集时乃将这个括弧的话删去。
③ 即 David Hume（1711—1776），英国著名哲学家与史学家，著有《人性论》《英国史》等。
④ 即 Edward Gibbon（1737—1794），英国著名历史学家，著有《罗马帝国衰亡史》（*The Decline and Fall of the Roman Empire*），篇幅巨大，在史学乃至文学上均极有名。
⑤ 即 William Robertson（1721—1793），苏格兰史学家，著有《苏格兰史》《查理五世》等书。
⑥ 即 James Beattie（1735—1803），苏格兰诗人、散文家与哲学家；著有《真理论》等。
⑦ 即 Soame Jenyns（1704—1787），当日伦敦一位杂家，写作内容几无所不包，文风具有明显的浮夸娇饰等特点。
⑧ 即 Flavius Josephus，纪元后一世纪人，犹太文物与历史专家。
⑨ 即 William Paley（1743—1805），英国神学家与哲学著述家。
⑩ 从"披着羊皮的狼"这一谚语套来。
⑪ 原文作"seem its leaves"，出处不详。

眼前的却是那扫尽人兴的"人口论文"①。心中盼望寻见的是斯梯耳②之文，法夸尔③之戏，但结果找到的却是——亚当·斯密④。赫赫在目的尽是一些呆头傻脑的所谓百科全书（不管前面冠之以"大英"抑或"京师"之美名），然而册册装订精良，配套成部，封面更一例选用俄罗斯或摩洛哥之上等羊皮，然而设使这高贵封皮有十分之一落到我的手里，我的那批可怜书册便立将给体面舒适地重新装扮起来，不致再瑟瑟作寒碜状。帕拉塞尔撒斯⑤定将焕然一新，那老雷蒙德·鲁利⑥也必能在世人面前重放其昔年光彩。我只要一见到这批冒名顶替骗子便不由地气往上撞，恨不得立即上前撕下其面皮，也好带回去给家中我的那些"破烂老兵"⑦添上件御寒冬衣。

一般而言，书以装订结实、裁印齐整为其第一要事。其次才是它的美观精致。这后一桩，即使有条件办到，似也并无必要对一切书籍都不作区分地滥加实行。我便不赞成对一般的杂志合订本作精装。简装本，最多半精装本（这时例用俄罗斯羊皮面），也就完全说得过去。但莎剧或弥尔顿诗（除非其初印本），却又不宜将其打扮得花花绿绿，那只能代表一种俗滥的纨绔恶习。这种本子收藏到手也不会予人以高贵之感。这些书的外观（其内容本身早已广行天下），说来奇怪，在

---

① 指英国僧侣与经济学家马尔萨斯（Thomas Robert Malthus，1766—1834）所著《人口论》，其全名为 *An Essay on the Principle of Population*。
② 即 Richard Steele（1672—1729），英国著名散文作家，艾迪生的友人与合作者。
③ 即 George Farquhar（1678—1707），英国王政复辟时期的喜剧作家。
④ 指英国著名经济学家亚当·斯密（Adam Smith）的这方面论著，特别是他的代表作《原富》（*The Weath of Nations*），这部书是西方政治经济学的奠基之作。
⑤ 即 Philippus Aureolus Paracelsus（1493—1541），瑞士星相家、炼金术士与医生，著书极多。
⑥ 即 Raymond Lully（约 1232—1315），西班牙炼金术士，曾以教士身份去过亚非不少地区，著作亦夥。按以上两人之书，均可谓奇人之奇书，故尽管其中迷信重重，但以见解怪异奇特，而投兰姆所好。反之那些较正规的书（如休谟、吉朋与亚当·斯密之书）则不为他喜爱。
⑦ 原文为"ragged veterans"，这个词常为后人所引用。

其藏书人的心里并不能因拥有此书便会产生如何的不胜温馨乃至激越之情。至于汤姆森的《四季诗》[①]，则又以（我一直这么认为）稍带破损甚至折角的本子为最妙。对于一名真正的爱读书的人来说，那些污渍的篇页、破旧的外貌，甚至那里面的气味（不限于俄罗斯羊皮味），又会是多么迷人，如果我们从哪个老"流行图书馆"借到一部《汤姆·琼斯》[②]，或者《威克斐牧师传》[③]时，不因自己的过苛要求而忘记和那些老友的一番旧情！而这种情形不是恰好表明，千万只手指曾带着那样的狂喜一页页地翻阅过它们？——恰好表明它们曾给多少孤寂的女裁缝带来过快乐，而这些女帽工、女装缝制者，在她们整日操劳甚至深夜还不休的极端辛苦之余，好不容易才抢出一刻工夫，甚至为此而不得不牺牲睡眠，以便在吃力地读懂书里迷人的内容时，将自己的一腔辛酸暂时沉浸在仿佛某种忘河之杯[④]！既然如此，谁还会指望这些书一定特别洁净？其实能是这样不已经是够好的了吗？

就某些方面而言，一本书的内容愈佳，它所有赖于其装订的地方也就愈少。费尔丁[⑤]、斯摩莱特[⑥]、斯特恩[⑦]，以及那一切几乎其自身便会永远孳殖不已的优秀卷册——伟大自然亲为排铸的神奇版本[⑧]——这些，即使我们见到其中少数被毁也不会对之如何惋惜，我们明白它们属于"永恒"一类。但如若一本书内容虽佳但却印行有限——因而

[①] 即英国诗人 James Thomson（1700—1748），《四季诗》为其代表作。
[②] 《汤姆·琼斯》，英国小说家、戏剧家亨利·费尔丁的代表作。
[③] 《威克斐牧师传》，英国作家、诗人与散文家奥利佛·哥尔斯密（1730—1774）的著名小说。
[④] 意为饮了忘川之水后，死者即忘却其生前之痛苦。典出希腊神话。
[⑤] 费尔丁，即本页注②中的亨利·费尔丁。
[⑥] 斯摩莱特，即 Tobias George Smollett（1721—1771），英国著名小说家，《兰登传》等书的作者。
[⑦] 斯特恩，见《谈京城扫丐事》196 页注①。
[⑧] 请注意这一精彩表达。

今日尚能仅见者便几乎是它的全部现存，这时一旦它也从世上消失，

　　我真不晓何处再觅神火，

　　　重新将那已熄光焰续着——①

这类的书，如若举例，可以当之的不妨提提《纽卡索公爵行述》，书出诸其尊夫人②之巨笔——为使如此之稀世珍品得以长荣永葆，不致湮没，则宝匣以储之，铁箱以藏之，犹虑其不够尊贵、不够坚且耐久也。

　　其实不仅上述这类较罕见之版本是如此，因此种书籍一般碍难有望重印；而且即使我国著述家中名气极大的菲利普·锡德尼爵士③、泰勒主教④、弥尔顿之散文部分⑤以及富勒⑥等人之书，其旧版方面也往往有类似情形——不错，以上诸氏之书也确有过重印之事，然而这些著述尽管也稍有流布，或者偶为人所谈论，但以书而言，终恐在民众之心中扎根不固（且将来也难望其不是如此），以致未能成为一国之基本典籍——因此将这类书装订得结实考究一些也属合理的事。我对莎剧第一版对开本其实兴趣不高。我倒宁可要罗和汤森⑦的通俗本。这种版本不带注释但有图片，但因图片质量过劣，对其原文通常也不过稍具方位人名之检索作用而已；不过其可取处在于，这些版本尚抱望不奢，不似某些豪华插图本那样，大有凭其图片以与原文争雄之

---

① 引自莎剧《奥塞罗》第5幕第2场第12行。
② 关于兰姆素所仰慕的这位贵族女文士，前面文中已多次提起，见《人分两类》56页注②。
③ 锡德尼爵士，即 Sir Philip Sidney（1554—1586），英国伊利莎白时代著名诗人、廷臣、军人与才隽，著有传奇故事《阿迦底亚》《十四行集》等。
④ 泰勒主教，即 Jeremy Taylor（1613—1667），17世纪英国著名主教与散文家，以文章富声韵美著闻。
⑤ 指这位大诗人的散文方面著作，比如他的《为英国人民声辩》（及其续集）、《论出版自由》等。
⑥ 即 Thomas Fuller（1608—1661），英国著名僧侣与散文作家，著有 *The Holy State* 等书。
⑦ 罗即 Nicholas Rowe（1674—1718），罗为当日桂冠诗人、剧作家，莎士比亚全集的编订者。汤森即 Jacob Tonson（1656？—1736），当日伦敦著名出版商。罗所编订的莎剧全集即曾由汤森出版（1709）。

势，因而我宁愿去读它们。对莎氏之戏，我自己在情感上向来便与我的国人颇有同好，息息相通，而在版本上那些屡屡为人传阅翻读过的旧本反而最得我的喜爱。——但论到博芒与弗莱契①的戏文，则情形恰好相反，却又非其对开本不读。那八开本读起来实在是苦事一桩。对此我是怎么也爱不起来。如果这两人的戏也像其他诗人的那些流行本子那样广为传诵，那我倒不妨直接读读这些罢了，而不必轻易动那古版。眼下《忧郁之解剖》②一书之重印本实在见着令我大为痛心。原因是，何苦非要将此伟大怪人之遗骸翻腾出来，易之以最新款式之殓衣，徒为招今人之唾骂？难道天下竟有如此不懂事的书商在梦想使伯顿走红？——那糟糕的马隆③想来也不过是如此吧。他当年曾买通斯特拉福德教堂的司事，致使他得以将那里莎士比亚的彩饰雕像涂成一色粉白，但那旧雕，虽属粗卑之作，倒也逼真生动，眉宇眼神，须发面颊，乃至其当年衣衫，彩绘俱较认真，宛然昔时——因而就所保留之细部而言，曾不失为我们尚可为据的唯一信物。然而这一切却在一道白粉之下全不见了。——在上，如若我当年是沃里克郡④的治安法官，我发誓非把这位注释大家连同那教堂司事一并逮捕归案，砸上木枷不可，然后以亵渎圣物等罪名，将这一对滋事贱民从严惩办。

我仿佛此刻仍见到这双歹徒在那里图谋不轨——这些不让死人安生、自作聪明的家伙。

我会被认为是荒唐怪诞吗，如若我说我们一些诗人的名字听起

---

① 即 Francis Beaumont（1584—1616）与 John Fletcher（1579—1625），莎士比亚的同代戏剧家，二人每每合作写戏。
② 见《人分两类》中 55 页注 ④。
③ 马隆即 Edmund Malone（1741—1812），莎学专家。文中事件发生于 1793 年他走访莎氏故乡时期。
④ 莎氏故乡与莹地——爱文河上的斯特拉福，即在此郡内。

来——至少，在我听起来——在音响或味道上的比弥尔顿或莎士比亚更要美妙隽永？这或许是因为这后者在口头、书面翻腾得过多，以致显得不够新鲜。那些最芳馨的，一提起来便令人齿颊留香的名字，正是基持·马洛①、道雷顿②、霍桑登的德拉蒙特③，以及考莱④。

重要的是你在何时和何地去读一本书。在一桌餐饭即将开上的前五六分钟匆匆时刻，谁又会为了打发时光而摊开一部《仙后》⑤或安德鲁斯主教⑥的一卷讲道集？

诵读弥尔顿的诗篇是件郑重的事，几乎先得恭聆上一阕庄肃圣乐，方才宜于人去拜读。当然他也有他自己的音乐，对此，如欲领略其妙处，尤须思虑纯笃，耳根清净。

冬夜一到，物我两隔——文雅的莎士比亚略不矜持，前来顾我，斗室之间，登时幻象大作。此时此际，《暴风雨》《冬天的故事》等最是当令妙物——

读二氏之诗，不可能是只读不诵——一般是只吟哦给自己听，间或（机会关系）再有一人，但是超过两人，这事便成了对众朗诵，也就失了读诗之乐。

那些不过单纯以事件情节为主、笔调匆匆而兴趣短暂的书籍，则只能供人快速浏览。朗读出来便不是味。即使当代小说的一些佳作，听人念诵起来也每每使我厌烦之极。

一般报纸，经人一读，就更加令人难耐。某些银行中历来有一

---

① 马洛即 Christopher Marlowe（1564—1593），英国剧作家、诗人。
② 道雷顿，即 Michael Drayton（1563—1631），英国诗人。
③ 霍桑登，即 William Drummond of Hawthornden（1585—1649），英国诗人、散文作者。
④ 考莱，即 Abraham Cowley（1618—1667），英国诗人、散文家。
⑤ 《仙后》，见《席前风雅饭前经》140 页注 ①。
⑥ 安德鲁斯主教，即 Lancelot Andrewes（1555—1626），英国神学家，为《钦定本圣经》的翻译者之一与审订人。

种读报传统（目的在减少个人分读的时间浪费），即是推出一名职员——通常为其中受教育程度较高者——为大家念《泰晤士报》或《记事报》，将其全部内容大声读出，以饷听众。尽管念报人已经使尽了他运气发声上的全套功夫，那效果还是别提多糟。理发店、酒店里也不时会发现这类角色，他们会突然站了起来，一板一眼地给你读上几段在他们看来无异于其个人独特发现的重要段落。接着另一位按他选出的报纸跟着读下去。就这样，一份报最后就这么一段段地全部读完。不过这事也自有其有利的一面，因为不常读书看报的人看东西很慢，如果不是靠了此法，不少人怕是好久也从来读不完一份整报。

报纸往往能勾起人的好奇心。可是读了以后很少有不感到大大失望的。

南都[1]有一位常穿深色礼服的先生，把住一份报后就别想让他再撒手啦！另外我最不耐烦听到的就是，一名跑堂的一遍遍地不停吆喝，"《纪事报》来了，先生"。

夜晚进了一家旅店——在定好饭菜之后——还有比在窗台上忽然发现了几本旧杂志更令人高兴的吗？——一些谁也说不清是哪个粗心旅客多久以前忘记在那里的——两三本过期的《城乡杂志》，里面尽是一些逗人开心的调情说爱的插图——"王室情郎与格夫人""软化了的柏拉图主义者与老风流"[2]，以及诸如此类的旧日艳闻。请问——此时此际——谁还愿意扔掉这些去寻什么高尚谈物？

可怜的托宾[3]最近失明了，但这时使他特别遗憾的倒并非是从此

---

[1] 当日伦敦一个咖啡店名。
[2] 以上两篇为当日一种带说明的卡通画。里面说的王室指后来的英王乔治四世（1762—1830）。至于"柏拉图主义者"，通俗用法作"精神恋爱者"解，以别于世俗之爱或肉体之爱。这里用此词当然只不过在开玩笑。
[3] 即 John Tobin（1770—1804），当日一名剧作家。

再不能读那些有分量的作品了——《失乐园》或《考玛斯》[1]，等等——这些他不愁请人读给他听——其实他最感可惜的是，他再不能用自己的眼睛一目十行地飞快翻阅许多通俗杂志和轻松书籍，这项乐趣他是没了。

我会大模大样地在一座大教堂的庄肃林荫道边去读上本《憨第特》[2]，这时即使给人发现，也不脸红。

记忆所及，再没有比下面这件事更使我感到迷惘莫名的了。一次，当我正斜倚草间——地点为樱草山——一手把《帕米拉》[3]快读之时，不期竟给一位认识的女郎发现——估计这里也是她的圣地[4]无疑。其实即使给人见着，这本书里也没有什么会使一个人特别感到不自在的地方；但由于当时她坐在了我身边，看意思又极想和我一道读读，这时我还是巴不得这本书会是本别的什么才好。于是我们便十分友好地在一起共读了几页；不久女郎觉得书不太对她口味，便站了起来，然后——姗姗去了。叙述到此，尊敬的伦理学大家，现在我可要给阁下出道难题，一试您的高明，即处此微妙的情势之下，今请问，那曾面露赧颜的（因为两人当中确有一个曾脸红过）其果为仙女乎，牧童乎？但是想要从我这里套出这个奥秘则办不到。

我对户外读书一事向来不是十分热心。原因是，一旦置身户外，心思便每每不能专注。我认识的一位唯一神教[5]牧师便常在雪丘上读书（当时其地尚未敷设为斯金诺街），时间为午前十点至十一点左右，

---

[1] 《考玛斯》，亦译作《宴神》，弥尔顿的一部为假面舞剧所作剧诗。
[2] 亦译作《老实人》，法国大文豪伏尔泰（1694—1778）所著之哲理小说，内容主要攻击教会之伪善与黑暗。兰姆居然跑到教堂环境里去读这书，当然是对教会与僧侣的大不敬。
[3] 英国小说家理查生（Samuel Richardson, 1689—1761）所作爱情小说，内容写一浪荡主人对其侍婢的追求。
[4] "她的圣地"原文作 her Cythera。Cythera 的原意为神话中维纳斯的圣地或受朝拜之地。
[5] 基督教的一个教派，这个教派认为神只能是独一的，而反对历来的"三位一体"说。

而所攻之书则为拉德①之书。我当然明白这部著述玄秘抽象，远远超出我的理解，然而观其翛然物外、清迥绝尘之高风，亦自令我心向往之。但我则不同，一名侍者颈间一种不曾见过的花结，乃至一篮普通面包也能把我的注意力吸引过去，而把所学得的全部神学知识忘在脑后，于是到底五点要义②的内容为何早就完全答不上来。

最后还有一种所谓的街头读者，这种人我每一想起，便会不胜同情：亦即清贫书生，他们因无钱买书、租书，只能在坊间书肆之中偷窃些知识；而那摊主，一副严峻眼神，总是对他们紧盯不放，心中只顾在盘算这些人何时才会把书放下。而这种人，小心翼翼地，一页页地翻阅下去，一颗心也时刻都在悬着，只恐怕何时店主一声令下，便得给人家喝住，但又不胜其求知欲的驱遣，就这么一阵阵地往前挨蹭，但毕竟也曾在"恐惧之中稍得偷欢"③。马丁·伯——④，便是靠了此法，即日读其部分之法，而居然将《克拉丽莎》⑤的前两卷全都读完，但这副可嘉的壮志被那店主一瓢冷水当头浇下——先生到底有意购此书否（当然这只发生在他年轻时候）。马丁即曾公开讲过，一生中读书之乐再无过于当年偷阅之时。时下一名稍带怪味的诗媛⑥，即曾以此类事为题，作过短诗二章，诗一般，但尚较动人。诗曰：

> 我曾见到一名穷苦少年，
> 书摊前面那般如饥似渴，
> 一书翻开便想一口吞下，

---

① 即 Nathaniel Lardner（1684—1768），英国神学家。
② 五点要义，西欧法国加尔文教派的主要教旨：1. 命定说；2. 圣宠说；3. 原罪说；4. 特赎说；5. 永救说。
③ 引自 18 世纪著名诗人葛莱的《伊顿颂》（"Ode on a Distant Prospect of Eton College"）。
④ 即 Martin Charles Burney，当日伦敦一位著名律师，兰姆的终生友人。
⑤ 上面所提到的理查生的另一部爱情小说，篇幅极大，为书信体小说的最有名作品。
⑥ 指兰姆之姐玛丽。

这事摊主不是不曾看着。
不久只听他对少年喊道,
"你既从来一本都没买过,
此书也请,先生,合上别看"。
一声长叹,路上慢慢想着,
如若认字这事他便不曾学过,
也就与那伧夫的书了无干涉。

说到苦处,他还能够什么,
这些,富人想也不会想过:
不久我又见着一个少年,
活像食物好久不曾沾过,
至少那天如此——此刻正在
对着酒馆冷肉呆呆望着。
这副惨状见了实在伤心,
腹饥难耐,但是无钱奈何!
难怪他会在想,何须受此折磨,
如若吃饭这事他便不曾学过。

题解

  显然《札记一则——书与读》不是在教人如何读书,而只是自述其感受。

  这些感受反映了作者的个性,也道出了他的爱好。

  (当然他爱好的主要是文学书,有趣味的书,有见解的书,而不是高文典册,不是实用书、应试题。话未必全对。但这是他的兴趣。)

文章说明作者是个很懂得趣味的人，是识趣和解趣的。他懂得读书的艺术——包括何时何地应读何书，等等。

　　另外也很雅。

　　但也非一味的雅，而是雅中有俗，又雅又俗，雅得自然。

　　在书的选择上，则是又宽又窄；但还是稍宽。

　　在态度上，又严肃又不严肃，甚至离经叛道，比如在教堂的路上读《憨第特》。

　　在癖好上，又怪又近人情，因此，比只怪而不近人情强。

　　在版本、装订上，是又重视又不重视，但话语间流露出对书籍的真正的爱好与感情；对泰勒、富勒的一段尤具见地；对"优秀卷册""神奇版本"的定义更是精彩之极的表述——说出了许多人想说而说不出的话。是好议论，好语言，好文章。

　　但最感人的还是作者对人的一份同情心，比如对读书条件极差的女工们和书摊前买不起书的寒士。他心中是有群众的。他甚至对流通图书馆中一些被人抓得很脏的书，对那些上面的油腻、指污、汗渍甚至不佳气味也会有好感。这不容易。我们有洁癖者应向他学习。这说明作者有一副好心肠。这是仁者之言，其言蔼如。

海上忆旧游[①]

我一向喜欢将我的假日(这事记得我以前讲过)安排在我们两大名校[②]中的这所或那所里度过。在这之外,才是某处草木葱郁的林地,这些,缘着可爱的泰晤士河的两岸而下,在韩利[③]附近一带可谓所在多有。然而不知为何,我那堂姐每隔一年半载,总要想尽办法把我哄到某个水滨去走走。早年的美好印象入她太深,以致全然不顾后来的实际感受。一连几个夏天,我们曾一去沃尔馨,而结果不妙;再去布莱登,而益形不妙;三去东朋恩,而尤为不妙。而此刻,我们又再一次厄于赫斯丁兹[④],有如负罪在身,苦作补赎!——所以接二连三,迭遭不幸,其根源盖出之于多年前在马尔盖特的短短一周经历[⑤]。那是我们平生第一遭的海上行,然而不知是因为情与境会,抑或什么原因,那次假日之游终于成为我毕生的一大快事。我们两人以前都既不曾见过大海,也不曾这么长久地一起离家在外。

[①] 此文的原标题为"The Old Margate Hoy",Margate 为英国肯特郡塞纳特小岛上的一个海港与游乐地。Hoy 为一种单桅、单层甲板的小型旧日帆船。文章记叙了作者十五岁时与其姐在这个海港附近的一次海上旅行,以及由此而引起的种种有关感想。
[②] 即剑桥大学与牛津大学,关于此事见前《牛津度假记》。
[③] 韩利,城镇名,地在伦敦西部的泰晤士河沿岸,属牛津郡。
[④] 沃尔馨、布莱登、东朋恩、赫斯丁兹,以上四地均为英国东南部色塞克斯郡的滨海市镇与旅游胜地。
[⑤] 请注意以上一段的文体之美。

我能忘记你吗，你古旧的马尔盖特单桅杆，你的那久经风吹日晒、肤色黝黑的船长，以及他的那套简陋装备，全然不似今天内河汽船上的那些浮夸奇巧的玩意儿？面对一切惊风骇浪，你照常执行你的出色运载任务不误，完全不借助那魔法般的煤烟蒸气锅炉等。天风盛吹之际，你会一往无前，迅比游泳好手；波平浪静之后，你又会坐待风起，具有船夫的耐心。你的行动，纯任自然，不似暖室温床中的产物总是那么矫揉造作；另外也不是浑身上下一股硫磺气味，走到哪里便把空气污染到哪里——仿佛一只庞大水怪①，硬要给洋面安上个烟囱炉灶；或者更像那可怕火神，简单把那斯迦曼德②都给整条烧干。

我能忘记你上面那人虽不多但个个忠诚老实的水手们吗，忘记他们在回答我们这些外行提出的问题时的那副略带忸怩和费劲（然而绝无鄙夷不屑之意）的神态吗，而这类问题我们这些城里人可是没少提过，一会儿是这个、一会儿是那个奇特的航海工具都各有什么什么的用处？尤其是，我能忘记你吗，你这位，他们水手与我们游客这两方之间的最巧妙的调解员，最可靠的托庇人，最能将他们的一番招数门道传释给我们这些简单头脑的灵活的翻译官，和最善于沟通那海与陆之间种种隔阂的安全的信使公差！——其下身的水手长裤着法倒未必看得出便是此道中的高明里手，但你上面的一副白帽白衣，以及在烹调行当上的那种麻利手段却十足表明，原来你的一套传授也同样是得诸内陆——你这位东契普③出身的高级厨师？你又是怎样一手而多能，一身而数职，厨工、水员、侍者、管家，全肩起来：于是一刻这里，

---

① 希腊神话中一种长着狮头羊身和蛇尾的吐火女海怪。
② 荷马史诗中特洛伊城附近的一条河名，至于那火神指 Hephaestus，以上见《伊利亚特》21 卷。
③ 原为伦敦东部的一个集市贸易地。

一刻那里，仿佛爱丽尔①般的那类把式，一团活火似的满舱飞，只是所行更为仁义②——不是在那海上兴风作浪，为狂飙去推波助澜，而是对我们的不足不济之处，颇能慈善为怀，给予抚慰，借以使因不习惯于那里的颠簸震荡而引起的担惊受怕等幼稚心理有所解脱缓和。而当那劈头盖顶的巨浪把我们驱赶到甲板下面的时候（时为十月下旬③，正值风劲浪激之际），你又是怎么对我们殷勤热情，关怀备至，不断带上纸牌、饮料、药物，特别是你那温暖的话语，来招拂照料我们，以便稍稍减轻那些小舱室里头由于密不通风、憋闷闭气而造成的那种（说实在）气味欠佳之苦和其他不适不便！

此行除了这些应当大书特书的佳处之外，同舟之中还有一名趣人也颇值一记。其人长谈吐，话头一开，再长的航程也会不觉其长，再远的旅途，比如远到亚述里群岛④，也不愁一路没有笑料热闹、奇谈怪闻。这是一名生着西班牙棕深肤色的年轻人，长相特别英俊，一副军官派头，说甚是甚，自信十足，话语更是来得方便，滔滔不绝，旁若无人。说实在，他的确是我，在此之前和自那以后，再没见过的天字第一号吹牛大王。他可不是你常见的那种吞吞吐吐、犹犹豫豫的胡说家伙（那种几乎不齿于人类的可怜贱民），一边说时，一边还在观你表情是否信他，以便决定你能接受多少，便给你多少，能哄你几分，便哄你几分——那种你的容忍耐性的小缩毛贼——他可不是这样，他的哄骗是属于明火执杖性的，抓住你后，攀头上脸，瞪着眼睛胡说，

---

① 莎剧《暴风雨》中的一个可爱小精灵，见该剧1幕2场。
② 这里之所以这样说，是因为爱丽尔曾奉行其主人普洛斯勒斯之命在海上制造了一场暴风雨，以便将普的仇人那不勒斯王和普的弟弟以及那国王的儿子腓迪南等冲到普自己的岛上来（当然最后两方冤仇和解，皆大欢喜）。
③ 这里的时间便与前面说的度夏矛盾！
④ 亚述里群岛，葡萄牙西部大西洋中的群岛名。

海上忆旧游

倒管你信与不信。他决不是一些说了假话便一直在打哆嗦的人，而是那种心胸非凡、底气十足的高级说谎大家，一把便把你肚子里的心思攥在手里，全凭他去糊弄。我几乎敢说，他已经把全船人的底都摸透了。而彼时，构成那玛尔盖特单桅杆的全部舱底里面，那中间的富者、智者、或学者，又的确不多。而我们呢，我担心，更不过是从奥德门伯里或沃汀街①临时所能拼凑起来的几名从不大出过远门的伦敦佬②（我们的论敌再锡赐以何等的恶名便悉听其尊便了），这样的乌合之众自然也就不太济事。这中间也有一两个不是那地方人，然而热热闹闹地共处一舟之中，再从地域上细作区分，也就没有多大意思。

---

① 均伦敦街道名。
② 当时爱丁堡的一个杂志曾把李·亨特及兰姆等挖苦为"伦敦佬派"（the Cockney School），意为他们比较土气。

情形如此，地区观念①只好看得清淡些了。设使那名厚颜先生的一大套（甚至只是他的一小套）荒乎其唐的东西是在陆地上面讲的，而不是像现在这样，让我们在海中受教，那我敢说，我们中的大多数人在恭聆之后只会反感十足，不以为然。然而处此新奇世界之中，周围一概陌生，烟水茫茫，头脑也就糊涂，其时其地岂不正是再怪异再荒唐的事物也将大行其是的环境吗！时光早已将他的那些无稽之谈从我的记忆里几乎消灭殆尽；即使还记得的，现在写在纸上，也不会有多大趣味。据他讲，种种危厄险境、奇遇好运而外，他任过波斯某亲王的副官，曾将加里曼尼亚国王②只手而劈于马下，取其首级而还。于是，不消说，亲王的女儿便嫁给了他。我已记不清是因为哪桩宫闱变故，加之郡主殒世，遂使他终于离去波斯；但犹如在施幻术一般，他立即以神不知鬼不觉的迅捷，将他自己乃至我们满船的人，一下都携回英国，而一朝脚踏故土，他再度成了上流仕女淑媛的第一宠儿。据他说，某位郡主——如我记忆无误的话，应是伊利莎白③——于一次非常时期，曾亲将一盒非同寻常的珍奇交托给他保管——但毕竟时过境迁，渺茫难考，故这类名节攸关的大事便也只能由王室闺媛去私相认定了。他的得意事件我已大半遗忘；不过有一桩我仍能清楚记得，即一次漫游途中他确曾亲眼看见一只凤鸟④；而且十分客气地代为纠正了我们的一项流俗谬见，即总认为这种灵物一个时代仅有一只，并特别强调这类珍禽在上埃及一些地方并非罕见。至此，他在听众心目中的威信之高可谓达于极点。他那飘飘欲仙的美妙幻想确有使我们顿开茅塞迥脱

---

① 原文为 Genius Loci（拉丁文），原义地方保护神，后泛指某一地区的特殊气氛观念等。
② 无考，可能系杜撰。
③ 可能指英王乔治三世的女儿伊利莎白。
④ 英语凤鸟为 phoenix（恰与"凤"字部分同音！），据西人说法，为古埃及神鸟，其寿 500 年，死前将去阿拉伯，自焚而死，从灰烬中将跳出雏凤一只。

凡庸之功效。但是当他，或许视吾人之愚昧为可欺，并不见好便收，而坚持在我们头上扩大推进其辉煌战果时，亦即接着又讲道他确实曾经从罗德岛巨物①的胯下驾舟而过时，他却显然超出了适可而止的限度。这里我深感有必要对我们座中一位听众的聪明胆识稍记一笔，这个人，一名普通青年，迄此为止原也是这位先生的倾心者之一，但此刻他却斗胆提出，根据不久前他从书上看过的一篇材料，"那尊巨物很早以前便已被毁"；对于出之于那极为谦逊口吻的不同意见，我们的英雄倒也态度相当客气，于是至少承认到这个程度，即"那像身倒也的确小有损害"。这是他遭到的唯一一次顶撞，但这并未使他发生一丝动摇，而是继续作着他的荒唐讲述不误，而那青年也反而从此对他讲的一切更为满意信服——这点显系为他刚才坦诚的让步所感动。于是舟行一路，这些离奇古怪的讲说也就伴随了我们一路，直到里库维尔塔楼②已经遥遥在望，这时立即给我们中的一位认了出来，并指给了我们去看（他以前曾舟行经此），于是被公认为不得了的航行老手。

行程当中，一直守立在船边的则是一个性格颇不相同的人。一个还未长成的少年，外表看去，既穷又弱，人却稳重。他的一副目光始终不离水上，而且常带笑容；如果说上面那些怪异东西也间或为他听到，那也是偶尔如此，在他毫无所谓。对他来说，更有趣的故事是海波讲给他的。他似乎是我们中的一员，既然同在一起，但却又不是。他听到开饭铃响起时常常动也不动，而当我们中一些人掏出自己的储存时——冷肉凉菜等——他却拿不出来什么，而且似乎也并不需要什

---

① 罗德岛，爱琴海中群岛之一，希腊人于公元前280年在该地曾建立一座巨大阿波罗雕像，往来船只据说可从其胯下通过。这座巨雕曾被视为古代七大奇观之一。但像建成未久，即毁于一次地震（226 B.C.），故文中西班牙人的驾舟而过纯属胡说。
② 塔楼为肯特郡荷恩湾附近的一对灯塔。

么。他手边只有一点儿饼干；这就是他几天几夜的全部食物，况且由于船行关系，抵达时间往往会拖后延长。相处稍熟之后，而这种结识他也是不求不拒，我们了解到他此行是为了去马尔盖特一家诊所进行海水浴治疗。他害了一种瘰疬症，此刻业已几乎漫及全身。他似乎对治疗前景抱有很大希望；而当我们问起他去的地方有无亲友，回答则是否定的。

上述这些既充满着欢乐趣闻，又不无其悲恻感触的经历，再加之是首次出海，少年意气，假日情怀，户外冒险猎奇，等等，对于一个长年累月蛰居闹市闭户不出的人来说——此行在他的心灵深处所留下的一片芳馥岂不恰似那已逝长夏的旖旎风光，正是严冬时节一个人回味不尽的记忆珍藏。

难道下面我所要说的一番意思将会被认为是离题太远吗（因为照此来谈至少可以免去那种生硬类比法之烦），如果我拟欲对一些人便曾向我直供不讳的那种真实感觉（而其实我自己在这种场合也多少颇有同感）——亦即在初次见到海时曾经大感失望的那种感觉——竭尽我之所能，稍进一解？我以为，对于此事通常所提出的那些解释——按指一些实际事物就其能满足吾人对它们的原有看法这一点而言每每出现不足一事——尚远未能够深入肯綮。试想一下，提出上述情形的人，即使先不提海，而只是见到一只狮子、一头大象，或一座大山，但如果是他平生第一次见着，这种小有扫兴的感觉在他也必将是同样的。他眼前的实物并不能充分填满他原来脑海里对这些所形成的相应概念的全部空间。不过这些眼前之物毕竟还与其原有概念之间存在着一定的相应关系，因而时日一长，愈益与之趋近，以致最后终于形成一种相当酷似的印象：亦即（如若我能这么表达）实物予人的印象终将由于日益熟惯而有所扩张发展。但大海则不同，见后永远会是一种失望。——难道这不恰恰是因为,对这后者,我们原来所指望见到者(这一点,怪则怪矣,我完全承认,只是我担心,既然我们想象本身的规律是如此,便也注定其必永远是如此,而无可如何)便全然不是某件具体之物,比如那山林里的一些野兽,或者某座几乎可以以目测其大小的山岳,而却是那海也海也一切而无不皆海也,却是那与那溥博大地浑似而对立之渺弥汗漫也?我并不是说,我们对自己时时刻刻都会这般深切地提出问题,然而就心灵的追求之浩茫而言,却又会是舍此而永不得其餍足。现姑以一名年不过十四五的青少年为例(我首次见海时正是这个年龄),他对大海可说还全然没有了解;有之,也仅是得之于书本之中。如今他是第一次见到海了——这时,一切他迄此为止所读过的东西,而迄此为止又恰值其最为活跃的时期,——一切他从漂泊海客的口里听来的虚幻故事,一切从实地航行的记载得到的真切见闻,乃至举凡传奇所叙诗篇所咏中的一切他曾奉以为真并储之心底的巨量珍藏;所有这一切都将纷至沓来,麋集脑中,因而使他的希冀愈高,期望弥甚。——这时,萦回往复于其胸次脑际者,则渊深无比之天沼广溟也,浮海泛舟之神奇人物也;其间盈千累万之怪异岛屿也,波沸浪激之宏洲崇陆也;其容纳涵育巨川细流之博大胸襟也,普拉特闯入而不惊,亚玛逊①平吞而不溢;比斯开湾②之波涛险恶也,以及那名艰难万状之水手也,其人

  遍历惊涛骇浪、可怖夜晚,
   好望之角竟然卒不得脱;③

---

① 南美洲的两条巨河。
② 法国与西班牙间的大西洋部分,素以风涛险恶著称,甚至直到 20 世纪时还有过轮船为飓风撕裂为二的可怕记载。
③ 引自 18 世纪英诗人汤姆森的《四季诗》中《夏季》部分 1002 行。

那时而引起舟覆人亡之暗礁也，那鬼神见之为愁之百慕大死域也[1]；旋涡也，浪柱也，沉舟也；坠入其中便永没深底万劫不复之无尽珍藏也；鲸鲵鲛鲨、魑魅魍魉也；相形之下，陆地上之一切妖魔鬼怪——

> 如若比起黝溟深处精魅变怪，
>
> 地上骇人之物不过可笑儿戏；[2]

赤体文身之野人生蕃也；胡安·费尔南德斯之徒也[3]；珊瑚礁，魔鬼岛也；美艳鲛女之诡秘洞窟也——

我这里倒并非是说，他会十分清醒认真地要求这一切谲奇伟丽的事物便都得一件不缺半桩不少地全部毕现在他的眼前不可，但是他此际却仿佛处于一种强大精神力量的主宰之下，因而受其左右，上述种种便会如烟如梦，不绝来袭；于是当一桩实际事物，突然从某个并非如是神奇的岸边，初次闯入其眼际之时（这在风平浪静的平常天气尤将如此）——比如一片孤帆、一带烟水——那么这点可怜景物又会显得多么藐不足道和难餍人意？或者当他正从一条河口乘舟而来，那么这时所谓的大海也者岂非即是那河道的加宽？而且即使陆地已全然不复在望，眼前的种种不也只是极平凡的一片水面，甚至还及不上那笼盖四野的广阔天空，他那自幼见惯的熟悉现象，并因此而绝无任何恐惧或惊异之感？——因而他，处于同样情景之下，岂不完全会与《盖比尔》中卡巴罗的口吻酷似宛肖，千古而同申一慨？——

> 难道这就是大海吗？就是这个？[4]

---

[1] 原文为"still-vexed Bermoothes"，语见莎剧《暴风雨》1幕2场229行。按百慕大群岛位于北美洲以东的大西洋上，自古为舟船常出事故的危险地带。
[2] 引自英诗人斯宾赛的《仙后》第二卷12章25行。
[3] 即 Juan Fernández，16世纪西班牙航海家，他在智利以西所发现的一群岛屿，后来即以他的名字命名。
[4] 这行诗引自英国诗人兰多（Walter Savage Landor, 1775—1864）所著长篇诗《盖比尔》卷四中。卡巴罗为诗中的埃及女王。

我爱城市，也爱乡村；但这五港①却非城非乡，招憎而已。我最看不惯的便是那些低矮突兀的杂木灌丛，它们的稀疏枝叶只是从贫瘠岩罅硗薄地缝中挣扎出来的可怜生命，一些外行居然还美其名曰"绿至海隅"。我要的是茂密森林，而这里看到的只是低矮丛薄。我希望常见的是清溪浅濑，急欲一听的是河水潺湲。我不能整天整天兀立在光秃的海滩边，呆呆望着海水光泽的无聊变化，仿佛一条快死的鲻鱼，一会儿一个颜色。我不能总是眼睁睁地盯着这座水上监狱的窗口看个没完。如果那样，我倒宁可返回到我内地的囚笼里去。我凝注着大海的时候，我心里想的乃是登临之，飞越之，横渡之。然而这里的舱房甲板却将我用铁链牢牢锁住，有如身在缧绁。我的心思却不在这里。如果我此刻是在斯特拉弗②便不会作如此想。但这里却不是我的居处。赫斯丁兹能使人有家的感觉吗？这里不过是一个藏污纳垢的逋逃薮，乌七八糟的大杂烩，其中什么都有，海鸥、股票商、自命水仙的都市太太③，惯好与海调情的城里小姐。如果这里还是它原来的纯朴情形，依然未改其应有的过去面貌，一个老老实实的渔民村镇，而再无其他，那它倒还稍值一观——几家简陋栅舍，错落其间，其石材即就近取自周遭断崖，其造工也与那些石崖相差不多，那倒反而会有些看头。我会宁愿留下来和那些米设人④……走私犯。这后一种行当在此地会是，至少我觉着会是，少不了的。他们的一副神气就跟这地方挺相合。我不讨厌他们。他们可说是少有的义贼。他们只盗窃公家

---

① 五港，Cinque Ports，这个名称是对黑斯丁兹、多弗、隆尼、海兹与桑威奇五个运河港口的总称。
② 英国郡名，地在英格兰中部。
③ 原文作 Amphitrites of the town。按 Amphitrite（这个词的单数）在希腊神话中为海神 Poseidon 之妻，亦即水仙。
④ 《圣经·诗篇》百二十篇中之商贾名，这里泛指商贩。

税收——这就不显眼了,我也就从不当事。我还肯上上他们的出海渔船,见见一些不很公开的勾当,而且还颇以此为得意。我甚至对那些吃尽其单调无聊苦头的可怜虫也能容忍几分,这些缉私人员日日夜夜都得在海滩边苦苦守卫巡逻,以监视一些不法乡亲——说不定就是哪个熟人、什么兄弟——只要一见谁的朴刀露了出来或有何动静,便登时一阵警哨吹了起来(算是他们唯一的调剂吧),就这样,在保护税收这点有限的名义下,虽然明明再也见不着一支入侵的敌军,也得来上点"内战"充充门面,以示其对走私棉布的深恶痛绝和对咱们古老英国的一腔忠悃。小住几日;不反对和那里的青年渔民和走私犯来往来往。但是我最受不了的是那些城市游客,他们来到这里,却又说他们到此之后就像一条水塘里的鲈鱼、鲦鱼那样,对海并无丝毫好感。我自己到了这里便也像是呆鱼一条,不论对自己对他们都不耐烦。他们究竟所为何来?如若说他们来此是因为真正爱海,那又何必非要将其陆地上那套生活用具全都搬来海上?或者非要在此荒漠之上搭起其文明帐棚?那些简易书室——还美其名曰"瀛海书屋"——又是为甚?如果照其向我们宣扬的那样,那大海本身便是一部"其妙无穷的伟大奇书"[1]。他们的那些愚蠢的音乐厅又是何意,如果他们前来只是为了(而且非常希望别人也是这么认为他们)听听涛声?这都不过是些自欺欺人的空洞无聊把戏罢了。其实他们来此,一是为了趋逐流行时尚,二是为了破坏当地风光。你道他们都是何人?他们不过,如我所说,一批股票商罢了;不过也不能一概埋没人才,我注意到,其间也偶有善类——即不时也能遇见一位老实公民(当然仅能属于旧派),居然还真的一本赤诚,扶妻携女,前来嗅嗅带咸味的海风。而他们也都来必以时。这点从其面容便不难一望而知。头一两天,他们真是快

---

[1] 这句话引自莎剧《麦克佩斯》1幕5场。

哉游也，踏遍砂砾卵石之间，乐而忘倦，拾得几枚海扇蛤壳，便如获至宝；但不消一周，他们早已意索兴尽：而且开始发现，原来那蛤壳里也并无珍珠，于是乎——吁嗟乎！——再下面的事便只合由鲰生代为先容了（原因是这类话又怎好难为这些漂亮小姐亲口实说），即她们此刻的神魂早已飞回到那些她们每个星期天都要去的特威肯汉①的草坪上去，而再别要这种海滨漫步了！

我倒有意找一位这类自命真正爱海，甚至爱其一切狂暴酷烈的着迷海客请教一下，以弄清他对下述一事的感觉如何，即如果说，此地的一些老实水上人家，因深为他们在这里的一番殷勤垂询存问所感动，于是，竟在自认已与上述之人达到了透彻理解的程度的这一强烈信念的影响下，慨然表示要对他们进行回访，并为此而真的去了——伦敦，请问这时上述的那些海客又将作何想法？当然我这里的假设是，那些水滨人此去也必将其全部渔具背负在身，恰如我们赴海滨时要带去城里的大量物品那样。不难想见，这幅景象将会在洛斯伯里成了什么样的旷古奇闻！这番透顶滑稽岂不要笑翻了

隆巴街的妇女，契普赛的姑娘。②

我敢断言，一个居民，只要他是城中所生，陆上所长，他便永远也无法在那些海曲水隅找到他的真正自然营养。其实造物者对我们也是如此，除非注定要我们去做水手，做流浪汉，否则便会吩咐我们待在家里。挟着咸味的浪花只会使我忧郁丛生。只有再回到那更温和的琼玲溪流之旁，我的心情才会重归平静。因此我要天鹅而不要海鸥，我要亲放一只燕八哥在泰晤士河的两岸上飞来飞去。

---

① 地在伦敦西南，17、18 世纪时为英国上层社会与名流居住之地。
② 引自英国文人 Thomas Randolph 的《斯塔福师颂》（"An Ode to Master Anthony Strafford to Hasten Him into the Country"）。至于其中的隆巴街与契普赛均伦敦地名。

题解

　　这是兰姆集中为数极不多的一篇记游文字，而我们也期望在其中见见他写景的笔墨。但却一句没有。兰姆不好写景。前半篇记人物，后半篇发议论，只是不写风景。这时兰姆还提出，希望议论不是离题太远；但这题就是这么一直离了下去，再没回到本题。不过毕竟所谈不曾离海，我们也就慢慢忘了他的离题，甚至不太觉其离题。但这都无大关系。有趣的是，这里反映了他对自然、对景物的一种态度：自然他无兴趣；"海见了后永远会是一种失望"——这可是与他同时代的那些浪漫主义文人的观点大异其趣！他对这一现象（指对海的失望）所进的"一解"也大值玩味。是有见地、有深度、有哲理味的，极具认识论，特别是美学的价值。他所讲的实际上也就是人们所常说的那句话，见景不如听景。另外也反映了一般人（当然高级文士和大知识分子必须绝对除外）在这个问题上的一个极为普遍的看法或态度：风景并无多大意思，尽管他们也并不反对旅游。这也是很自然、很正常的。其实我们的古人，也不分中外，早就是如此。西方直至19世纪以前，我国直至六朝以前，诗文中写景物的东西多吗？可见对景物淡漠些也没什么，是既有上述认识论上的依据，也有文化历史方面的渊源和例证的。不喜爱便是不喜爱。有什么不好说的！这不丢人。相反地，您只会被认为天真、可爱、真诚、大胆——跟兰姆一样。

　　但使译者更感兴味的首先还是他的文章。再好不过，是从风格上讲特别出色的一篇。美文的爱好者确实在文中可以充分领会到真正的文章之美。词采的丰盛且不说，句式上的多样性与富于变化性（尤其是其间长短句整段整段的对比配置）以及文情内容的迅疾转折，等等，都着实取得了令人惊羡的成绩；至于整体的流畅程度也是高的（这点只有快读才能更充分地感到，一读慢了便会消失）。但是长句的较多运用（欧人的文章一遇到叙述体时长句的频率便会增高，而且效果不一定差）在汉语译文中便会出现难题，这当然也是语性使然，属于无可如何的事。汉语译文这时也只有勉为其难罢了——汉语的长处原不在此。但时至今日，连善构长句的西方人竟也在句法上（至少在文艺作品中）愈来愈偏爱起短句来。难道这是从我们东方学习过去的？说不来。

养疴记 ①

一场重病，其名神经高烧，竟使我一蹶不振，达数周之久，且病情缠绵，痊愈缓慢，直至近日，方渐脱体，但已使我对疾病以外之事物无力思考了。故看官从本月文章中恐难读到一名健康人的笔下之作；此处聊堪奉饷诸君者，病夫之梦呓而已。

然而染疾在床的情形也正复如此；因为一个人竟白昼而不起，唯长卧以尽之，有阳光而不见，反帘幕以遮之，以求造成一种空幻之境，于是天下万事，浑浑噩噩，一概无知，人生之全部活动，也一概不觉，或其所仅觉者，一己脉搏之微弱跳动而已，然则似此状态，其非大梦而何？

寂静之至尊贵者，病榻是也。此间一卧，南面王且有不如；其乖张任性，亦全无约束可言！一个枕头，决不好生枕着，而是暴君一般，对之肆意摆布——翻腾之，摇晃之，挪动之，放低之，捶捣之，压扁之，抟捏之，而这一切又全随其暴胀之太阳穴间的种种稀奇古怪念头之不绝变化而变化。

其辗转反侧翻来覆去之迅速，世上政客（之改宗换派、易帜倒

---

① 这篇文章作于 1825 年 6 月，次月发表，亦即在作者从东印度公司退休之后（同年 3 月底）。这场病据其传记家言属于因疲劳过度引起的精神衰竭症，一病数周，其间不断出现高烧，因而病中的一番苦况不难想见。

戈）亦罕有其俦。此刻他正挺直全身，但不一会儿便又将缩成半截；其卧也，或斜倾之，或横向之，不是头离其床，便是足出其榻；如此二三其德，而人弗责也。良以四（面床）帷之内，莫非王土。且亦其"独辖专享之领海"[1]也。

复次，人在病中，其一己之重要性，在其自身眼中，也莫以此时为甚！他已变为其自身之独一无二之目标。唯己是务已逐渐形成他的压倒一切的责任。以上二事实已成为他的二大法板[2]。除了早日痊可以外，其他则一概不思不想。一切房门之外乃至房门以内发生的事，只须房门本身不发生格格响声，便全都与他无涉。

不久之前的一桩案情还曾使他为之系心萦怀，因这场官司的胜负涉及他一位至友的成毁问题。谁也看到过，他为友人的事一天能在城里跑上几十处地方，一会儿提醒提醒这名证人，一会儿督促督促那位律师。这件案子昨天即将开庭了。但此刻他对其判决结果已毫不关心，仿佛那不过是远在天边比如北京那里的事。或许他已从周围人们的悄悄话中，而这些话本非是要说给他听的，抓住了一点内容，即昨天的审判情形不利，他的朋友吃了败诉。但此时朋友也罢，败诉也罢，在他来说都不过是些空洞名词，听了丝毫无动于衷。除了养病一事以外，其余都休想劳他费神。

然而就在他此刻这种最为专注如一的凝虑当中，却又会是怎样的

---

[1] 原文为 Mare Clausum（拉丁文），意为"封闭之海"，即是说一带海域只归某一国家独辖而不准其他势力自由出入。
[2] 二大法板，即 the Two Tables of the Law，简称 the Two Tables。据《圣经》讲，这是古以色列人的民族领袖摩西在率领该民族自埃及返国途经西奈山时由耶和华亲授给他的两块古板，上记十诫条文，亦即神的十项法令，并允诺在该民族恪守这两个法板所规定的律令的条件下，给予他们一切必要的保护，于是这二法板便形成上帝与该民族间的一项重大契约与这个族人的最神圣的供奉物。关于这二法板上的内容，详见《圣经·出埃及记》20章2～17节。

百感交集，杂念丛生！

他已将他疾病的坚固铠甲全副披挂起来，将他自己深深掩护在痛苦的麻木的厚皮里面，并对自己的一腔恻隐之心倍加靳惜，仿佛一坛佳酿，重锁而深藏之，以专供其朕躬御用。

他躺在那里便自怜自惜开了；哼唧开了，呻吟开了，焦虑开了；他简直变得悲不自胜，柔肠寸断，一想起他竟在受这份罪；这时便是哭出声来也不以为耻。

他此刻的一门心思便是如何对他自己做些有益的事；为此，什么浅薄速效怪药，无聊止痛秘方，他都不惜花费心血去研究研究。

他对自己的关心重视确可谓达于极点；他开始在想象之中，将他全身上下，按其各自病痛不适状况，划分为一个个的不同部位。他不时地会对其中的某一部分，比如那疼痛的头部吧——仿佛这部分业已独立于他自己之外——以及那里头的一股闷痛，进行一番思索，而那闷痛，不论半睡全醒，昨天一夜都像个木块似的在困扰着他，或者是那里面可感到的无形痛楚，这些除非打开脑壳，便去不掉。或者他又怜惜起他那又细又长、湿粘粘的手指来了。他的关怀是周身性的，自顶及踵，无所不至；他的病榻乃是人道的培育所，慈善的发祥地。

他对他自己更是一往情深，无愧其第一知己；而且本能地感到再无他人可以代司其职。他的这出悲剧的观众似乎愈少愈好。这时能使他感到欣慰的唯有一名老护士的那张按时出现的面孔，它将向他报出，汤药到来。他高兴见到这张面孔还因为它总是那么不动声色，另外也还因为可以对它尽情咆哮吵嚷而无所顾忌，反正那老女人是呆鸟一个，任你发生什么也绝无反应。

对于尘世的百业千行来说他已全然死去。世人的一切营生活计、忙碌辛苦他也都一概茫然；只是每天医生定期来到他床前诊病的时候，他才会对上述情形微有所觉；但即使从医生那张皱纹道道的繁忙面孔上他也看不出那大夫需要招拂的病人是何其众多，而仿佛自己便是这世上的唯一患者。至于那位善人还得再去赶赴多少张不安的病床，当他携上自己那份薄金悄悄溜出其病房，只怕门边弄出声响——这便全都不是他有兴趣考虑的事了。他所可能想到的至多是明天何时这一情形又将再次定期出现而已。

邻里街坊间的种种口舌谣传、是非长短此时对他已经不生影响。家室之内的一些低声细语，这本身便透着几分生活气息，倒还在他身上颇有慰藉作用，尽管不甚清楚究竟都是些什么。照他目前的状况，他是不该多知道也不该多想事情的。仆人们在远处楼梯边上上下下，虽然脚步轻得像踩踏在天鹅绒上似的，也难免会把他偶尔弄醒，不过并不打紧，只要让他模模糊糊感觉到人们是在忙着些什么而并不需要他费脑筋去想就行。太清楚地告诉他一切反会形成他的负担：就这么瞎猜几下分量刚好，再多了他吃不消。他听到闷气的门环声时也会眼睛睁睁，但连"谁啊！"也不问一句就又闭上了。有时想起还有人前来问讯病况会使他稍感得意，但究竟问讯者都是些谁们他又懒得去打听了。就这样，在这种一室皆寂、肃然无哗的环境中，他大模大样地静静躺着，俨然一副王者风范。

确实如此，一个人也只有在病中才能享受到君王般的特权。试比较一下这两种情形吧，——两种情形却是同一批人，即同为伺候，一方面是屏气敛息，蹑手欠足，甚至只凭眼神，不多啰唆，这是你在病中的时候；而另一方面，却是粗心大意，简慢无礼，出去时房门乱响，进来时不随手关门，这是当你好了以后——比较了以后，你就必将承认，从你的疾病之榻到你的康复之椅之日，也即是你的尊严威信一落到底之时，这和王位被黜，又有何两样？

谁其料之，病体稍愈这事竟能使一个人迅即重返其曩昔之藐小！他迄此为止所居处之地位，在其自己的眼中，在其家人的眼中，如今又哪里去了？

他的那番王者场面，他的病房，实亦即其召见臣下之厅堂，其不待起身便足以发号施令之宫阙——如今竟沦为普普通通的卧室一间！甚至连床榻的干干净净本身也都不无其某种卑琐无聊之处。这床居然每天都得重铺一次。这又与那床涌洪波，被翻激浪，高峰低谷，莫可名状之壮观景象，相去何其远也！而这一切都不过是不久前所发生，而彼时，重整床褥一节固亦非同小可之事，自非头上日月三四复于周天，则其事且莫议，且即令重整起来，痛患者被伤痛万状地暂异他处且不说，此疲茶之体对此徒为洁净体面所作侵犯之不满，乃至整好之后重被抬回等亦不说，三四日后此事又重来一过亦均不说，然而一旦抬回之后，则刚刚弄得干净整齐之床褥又必立即而一塌糊涂，每道重出之叠褶，每条再现之折皱，均系此官人又不安生，又胡翻腾，又自寻其解脱快怡之道之历史新见证也；其被单之严重揉搓是较之其皮肤之皱缩更能说明其病情之真供状也。

那些神秘的叹息——那些不绝的呻吟——正因不解其系从隐藏着巨大痛楚的恁个穴窍的深处所发出而益觉可怖——至此已沉寂下来。雷尔纳式[①]的痛苦如今已大为减缓。疾病之谜也已解开。威仪赫赫的

[①] 雷尔纳式，来自其名词雷尔纳（Lerna 或 Lernē）。雷尔纳，古希腊地名，位置在希腊南部的半岛 Peloponnese 的东北，那里有一沼泽地，沼泽中居住一九头怪海德拉，对当地居民为害极烈。希腊神话中大力士赫拉克里斯（罗马神话中所说的赫鸠利斯）曾历尽绝大辛苦，方才将怪物杀死。所以这里的雷尔纳式痛苦既可以指那怪物对该地区居民所造成的肆虐之苦，也可理解为赫拉克里斯在斩杀怪物时所经历的痛苦，亦即 1.病魔之苦 2.与病魔作斗争之苦。而这些痛苦之大，都可说是雷尔纳式的。

菲罗克提蒂斯[1]终于又沦落为凡人一名。

或许这位患者伟人梦里面的旧烈余威尚依稀残存在那仍然偶尔前来探视的护理人员这一形式之中。但即使这种人也不能不随着其他的一切而大变。难道这人便是他吗——那个来了之后什么都谈——谈新闻，谈琐事，谈故事，而唯独一语不及药物——的人士人员——难道便会是他吗，这个人，最近一段时期，一向在病人及病魔之间仿佛以上天所特派下来的专使自命，因而无异于一位居间斡旋的高贵调停人？——天哪，如今真相大白，原来不过是最最平常不过的老婆婆一个！

在他来说，这一切都一去而不复返了——那曾使疾病那么排场的煊赫景象——曾使全家噤不作声的神秘气氛——荒漠般的寂静无哗，即使居室深处也能感到——经常无言的侍奉——仅凭眼神的探问——无微不至的自我怜惜——甚至病体对其自身发展的一番目光独特的罕有关注——尘心俗念的屏绝排除——他自我的那个世界——他个人的那座剧场——可如今

　　他却化为何等藐小一粒微尘！[2]

正值我疾病之潮甫退，仍然身处初愈的沮洳泥淖[3]，而远未抵于真正康复的坚实土地之际，敬爱的编辑先生，大札业已先颁，向我索稿

---

[1] 菲罗克提蒂斯，前注中的赫拉克里斯在用箭头射死怪物之后，箭头上遂沾了怪物的毒液。这些箭后来经其妻之手而传给了当日的另一大力士菲罗克提蒂斯，并使菲自己染毒深重，被希腊军弃置在一荒岛。后奥德赛为了利用他出来作战，乃亲赴岛上，为他医好箭毒，重新将菲带回特洛伊城，致使他能最后杀死特洛伊方里的主将巴利斯（引起这场战争的祸首）。这里作者将他自己又比作菲，意思是自他的病一好之后，一个仿佛菲这样的重要人物现在又降落成一个平凡人。
[2] 引语出处不详。
[3] 这里的"沮洳泥淖"一语并非泛泛而言，而是仍暗示上页注①中所提到的那带沼泽地，亦即怪物海德拉居住和肆虐为害之地。

一篇。是岂索稿？是索命也。^①——我不禁自语道，不过真正索命又谈何容易——所以玩笑虽说浅薄，倒也不无提神之效^②。命令下得不尽适时，但却将我与那些已然遗忘过半的卑微生活事务重新联结起来；这无异是对实际行动的一声轻轻呼唤，尽管这行动再平凡不过；是从那深陷于其中的怪梦，那虚张声势的病况的一种解脱——而在这方面，我确实由于沉湎耽溺过久，以致对世上万事，诸如报纸杂志、君国大政、法令条例、文坛风云，等等，都一概懵懂不知。如今一名疑病症患者腹内的肠胃胀气已大消退；那曾因空想而扩张得昊天罔极的广阔地盘——病人每每因对其病痛的过度凝注而不觉自身膨胀得硕大无朋，巨比提图俄斯^③——业已缩至不盈一握；并一举而将这位最近以来一直自视极高的伟岸巨人顿时还原至其本来尺寸——一名单薄而细弱的平庸小品杂文作者。

题解

听人说病往往是最没意思的事。即使是至亲好友，这种话听多了也受不了，而且还常会因为不好搭茬儿，而更加叫人觉着疲劳。但你看看兰姆这篇谈病，竟是谈得多么有意思，尽管他和你我绝不沾亲带故！它真的是比最好玩的故事还有趣，比最美丽的童话还美。它简直就是一曲音乐，而且是那最好听的。一个病痛主题，被连番重复了二十余遍（相当于它的二十一二个段落），但由于变奏的奇妙，一路听来非但不觉其单调，反而只觉有趣，只怕它过早结束。而听罢的感觉只有一个词——神奇，述说不完的神奇。谁没得

---

① 这是兰姆的另一个文字游戏。"索命"一词，文中用的是 Articulo Mortis，既有致（索、要）命的文稿的意思，又有致（索、要）命的条件（关头）的意思。一语双关，故作此译。
② 意即索稿的事既然引起了我开此玩笑（文字游戏），也就对我的精神或病情恢复起到了振奋作用。
③ 提图俄斯，即 Tityus，希腊神话中攸比阿岛（地在爱琴海）中一名巨人，因妄图对女战神阿蒂米斯非礼，为阿波罗所杀，投置冥府，经常有一双鸷鹰啄食其肝脏（啄食掉后复生出，复生出后又复被啄食掉）以折磨之。

养疴记　273

过病、卧过床,但谁又能把这种经历叙说得如此成功!以文章言,也是不能再好的了,那观察的敏锐,体验的精致,感触的细腻,发掘的深刻,表述的新颖,措词的巧妙,想象的诙诡,文情的恣肆,特别是诙谐幽默的丰富,在在都达到了无以复加的地步,至于风格之美就更是属于少见的胜境,它是那么瑰丽多彩,那么充满变化。如若不是因为兰姆的文章几乎篇篇都同样精彩,我真想说这便是他最好的作品。上面赞美的话确实说得多了一些。但又有什么办法。对于兰姆,要说的话,便只有去赞美,赞美到底,赞美到死。

天才之非癫狂说[1]

有一种看法认为，伟大才隽[2]（或按我们今日的惯常说法，天才[3]）每每与神智不清一事必然相联，但实际情形却绝非如此；恰恰相反，才气最杰出的人物实亦即头脑最清醒的作家。我们很难想象莎士比亚会是一个狂人。才气之伟硕者，当然这里所谓才气特指诗才而言，其特点主要表现为一个人各方面的才能都处于一种令人赞叹的均衡状态。癫狂则不同，其长处仅为其中之一，且扭曲牵强过度，以致匀称比例尽失。诗人考莱[4]在论及他的一位诗友时写道，

> 上苍既赋予他如此才智，
>
> 天下奥秘无不赖此揭破；
>
> 他的鉴临有如天端皓月，

---

[1] 文章驳斥了那种认为天才即癫狂的谬见；提出"才气最杰出的人物实亦即头脑最清醒的作家"。但这种谬见却不仅为一般人所常有，即使其本身即是天才的戴登也未能免俗，比如他的一联诗讲：
> 才隽每与狂癫缘结不解，
> 二者之间难云清楚分野。

这种认识可能即是引起兰姆写此文的动机。兰姆这里所表述的看法是新颖的，也有价值，但他的认识根源则仍不外18世纪的文学观与自然观。

[2][3] 这里"才隽"与"天才"的原文分别为wit与genius。这两个英语词在今天的意义并不相等。genius比wit的分量要重得多，只限于轰动一个国家甚至全世界的巨大才智。而wit则在传统用法上更多的指情秀出而且机警敏捷的文士。但"genius"一词在19世纪以前确实使用得不太多。

[4] 考莱，见《札记一则——书与读》中248页注[4]。

大海潮汐亦将随其涨落。①

造成上述谬误的根源来自如下一种情形,即人们由于在一些高级诗作中每每见到一种神魂飞越的激荡之情,而这种状态他们在其自身之中又往往找不到类似经验,加之这些表面看去又与梦呓谵语并无大异,因而遂将这类梦呓谵语归之为诗人的特点。然而真正的诗人却并非如此,他作梦的时候仍在醒着。他不是他题材的奴隶,而是他题材的主人。当他漫游于伊甸②的林木中时,那步态的安详正和他在自己的家园时没有两样。他可以上登九重高天,但依然神智清明,并不痴迷。他可以下游可怕地狱,踏着熊熊灰焰而毫无惧色;他可以广历混沌迷境,周游"黑夜古邦"③,磕磴其间,而不致给弄得遍体鳞伤,铩羽而归。或者,即使他万一跌入那更其严重的"癫人之国",因而不得不也伴着李尔疯王而佯狂一阵④,跟着雅典泰门而对人类胡咒几句⑤(按这仇视人类也是一种疯狂),但是这疯狂,这仇世,也还不致流于漫无节制的地步,——未曾将理性之缰完全丢掉放脱,尽管表面观之已大有如此之势,——这时他自己的聪明既不曾一刻不在他的耳边多方提醒,那老王和那财主的旧臣义仆如肯特⑥与弗莱维斯⑦诸贤也不会少对他进过清明仁义的忠告诤谏。因而他的许多看来似乎最不近人情

---

① 诗行见考莱的《悼哈维先生》("On the Death of Mr. William Hervey")一诗。
② 即《圣经》中亚当与夏娃曾居住过的那个天堂上的乐园。
③ 此语见《失乐园》1卷543行。
④ 莎剧《李尔王》中的这个老王在将他的国土全部分给他的两个女儿后,却在这两家中遭到慢待乃至奚落打击,愤极欲狂,在野外暴风雨中号泣咆哮了一夜。见该剧3幕2、3、4与6场。
⑤ 莎剧《雅典的泰门》中主人公。泰门曾是雅典城中最乐善好施的好心肠财主,但当他家业败落后向过去受尽他好处的食客们作点告贷时,却无一例外地遭到拒绝。受此打击,他变成了一个仇恨一切人类的愤世嫉俗者。
⑥ 即《李尔王》中的肯特伯爵,以忠言见斥。但李尔王流亡荒野后,他却化装和异名为凯俄斯,继续在危难中扶侍老王。
⑦ 弗莱维斯,财主泰门的忠仆与管家。

的地方，实则正是对这个方面最忠实不过的表现。何时他如果从超自然的领域之中呼唤来什么角色，那他也一定要使之符合自然之律。他对这位统摄万有的主子总是处处恪遵其懿旨的，即使浮面观之已大有背弃之嫌。他的理想的族类向来便很听人劝；他的妖魔鬼怪对他也都服服帖帖，任其挥斥，甚至包括普洛提俄斯①手下的那群海妖。对于这些他不仅诃令降伏，而且披服之以有血有肉之外衣，结果他们见了自己也会惊得不敢相认，正如一些印度岛民初次被迫穿起欧人装束时的那种情形。于是凯里班②也好，女巫们③也好，都——按各自本性之规律而率性应律而动（在这方面本与我们不同），而如今竟也与奥塞罗、哈姆雷特与麦克佩斯等并无两样。正是在这里，大才与小智乃见分晓；而这后者，只消稍稍偏离于自然本性，偏离于实际存在，便将不仅迷失其方向，抑且丢掉其读者。他们笔下的幻境是不合道理的；他们展现的景象只是一场恶梦。他们的作品是够不上创作的，创作必须形态完美，意义连贯。他们的想象不是积极的——因为积极必须能够唤起某种活跃行为、具体形象——而只是消极的，类似人的恶梦。他们拿给我们的并非是什么超自然的东西，或者说是在我们所理解的自然之外又凭添了任何新的成分，而是不折不扣的非自然。但如果他们的失误仅限于此，也即是说这种心智错乱只是在处理一些有异于或者超乎于自然的题材方面方才暴露出来的，那么他们的这种认识作法也还不致完全不可原谅，尽管笔下有些离谱或内容过于荒唐；但问题在于，即使在一些仅属现实和日常生活的描写上，在状摹明明白白发生在我们眼皮底下的事物时，我们这些才分稍逊的诗人在其有悖于事

---

① 普洛提俄斯，罗马神话中的海神之子，海中的千奇百怪都受辖于他。
② 凯里班，莎剧《暴风雨》中主人公普洛斯波罗手下的一个半人半兽的丑陋奴仆。
③ 指莎剧《麦克佩斯》中那三名能预言吉凶的女巫。

物之常情道理方面——在其首尾顺序之毫不相属相关方面，因而也就自然要与疯狂相属相关——所曾出现的严重程度，甚至也会比一位巨大天才在其"大发其魔怔"（用诗人威泽①语）时，更荒谬百倍。为了说明这点，我们姑举雷恩②出版过的那一大套流行的说部为例——按这些小说已属二三十年前之事，为彼时广大妇女界所曾聊以充饥的唯一精神食粮，直到后来有天才出③，方才将这些只能毒害人心灵的乌烟瘴气廓而清之，横扫一空——认真请教一下曾经非常熟悉这批东西的看官，他们当年在浏览这些小说之时，即在其碰到那计数不清的荒诞不经的情节、没头没尾的事件、莫名其妙的人物甚至根本便不够其为人物的人物、那些恶俗下作的调情把戏，而书中角色又无非都是些什么见色垂涎爵爷和江上芙蓉小姐④等之类，至于背景场地则千回万遍也不出巴斯曲巷与朋达宽街之间⑤等之地，——他是否曾经发觉，他的一副头脑被"颠簸"的程度，记忆被搅乱的程度，一切时与空的观念被弄得丧失的程度，乃至那怪梦的缠人和不胜其糊涂的程度，较之他在漫游于斯宾塞的全部灵境仙国⑥之际更要有甚百倍！的确，在我们上面所提及的这类制作中，唯一尚不觉其陌生的也仅限于其人名地名；至于其中的人物，则不仅这个世界断乎所无，就是任何你能想象到的地方也难望其有；其所有者，无止无休的无聊活动而已，而且是有活动而无目的，有目的而无动机：——所不同者，幻象出现于平常地方而已；怪物被取了人的姓名而已。在诗人斯宾塞那里，我们所见

---

① 即 George Wither（1588—1667），英国17世纪文士、诗人与政论作者。
② 即 William Lane，18世纪末期英国一名出版商，他开办的"密尼瓦书局"出过不少质量浅薄低下的言情小说。
③ 这里的天才最可能指司各特。
④ 这两个名字可能系出于兰姆的杜撰。
⑤ 两地均为伦敦无人不晓的街道。
⑥ 指大诗家斯宾塞的《仙后》中的境界。

到的姓名本来便只是虚构，不必实有；那里的一切只发生于乌何有之乡，因而《仙后》中的人物从来便不侈言其"行止去处"。然而论到其各自的性情，其语言，其行动，则其中的一番缘由道理我们对之并不陌生，见后颇有旧地重游之感。所以这里对比非常明显，一则将人生弄得虚如梦幻，另一则即使最疯狂的梦幻也能赋予其日常生活所存在的那种明白清醒。至于诗人究系凭借了何种妙艺方才能在精神之一番追索中得此神奇效果，我们自愧头脑不够，一时尚难为譬说，现姑举下面一诗为例，或可稍能申明此意：诗为描写玛门洞穴①之一节，其中的财神起初仅以一名悭吝人之卑下身份出现，继而才化为一金银匠人，直至后来方始露其原形，以人间全部财富之据有者的赫赫威仪面世；另外他有女一人，其名"野心"，并成为世人拜倒其石榴裙下以邀其宠的尊贵对象——其间涉笔所及，尚有赫斯波里仙园之金果②，坦塔鲁斯之怪异池沼等③，而彼拉多之洗其罪手④（虽属无效，但亦非无因）亦即在此同一水中——因而我们一时陷入一名老守财奴的洞窟之中，一时又来在独眼巨人的煅炉之前⑤，一时又置身于宫殿之侧，但同

---

① 指《仙后》第二卷第七篇中的有关情节。那里写到盖雍爵士（亦即节制骑士）去了财神玛门的洞穴，那里财宝堆积如山，又有他那名唤野心的如花似玉的女儿，而这一切财神都许给了他，以便拉拢他站到自己一方，但盖雍面对财富、美色却不为所动，拒不接受。按"玛门"这个名字最早见于《圣经》。
② 据希腊神话，此金苹果园在大西洋的一个仙岛之上，由四位姐妹共同看守，至于"赫斯波里"一词为岛上那个果园的所在地（一片田野）的名称。
③ 坦塔鲁斯，希腊神话中里底亚地方的一个国王，为宙斯大神之后裔，后因得罪天廷（至于所犯罪行则说法不一），被罚在一水池中受苦，苦处之一为：每当他渴了想喝水时，水即退去；每当他饿了想吃一枚池边树上的果子时，果子即被风吹去。
④ 彼拉多为纪元前一世纪罗马派赴巴勒斯坦南部与约旦河以西地带的全权地方长官（Procurator），他应了犹太地区旧教长老们与大司祭之请，而将这些人指控的耶稣处死。但判决之前他又心神极为不安，拿了水来在众人面前洗手，并说"流这义人的血，罪不在我，你们承当吧"。事见《马太福音》27章24节。
⑤ 独眼巨人，这不是一个单一的人，而是一族人的一个总称，至少指三个这样的人。据希腊神话，他们生长于西西里岛，身材巨硕，头上只有单眼，其职司为替宙斯锻造闪电霹雳，后因开罪阿波罗，为后者诛杀。

时又是地狱之间,而这一切都是其来匆匆,忽焉而至,迅不旋踵,随梦幻之纷纭无际,其变易亦瞬息不停,然而当此之时,吾人之心智固不曾一刻睡去,既无能亦不愿让此幻象打破,倏然灭去——然则这一切岂不恰恰说明,诗人于其看似最为迷离惝恍、颠倒错乱的梦游神驰之际,引领其续续前行之一副清明心智其实并不曾须臾离去,只不过隐而不彰罢了。

如果说上述这节诗作乃是对人的梦思的一种描摹,那便言之不足了;它确实也是这个,在一定意义上——但那又是何等不同凡响的一种描摹!让我们当中的那最有虚构本领的人来试试吧,那整夜整夜都颇曾以其某些恢诡而壮丽的异象而自鸣得意的人士可思考一下,当他次日清早一觉醒来之后,重把那些精彩纷呈的支离破碎景观绾之一处,看看是否仍能通得过他的清醒评判。情形十有八九会是,那些看似变化多端,而且非常有条不紊但毕竟只是得之于消极状态的东西,一旦被诉诸冷静的检验,终将因为它们竟是那般的毫无道理和毫不联属而不能不使这位人士深感自愧,自愧竟被诓得这样以假为真,拿鬼当神,虽说事情出在睡梦之中,不无可原。再看看那节诗,其中的一切变化都无时无处不乖谬得与最荒诞的怪梦无异,但这一切却全都经得起人醒后的考验。

题解

议论乃至辩驳性的文字,兰姆的散文中向来不多。这篇驳天才即狂癫论算是其中几乎仅有的这类作品,而这点显然与他的性格不无关系。兰姆生性不好议论,更不好辩。"语而不论,论而不辩"这句话或许最能描写他的讲话方式和行文风格。即使这篇确属辩论性的文章,那里面的火气也不是太盛,但意思却很新鲜,发人之所未发,道理也讲得好,鞭辟入里,令人信服。这篇文章的佳处却也同时在其叙述的方式——相当精彩,甚至辉煌,而这个主要来自想象力的运用。历来的文论往往写得太抽象枯燥,甚至流于晦涩,令人难以卒读。兰姆此文便绝无这种毛病。尽管也属说理之作,但话却总是处处说得那般清楚明白,无不达之意,另外语言的形象化程度很高,读来但觉气韵生动,神采飞扬,鲜明而具体,使人在领会文艺新理论的同时兼能获得一种艺术享受。这种将高深道理说得浅显易懂,将抽象表述化为(上升为?)具体形象的作法无疑是我们的文艺理论家乃至一切理论家都应当认真学习的。而兰姆之所以能够做到这点,除态度诚恳与尊重读者而外,对所谈内容的真切而透彻的把握恐怕也是极重要的原因。但愿我们都能从这篇确堪称为范例的文论中学到东西。

退休之后[1]

自由之顾我迟矣,然迟而顾我。[2]

——维吉尔

我曾是快活伦敦的一名书吏。[3]

——奥·基福

看官,如果您本人也是命中注定,一生当中的黄金岁月、锦绣年华全都不得不在一间令人生厌的公事房的羁縻之中度过;当您将这囚徒般的生涯已经延至中年,延至老年,躯体衰羸发生之后而依然无望得到宽假释放;当您已经不再记得世间还有所谓休假玩乐的事,或虽记得但也认为仅属于一个人幼年的事而与您目前无关;到了这时,而且也只有到了这时,我此刻的这番解脱的意义为何,或许才有望得到您的理解。

自从我于明兴巷[4]的办公桌前一坐,于今业已三十有六年矣。自

---

[1] 1824—1825年间冬季,兰姆在一场重病之后,从东印度公司退休下来。辞呈提出八周始得到答复,即他将按每年441镑(相当于其原工资的三分之二)享受终身退休金。彼时他已整50岁,此后他又活了近9年。文中所谈内容在他退休前后的多次致友人书中曾有所反映,这些可说即是这篇文章的胚胎。
[2] 引自古罗马大诗人维吉尔的《牧歌》第1篇28行。原文为拉丁文,只有极简练的四个词,即"Sera tamen respexit libertas"。
[3] 引自作者同时代一名爱尔兰喜剧作家John O'Keeffe(1747—1833)的轻喜剧作品。
[4] 为伦敦的国家银行与伦敦塔之间一条叫范教堂街的小巷,曾是兰姆在东印度公司工作时的办公所在地。

从那玩的时间极多，学校的假日不断的十三四岁的幼年情景，一跃而进入会计室里的每日每日的八九乃至十个小时的坐班状况，这一剧变之惨烈，亦诚有难言者。然而时光总能使我们对无论什么也会习惯。于是我也就一天天安下心来——死心塌地安下心来，道理同那笼中之兽完全一样。

不错，星期天我还是有的，可以由我支配；但星期天这天，虽然作为祈祷礼拜之日正是再妙不过，却也唯其如此而最不适合于一个人去解闷散心。城里面的星期天就尤其是如此①，情调之阴郁实在令我难耐，空气中总仿佛有一种沉甸甸的东西。这时我再听不见伦敦城里欢快的叫卖声、乐曲声、小调民谣声——大街小巷的嗡嗡营营声，那振奋人心的嘈杂喧哗声。那永敲不完的敲钟声只会增人惆怅。那处处关门大吉的店铺只会令我生厌。各式各样的彩图画片，五光十色层出不穷的器皿玩物，那摊贩的时鲜新货的红红火火斗巧竞奇的陈列摆设，总之那一切使一条车马较少的街道平日特别值得一观的热闹景象——这些都一概再见不到。再没有一处处书摊可供人来此闲逛。再没有一张张紧张繁忙的面孔可供过往闲人的观瞻取笑——因为，如若与自己此刻的一身轻松相比，看看那种脸孔也会是一乐。这时映入人眼帘的简直是一无所有，有之，也只是些不愉快——至多半愉快的面孔——而这些面孔则属于刚刚放出来的小徒弟也，偶一得闲的小市民也，好不容易才准上一会儿假的小女佣也，这些人，平日劳动惯了，你真让他们轻松一下，反会无福消受；于是说起假日来，只会使他们叫苦连天，感到空虚无聊之极。

星期天而外，我每年复活节有一天假，圣诞节有一天假，另外夏

---

① 之所以这样说，是因为在西方许多基督教国家里星期天是作为祈祷进教堂的日子，故每逢这天，一切店铺多休业，娱乐场所也都停止活动。

季到来后再有一整周假,这时我可以去自己的故乡赫福①的田野去呼吸一下新鲜空气。这后一项实在是一桩莫大的恩典;正是因为时时盼望着它的到来,才使我整年的精神得以保持不坠,另外也使日子稍好过一些。但是一旦这一周终于盼到,那好久以来就闪烁在远方的美妙幻想便会来到我的身边吗?或者说这时岂不恰恰是更不安的七天,只会是因为拼命想要寻点乐趣而更加忙个不停,因为想要充分过好这段时光而弄得自己疲惫不堪,焦头烂额?这时哪里还有什么平静,哪里还有原来想望的轻松?妙处还没尝到,日子已经过去。于是我又再次返回到了我的办公桌前,再次从头计数起那横插在中间的新的五十一周。但尽管这样,对下一次这个时节的期盼还是会给我那暗无天日的囚羁生涯投下一缕光明的。如其没有这个,正如我上面说的,我真说不好我将怎样挨过我这奴役般的时光。

考勤课绩方面的一丝不容疏忽之外,我还另有一桩心理负担,而且日益沉重(但愿这只是我的一种幻觉),这即是我感到自己在工作上已愈来愈力不从心。这点,近些年来竟已达到如此严重程度,因而我脸上的道道皱纹便都是明证。我的身心两个方面都有大感不支之势。我深切感到一场危机迫在眉睫,以致难免会令人猝不及防。白天如何劳累也就罢了,严重的是整个夜晚这类苦役又会在睡梦里重现一过,于是每次醒来不是失惊于这笔错账,就是担心起那宗误计,而这些实际上并不存在。自己此时已经忽忽五十,而解脱一事依然渺无希望。打个比譬,我仿佛已经与自己的办公桌长到了一起,它的木料深深侵蚀进我的灵魂。

科室里的同事见到我的满脸苦相也有用一些话语来调侃我的;但

---

① 关于这个地方,可参阅《麦庄访旧》《梦中的孩子》等文。

我并未料到这事会引起我雇主们的注意，而情形倒还真是这样。上个月五号那天，也是我终生难忘的一天，公司的副经理莱——先生①突然把我唤到一边，以我的气色不佳相询，直截了当地追问其背后原因。经他这么一问，我也只得以实情相告，承认健康状况欠佳，并表示自己担心今后难免要向他请长假了。他听后自然也宽慰了我几句，但这事也就即此为止。一周期间我一直在苦苦琢磨此事，心想我这样无所不谈，实在是不智之举，这无异是授人以把柄，只会陷自己于不利，所以也就等着解雇算了。整整一周就这么过去了，但这一周也恐怕是我有生以来最焦灼不安的一周，不过不久就来了变化。记得是4月12日的晚间，正当我离开办公桌准备回家之际（时为八时左右），我突然得到一项可怕通知，要我即刻到那骇人的后客厅去见全公司的首脑。我心想我今生算是完啦，当然这也是我自己造成的，我将被面告今后不再需要我的服务。我只觉得，莱——似乎看出了我的心事而在对我暗笑，不过这暗笑倒使我轻松了几分，——但使我大为惊异的是，贝——②，那位年纪更大些的正经理，竟向我发表了一篇正式讲话，内容谈到了我的长期服务、恪尽职守、成绩卓著，等等（天啊，我不禁纳闷，这一切他又是何由得知。说实在，连我自己也从来不敢便这么认为），接着他又对我的能够急流勇退一事深表赞赏（听到这话，我的一颗心已快跳出嘴边），并对我目前的财产状况略略询问了几句，而在这方面我倒还稍有一些；讲话最后提出了一项建议（对此，其他三位董事当即点头表示赞同），即鉴于我对公司的忠诚服务，我将从公司领到一份终生退休年金，金额按我现有工资的三分之二逐年发予。——这真是够慷慨的！惊喜之余，我已记不清当时都回

---

① 即后面所提到的四个人中的莱锡，名字属虚构。
② 即后面所提到的四个人中的贝尔德娄，名字亦属虚构。

答了些什么,但十分清楚,我接受了这个条件,并被通知,从彼时彼刻起,我即可放心离去公司职务。我嘟囔了几句表谢意的话,又鞠了一躬,便在八点过十分左右返回家去——永远地返回家去。这种慷慨大方的作法——一种感激之情使我虽欲隐去其大名而不能——完全归功于世界上这个最慷慨大方的公司,亦即贝尔德娄、梅里维则、鲍桑科与莱锡联营公司[①]。

君其永垂不朽![②]

头一两天,我真是给搞得晕了,垮了。我只知道我的福气来了;但恍惚瞀乱之中一时还来不及细加品尝。我慌里慌张地到处瞎跑起来,自以为快乐无比,但心里又明白并不真是这样。我此时的心境正好比一名巴士底狱[③]里的囚徒,关了四十年后才放出来。现在一条命交到了自己手里[④],我已经丧失了自我保全的能力。我仿佛已从阳寿之中进入永恒——将一个人的全部时光都交付给他一己去支配的那种永恒。这给我的感觉是我自己手中的时间实在是多得无法应付。从一名穷人,时间上的穷人,我竟摇身一变而顿成巨富;财产之充裕大到一眼望不到边;我真巴不得能多雇几名能手管家、精明衙役来协助我管好这份偌大时间家业。但这里我仍拟欲向那些业已老于公务的当差人员进一忠言,即在对自己的一切慎思熟虑之前,在对个人的家私充分掂量之前,切不可将毕生尽瘁于斯的那项行业一举而虚掷浪抛,以致将来贻恨莫名,因此中确不无其一定的危险性。在这事上我即深有体

---

① 这个所谓的联营公司实指东印度公司,但这个公司绝非是上述四人合办的私人公司,另外这四个名字也均属杜撰。
② 这句话的原文为"Esto perpetua!",意为"愿汝不朽"。话出自一位名叫 Paolo Sarpi(1552—1623)的意大利高僧临终遗言,至于"愿汝不朽"中的"汝"则指维尼斯公国。
③ 法国大革命前巴黎关押政治犯的国家监狱,大革命后被毁。
④ 把什么交到了谁谁的手里这类话都是模仿《圣经》的语言。

会，但自忖财力尚足勉副，而始克有此；如今起初一阵眼花缭乱的兴奋既过，我倒也深得安居的自在之乐。我不忙了。既然现在天天都在放假，便也无所谓假与不假。如果时光多得不好打发，我可以靠散步去打发；不过散步也不能一散便一整天，像我在过去的那些短暂的假日里那样，一天可以散步上三十来哩，以便不辜负那大好时光。如果日子过得腻味，我可以靠读书去把它排遣掉，当然读书也不再读得太猛，像我在过去那样，因白天没有时间去读，遂不得不利用长夜，秉烛深读，在一些昔年旧著上面孜孜不休，全然不顾眼力心神的疲倦。所以行路、读书，再加上心情来时胡乱写些，便构成了我今天生活的新秩序。至于玩乐，我已不再有意追逐，听其自至而已。我此刻正像下面诗中的那种人——

  嗟彼绿洲，斯人生地，

  来日悠悠，听其自至。①

"来日悠悠吗？"你也许会评道，"看来这退休老朽还野心勃勃，志不在小！不是他亲口讲的，他已年过半百。"

不错，以年头算，我此刻确实已经活够了整整五十，但如果从那里面扣除掉我仅为别人而活而并非为自己而活的那许多时间，那你就得承认，我仍是少年郎一个。因为唯有那扣剩下的才是真正的时间，才是一个人可以称之为他自己的时间，亦即他曾为他自己而生活的那段光阴；至于其余，虽然在某种意义上他也曾生活于其中，但严格地讲，则仅仅是别人的，而并非是他自己的。我未来的有限余年，不管其长短，在我来说都至少将是那些已过岁月的三倍数字。如果天假我年，得以再活十岁，那么这新的十岁也即是那过去的三十整年。这个

---

① 诗行引自十六、十七世纪间的一名叫 Thomas Middleton（1580—1627）的作品。

数字并非虚说,而完全是按一比三的算法得出来的。

重获自由伊始,屡屡萦绕于我的胸际而不能去怀的怪念之一便是,我那与之决绝的会计科室在我来说已经大有一种往事悠悠、故人千里的隔世之感。我很难想象这一切只不过是昨日的事。那些长久以来,年复一年和日复一日都与我一直密切厮守一处的许多同事上级——由于这次猝然分手——在我来说,已经恍同泉下之人。罗伯特·霍华德[1]所作悲剧中有一节悼友人诗最足以说明我此刻的心情,诗极佳,姑引之如下——

> 他的亡故只不过是不久前事;
> 时间之短甚至不暇为他流泪;
> 痛哉死生异路已使幽明永隔,
> 恍如亡友之去早有千载之遥。
> 时光又怎能将万劫计数得清。[2]

为了消除这种不安之感,我曾兴致冲冲地去看望过他们一两次,去重新会会我的那些簿记同事、账房朋友——这些人自我离去之后仍然在那里奋战如旧,繁忙不减。尽管他们对我的一番欢迎已经拿出了他们的最大本事,我当时出入其间的那种愉快亲切之感还是再寻不回来。我们把以前的许多老笑话又都翻捡出来,但重听起来已经索然无味。我的那旧写字台;那旧钉栓,以前是挂我帽子的,此时已经归了别人。我当然明白这也只能是如此,可见着后仍感不悦。惋惜悔艾之情则尤所难免——的确,如果我在离去这些老友同伴之后而心中竟不曾萌生一丝这类感情,那我可也真是人神共愤、禽兽不如了——须知这三十六年以来他们是怎样以他们的那些笑话、谜语来使我的这条坎

---

[1] 即 Robert Howard,英国王政复辟时期剧作家,大诗人戴登的内兄。
[2] 引自上面霍华德的《贞女》(*The Vestal Virgin*)一剧中5幕1场。

坷不平的职业之路行走起来稍顺当些。难道此路果真便是那么崎岖难行吗？还是因为我自己的心胸胆量太差？不过这事已然追悔莫及；另外我也明白，这恐怕也是这类场景下人所难免的一种共同心理吧。只是我的一颗心仍在痛斥着自己。是我把这条情谊之结断得太猛烈了。至少是在礼貌上有些欠缺。看来这番离别之苦还得相当时日才能完全消除。别了别了，我的老友，不过此别不长，因为过不多久我还是会前来看你们的，只要幸蒙不弃，并不拒我。别了，钱——君[1]，表面冷淡、满口俏皮，但极重情谊！道——君[2]，谦如稳重，然而君子如也！普——君[3]，古道热肠，急公好义，特多善举！——再有你这阴森的大楼，古老庄严的巨商之家，最适于达官巨贾如葛莱森[4]或惠丁顿[5]之流的出入之地；你的那迷宫般的曲折回廊通道，那日射不入气透不出的公事房，一年之中便有半年要以烛光来代替阳光；你这提供了我福利但伤害了我健康，维持了我生计但折损了我寿命的怪地方，都一概别了！另外，也正是在你这里，而不是在一些坊间书肆那里，才真正保留下我的"大作"！所以就让它在这里安享其天年吧，正如我此刻退居在家安享清福那样，平平稳稳地静卧在你的高阁之上，其卷帙之丰厚，篇幅之巨硕，较之阿奎那斯[6]所曾贻给后人的厚赠也决不在以下，而若论到实用，或许还更胜一筹！所以我的衣钵就全留你处吧。

自接到通知以来，忽忽半月，不觉过去。而我也转躁为安，渐

---

[1] 指 Chambers，兰姆在原公司的旧同事。
[2] 指 Dodwell，情况同上。
[3] 指 Plumer，见《南海所追忆》中 13 页注[5]。
[4] 葛莱森，即 Sir Thomas Gresham（1519？—1579），英国金融家，皇家交易所的建立人，其家族中有两人曾任过伦敦市长。
[5] 惠丁顿，即 Richard Whittington（？—1423），英国富商，曾三度任伦敦市长。
[6] 即 Thomas Aquinas（1225？—1274），意大利圣多明各教派神学家与著名高僧，曾被封圣。关于他另见《人分两类》中注。

渐平静下来，但离真正的平静，似仍有距离。我自诩已颇能以此为安，但所达到的程度还较有限。那一开初的满腔浮躁尚未尽除；那止不住的好奇心理也未全消；另外一双昏花老眼也还不太习惯这自由的刺目强光。我甚至竟留恋起，讲老实话，我旧日的枷锁，仿佛那也是我全部行头的一个必备部分，缺了还不太行。我仿佛是可怜的卡尔特苦修僧①一名，突因某种社会巨变而被从其阴森僧房之中抛进花花世界，于是顿感天旋地转，茫茫然完全无所适从。但这已都是旧话了。而如今的我，仿佛就是一个从来便说一不二的有力的主子。想去哪里便去哪里，要做什么就做什么，这在我已经是理之当然。时钟已敲过了十一下，可我还在拜德街上游荡着，而且就像多年以来就一直是这样。我一下又折入苏合区②，去逛逛那里的书摊。我俨然早已是藏书大家一位，其收藏史无虑三十余年。这又有何新奇可怪。我今天可以把一上午的大好时光消磨在一帧名画面前。但难道过去不也是这样？鱼坡街的近况如何？范邱吉街于今安在？明兴巷里的古老石路，那些我这个老衲三十六年来于其朝圣途中无一日不曾踽踽于其上的不朽磐磐巨石如今又应着哪名疲惫衙役书吏的足音而跫然作响？我的鞋底几乎快把蓓尔美尔③的美丽铺石磨去一层。正当那交易所里开市之时，我却出人意料地独自留连在厄尔金的雕像群中④。所以当我把自己今遭的这番巨变比作一种遐升，仿佛已入了某种灵境幻界，或许也并非夸张之词。流光宏钧对我已经驻驾停转。岁时季节对我已经再无区别。今夕何夕，此日何日，我此刻也都浑然忘却。而这在过去则并非是如此

---

① 纪元11世纪意大利高僧圣布鲁诺所建的一个苦修教派，其教规除强调生活清苦外，特重晨祷、守夜与整日缄默冥思等。
② 过去伦敦的贵族住宅区。
③ 伦敦一条商业繁华街道。
④ 英国勋爵厄尔金曾从雅典购回一批希腊雕像，后归入大英博物馆馆藏。

的，一周中的一天一天在感觉上都曾各有差异，而差异则来自国外邮件之已否抵达；来自这一日与本周星期日之距离远近。星期三[①]在我是一种感觉，星期六又会另是一番情调。每一天在我来说都曾有着其不全同于其他天的独特性格，因而不能不影响到自己在那一天的胃口心绪，等等。本来星期天我们正苦中作乐胡乱玩点什么，但一想起次日那阴沉的暗影，以及接踵而至的另外五个抑郁寡欢的日子，登时便会像铅压心头，兴致全无。伊谁之力，居然也能变黑为白？——以致所谓的"黑色星期一"[②]于今竟不复存在[③]？因而一周七天，天天都成了一样。就连那个颇有点特色的星期天——那个说圣非圣、说俗非俗的不妙节日，那个又会使人极欲及时行乐、留连景光而又会使这乐及时不了、景光留连不成，以致只能给人留下遗憾的飘忽日子——就连它也此刻地位陡降，沦为平平淡淡的普通一天。不过今天我毕竟有工夫去进进教堂了，而不至于像往日那样，总是可惜这活动从一个节日里一占就要占去好大一块[④]。不仅进教堂，我现在是想干什么都有时间。我可以去看看我的病友。我可以去打扰许多忙人，哪怕彼时他正忙得不可开交。我甚至可以去戏弄、羞辱他一番，比如向他抛出个邀请，问他敢否趁此五月良辰，伴我前往温莎[⑤]一游。重新看到那些可怜家伙，当然我已早把他们甩在脑后，仍然在那里苟苟营营，其苦无

[①] 此日晚间常为兰姆在自己家中会见朋友之日。
[②] 所以如此叫法是因为一个历史典故。1360年英王爱德华三世驻军巴黎城外时，正值一个星期一，是日阴云密布，风雨交加，冰雹不断，士兵冻死极多，故以后有将星期一称为"黑色星期一"的说法。
[③] 这话的意思是，在今天来说，不只星期一不美，其他五六天也都不美，因为都同样须上班受苦，因此这个黑色的星期一也就不显得特别黑了。
[④] 这"好大一块"的原文是"huge cantle"，语出莎剧《亨利四世》上部3幕1场100行。
[⑤] 城市名，位于伦敦西部白克郡，地傍泰晤士河，草木葱蔚，风光秀美，且为温莎宫所在，当然是好地方。

比，也真是乐比卢克修斯①；他们此时仍然在那里如马转磨，终日团团，万世不休——而这一切又所为何来？人之为人，于闲暇似乎从来便不厌其多，于出力亦从来便不嫌其少。何时我也有幸得子的话，我定将为其取名曰无为，而且巴不得他也能真的一事不做。人乎人乎，一旦重负在身，则必性灵全无，顿失所据。因此默思冥想式的生活才是我的追求。难道上天便不能降下一场地震，也好把那些该死的棉织厂全吞了去？快把我的那张什么木头桌子也一并打进地狱里去吧，以便让它

　　沉沦到魔鬼的渊底。②

兹特郑重声明，敝人已不再是＊＊＊＊＊＊③，不再是某某公司等等的某某职员。我乃一退隐之闲人是也。我业已在一些名苑嘉园之中公开露面。实际上我的一副清空面容与散漫举止已经渐为世人所知，一日日都只是游也游也，亦不审其缘何而来，亦不审其何处而去。实则我是有地皆往，无处不去的，而非往复徘徊逡巡留连者可比。有人甚至告诉我说，我的身上是原有一种高贵之气的（只是连同我的其他种种优长过去多所埋没），而此刻则已渐露其端倪。我已于不知觉间变得愈益有身份，气派极佳，居然上流。所以今天再来看报，看法也已略有不同，即只看其歌剧消息。今劳作毕矣④。我生来该做的一切我都做了。指派之事既经完成，余下的时日便只合由我去自行打发了。

---

① 卢克修斯（99？B.C.—55 B.C.），古罗马诗人与哲学家，至于乐比他的话是因为他在其名作《物性论》（诗作）中曾对人的快乐有所描写（见该诗第二篇一节）。
② 引自莎剧《哈姆雷特》2幕2场。
③ 兰姆第一次在《伦敦杂志》（1825年5月号）上发表此文时，这里的星号处曾为"J—SD—n"；1835年出其《伊利亚随笔续集》时改为现在这样。
④ 这句话的原文为Opus operatum est。这里又是一个文字游戏——双关语。因"Opus"一词即为Work（劳作），又为歌剧或音乐作品的"编号"；而operatum既为操作，又与opera（歌剧）同源——上一句的结尾即为"歌剧"，故两次一语双关，而且是用拉丁语与英语来打双关！

题解

"元气淋漓障犹湿,真宰上诉天应泣"——但愿这两行诗能多少帮助传出些自己译此文后的感受。

文中所表达的不是简单的感情;不是一个人在他的比较平淡的工作生涯之后的更加平淡的退休日子,平淡得像杯白开水一样,几乎不值一提。文中所写乃是一位大有才情的人被耽误的不幸的一生,一篇血泪史、一纸控诉状、一通喊冤书,一场精神风暴、一番人生磨难、一次灵魂壮游、一种对枷锁的摆脱和对自由的追求的毕生奋战的悲壮实录与胜利凯歌。它最后发出的欢呼声是巨大的,所描绘的景象见了也几乎令人头晕目眩,但又惨不忍睹。但这一切却又不杂任何夸张成分,而只是一桩一件,娓娓叙来,自自然然,比如作者在提出辞职前是怎么一副苦况;提出后怎么担惊受怕,顾虑重重;辞职获准后心情又怎么一下变得复杂起来,既因这事到来的突然而感到难以应付,又在获得解脱之后而发现丧失了享受自由的能力;怎么有了闲暇而不知如何利用闲暇;应当快乐而又乐不起来;摆脱枷锁而又产生后悔感觉,甚至宁愿再被套上枷锁;想要与同事们叙叙旧情而旧情却已再寻不回来;并因为一时乱了方寸而只知没头没脑地整天整天到处乱跑,激动得像个狂人。的确这里我们所见到的是一个有血有肉的活人,一个可闻可见可触可感的真实存在,连他的喘息声、足步声也能听到;他的那副谨愿状依然如旧,他的兴趣如旧,他对友人的多情也如旧,一切都不减当年;他的一腔痴迷固然有趣,一种憨态也极感人,甚至疯疯癫癫之中仍然故态不改,庄谐间出,不时杂以嘲谑,并以此为乐,为得意。他对退休后生命长短的计算法尤为奇特,为人们所意想不到。其实作者的许多想法又有谁想得到,他无论对天底下的什么都不愁没有几句新鲜话好说,而且又总是说得那么好。退休这类事太多太平凡了,谁也很难写出什么新花样。但你看这篇,又写得多么生气勃勃,热闹非凡,而又饶有谐趣。他笔下的人生比生命本身还更真实。读兰姆文每每会有这样一种感觉,即读到哪篇都会以为这一篇为最好,再读另一篇时还会这么以为,所以也就始终说不准到底哪一篇最好。现在读此篇后,照旧是这种感觉——这篇最好,而且保不住以后还永远会这么感觉下去。

名伶巴巴拉轶事 [1]

时为1743年抑或1744年14日的中午（我记不准到底哪一年了），一点的钟声刚刚响过，巴巴拉·斯——已经以她一贯守时刻的作风，登上了那既长又曲折的楼梯，其间转向平台好多处；楼梯尽处为办公室一间，或更准确些说，木隔板房一间，内有一张写字台，这时坐在桌前的是老巴斯剧院 [2] 的那司账员（只是关于他，我们的看官大概已多不记得了），等待人们前来领薪。每周周末领薪，这历来便是我们岛国的规矩，恐怕不少地方至今也还是这样。只是这巴巴拉能领到的就很有限了。

这小姑娘此时也不过刚十一岁；但是她在此剧院所占据的重要地位，至少她自己是这么认识，以及凭其一心一意的辛勤劳动所换回的那点微薄收入，已使她的举止步态大有成年妇女之风。你见了她时准会认为她至少比她的实际年龄再大上五岁。

迄此为止，她主要不过是合唱队里的一个小歌手，至多某处缺了

---

[1] 这篇文章中所写的几件轶事实际上是关于Fanny Kelly（1790—1882）的，当日伦敦一位著名女演员，她的人品、演技都深为兰姆敬重，与兰的私人交谊也不错。据兰姆的研究家说，从日后发现的往来信件中证明，兰姆甚至向她求过婚，可见交情不同一般。这里的巴巴拉只是兰姆为迷人耳目所杜撰的一个名字。至于文中所说的那件小事，Kelly在同兰的研究家Charles Kent谈起时承认是事实，并说这事发生于1799年她在祝莱剧院做小演员时，不过那时她只有九岁。而不是文中说的十一岁。
[2] 实为祝莱剧院。

294　伊利亚随笔

个儿童角色时去顶顶场。但剧院经理看出了她的勤快、灵巧大大超出了她的年龄，所以几个月来竟也把整段整段的东西派给了她去演。可以想见，受此重用她会多么得意。她扮演的小王子亚瑟①已经能赚人眼泪；她在约克公爵这个角色中对理查王的那略带稚气的嬉笑挖苦也了不得；而轮到她扮起威尔士亲王时，再调转过来怒斥这种放肆行为的又还是她②。如果莫尔顿③那出悲恻小戏中的那个大孩子也由她来扮，那真是能演活了的，只可惜《林中的孩子》④那时还没编出来。

很久以后，当年的小姑娘早已是一位老妇人时，我曾有幸见到过她当年演那些小角色时的部分台词，这些，每份至多不过两至三页，为提词人所手抄，字迹颇凌乱，而料想如对象是那些悲剧的成年女演员，这抄写必会更工整些。但尽管如此，即全不过是为了孩子临时一用的胡涂乱抹东西，她居然都一一保存了下来；待到她的名气如日中天之时，她遂将它们全用最高级的摩洛哥皮装订成册，其中每一细部——每一份单独台词——都各自釐为一卷——并配以扣襻，涂以金粉，使之精美之极，这时偶一寓目，自亦不乏情趣。这一切她都严按当初发给她时的原样珍藏至今，勾勒点划，一仍其旧，毫无改窜。这些对她如此珍贵，主要是因为它们牵动旧情。这些即是她的开端，基础，初阶；正是缘着它们，她才得以登堂入室，臻于完美。"我又怎

---

① 小王子亚瑟，莎剧《约翰王》中人物，本为王位的当然继承人，但老王死后，王位为其叔（即日后之约翰王）所篡，其母康斯坦斯曾借法国力量企图夺回王位，斗争中亚瑟被俘，为约翰王所害。这最动人的一幕见该剧4幕2场。
② 这里提到的三个人——约克公爵、理查王与威尔士亲王，均为莎剧《理查三世》中人物，至于所说的两个场面分别见该剧2幕4场与3幕2场。
③ 莫尔顿，即Thomas Morton（1764？—1838），英国剧作家。
④ 关于此剧，见《梦中的孩子》中160页注③。按：依据兰姆文此处口气，这《林中的孩子》显然即系莫尔顿所作，只不过说此话时这本戏尚未写出。但《林中的孩子》一戏实为剧作家Thomas Taylor的作品。故文中"莫尔顿"（Morton）一词是否应当作Taylor？不过也有可能他们两人都写过这个故事，这事待查。

能",她会这么讲道,"用橡皮或浮石一类东西把这些心爱之物无情擦掉?"

我此刻并不忙于马上便讲故事——事实上我这故事也就极其有限,几乎称不上是什么故事——所以未讲之前还是先说说她与那段有趣的时光有关的一次谈话内容吧。

在她逝世前不久我和她的一次交谈中①,我曾向她提起过关于一位伟大的悲剧演员在实际演戏时所能体验到的真切实在的感情到底能有多大的问题。我当时提出的看法是,虽然说这些演员在他们首次演出时当然会凝聚起相当的这类感情,而也正是因为这样才能在别人身上引起强烈回响,但是屡经重演之后,这种感情必然要在极大程度上变成僵死的东西,因此表演人这时所借助者,不过是这类情绪的一种追忆,而不可能再是那当场涌现的鲜活真实东西。她听后不禁大斥其妄,愤然指出,就一名真正伟大的悲剧演员来说,那能使观众如此为之神往的表情动作是从来不可能仅仅堕落为一种纯机械性的呆板操作的。接着她以极大的细腻性——不过只字不提她个人的演戏事例,向我讲述了如下一段经历,即是很久以前她以伊莎白拉的以小儿子那个角色为波特夫人②的伊莎白拉③配戏过程中(我记得她便是这么说的),当那震撼人心的女主角俯在她身上念诵那段撕心裂肺的对白时,她看得一清二楚,顺着那女人眼角滚滚而下的全是真正不假的盈盈热泪,结果(再用她那强烈的原话)把她自己的脊背都烫伤了。

---

① 这里再次看到(至少是在时间上)兰姆的虚构,原因是 Kelly 绝非是在兰姆之前逝世的,而是在兰姆逝世后还活了很久时间(她死于1882年)!
② 波特夫人无考。但这里所讲实为 Kelly 的个人经历,即她以小亚瑟的角色与锡顿夫人所演的康斯坦斯配戏时所发生的情况——后者的热泪滴到她的衣领。
③ 这出戏指 Thomas Southern 所编的《伊莎白拉》(亦作《致命的婚姻》)。这出戏的女主角伊莎白拉亦曾为锡顿夫人所扮。兰姆这里乃系故意制造错觉,以掩盖 Kelly 的真名。

她讲的那演员是否便一定是波特夫人，我此刻已说不很清；反正是当年的一位大名伶。姓名这点倒无关紧要，但那烫人的热泪我可记得十分真切。

我平生便最爱结交演员朋友，我说不清，是否便首先是因为语言上的障碍（这一点已经断了我做教士的前程[①]）才使我，至少在过去某个阶段，没有把演戏当了职业；当然我个人身上不合条件的地方还多，不过那些在此行道中据说还不都是太不得了，是能补救的。我就曾非常荣耀地（我永远会这么认为）应凯利小姐之邀而与她共进茶点。曾有幸与利斯顿先生[②]一起认真打过牌。曾得机会与脾气总是那么好的查尔斯·坎布尔夫人[③]闲话聊天。得以真正朋友的身份同她的多才艺的夫君[④]促膝交谈。被赏光与麦克拉底[⑤]进行过很有学问的探讨；并被马修[⑥]先生邀至其名伶肖像馆去观光，从而大开眼界，这位馆主，深感我对旧日名伶之仰慕（他自己对他们当然同样雅有情愫），不仅尽展其全部精藏，而且还特为我一一模拟其各自的音容笑貌；各自的身段动作——这些当然都是那些画师所万万无法办到的。道得、帕森斯与贝地利[⑦]等那些陈旧色泽、半褪色的人物，在他鬼使神差般的呼唤之下，竟仿佛死而复生，音容宛肖地毕现在我的面前。唯

[①] 这话应作如下的理解：兰姆在慈幼院毕业时，因成绩优秀本有可能被保送剑桥读书。但慈幼院保送的规定是被保送者将来须做教师，而兰姆却因口吃而不适合做牧师（做牧师须讲道），因此便未被保送。
[②] 即 John Liston（1776—1846），当日伦敦著名喜剧演员。
[③] 即 Maria Theresa Kemble，当日著名女演员。
[④] 即 Charles Kemble（1775—1854），英国著名演员，著名女演员 Mrs. Sarah Siddons（1755—1831）之表弟。
[⑤] 即 William Charles Macready（1793—1873），英国大名鼎鼎悲剧演员，曾任柯文花园剧院与祝莱剧院经理。
[⑥] 即 Charles Mathews（1776—1835），英喜剧演员。
[⑦] 以上三人均为 18 世纪英国著名演员。

有艾德温[1]他再现不来。另外我还与——有同饮共酌之雅；噫，当日之纨绔气正未有艾也。

但我刚才所要说的却是——在当年那个司账——是老巴斯而不是戴蒙德剧院——司账的办公桌前——那小巴巴拉前来领钱了。

说起这巴巴拉的父母，过去景况也还不坏。听说她父亲曾在城里开过药房。但由于经营失利，而其原因我只需回想一下我自身在这方面的弱点即不难猜出[2]——或者只是因为命途多舛，机会不佳所造成，而与个人的失检不慎并无关系——一份家业早已荡然无存。实际上全家已陷于朝不保夕之中，正是这时剧院经理因素重其人，才把小巴巴拉收留在他剧团。

在本文开始时说到的那个时刻，她的那点菲薄收入便是维持其全家（包括她的两个小妹妹）的唯一活项。至于当时家里的一番惨状这里便无须多说。仅一件事已足以说明问题，即她每次周末所带回来的那点可怜收入便是她全家次日（一周仅有的一次）饭桌上能见点荤腥的唯一指望。

还有一事尚须一说，即当时她所扮演的那类孩童角色，有时由于剧情关系，需要她在台上吃吃烧鸡（天啊，这是巴巴拉的何等幸事！），可为此而奉上这顿美餐的某个喜剧演员——竟出于其莫名其妙的恶作剧心理，而往那里面撒上了不知多少的盐（这又是巴巴拉的何等苦事、痛心的事），于是当她把一大块那东西一下子便塞到嘴里时，她干哕了半天还是只能全吐出来；这一来，既羞于挺好的戏这里给自己演砸了，又痛心到口的美食竟无福消受，这时她的一颗心确实痛苦到了极点，直到热泪滚滚而下，心里才稍好受一些，但台下那些

---

[1] 同为18世纪演员。
[2] 显然想说比如好善乐施、慷慨过度等，属于"夫子自道"式的表达。

酒足饭饱的观众又岂能理解她的这种苦处之万一!

这就是那个经常腹内空空但却大值赞美的小姑娘,此刻正立在老司账赖文斯可托面前,前来支钱。

赖文斯可托这个人,据我听当年一些老戏子也包括她本人都讲过,实在是最干不了这个差事的了。他既不大会算账,付钱时又太马虎,几乎连个稍正式点的账本也没有,于是每周周末清账时如果短上镑数来钱,他已经认为自己很幸运了。

巴巴拉的周薪仅仅不过是半个几尼[①]。——可一不小心,司账丢在她手心的却是——一个整块。

巴巴拉一溜烟去了。

她当时完全没有觉察出这个差错:天知道,那老赖文多给了他也查不出来。

可她刚下到那第一个烂平台时已经觉出那块东西比平时的分量重。

于是为难的事情来了。

她天生是个善良孩子。她从她父母,从她周围的人,从没有接受过什么不良影响。不过要说教育,也谈不上。穷人的那些烟熏火燎的破烂房间本来便不是培育伦理道德的理想殿堂。这小姑娘天性不恶,但谈到明确的做人原则,她也很难说便有多少。她听说过诚实该受夸奖,但却从未想到过这事与她自己有关。她以为那只是大人的事——那些成年男女。她根本不知道世上还有引诱这事,至于该如何抵御这些就更连想也不曾想过。

她的第一个念头便是马上回到老司账那里,把这疏忽向他当面讲

---

① 英国一种旧币,19世纪初的半个几尼据推算相当于当日的 10.5 先令。

清。那司账本来也就是老糊涂了,加上事情一过就忘,要使他听明白也还不会少费唇舌。这点她一下就看到了。可这又还是点儿钱!于是顿时那肉铺的肉会在她次日的餐桌上多出好大一块的诱人景象出现在了她的面前,一想到这个,她眼都亮了,津液也出来了。但那老赖文斯可托又是大大的好人一个,一向在背后支持过她,甚至连她能演上那些小角色也多亏他的推荐。不过那老家伙又听说是太有钱了。光剧院里收入一项每年就不下五十来镑。紧接着眼巴巴望着她的是她的一双无袜无鞋的小妹妹。她看了看她脚下的那副雪白整洁的线袜,这是因为她在剧院的关系才不得不由她妈妈辛辛苦苦为她置办的,也是紧了全家才为她弄到的,而她自己是多盼着小妹妹们能同样穿戴上这个——那样不也就能陪她一道来看那些预演了,可至今她们还一直不许前来,不就因为衣服太不入时,——就这么想着,她已下到那第二个平台——这第二是从上往下数的——因为下面还有那第三个。

这时,是德行帮助了巴巴拉!

那个从不负人的益友及时到来了——因为,就在那一瞬间,一种并不全属于她自己的勇气,按她对我讲的,显现在了她的身上——一种超乎推理的理智的理智——而且还像不是出于她自己的意志似的(她根本没意识到自己的脚动过),把她又携回到自己刚刚离开的那张桌子,一只小手已经伸到了老赖文斯可托的手里,而他呢,收回退款时一句话都没说,而且坐在那里(这位好人)根本就没觉出这已经过了好几分钟,但对她来说已经是好几个紧张的世纪了;另外,自那一刻起,一种深沉的宁静降落在她的心头;她第一次懂得了何谓诚实不欺。

又经过了一两年毫无怨尤的不懈努力,她终于使得她的两个小妹妹从脚面到前途全都光彩起来,使得她全家也兴旺起来,另外也省去了以后一踏上那平台就难免会在心头翻腾起一些道德问题的麻烦。

我还听说,她见到那老头揣起那钱时的一副冷冷表情实在使她感到惊异,甚至懊丧,因为那钱能还回来也不是丝毫没有痛苦。

她的这节轶事我是 1800 年时听到的,为已故克劳福德夫人[①]亲口所讲,夫人当时已六十有七,之后不久便去世了;我有时真的不免认为,她日后在表演一些情感冲突时之所以能具有那种撕裂人心般的巨大力量,她幼年的那场斗争未尝便不是其重要肇因,因而在这方面(至少在扮演伦道夫夫人时是如此),即使较之锡顿夫人[②]也绝无逊色。

题解

文章属于"一件小事"(或几件小事)一类。译罢很引起了一些感想。其一是它反映出了兰姆此人的一种较独特的心理习性:特好关注细事、小事、琐事、碎事,别管它们多细小琐碎,简直可说是愈细小琐碎才愈好和愈有趣。大事他反而不理。在这点上这位散文家很像小说家,而不是这样也就当不了小说家散文家,只是他比别的散文家又更加多倍地是如此罢了。这话以前本早就该说,因不曾说,这里极必要补此一笔。从这里也可看出,人要想干好什么,确实也得生性适合才,不单是一个学识或智力的问题。文章的写法也特别。像这类题材,入手的方法通常无非两种:1. 先是那件主要想说的小事,再及其他;2. 先是其他,再说那件小事。兰姆不。他采取了又一种办法,拖拖拉拉地,绕绕弯弯地说。一小股一小股地往外挤出,仿佛在交代罪行似的。先把那小事提上个头,讲一两句,便支开了,去谈别的;再说上一点点,又支开了;再支开了,三支开了;又续上一句,又第四、五、六次地支开了,甚至去讲一些与此文全然无关的话(如他本人想当演员,爱结交戏子,乃至吃过谁的请,与何人打过什么牌以及与某某共进过茶点等);写着写着,一直写到连自己也感到不太像话了,这才又返回本题,但即使这时也还会笔不从心地再离题一两次,这才算言归正传,而一言归正传,要说

---

① 即 Mrs. Anne Crawford(1734—1801),英国 18 世纪著名女演员。
② 英国当日名气极大的一位女演员,另见《第一次看戏》篇末注。

的话便也完了。尤妙的甚至尤可笑的是,他自己也明知道他这篇东西的材料不多,并公开承认"我此刻并不忙于马上便讲故事——事实上我这故事也就极其有限"。话说到这里,我们也就不好再逼,以免相煎太急。这就是我们的兰姆。此老的"笔笔宕开法"我们谁又敢学!但也正唯如此,这篇当然也是奇文——笔法甚奇。但是使译者尤感兴趣的也还在作者对这位女伶的态度——态度亦奇,奇在文风这般冷静。据研究家言,兰姆曾向这位名伶求过婚(尽管信发出去后又声明撤回)。原来如此。所以须要避嫌?但兴趣毕竟还是掩不住的——对女伶的任何再小的事都感兴趣。有了感情,"一粒细沙便能窥知宇宙,一株野花可以隐见天堂"。不过兰姆这人沉得住气,有了东西也不外露,不像我们的一位诗人那样,一写起曼殊菲儿来便感情浓郁得化不开了。这当然也是此文意境之所以较高的原因吧。但作者放着心上人这么一大堆演戏成就不提,而只写她的这么一件小事,也无疑揭出了他的文章观——喜欢以小写大,同时说明了他的道德观,有了道德才有好的表演,因而是有教育意义的。罗斯金之流如读到它,肯定会喜欢。

友人更生记[①]

> 水仙,当那无情的深渊淹没了
>
> 黎西达斯之时,你们去了哪里?[②]

天下的事情之怪,恐怕再怪不过我友人的溺水事,事后想起,仍令我惊异莫名。我的老友乔·戴[③],几周前的一个星期天前晌,曾亲来我在伊斯灵顿[④]的寓处看我,别去时已是中午,其可怪者,返回时不走他来时已走过的右边道路——而却偏偏折向左方,尽管是大白天和尽管手边还有拐棍,便大踏步地走进了一条迎面而来的河流之中,于是而有此灭顶横祸。

此事若发生在晚间,那光景也会够吓人的;但是当此太阳高照的中午时分便亲眼见着一名尊贵友人如此毫不迟疑地阔步奔向其毁灭之

[①] 这篇的原标题,不同寻常,用的不是英语而是拉丁语——AMICUS REDIVIVUS,意思即如这里的汉语标题所示。之所以如此用法,当然也是语含戏谑,他的这位友人既是那么一位希罗专家、偌大文士,不仅应当取重于世,也是会上应星宿的(天上的什么文曲星),所以只有用了高贵的拉丁语,才能配得上他的身份。按文中所叙的这件事发生于1823年11月间。乔治·戴尔在伊斯灵顿访问了兰姆后,没有顺原路回去,而是横穿马路,走入了对面的一条运河——新开河,致遭灭顶之灾。多亏兰姆等人搭救及时,方才幸免于难。

[②] 引自弥尔顿的《黎西达斯》一诗。

[③] 即George Dyer(1755—1841),关于此人,已见前《牛津度假记》22页注[②],但这里仍应补充几句。乔·戴在剑桥卒业后,曾任过教师,但长期为书商服务,工作极为辛苦,导致后来双目失明,甚至连手指都被扭曲得不能伸直,是一个学问好但却得不到合理对待的可怜文人。

[④] 伦敦镇名,兰姆曾一度寓居其地,新开河即流经其门前不远。

路，一时间我完全没了思考能力。

我的一双脚当时是否还听使唤，已说不清。我的感觉已不存在。不知是一股什么邪兴，反正不是我的，把我一口气吹到了出事地点。当时的一切已全忘了，除了已露出水面的那头白发，当然还有一根朝上挥动的棍杖（挥动它的手臂没有看见），仿佛是在往高处够天。只一霎（如果时光当时还有那一霎），他已在我肩头，而我哪——此刻一副重担之高贵，比起当年依尼亚斯背上之若翁①，或更强胜十倍。

这里我对当时来往过客的一番好意相帮自不能不书上一笔，这些人虽来迟一步，未有亲加打捞之功，但此刻全都拥了上来，意气殷殷，纷纷就救生的有效之道乃至全然无效之道，从各个方面提出了不少建议，比如对罹难者以盐擦涂其身，等等。然而就在这些意见争执不休之时，友人已是微命如缕，奄奄一息，恰好人群中有位聪明人，当机立断，提出速请医生。这话并非什么高见，而且照当时情形，确也非此不可——这点还须说吗？然而当此刻不容缓之际，这话在我听来，实在无异于上纶音。前此一些人在打捞事上确实没少出力——就连我自己的功劳也不算小——可一旦人出水后，却又没了主意。这后一段只能谓之空忙。

说话间，独眼人到了——亦即请来的医生，因匆忙间未及询及其名，只能姑以此名称之——一位端肃的中年人，此君虽不曾进过大学，也未混得文凭，却在营救不幸者的研究实验上颇曾倾注过其大量宝贵时间，因而许多在凡眼看来已属无望的生命微焰，在他的手下仍常有可能得到转机，起死回生。他对许多这类病况，从一般习见的食物哽咽到不那么习见的不甚体面的呼吸堵塞，亦即用麻绳自裁等，他

---

① 依尼亚斯，特洛伊城军人，该城被希腊军攻陷后，他曾背负其老父，逃出城外，事见维吉尔的著名史诗《伊尼亚德》。这件事后来成为不少西方画师的摹写对象。

都从不回避，亲去救治。他对陆地上这类危症虽也来者不拒，他的医疗重点却似乎更多偏向于泅溺者一类；因此之故，他特将其诊所设置于上述河流附近的这类事故多发区，在这里，亦即在密特登头像旅店①之自家小型瞭望塔上，他总是昼夜监视，凭其耳听目测，观察何时有这类溺水事件发生——而之所以如此的原因，照他的说法，一则是为了遇到险情能够及时赶赴现场，二则是手下所急需的那种"药液"，亦即酒类，匆忙之间无论开给自己、开给病人，在这些旅店之中都可一索即得，远较求之于一般药店都方便得多。他的一双耳朵已被训练得达到如此敏锐程度，因而据说半弗隆②远的一次落水都逃不过他的觉察；甚至偶然失足抑或蓄意自杀，他都能判别无误。他获得过奖章一枚，平日即悬佩于其外衣之上，外衣本作暗棕色，但年长日久，加之颇不乏夜间潜水之事，此时棕已转黑，因而更与其真正之行业③颜色相副。他在社会上的正式身份是医生，但其出名也与眇其一目（左目）不无关系。至于他的治疗方法与药物——除使用被毯进行充分保暖与有利摩擦之外，通常便是白葡萄酒一杯，或者量再大些，不过酒性要特纯，然后掺水烫热，其热度以病者禁得住的程度为宜。如果他发现某个病人不肯服药，比如我这友人便是这样，他就会不惜先尝一下，以示所服药剂并无毒害。这一作法最能使人感到亲切，因而起到鼓舞作用。另外也能增加患者之信任感，既然见到大夫仿佛与他自己同进此药。如果大夫无病还能喝下他自己所开的药，那么病

---

① 这个旅店以密特登之头像命名，故云。按密特登指新开河的工程师 Sir Hugh Middleton。此旅店既傍此河而开而发财，因而有此带纪念性的举动。
② 弗隆即 furlong，英国长度名，相当于 1/8 哩。
③ 意为他虽正式身份为医生，因而例应着白色衣，但因他更多地从事于搭救刚刚溺毙（但还未死绝）的人，故其"真正之行业"已快与埋葬员或殡仪员接近，而这种人的服装则是黑色的。

友人更生记　305

人脾气再坏又怎好拒不服用？总之独眼人是一位非常通情达理的好人，自己的收入虽然微薄，几乎借以自活尚有困难，但却不惜把这点可怜的钱还兼用在医治病人身上，辛辛苦苦，但以能解救他人的生命为乐。——他提出的费用极低廉，致使我费了很大气力，才把一块克朗①硬是塞进他的手里，而这点东西便是他把像乔·戴这样一个无价之宝重新还给社会的全部代价。

看到这位一贯心不在焉的亲密友人此时惊惧之情已经大大平息下来也自是令人欣慰的事。这一震，把他的记忆之门全部震开，于是过去漫长而纯洁的一生中所曾经历过的无数次天佑恩眷全都一桩桩回想起来。端坐在我那床榻之上——按我这床榻，实在过于简陋，但此番既有此回天之功，今后理应不吝破费，以帷幔等物荣饰之，使之成为靠溪街②之第一贵榻——他把过去一次次如有神助的脱险经历着实大讲特讲了一番——襁褓时期因保姆的粗心大意，曾被冰冷水桶或滚烫火壶如何如何，但——③，孩童时期，花园里的胡乱爬树、枝干断裂，但——，在杜鲁平顿④时的坠瓦之险——在朋布洛克⑤时的沉重卷帙负担——熬夜苦读之害——通宵失眠之苦——缺衣短食，乃至一想起缺衣短食便曾引起的恐惧——学习过于劳累所引起的头痛心悸。——说着说着，他不禁又唱了起来，片片断断地——也全是老词儿——一些感谢获救之恩的赞美诗的结尾话，自长大后就再记不起来的东西——此时也都翻腾出来，而这也只有当人的一颗心温柔如幼童的时候才会

---

① 克朗即 Crown，英国旧日一种硬币，相当于 5 先令。
② 靠溪街即 Colebrook，伊斯灵顿的一条街道。
③ 但——，当然是"但幸而并没冻着烫着"之类。下句意思相似。
④ 不详，但肯定是地名。
⑤ Pembroke，剑桥大学一学院名。

出现——因为所谓的"心的震颤"[1]，在回想一下最近这次脱险时便正是这样，即出现于灾难临头之际，于是会在一颗天真的心上大有反应，从而产生出一种自我怜惜之情，但必谓之为怯懦，不妥也；故莎士比亚在写到这种危急时，即曾使其好好先生休爵士[2]大发其怀古之幽情，以及吟咏起清浅河水之诗句。

由此而又想起另一位休爵士之河水[3]——水兮水兮，你曾险些将如此一位才隽之光焰熄灭之而有余！你对这座名城近两个世纪的全部沾溉之功恐怕也难浠赎尽你在这一瞬间所犯下的罪愆。你这条徒有河这美名的流水——一道人开的东西——败兴的通道！你今后的地位只能沦为那些名气不大、其流不畅的普通运河沟渠了。难道便是为了这个，才使我在幼年，在那位阿比西尼亚旅行家[4]的鼓舞下，不惜费尽脚力去踏遍安威尔的谷地[5]，以便探清你的圣洁的源头与众多支流，那一向闪耀于赫福绿野与滋润着恩菲公园[6]的粼粼碧波？——须知道，你那里是缺少点灵物的——一无天鹅，二无水仙，三无河伯——难道你之所以出此，只是因为你相中了他的那副皓发慈颜，故尔诱使其身陷不测，以便今后也好向世人夸耀你那条凡水有什么护河大仙？

假设他此番不是跌落在你那里面，而是失溺于比如剑河[7]之中，那倒还稍有一说，因性相近也；但照目前情形，他若真的死了，请

---

[1] 原文为 Tremor Cordis，拉丁语。
[2] 休爵士即 Sir Hugh Evans，莎剧《温莎的风流娘儿们》中人物，见该剧 3 幕 1 场 11～12 行。
[3] 指 305 页注 [1] 中的另一个叫休的（即 Sir Hugh Middleton）所开凿的那条新开河。
[4] 所谓阿比西尼亚探险家，系指曾在此地或此国作过探险的英国探险家 James Bruce（1730—1794）。他除了去过非洲许多地区外，还对尼罗河的河源作过实地勘探。
[5] 地在伦敦西北一带。
[6] 伦敦以北 10 哩左右的一个小镇，地属中塞克斯郡。
[7] 剑桥大学傍剑河而建，并以此得名。乔·戴曾在剑桥读书，故有此谑语。

友人更生记　307

问你也有什么柳枝之类可以为他的新冢飘拂吟哦一番①？或者，徒为缺乏更高名号，当然除了那个纯属无聊的无知妄称，即那"永世长新"②，所以你才想要利用起这名贵的猎获物，以便从此而能以戴尔河之尊名行世？

何以如此大德其葬身地

竟是浊流中的一个泡沫？③

乔治吾友，汝其听之，今后出门，哪怕白天出门，若非戴上合适眼镜，便不宜外出——而陷入思考之时，则尤忌外出。你平日心不在焉，还则罢了，但如今竟变得连身也都不在焉④，这又如何是好！所以，但有可能，我等将力阻汝追随亚里士多德之步趋，重演其蹈海悲剧⑤。可鄙哉，平日著论，每主张洗礼应仅以洒身为限，不期以君之年今日竟尔一反其常态，必欲改宗浸礼派⑥而后可吗？必欲全身都泡湿了而后可吗？

自这个可怕事件发生后，一连多少个夜晚我一闭上眼睛便梦见水。时而我潜入克莱伦斯的梦乡⑦，被人推下海去。时而又瞥见基督徒⑧正在下沉，于是不禁向其弟兄希望者⑨呼救（实即向我⑩），"我已

---

① 这里暗用莎剧典故。哈姆雷特女友奥菲利亚之父死后，奥曾用柳枝之类在其父的坟冢上悼念。
② 名字即叫"新开河"，那么不论开了多久，也仍旧是新开河，故曰"永世长新"！实际上这条运河开凿于17世纪初期（即1609—1613），至兰姆时代业已近200年，当然已不再新了。
③ 引自17世纪诗人John Cleveland一首悼旧同窗的诗。
④ 兰姆的文字游戏。
⑤ 传说亚里士多德晚年因探索海洋之潮汐规律未成，愤而投海而死。
⑥ 浸礼派，通称Dipper，正式名称为Baptist。耶教之一派，这派主张施行领洗时，不是只将（圣）水星星点点撒在身上，而必须周身浸在水中始可，如当年施洗者约翰在若尔当河为耶稣施洗时那样。
⑦ 克莱伦斯，莎剧《理查三世》中人物。他入狱后做过一梦，梦中他被人推下海去。
⑧ 基督徒，英国班扬的《天路历程》小说中的主人公。
⑨ 希望者，上述书中另一人物。
⑩ "我"指作者兰姆自己。

沉陷深底，狂风贯耳，怒涛盖顶。细拉①"。接着，巴林努鲁斯②出现在我的眼前，舵盘已经脱手。我大喊救人，但为时已晚。继而是——一个悲惨行列——自杀者的面孔——原意溺死却不期为人救起，因而心下尚有所不甘；凄惨至极之中而又不能不稍表一丝感谢，淡蓝色的乱发上拖挂着一条条绳索似的水草——被逮住的拉撒路式乞丐③——几乎做了普洛托④的臣民——刚缴了冥府埋葬费便又夺了回来——刚要出凯龙⑤的摆渡钱便又赖着没给。偶然前导的则是阿利翁⑥——或者即是乔·戴？——穿着他那烧焦的服装单独而行，一手挽着幽雅竖琴，一手持着还愿花环，但一下却给麦克昂⑦（抑或霍斯博士⑧？）攫去，以便去捧献给那凶恶的海神。接着是那忘川的呜咽恶水，在那里，亦即那里的码头边，过去在阳世只曾淹了个半死的人，此刻还得把那另一半也给补齐，来个满泡全淹，正像奥菲利亚那样在泥水里连死两回，方才完全死掉⑨。

当我们中的一位突然来到那森严边境时（我友人的近况即是一例），冥界之中不可能毫无所闻。当着一个灵魂在死神的宫殿之前两次三番连连叩门，那里边的震动必然绝不会小；那面目狰狞的死神，

---

① 细拉即 Selah，《圣经》中语言。《诗篇》中常用这个词以表示歌唱的休止。
② 维吉尔的史诗中主人公伊尼德斯的领航员，一次舟行中他竟睡着，放开了舵盘，并跌入海中。
③ 关于拉撒路，见《穷关系种种》231 页注⑨。
④ 罗马神话中阴间的冥王。
⑤ 凯龙，即 Charon，渡亡灵去地狱的神。据希腊神话，地狱周围有冥水（Styx）环绕，亡灵入地狱前，须先向凯龙缴纳摆渡钱，始能进到那里。
⑥ 古希腊麦西拿诗人，能歌咏，善鼓琴。曾赴西西里参加音乐比赛，获大奖，满载财宝而归。招人身嫉，欲图财害命。临死前恳求歌一曲然后死。歌毕即投水，但为爱其歌唱之海豚背负而去，卒得归故里。
⑦ 特洛伊战争中希腊军方面的医士。
⑧ 指 Dr. William Hawes（1736—1808），英国当日落水者救济会的创建人。
⑨ 见上页注①。奥之父为哈姆雷特所杀，奥忧愁致疯，后投水死，但在泥水里连淹了两次，方才最后淹死。

友人更生记　309

既然到手之俘获被科学一次次地夺了回去，料想此刻也许会对坦塔鲁斯[1]的情况有所感悟，从而对之稍存怜念吧。

另一方面，乔·戴即将到来一事既经公开宣布，极乐世界[2]那里也定将不无相当之波动。消息所及，常春花[3]席上之座客势必闻讯而起——那久久前故去的文人雅士——词客史家——尤其是那些希罗作者——争相对这位尽管毫无报酬但历尽劳瘁，虽云厥功未竟而坚持至今的不知疲倦的注释专家[4]奖饰以花冠珠串。而他此刻正是，马克兰[5]求识面、蒂惠特[6]愿卜邻——彼得院里那最文雅的诗人[7]（他自己生时尚不及谋面的那位诗人）也正携其最近新作以示对他的迎迓——；当年这个慈幼生的保护人——如能一生长期保护着他又该有多好——那位名唤阿斯丘[8]的蕴藉长者，此刻也正从其人所共仰的医神宝座之上满怀柔情地翘首张望，以便将这位品端学萃的成熟学人引荐进他那欢快的一群，而这株幼苗昔年在校之时即胥赖此公之慧眼卓识，予以特殊之栽培沾溉，致有其今日之成就。

---

[1] 见《天才之非癫狂说》中 279 页注 [3]。
[2] 希腊神话中有德者死后所居之幸福乐土。
[3] 希腊神话中极乐世界中的神花，永世长开不凋。
[4] 指乔·戴。
[5] 马克兰，指 Jeremiah Markland（1693—1776），英国希罗学者。
[6] 蒂惠特，指 Thomas Tyrwhitt（1730—1786），英国文士、学人，乔叟《坎特伯雷故事集》的编订者。
[7] 这里指 18 世纪著名诗人 Thomas Gray（1716—1771）。Gray 曾在剑桥大学之彼得学院读书，故云。
[8] 即 Anthony Askew（1722—1774），伦敦基督慈幼院校医，兼通希罗典籍。乔·戴当年在那里读书时曾多蒙他的指点。

题解

这是兰姆的又一篇奇文,不仅在一般情形下是奇,就是在兰姆的全部文章里也可算奇,可算尤不寻常,而这种奇和不寻常则表现在不止一个方面。它的奇就奇在其文采的特别丰赡,意象的特别葱茏,藻饰的特别秾缛,句法的特别繁富,幻想的特别恢诡,情趣的特别充盈,指词的特别考究,用事的特别贴切,奇思妙语的特别频仍而且别致,这一切,汇集到一起,真是光怪陆离,堂皇谲丽,烂如织锦,予人以意想不到的丰腴,丰腴得几乎快流溢出来,见后令人绝倒。这不是西欧人的写作方法——那种往往多以意胜但却不免稍偏冰冷的抽象式表达,而是纯东方式的,尤其是带中国风味的——其中之一即,每一新意思的表达都要与旧典故相呼应,相连系,都要与传统的意象文物挂起钩来,创造与继承,革新与因袭,发展与基础,总是结合得那么紧密。因此不难设想,兰姆,这个英国味最浓的文士,如果过去生在中国,也必曾是中国气派同样浓厚的出色作家。我们甚至可以断言,他的作品在汉语的译文中完全有可能出落得更好一些——汉语是这样一个有着特别悠久而丰厚文学传统的语言,他被译入进来不会十分吃亏。另外此文也无疑将带给我们这样一个启示,表达上的丰腴充盈也同样是很可贵的,而不徒以清通凝练为胜,甚至可说更为可贵,因为这事更不容易,所需的才情与想象也常更高。

从意思上说,这篇连同前面的《牛津度假记》总共创造出了一个"书痴"典型——但这个书痴则是可爱可敬的。这个书痴与《聊斋》上的那个书痴也必遥相呼应,共同辉耀于世界文学典册。在见解上创造出这两个典型的两位大师也是相近的(蒲不也说过,书痴则文必工?)。其实,一个人如果真是书痴,那他就是了不起的,是可爱的和值得尊敬的。这是因为书痴不是谁都能做得了的。做书痴,首先就得有天分,因为书痴正像诗人那样,是生成的,不是做成的(is born not made)。不过我们之所以必须热爱和尊重书痴,更主要是因为他们对人类的贡献。试想想人类迄今的全部科学与艺术成就,离了书痴行吗?所以凡是真正的聪明人、老实人都不会去笑话书痴。笑话书痴便说明我们自己还是局外人,是站在文明圈子之外去看世界的。对于一个真正的书痴,我们连热爱、艳羡、尊敬、崇拜、供奉甚至迷信还来不及,又哪里有工夫去嘲笑!

友人更生记　311

报界三十五年前[1]

但·斯图亚特[2]一次对我们讲，他记不得一生当中认真去过一次索姆塞特大楼里的展览厅[3]。他或许照拂过一些女士进去过，但纯出自愿则从来没有。可《晨邮报》报社至今还是它原来的旧址——这话说来，看官，已是三十年甚至更多年前的事了——其金黄球顶的大门就正对着美术家们一年一度在那里进行盛大展出的陈列中心。听了这话，我们不禁觉得，如果我们自己也都能像但尼尔那样遇事懂得节制，该有多好。

关于这位但先生，这里再补上一句。论到性情脾气，报人当中他给我们的印象实在一直是最好的了[4]。当然《晨记事报》的佩利[5]也同样和蔼可喜，身上带有着某种，甚至还颇不轻的，宫廷里的喧闹、炫

---

[1] 这篇文章发表于1831年10月号《英国人杂志》，是兰姆这批作品中靠后的一篇。内容记录了他年轻时在伦敦报界的一些滑稽栏目中撰点小文的辛苦经历。由于是业余工作，加之时间又不很短（大约自1797年至1803年），沉重的劳动几乎毁了他的身体。但他的这些写作实际上并不很受欢迎，文中提到的那个但·斯图亚特（《晨邮报》主编）即认为他的作品意思不明白，所写笑话也极乏趣。但这些实践对他后来的成熟写作仍无疑是一种有益的训练。
[2] 但·斯图亚特，即 Dan Stuart（1766—1846），曾于1795年至1803年间主编《晨邮报》。
[3] 索姆塞特大楼位于伦敦河滨大道，当日皇家美术协会常在这里举办画展。《晨邮报》的社址即和那地方隔街相对。
[4] 这话不可尽信。斯图亚特至少对兰姆不是太好。兰姆去他那里是柯勒律治介绍的，但尽管柯多次要求斯给兰姆一份固定工资，但斯因对兰看法不高，执意不肯。
[5] 佩利，即 James Perry（1756—1821），当日伦敦《晨记事报》主编。经乔·戴介绍，兰姆于1801年夏曾为这个报撰稿。

耀味道。而但则显得更为质朴坦率,纯然一副英国气派。而我们当年便在笔墨上伺候过这两位先生。

说起探索河源[1],比如恒河,向来可谓一大快事;一些一开始时渺不足道的涓涓始流到后来竟蔚为那样波澜壮阔的浩瀚江河;

> 带着一副虔敬我们去了层巅,
>
> 古谣中的名水不觉耀耀眼前。[2]

激于对那位阿比西尼亚探险家[3]的尼罗河勘察记的极大痴迷,我们曾乘夏季中的一个星期天(亦即我们当年慈幼院中所谓的"全假日"),在食物等都未备齐的情形下,太阳一出便匆匆上路,前去探索新开河——密特顿河![4]——意欲——一直追溯到它的众流之源,这个,据我们从书中看到,已远至水草丰美的安威尔[5]。这在我们诚属一种壮举,但又是一次秘访——因此事关系到发现之功,故校中其他同学,其目光均不得被转移到该处。行至霍恩塞[6],但见繁花遍野,绿草如茵,曲径迭出,真是好不快活,但困难亦渐随之而来,每因走错了路,而不得不频频折回,只是凭了一股信念,才使我们不曾半途而废;但这类冤枉路似乎也太多了些;甚至更仿佛那河水妒心太重;只想避去我们,它故意坚不吐实,拒绝把那点卑微出身透露于世;直到弯来绕去,足不成步,身上再无一丝气力,腹内再无一点东西,因而不到日落,我们已不得不在图特汉[7]附近的一个名叫鲍威斯的农庄歇

---

[1] 这句话猛一读,确实会感到突兀,但读下去也就感到正常了。兰姆的句子转折每有这种特点。
[2] 引自苏格兰诗人 John Armstrong 的《健身法》(*The Art of Preserving Health*)一诗(1744)。
[3] 见《友人更生记》中 307 页注④。
[4] 见《友人更生记》中 307 页注③。
[5] 安威尔,村镇名,地在赫福郡,为新开河(The New River)的河源所在地。
[6] 伦敦附近村镇名。
[7] 伦敦一个郊区(地属中塞克斯郡)。

下脚来，而掐指一算，所走过的哩数尚不足原定行程的十分之一；于是而不能不痛切感到，原来布鲁斯之辈的那番宏伟事业并非是我们这些幼童可以轻易玩的。

这种河流的探源之举，即从一道浩浩巨川一直追溯到它原来的细小泉眼，对于一名旅行者的激切好奇心来说虽是一种餍足，但就其悦人程度而言，似仍远远不及读者之追踪一些巨匠宗师的昔年少作，这时，在一名喜爱它们而又能以诚相见的读者那里，一旦寻索到某位声名久著的大家的当初若干试笔之作，那些带有着羽翼未丰痕记的东西，其乐趣显然会要更大；比如从后日的《伊尼亚德》追回至其最初的《蚊蚋》①，从约翰逊的大作追回到他的童年诗《小鸭》②。

当年的每种晨报照例都要雇上一名文人，因而他也几乎便是这个报社的一名固定人员，其任务即是每天要给报上提供一定数量的有趣短文。一个笑话六便士，这在当时已算是高报酬了——便是斯图亚特自己规定好的润格。而题材的内容通常不外乎眼前琐细、怪事奇闻之类，但时装打扮一项则属必不可少。至于文章段落一般不得超过七行。再短一些也无妨，但要紧的是得带点刺激性。

就在我们以见习身份初次在但的报上荣挂起头排丑之日，正恰值妇女界长筒丝袜时兴穿那肉色或曰粉红色之时，这一下可是鸿运到来，顿使我等执笔者名声大噪。我们得到了"大手笔"的美誉。但我们也辛苦呀，光是一个"红"字，我们就翻来掉去，一下子闹出来多少五色缤纷的不同说法、新鲜花样！——从那最平凡俗滥不过的西丝

---

① 传说为维吉尔的少作。内容写一牧人因为一蚊虫叮醒，致免遭蛇袭，但蚊虫却被他碾死。因此蚊之魂对他责备不休。牧人为它筑了一道坟，事才平息。
② 传说这位大文豪三岁时踩死了一只初生小鸭，即马上口占悼鸭诗一首，为其母记录下来（彼时他还不会写字）。但据其传记家博斯威尔说，此事纯系杜撰。

时尚之风

里亚之花①一直到那安坐于"百千弱水"之上身着火焰般烨烨裙裾的尊贵妇人②,等等,又有哪一样我们不曾想到。不过既谈袜子,脚脖子的事也便随着而来。但这又是何等不易对待的一个问题③,特别是对,像我辈这样,全然正正派派的文人,在涉入这样一类显然从来便不免要接近所谓"不够正经"的领域时,而这当儿,既不能不濒临它的微妙边缘,又不能栽到那里面去;那情形,恰似对一名技巧高超的走钢丝人,始终是一个在雅与不雅、礼与非礼之间保持平衡的问题,他必须一刻也不能有所偏离,哪怕间不容发的偏离,否则后果将不堪设

---

① 西丝里亚之花亦即玫瑰。玫瑰为西丝里亚(即罗马神话中之维纳斯)所最钟爱之花。
② 这贵妇人为古代巴比伦之象征。典出《圣经·启示录》17章1～4节,那里有这样的话——"坐在众水上的""穿着紫色和朱红色的衣服"的女人。
③ 这里之所以有"不易对待"的话,是因为"脚脖子"(ankle)一词在英人那里属于不雅和须要避讳的事物(The unmentionables)。

想；始终是一个屏营于明与暗甚至亦明亦暗的界线的问题；一个模糊不真、畛域不明的难处之境；始终仿佛戏里的奥托利科斯①那样，面对一群时刻翘盼着下文又将如何的观众，不禁不停地向他们念叨着："喂喂，可别出事，我的老天！"②但尽管如此，我们还是出落得不坏，这期间最使我们引为得意的，而且至今一想起来仍会忍俊不禁的妙笔之一便是——当然这里还是在谈袜子——我们在提及阿斯特里亚的飞逝时③，我们曾使出了这样一个文句——最后一位女神终于从尘世远引而去；另外还有一句——贞洁女神，于其诀别人世，飞升高天之际，曾在伊熠熠的跖面之上撒下她最后的一抹羞晕④。这实在不愧是罕见的辉煌彩笔；而当时的人也这么看，认为大有读头⑤。

只可惜世上的玩笑滑稽，也同他事一样，其行时的方式总要过去；正如那曾使我们一度走红的那种式样，历时相当短暂。不过几周工夫，我们那些女流朋友脚踵袜面上的东西竟又一返其旧态，重新以白色为尚。但这一来可将我们弄得无地自容，大失所据。这之后，女界的新习尚仍然是一个紧接着一个，跟踵而来，不过我仍不免认为，在论及包蕴之丰富，思路之诱人与精妙，乃至其意义之双关来说，似乎仍没有一种能抵得上那粉红色的。

记得有人讲过，一个人如果天天都得吃下六个面包（上有十字形标记的面包⑥），而且一连吃上它半个来月，那么最健壮的胃口也必给吃垮。但是如果天天也都得供应上同等数字的笑话，而且不仅供应

---

① 莎剧《冬天的故事》中的一个游民。
② 这句话便是奥托利科斯在该剧 4 幕 4 场 201 行中唱的一句歌词。
③ 阿斯特里亚为希腊神话中的正义女神。过去"黄金时代"时曾居住世上。后人类堕落，成为"黄铜时代"，她便远离开人类，回到天上。
④ "熠熠的跖面"与"一抹羞晕"均映出"红"字。
⑤ 兰姆在讥刺当日的文学趣味。
⑥ 原文为 Cross-bun。十字为十字架之十字，带神圣意味。

半个月，而是要一连气供应上它一年十二个月，正如我等之被迫所为，那么这份差事之要命也就可想而知。"人出去作工，劳碌直到晚上"①——这话不错，只是早上何时开始，我们认为，也得规定得差不太多。但既然我们在城里的主要工作要占去从早上八点一直到下午五点这样很长的一段时间；既然晚间的那几个小时，在我们那种年龄，是无论再干什么也不能再干活儿的，那么显然我们可以用以去制造那些笑话——亦即产生我们的生活补贴，那可以提供给我们除面包奶油之外的其他各种需求的时间——便只能是完全来自一天之中的那一部分我们（仿照那无人地域②的说法）姑称之为无人时间的时间，换言之，亦即那不该起床、不该工作的时间。说得再明白些，即是那段时间，那一个小时最多一个半小时的时间，这时间一个人是要用来吃早饭的，而这时还要他伏案工作，便太荒谬得不合道理。

且想一想那一大早就到来的头痛吧，当时间还不过五点，若在夏天；最迟不过五点半，若在天更短些的季节；我们便不得不挣扎着起来，这时在床上的时间或许还不足四个钟头——（因为③我们可不是羊羔或云雀的生活伴侣④，我们照例是要比羊羔睡得还要晚，比云雀起得还要早——我们是要在午夜分手时还再来上它一杯告别酒的，我们那时候的年轻人都是如此，跟现在这种文弱的时代不同，我们喜欢自己的周围总是坐满朋友——我们可不是宝瓶星座⑤下的人，只是以水为其吉兆，并因此而是沾不了酒的，冷冰冰、寡水气和面无血色

---

① 语见《圣经·诗篇》第104篇。
② 原文为 No Man's Land，为固定词语。其义有三：1. 荒地或无人认领之地；2. 作战中两军无接触的地带；3. 司法、行政或其他交往不管辖或牵涉之地域。
③ 请注意，这个括弧可是长了！
④ 西方人过去确曾有"须与羔羊同睡"的话和习俗（尽管没有与云雀同起的固定话语）。
⑤ 星座名，性主水。之所以有此说法，是因为每年尼罗河开始涨水时，此星即在天端出现。

的——我们绝非你们那只饮清水的巴西里教派①的信徒，没有在阿古山拿过什么学位②——我们乃是那唯饮是务的凯普莱特族人③，一伙爱红火的哥儿们，一个都不例外)④——但是我们却不得不爬起来，正如上面说的，结果好好的一觉硬给截去了一半，另外空着肚子，没的可吃，一杯提神的武夷茶还是老远以后的事——不得不在一名老媪这种恶仆的恨死人的敲门声的催逼下匆匆爬了起来，而这老媪似乎还大有幸灾乐祸心理，最得意她自己的那声"该起来了"；说实话，我们真是恨不得哪天能把她的那满是裂纹的裸子骨也给卸下来，然后便往我们卧室的门上一挂，也好为来日的这类好打搅人休息者戒——

维吉尔即曾经咏道⑤，轻松而悦怡兮，沉沉夜幕之降临，馥郁而醉人兮，昏昏倦首之着枕；但再起床后呢，他则接着讲道，——蹑足而重攀登兮，固亦知斯事之匪易⑥——更何况，一起床后便又得去挖空心思，生编硬造那逗人的笑话——当然亦更知此事之劳累，此事之头疼也⑦。

---

① "巴西里教派"一词来自巴西里 Basil，纪元后四世纪耶教著名高僧，曾封圣；所创教派以苦行克制为特点，平日不饮酒而只喝清水。
② 阿古山（Mont Agua），地在危地马拉，为一火山，但常喷出清水。说在这里"拿什么学位"则纯系开玩笑。这里兰姆借喝清水的话为暗示他的一位戒酒主义者 Basil Montagu。这个人的名字 Basil 与前面的那位高僧有关，他的姓又与阿古山（Mont Agua）有关——同音而又与"水"相联系，乃至还与莎剧中的 Montague 家族的姓氏拼法相同，因而不仅一语双关，而且是一语多关！
③ 这个玩笑还没完。凯普莱特家族（Capulet）是《罗密欧与朱丽叶》中与 Montague 家族搞对立的另一族。既然兰姆一伙人不是好饮清水的人，那他们便自封为 Capulet 的族人！兰姆的好搞玩文字游戏确已到了不可救药的地步。
④ 这个括弧到此方才结束！
⑤ 维吉尔的这几行诗，兰姆这里只是拼拼凑凑地集在一起的，绝不确切，所以引文的前两行也就实为他的改写——用的是英语。
⑥ 直到这一行，兰姆才引用了原拉丁文——revocare gradum superasque evadere ad auras——以上几行见《伊尼亚德》卷六，126～129 行。
⑦ 破折号后的话为戏仿原诗最后一行的口气。

318　伊利亚随笔

当年埃及最聪明的工头[①]也设计不来如此一套奴役人的妙招，如我等所受之奴役。天下再暴虐的老板也发明不出堪与相比的收拾你的手段，若彼辈曾给的收拾。一天写半打笑话（连星期天也不能除去），的确，表面看上去也不算什么。其实我们平日搞出来的比这还多，可以是这个数的两倍，而且还习以为常，并不要求什么安息日式的豁免。可那是它们自愿往我们头脑里来的。但如今要头脑去找它们，——有如硬要大山前来就和我们[②]——那就全然是另外一回事了。

　　看官诸君，此事您也不妨试试，哪怕只试它十二个月。

　　另外，像粉红长袜的这类风尚并不是每个星期都会来的[③]；更多的情形是，来的只是一些粗粗拉拉，谁也不太好应付的题目；许多任你有天大本事也难以把它们变成笑话的事物；某张面孔，谁也不会让它露出笑容，一块燧石，谁也没法从中打出水来。这些就是摆在你面前的东西；就像做砖似的故事编造[④]任务已经给你规定好了，而你都得桩桩按件完成，不管你手头备没备料。那头贪吃无厌的毒龙——实亦即读者们——正像贝尔庙里的那个神物[⑤]——是老得人喂的；一顿也短它不得；而但以理和我们[⑥]，讲句公道话，为了喂饱它也确实是拼了

---

① 这里所以特别提及工头是因为，当年在埃及做苦役的以色列人要回国时，埃及法老便阻拦他们，其办法之一即令工头刁难他们，不给他们造砖的草，但却逼他们交砖。事见《旧约·出埃及记》第5章。
② 这里译文对原文的词语稍作"淡化"，原因为原话在西方虽极平常，但对某些地域和民族总是有所不敬。故权作如上处理，读者谅之。
③ 意为这种好运（对那些写笑话的人）并不是天天都能碰得到的。
④ 这里仍用着本页注①中的典故。
⑤ 据巴比伦神话，巴尔（Bel）为天地之神，受祀于其庙中。后庙中来了一条毒龙，贪食无厌，深为人众所苦。见《圣经》中业已为耶教删去的"伪经"（apocryphal books）里的一篇。
⑥ 但以理即本文一开头提起的那位《晨邮报》主编 Dan(iel) Stuart。这个 Daniel 同时又是兰姆文中特别常提到的那个大先知 Daniel（但以理——译《圣经》上人名时用但以理）。但是，但尼尔虽只是人，但以理可已经或早就是神了，现在神力加上人力（我们）才算勉强应付了那条毒龙（读者们），也可见此事之繁重与辛苦。若问译者何以敢肯定这里有此意思，那么回答便是，迄此为止，文中提到这个主编时都只用 Dan，但这时作者却用了 Daniel。从这里也可看出，兰姆的好谑是一贯的，而在此篇中则可说尤甚。

老命了,其他岂只喂饱,也快把它撑死。

就在我们正为《晨邮报》而绞尽脑汁来搞出一点儿欢乐的东西,并因此而被所谓的"轻快笔墨"给折腾得不亦乐乎的时候,巴布·艾伦,我们旧日的一位同窗友[①],也恰在为《圣言报》干着同样挖空心思的苦役。稍不同的是,罗伯特倒主要不是在滑稽上太下功夫。只要他的文字写得语气稍活泼一些,也就混过去了。但这种稍冰冷的东西他却不免用得太多,以致后来但凡碰到一条什么新闻,只要不是很重要的,便经常被他用起来去冒充笑话来蒙混他的雇主;现举一则为例——"昨晨偶去雪丘路[②],吾人所邂逅者,其非市议员汉弗莱先生而何;兹须补书之一事为,所堪欣慰者,此位令人尊敬之议员健康状况极佳。而前此则记不得其气色如此良好。"说来也怪,谁若一去雪丘路则必遇上这位先生,并因其举止步态不无其独特之处,故每每成为一些小报记者笔下之揶揄对象;也许正是为此,我那朋友也不免想去刺他一下,凑个热闹。上面这段邂逅的话刚刚写出,我便在荷本恩区遇上了艾伦,而他一提到这事,得意得眼泪都快流了出来,并对翌日见报后所将产生的效果在暗笑不已。但我们当时并未感到他那话有何好笑;第二天白纸黑字印了出来,尽管更加清楚醒目,其中妙处何在,我们还是发现不了。说实在,他那天早上无论遇上什么,不都要比遇上那位平凡的市议员强!他没多久便被解雇了,理由是他最近一段文字写得过于空洞。姑以上面那段话来说,平心而论,还不是全没意思,特别是那起句,颇能勾起人的好奇心;另外整个情调,或曰题旨,也还是与人为善的,不乏友好感情。只是不知为何那结尾处却令人失望,与起句所本应预示的热闹结局毫不相干。之后我们又一连

---

① 旧同窗指兰姆在基督慈幼院时的旧同窗。
② 伦敦街道名。

气读了他准备投往《真正的不列颠人》《星》与《旅行家》①的几篇东西——但这几篇却篇篇遭到了退回命运,所以这些报社也就谢绝"他的继续服务"。再有一点,他写的东西是从来瞒不过我们眼睛的。因为每逢他才思枯竭,或者气势上不来时,一般就会出现诸如此类的语句,比如——"读者其实有所不知,一般典当铺中常见之三枚蓝球,恰为伦巴底之古代徽标。伦巴底人乃是欧洲最早之放债大家。"他确为纹谱学的行家,在这方面他为社会所做的一番匡缪正误之功,整个纹谱院②比起他来或许也还有所不如。

雇用固定文人专门为晨报滑稽栏撰写东西的事久已成为过去。报社编者以后多自己动手来搜索这类笑话,或者便干脆将此一概免去。回溯往事,艾斯特牧师与脱非姆③首先在《世界报》上开了滑稽文写作风气。鲍登④当年曾是这类文字的头把好手,并继艾伦在《圣言报》上执了笔政。但是正如我们所说,趣文笑话之风如今已经过去;故今天的一些传记作者(比如锡顿夫人传的作者⑤)的笔下,已难再见到本世纪初时的那种颇曾倾动京城式的生动妙文。即使本文作者的一些初露端倪的细腻之笔——如上面的阿斯特里亚的精练隐喻——以今人的眼光观之,也只会被认为迂腐陈旧。

由于报纸产权易人,我们在《晨邮报》的历史也就结束(因而对此报的回忆亦即止于此而一并结束),而另行进入《阿尔宾报》,社址在舰队街之昔日拉克斯图博物馆内。但这一转变真是今非昔比——从

---

① 当日伦敦的三家报纸名。
② 负责管理贵族的纹谱族标家徽等方面事务的机构。
③ 脱非姆即 Edward Topham(1751—1820),伦敦《世界报》的创办人。艾斯特即 Charles Este,当日文士,脱非姆的助手。
④ 鲍登,即 James Boaden(1762—1839),当日英国剧作家,并写过不少名演员的传记,其中较著者为《锡顿夫人传》《坎普尔传》等。
⑤ 指鲍登。

那原先的精雅房间、檀木桌椅、镶银笔架墨水台等一下而陡降至那么一间办公室——其实哪里是什么办公室而不过一个洞穴,刚刚不久才从妖物的死尸那里抢占过来,因而至今怪味不散——从那忠君爱国、文采风流的名教胜境一落而至此俗鄙难耐、易启厉阶的是非之地[①]!在这里,房间的密不通风且不说,它的四堵墙也就根本容不下两个编辑部的人员,外加那卑下的短文作者,而正是在这里,那笔锋极健的约翰·芬威克[②](伊利亚文中曾以毕各得之名出现)便端坐其处,大展其新的编辑宏才。

这个芬,他自己一文不名,本来无力办报,但他竟靠了把他能从中掏出钱来的友人钱袋里的钱几乎全部都掏光的妙招(当然仍属赊欠),而居然从一位名叫罗威尔的手里把原《阿尔宾报》的全部编辑权、产权,它的一切权限名分(不管这些到底有多大价值),一概购归他自己所有;至于这个罗威尔,则素昧平生,仅听说他因言论上有渎威尔士亲王[③]而被判过带枷示众。这本是一桩从一开始起便绝无多大前途的营生——因为刚刚接手不久便订数大跌——后来跌至只能靠百余订户勉强支撑——但芬的决心却很大,一上马便以推倒现任政府为其不贰职志,其次才是我等的发财问题。一连两个多月这位发了疯般的民主党人都在马不停蹄地东挪西借,四出告贷,六七先令也罢,再少一些也行,统统都收罗回来,以应印花税的燃眉之急,因税局对此类报纸是概不姑宽的,日日来催,无时或已。既然我等都是被投弃

[①] 见下面注[②]。
[②] 见《人分两类》中50页注[③]。这个人的真名即是这里的John Fenwick,他在那篇文章中虽被兰姆吹得气派大得不得了,简直是势焰熏天,富比帝王——那只是兰姆的夸张和幽默,但实际上则是一名再潦倒不过的穷文人,不过他性格积极,思想激进,有民主思想,曾靠到处借债的办法任起《阿尔宾报》主编。至于其他俱见下文中所述。
[③] 英国王储之尊称。

化外的流亡之徒，吃不上更文雅的面包，所以也只得效其薄技于这位孤立的朋友。我们此刻的任务，戳穿来说，便是鼓吹造反。

抚今追昔，主要是那股热情[1]，——说到热情，曾为法国大革命所点燃起的那股炽烈的少年意气在我们当时的身上还未丧尽，至于说那时我们也有失误，则当日有失误者也非仅我们，而是还大有人在，但这些人却在今天仍被视为大可崇敬的人——而并非是其时的一些共和思想——才是我们那个阶段的主要精神动力，这样终使我们，在该报存在期间，采取了那种特殊的文风，因而曾以颇不低的调门，与芬的那种全然无误的积极狂热思想多方配合，相互呼应。我们的要诀即是，于王政逊位一事，只作暗导，而不加明倡。故文中凡有可能涉及刑钻、斧钺、白厅审判[2]等易生刺激之字眼，照例均曲折其笔以达之，藻饰其词以掩之，读来令人煞费琢磨——亦即用戏文中贝易斯[3]的话说，说其事而不用其词——因而一些话里到底包藏着什么祸心，检察官的一副锐目也常检察不出。的确有时一想起我们在斯图亚特手下时的那种君子人也的体面作法，也颇不无惋惜之情，深恨那种机会之不可再得。但是一个长官一个令，主子换了，一切也只能由之。但尽管我等已赔尽小心，还是偶尔有一两节甚至更多的情况（这事是我们日后听一位在财政部供职的人士讲的）引起了检察部门的注意，以致拟即交予有关司法机关审处——而又恰在这个关节眼上，我们笔下的一章讽刺诗出了问题，至于这事之幸与不幸便很难说；诗旨在讽刺

---

[1] 注意这个很长的破折号。主要……——而并非是……
[2] 白厅为英王查理一世被斩首处死处（1649）。
[3] 贝易斯，见《记内殿律师》中131页注[5]。

詹·麦爵士[1]，其时正值其大驾即将赴印，以收取其，用芬的话说，叛节果实（这话还值得明说吗），但这话虽没刺着这位爵士，却不料伤了另一位的自尊，即素以被封为公民司坦霍浦为得意的那位大人物[2]，因而一举而将芬的最后一名赞助者的最后一枚几尼的赞助的获得希望给彻底粉碎；不仅此也，报社亦被捣毁；至于我等因尚不屑帝国法官们之一顾，倒也落得个平安无事，尽管心头还有闷气。大约就在这时，也或许还更早一些，我们突然听到了但·斯图亚特向我们讲的那句已见于本文篇首的令人不解的话，即"他不曾认真去过一次索姆塞特大楼里的展览厅"[3]。

题解

　　文章的题目很大。见后很可能会以为是一篇全面写英国报界的论述。但实际上不是，至少主要不是，而只是记作者本人当年在这方面的一点经历，范围相当窄。但尽管如此，它对那时的风习时尚还是作了一些反映——当日英国一些报纸的副刊是个什么情形，读者的趣味曾是如何，文风又是哪种样子。另外当时青年的社交与聚饮习气；他们在法国大革命后的思想情绪特点，乃至当日某些政界显要稍年轻时曾是什么一副面貌；后来他们又是怎样一种表现；等等。当然更直截的是写作者自己，为了在报端挣点零用钱所曾付出过的高昂代价，读来令人心酸，虽然好处也不是完全没有。这事对他日后写伊利亚杂文——至少是对写幽默东西和搞文字游戏，肯定是会有益处

---

[1] 指 Sir James Mackintosh（1765—1832），英国政客。法国大革命期间他曾著书拥护法国大革命，不久又反对起这革命，并因此而受到英政府重用，被派赴印度任首席法官。1801 年夏，兰姆曾在《阿尔宾报》登了一节讽刺诗刺他，诗中将他比作"犹大"，甚至连犹大也远远不如，因为犹大犯了出卖耶稣罪后尚因愧悔交加而进行自裁，但这位勋爵则完全无此胆量心肝。
[2] 指 Charles 3rd Earl Stanhope（1753—1816）。英国科学家、政客。他是 1795 年英国上院投干涉法国革命票时唯一投反对票的人（即不赞成干涉法国革命），并因此而获得"公民司坦霍浦"（Citizen Stanhope）称号。但他后来同样走了詹·麦爵士的道路。
[3] 重复篇首的话，以相回荡，余韵悠然。

的。这点探河源一节已经说得明白。而这些对理解兰姆都有帮助。但更多的意义便不好说了。但这个短篇的佳处则显然更在其文笔,在其写法,在其情趣。在这许多方面它都是出色的。作者为挣零用钱的拼死拼活,其友人的硬混硬充,芬威克的玩命办报,假幽默的解剖评析,死尸洞里的办公环境,讽刺诗的正打歪着,维吉尔诗的生拉硬扯,老妪的厌人形象,毒龙的可怕象征,吃面包上的降格屈辱与可怜可叹苦况,欲受罚而不可得的丧气局面,等等之类,都被写得滑稽之极。所以文章的价值,内容固然是其一,其写法也常是同样重要的,它的读头全在一写,全在由谁来写,尤其是兰姆这种文章。至于它的翻译,也是同样,全在一译。否则多好的内容,多好的文章,也全都能给毁光——尽管原来的"内容"倒也被译得一丝不差!

古　瓷

我对古瓷几乎具有一种女性般的偏爱。每逢进入豪门巨室，我总是要首先索看它的瓷橱，然后才去观赏它的画室。为什么会是这样先此后彼，我讲不出，但是我们身上的某种癖嗜爱好却往往不是来自一朝一夕，这样年长日久，我们自己便也追忆不起某种癖好是何时养成。我至今仍能记起我所观看过的第一出戏和第一次画展；但至于瓷瓶与瓷碟是何时唤起我的美好想象，我已经无从追忆。

我自过去——更遑论现在？①——便对那些小巧玲珑、无章可循但面敷天青色泽的奇形怪状的什物，那些上有男女人物，凌空飘浮，全然不受任何自然的限制而且也全然不解透视学为何物的东西——例如一件细瓷杯盏，我自好久便对此不无酷爱。

我喜欢看到我的那些老友②——按在这里距离并不曾使他们变小③——飘逸于半空之中（至少对我们的视觉来说是如此）而同时却又仿佛是脚踏实地——因为我们对此必须善为解释，才说得通为什么那里凭空出现一抹深蓝；我们体会，那位周到的画师为了在这里不留漏洞，故让那片颜色飞升在他们的脚下。

---

① 现在年岁更大，艺术的鉴赏力也自然更高。
② 老友指兰姆所早就熟悉和酷爱的那些瓷器上的人物。
③ 指这类瓷器上的透视感不强。"他们"当然指瓷器上的人物。

我喜欢见到这里的男人具有着女性般的面容，我甚至愿意这里的女子带有更多的女性的表情。

这里便是一幅仕女图，一位年轻恭谨的官吏正托着杯盏向一贵妇献茶——而两人站得有几里地远！请注意这里距离即暗寓礼貌！而此处，这同一位妇人，也或许另一位——按在茶具上容貌往往是颇有雷同的——正在款移莲步，拟欲踏入一只画舫，画舫即停泊在这座寂静园中溪流的岸旁，而照她举步的正确角度推测（依照我们西方的角度原理），必然只能使她进入到一片鲜花烂漫的草地中去[1]——进入到这条怪河[2]对岸的老远以外！

再向远处些——如果在这个世界[3]当中尚有远近距离可言——我们还可以见到马匹、树木、高塔等物，以及舞蹈着的人们。

另外在这里还可以看到牛与兔昂首蹲踞，而且广延相同[4]——可能在那古老天国的清明的[5]眼光当中，事物便应是这等画法。

昨天傍晚，一杯熙春[6]在手（这里附带一句，我们的喝茶仍是那老式饮法，不加糖奶），我还对我们前不久新购得的一套非常古老的烧青茶具上的种种 Speciosa miracula[7] 和我姐姐品评了一番，因为这些杯盏我们还是第一回拿出来享用；这时我不免说道，近些年我们的家境确实颇有好转，所以我们才有可能摩挲一下这类玩物——听了这

---

[1] 意即画中人举步（入船）的角度或方向与船的方向不够一致。
[2] 这里之所以说"怪河"，还是因为本页注[1]中的缘故。
[3] 世界指瓷器世界或瓷器画面中的世界。
[4] 这段话可以粗略解释为，大小与远近不同的物体（例如这里的牛与兔）在画面上的延伸性与给人的立体感竟无差别。反过来说，也即是这些物体没有严格按照透视学的原理去绘画，因而它们的比例与立体感有毛病。
[5] 这里"清明的"可理解为无意于依赖透视科学的原理或技巧以制造画面上的立体感，实亦即幻觉。因为清明或清醒即是对幻觉而言的。
[6] 熙春，我国的一种绿茶名。
[7] 拉丁语，意为怪奇伟丽，瑰异神奇。这个词组是罗马诗人贺拉西对荷马史诗《伊利亚特》中人物故事的赞美语。

话，我的这位好友不禁翠黛微颦，悄然凝思起来。我立刻窥见一团乌云正迅速掠过她的眉头。

"我真巴不得过去那好时光能再回来"，她愀然道，"那时我们还不太富。当然我不是说我愿意穷；但事情总有一个中间阶段吧"——如今话头一开，她便滔滔不绝地讲了下去，——"在那种情形下，我们是会比目前幸福得多的。现在一件东西，买就买了，平淡得很，还不是因为钱太多得用不完啦①。但要在过去，那可是件了不得的大事。那时如果我们看上了一件其实并不珍贵的奢侈品（真的那时候要想得到你的点头我得费多大事！），那么头两三天我们就会认真讨论起来，好坏利弊，得失贵贱，衡量个够，这笔钱能从哪一项开销中省出来，又怎么省法，才能刚好够买那件东西。像这样的买法才值得一买，那时候我们掏出来的每一文钱都是在手里好好掂量过的。

"还记得你的那身棕色外衣吗？那衣服早已穿到了让人人见了替你害羞的程度，确实太破烂不堪了，而这还不是因为博芒与弗莱契②的那本集子吗——那个你一天晚上从柯文花园③巴克书店拖回家的对开本？你记得我们对那个本子不是垂涎已久，这才准备购买，而且一直到那个星期六的晚间十点才算下了最后决心，接着你便从伊斯灵顿④出发，一心还只怕晚了——接着是那个书商怨气十足地把店门打开，然后凭着微弱的烛光（已经准备拿到床头去了），从那尘封很厚的旧书当中照见了这个宝物——接着是你把它拖了回来，真是再重也在所不辞——接着是你把书向我捧上——接着是我们共同翻阅披览，并深

---

① 这话当然是兰姆姐姐玛丽（亦即文中的布里吉特）的夸张，详见此文结束部分。
② 见《札记一则——书与读》中247页注①。
③ 地名，为伦敦的大菜市，原为一修道院的花园。
④ 见《友人更生记》中303页注④。

感此本之佳（你指的它的校勘）——接着又是我动手粘贴书的散页，而你更是急不可待，非得连夜赶完不可——可见当个穷人不也是乐在其中吗？再比如，你今天身上穿的这套笔挺的藏青服装，尽管你自有钱和讲究起来以后经常勤加拂拭，试问它便能使你比过去更加得意吗？而你过去穿着那身破烂外衣——那个卡薄[1]时，不也是摇来摆去非常神气吗？而且一直到再穿不出去时还要再多穿它一个多月，以便安慰一下自己的良心，因为你在那本古书上曾花费了十五个——记得是十六个先令吧？——这样一笔巨款——这在当年确实是件不得了的大事。今天在图书上你是什么也购置得起，但是我却反而没有再见你捧回什么古本秘籍、佳椠名钞。

"有一次，你在外面买回了一帧里昂那朵[2]的摹本，那个我们管它叫'布朗琪贵妇'[3]的画，其实所费去的钱比前面的那次更加有限，可是，为了这个，你跑回家来还是连连道歉不已；你一边眼看着所买的画，一边心疼着所花的钱——一边心疼着钱，又一边眼看着画，——这时一介贫士不是也乐在其中吗？而今天，你只需到柯尔耐依[4]跑上一趟，成堆的里昂那朵还愁你买不回来。可你是否便——[5]？

"再比如，你还记得我们为了欢度假日到恩菲尔德[6]、波特斯巴[7]或惠尔赞姆[8]等地的那些愉快的远足吗？可是如今我们阔了，那些假日、那些热闹也就全都没了——你还记得我那时经常用来储放我们一日粮

---

[1] 卡薄，法语 Corbeau 译音，意为大衣。
[2] 即里昂那朵·达·芬奇（1452—1519），意大利文艺复兴时代伟大的画家、雕刻家、建筑家、音乐家与科学家。
[3] 布朗琪，西方女人姓氏。
[4] 当时伦敦一家意大利人经营的画店。
[5] 这里的破折号表示要说的意思与它的前一句的最后部分相同，也就无重复的必要。
[6] 恩菲尔德，中塞克斯郡城镇，地离伦敦北部10哩。
[7] 不详。
[8] 惠尔赞姆，汉浦郡地名。

（无非是一点可口的冷羊肉和色拉[1]）的小手提篮吗——而中午一到，你总是要东寻西望，以便找个稍体面的地方好进去就餐，然后便是摊开我们的那点存货——至于其他花销，则只付啤酒一项，这是你必须叫的——其次便是要研究女店主的脸色，看看是否也能让我们享用上一块台布——而且盼望能不断遇上这类的女店主，就像艾萨克·华尔顿[2]描写他平日去那风光极美的里亚河[3]畔钓鱼时所经常遇到的那些——当然有时她们对人也是挺客气的，但面带愠色的时候也不是没有——可我们还是满脸笑容，兴致不减，把我们一点简陋东西吃得津津有味，这时即使是皮斯卡图[4]的鳟鱼旅店[5]似乎也不值深羡。但是今天，——每逢我们再外出作一日之游时，何况这种时候现在反而少了，我们却成了出必有车（车上要占好一段路）——用饭必进上等馆子，而叫菜又必名贵馔肴，至于所费则在所不计——但尽管如此，那风味却远不如一些农村小吃，却远不如那不知会遭到何种摆布或如何接待的时候。

"再说听戏。今天如果再去观剧，那便非坐到正厅池座，否则面子就拉不下来。但你还记得我们过去坐的是哪种座位吗？——不论是去看《海克汗之役》[6]《喀莱城之降》[7]，还是《林中的孩子》[8]中的班尼斯特先生[9]和布兰德夫人[10]——那时我们是怎样掏空口袋才能

---

[1] 凉拌菜。
[2] 见《人分两类》中55页注[5]。他的《钓鱼名家》对英国南部乡间景物与河上风光的描写颇著称于世。
[3] 泰晤士河的一个支流。
[4][5] 皮斯卡图，《钓鱼名家》的主要人物之一，职业渔民。他与另一友人维亚图经常在里亚河畔的一家客店——鳟鱼旅店中会面。
[6][7] 这两出戏均出自 George Colman（1762—1836）所作的喜剧。
[8] 见《梦中的孩子》中160页注[3]。
[9] 即 John Bannister（1760—1836），当日著名喜剧演员。
[10] 即 Mrs. Bland，19世纪初期有名女演员。

在演出季节去一先令的顶楼楼座①一起看上三四次戏——这时你的心中还可能一直在抱歉竟把我带进这路座位，而我自己对你能带我前去已经是感激不尽了——甚至正为我们的座位微欠体面而看戏的兴致更浓——更何况一旦幕启之后，哪里还顾得上计较我们在戏院中处于何等地位或坐的地方如何，我们的神魂早已伴随着罗瑟琳②而飞到了亚登森林③，或紧跟着薇奥拉④而趋入了伊利瑞亚宫⑤。过去你常好讲，顶楼楼座是和观众一道看戏最好的地方——而兴味的浓烈程度又与不能常来成反比例——再有那顶楼的观众尽是一些没读过剧本的人，因而听起戏来不能不格外聚精会神；事实上，他们对台上的一言一动都不敢轻易放过，惟恐漏掉只言片语而使他们接不上茬。的确，每当我们想到这些，也就感到一切释然⑥——不过现在我倒想要问你，就拿一个女人来说，当年我虽不像今天这样在剧院中坐着昂贵的席位，难道那时我所受到的对待就差许多么？的确，走进座位和攀上那些蹩脚的楼梯是件极不痛快的事——但是一般来说人们对妇女还是懂得遵守礼貌，并不比在其他处差——而当这点细小的困难克服之后，不是座位显得更加舒适，戏也看得更加惬意吗？但是今天我们只需出了票钱便能自由进入⑦。你已经不能——你就抱怨过——再在楼座来看戏了。我敢

---

① 剧院楼厅的最高层廉价座位。
②③ 事见莎士比亚的喜剧《皆大欢喜》，内容说一法国古时公爵为其弟所篡，失国后隐遁于其边境的亚登森林。但他弟弟最后良心发现，遂又有归还其公国的事。罗瑟琳为老公爵之女，公爵被逐后，曾一度被留在其叔父宫中，意在为其女做伴，旋亦因故被逐，但两姊妹感情极笃，竟结伴一起去了亚登森林来找老公爵。
④⑤ 事见莎氏喜剧《第十二夜》。薇奥拉与她哥哥西巴辛斯是一对面貌酷似的孪生子。一次海行遇风暴，舟沉于伊利瑞亚海外（即今亚得里亚海东岸，当时为罗马的一个行省）。兄妹两人均获得搭救，但却被暂时分开，这期间各自发生了一些奇遇。薇奥拉终与热恋着她的伊利瑞亚公爵结婚；她哥哥也与当地一名美丽的伯爵女儿成为眷属。文中所说去伊利瑞亚宫一句，当指薇奥拉被搭救上岸后，初次乔装为青年男子去公爵的宫中当僮仆事。
⑥ 即不复以仅能在顶楼楼座看戏为意。
⑦ 正厅前后排与包厢等昂贵席位的进出则无拥挤之事。

肯定，我们当年完全能看得挺好，也听得相当清楚——可那种观赏之乐，还有别的什么，早已随着穷日子的消失而一概消失掉了。

"在草莓还没有大量上市之前吃点草莓——在豌豆还比较贵的时候吃盘豌豆——这样稍稍尝点新鲜，受用一下，自然是件乐事。可现在我们又再有什么乐事可享？如果我们今天还要追求享受——也就是说，如果硬要不顾经济条件，过多贪图口福，那就未免太不成话。我们之所以说是'受用'，正为这点口腹之养稍稍高过一般——比如像我们两个人这样生活在一起吧，而事实上也正是这样，偶尔例外地稍稍优越一下，而说来也正是两个人的共同意思；但是两个人却总还是要争着抱歉，仿佛这点都是由于他一人所引起。但我以为，人们如果稍稍'看重'他们自己一点，原也算不得什么不是，这会使他们懂得也去看重他人。但是现在我们却无法再这么看重自己了——如果我仍就

对瓷器几乎具有一种女性般的偏爱

这个意义来使用这个词。能够这样做的唯有穷人。当然我不是指那一贫如洗的人，而是指的像我们过去那样，也就是稍稍高于赤贫的人。

"我完全记得你最爱说的一句话，就是，年终收支相抵，天大愉快——所以过去每逢除夕夜晚，我们总是为了弄清亏空而忙个不了——你板着面孔在查点那些糊涂账目，竭力想弄清我们之所以会花费那么大或不曾花费那么大的原因——甚至下一年开支便可望有所减少的理由——但是尽管这样，我们还是发现，我们的那点可怜家当却在逐年枯竭——于是我们便在绞尽脑汁、煞费筹措、频频许愿、商量明年缩减这项节约那项，另外靠着青春的希望与欢欣的精神（在这点上你一向还真不错）的支持等这一切之后，终于合上账簿，甘认损失，而临了，欣然以所谓的'几杯浓酒'①（这是你最好从你所称之为快活的卡登②那里引用的话）迎入了这'新到的客人'③。但是现在到了年底，我们却再没有了这类账算——可是也失去了来年的一切又将如何如何的种种可喜盼头。"

布里吉特平时一般是不多言语的，因而遇到她忽然滔滔不绝、慷慨激昂起来，我倒要当心别把她轻易打断。但是我对她这种忽而心血来潮便把她一名穷措大的一点有限进项——无非一年几百镑之谱——夸大成为神奇般的巨富，实在不免感到好笑。"不错，当年我们贫穷时也许更为快乐，但是不应忘记，我的姐姐，那时我们也更为年轻。在我看来，这点盈余我们也不应视作累赘，就是我们把它倒进海里头去，又将于事何补。我们在过去的共同生涯中颇曾有过一番艰苦奋战这点，确实值得我们深为庆幸。这增强和加深了我们之间的共同情谊。假若我们当年便有了你今天所埋怨的这些积蓄，我们在彼此的

---

①②③ 关于这个卡登，见前《除夕志感》中66页注①，"几杯浓酒"与"新到的客人"均为卡登的《新年颂歌》里面的话。

古　瓷　333

对待上反而会做不到我们过去那样。奋发图强的勇气——那种蓬勃健旺、任何艰难逆境也摧折不了的青春活力——这在我们的身上久已成为过去。要知道，老而富裕，即是重获青春；当然这种青春是极有限的，但是我们也只能以此为满足。今天我们如果外出，便不能不是乘车，而过去我们便完全可以徒步；还有过得更优越些，睡得更舒泰些——而这也是聪明作法——但这些放到你所说的那种黄金时代[①]便无力达到。反过来说，即使时光倒流，韶华可再——即使你和我能够一天再步行上过去的那三十多里——即使那班尼斯特先生和布兰德女士能够再次年轻，而你和我与再年轻得可以去看他们的戏——即使那一先令楼座的美好时光能够重回——可这只是梦啊，姐姐——但即使是，你我两人此时此际，不是安憩在这个安适的沙发之上和铺设华丽的炉火之侧，从容不迫地进行着这场辩论——而是挣扎在那些十分拥挤的楼梯中间，正被一大帮拼命争座的粗鲁的楼座人群推推搡搡，挤得东倒西歪——即使我仍能听到你那焦躁的尖声喊叫——即使楼梯顶端的最后一磴终于被我们夺得，于是整个辉煌敞阔的剧院大厅登时粲然脚下，因而爆发出"谢天谢地，我们总算得救了"——即使是这一切，我仍将发愁何处去购得一副其长无比的穿地测锤，以便觅得个万丈深渊，好把比克里萨斯[②]乃至当今的第一巨富犹太人罗——[③]所拥有的（或据称所拥有的）更多得多的财富全都埋藏进去。所以现在这一切何不暂搁一边，且来欣赏一下这个——你看，那小巧玲珑的侍女的

[①] "黄金时代"在这里并非是泛泛之词，而是在应用希腊神话中的概念，在那里面人类世界曾被分为黄金时代、白银时代与赤铜时代。
[②] 克里萨斯即 Croesus，公元前六世纪小亚细亚西部利底亚王国的最后一代国王，以财富著闻。
[③] "罗——"即 Rothschild，18 世纪末、19 世纪初闻名全欧的首富与金融家，其家人在英法德等国各地拥有众多的银行与企业。

手中不是正轩轩高擎着一张床帷般大的巨伞,给那蓝色凉轩下一位呆呆的圣母娘娘般的小美妇遮阴凉吗?"

题解

  兰姆全集的一位编辑人恩吉(Ainger)曾对此文评道,"这篇优美文章自有它的一番意思要说——这一次,我们可以肯定,绝无任何浪漫色彩或夸张成分。它为我们了解查尔斯姐弟共同生涯中的那些欢乐日子提供了一份极有趣的材料。"评得不错。这篇作品的确写得很美,既有真实、诗意,也不乏情趣。但更重要的是,它写出了生活。它的体裁也别致,用了他平日不常用的对话体,所以口语化的成分高。但这谈话却主要是由一个人完成的,对方的话不多——主要是兰姆姐姐自己的话,那位有些神经质的、永不很成熟的和又不无相当伤感主义味道的女士的个人独白。这独白一下便把他们二人的全部生活都翻腾出来:阅读、购物、补书、算账、旅游、看戏,等等,从而使我们外人也有了机会对两位作家的一番奋斗与苦乐有所了解。至于所谈中心主要是年轻贫穷时的幸福和日子富裕后的乏趣——可又不赞成贫穷。对此兰姆的回答是有节制的,只淡淡地讲了句,这是因为那时他们更为年轻,至多是仍很有限的几句。既然这当弟弟的也没敢多驳他姐姐,我们当然就更不便多说。其实这类的话尽可以说,也值得听,但却不太适合拿来讨论,一讨论起来便无趣了,便会大煞风景,就要沦为伦理和道德论文。它本来就不是什么很确切的东西,无非是一阵子心血来潮,是经不住议论的,甚至连搭腔接茬儿都有困难——你听下去就是了,正仿佛家庭中的胡调,亲朋的聊天,街坊的唠叨,同窗的话旧,情侣的絮语,告别宴上的讲话发言,恳亲会上的凑趣闲话,它甚至更像清风,像明月,像阳光,像空气,像树木,像溪流,像湖水,像卵石,像台阶,像街道,像店铺,像招贴,像路标,像照明灯,像多得说不完和数不尽的平凡东西,它干脆什么都像,又不都像,因为它是生活,而生活则只能去过,去感受,是讨论不出道理的。(当然也有人能对生活进行批判,但那得是有本事的人。)它不是大喜大乐,它不会带给你强烈的兴奋刺激,正如生活自身那样,生活的多数情形那样。但它却能给人带来愉悦,至少是平静,说成是幸福,也不是不可以。幸福跟快乐可完全是两回事。

  不可忘记,文中的一席话都是因为享用了古瓷这稀罕物而引起的,而兰姆对古瓷的议论则是妙的。

嗜酒者言

呜呼,力陈酒害,著文演说以劝诫之,似此类事,何代无之,而此类事亦历来深得以水代酒之清醒人士之一致赞许。然而就受害者而言,就恰须革除此癖嗜的人而言,这一番谆谆告诫却又往往收效甚微。其实酒害之烈,谁其不知,而除害之道,亦极简单。戒之而已,宁复有他。你自家不饮酒又何人能强迫你非饮不可。不饮酒亦正如不偷窃不说谎,又何难之有。

然而果真是如此简单吗?须知偷窃之手,妄证之舌,固亦非生来如此,人体所需。这类不良习染纯系后天所养成。一旦人有所觉悟,萌生悔心,则痛改前非,亦并不难。所谓不偷便手痒,纯属夸大不实之词,而说谎之巧舌,平日固常以播腾搬弄是非为得计,如今改变过来,而只讲实话,也未尝不可以获得同样的快乐。不过当一个人一旦放浪麹蘖,沉陷于那迷魂汤中,则——

君其且慢,汝刚毅严峻,神强脑旺,一副健脾亦叼天之幸毫未遭受其戕贼之道德家,在阁下见到我所写下的这个不雅字眼后[①],诚不免会肝火大盛,发作起来,然而且暂请息怒,而首先弄清此事之究竟底蕴,再行责备不迟,庶几乎斥责不满之余,而稍能存其怜念勖勉之

[①] "不雅字眼"指上一段末尾的"迷魂汤"。

意。且请暂勿践踏其人。且请暂勿于申申咒詈之余强令彼不顾其目前死状骤求其返生,因彼此时情形实与当年之拉撒路①并无二致,设非天降奇迹,则其人必断无苏生之理。

一旦改过自新之后,一切自将慢慢习惯下来,因而此事看来也并不难。无如此事却稍有不同,设若这最初的一步便可怖之极,不仅其难远过攀登高山,而是直同穿行烈火?设若这样全部身心便都得经历一场大变化,其剧烈无异于某些昆虫之改体变形?设若这一过程便痛于活生生时被人剥皮?再设若,一名这类患者于此一番煎熬之中因不堪其苦而退了下来,难道他的这种软弱便好与其他种种的恶习相比,因那类恶习并无其躯体之必需,灵肉之相连?

我本人即认识一名处于此种状态的人,其人也曾拟欲戒酒一夕——但尽管这种毒液久已再带不来其初饮时的神奇魔力,尽管他又明知这东西不但不能为人解闷销愁而只会给你添闷加愁,——然而一番苦斗恶战下来,至少经此为驱逐掉那种不适之感而引起之紧张万状的精神折磨,曾使得他终因不胜其痛楚而竟不禁失声失态,嚎啕起来。

至此还须继续苦苦隐瞒下去吗?其人为谁?实即我也。此事我倒也无须哭丧着脸,求人宽宥。我觉得凡犯有此类毛病的人都只能说是在不拘于哪个方面有些背乎真正的理性。此祸既是我一人招来,现在除了责怪自己,又能怨谁?

我看有些人生来便一副钢筋铁骨,自外到里,件件结实,因而任何放纵都伤害不了;对于这种人来说,白兰地(我便见过他们饮它时便如喝葡萄酒一般),至少是葡萄酒,尽管饮起来数量多得怕人,至

---

① 拉撒路,见《穷关系种种》中231页注⑨。这里须要补充的是,这个穷乞丐在病死之后,曾因耶稣对他施行的奇迹,而重新复活过来。

多也仅能将其神智弄得稍糊涂些,而其实他们平时也未见得便如何清醒。对这类豪客,戒酒的话就会等于白说。这只能引起他们的讪笑,因为他们会想,你这无能之辈在酒量上败下阵来,却又拿比赛有害的话来压服人,实在未免滑稽。其实我的这番话完全是针对另一类人讲的。亦即针对一些体弱者、神经质者讲的;这些人往往觉得,要在社交场合下将自己的精神提高振奋到周围人的一般水平(也只是这个水平),便非得借助于某种人为的刺激物不可,尽管别人并非非此不可。原来我们之所以要饮酒的苦心在此。但也正因为如此,这种人的第一要招便是得尽量逃避开这种宴饮场合,如果他们不想终身变成囚徒的话。

回想十二年前正值我刚刚届满我二十六岁之年。从我幼年离校日起至那个时候为止,我的生涯都是在寂静中度过的。我的友伴主要是书而不是人,即使是人,也仅为同我一样的一二嗜书之人,而非嗜酒之徒。我每天作息以时,早起早睡,因而上帝所赋予我的诸般能力,我完全有理由相信,曾能得以正常发挥,而未遭废弛。

就在这时我开始交结一伙与此前颇不相类的伙伴。这些人多属那喧嚣浮浪之流,其特点为喜熬夜,爱争辩,而且嗜酒;然而举止神态之间却也大有某种高雅之处。往往时间已过午夜,我们还长聚不散,唯以逞才竞智(或自命之才智)、恣其笑谑为乐。说到所谓的奇思妙想这一本领,我显然比座中诸友更胜一筹。由于深受人家赞美捧场,我便也恬然以滑稽大家自居!而殊不知,我其实是最不适合来干这行的,意思有了但表达起来却极感吃力且不说,我天生便有严重的语言缺陷,一说话就紧张得几乎迸不出来!

看官,如若阁下在这方面也先天地便与我有此同雅,那就不能不奉劝一句,即天下万事都无不宜,而唯独不宜做滑稽大师。何时您感到自己的舌端忽然技痒起来，因而不免要形成这类的谈吐，特别是当您一见到酒瓶酒杯便不免觉着您的高明思想源源而来的时候，切记就此打住，而万勿陷溺进去，正如大难临头，必须避开那样。如若您无法把那妙思奇想或自以为是如此的这类东西立即加以捣毁，至少应将它转移一下，给予之以其他出路。这时撰篇文章，写个人物，以及描绘一段什么，都无不可，——而绝不可也效仿起我目前之所为，苦得自己泪流满面。因为这样便会——[①]

成为你朋友的怜悯对象，你仇人的嘲笑目标；陌生人的怀疑根据，愚昧者的盯视蠢物；一旦妙不起来时就被人视为呆钝，而真的自感一点也不精彩时反被人恭维为妙不可言；给人唤了出来去作点这类大需才智的即席表演，而这类表演即使你事先便早有准备都未必玩好；被这么鼓动起来去大吃苦头，而结果却只落了个不妙的下场和徒自取辱；被煽动去制造一点笑料而最后使你这制造者招来嫉恨；被怂恿去提供乐趣而换回的却是斜睨的恶意；会连连吞咽下那毁你生命的苦酒，徒为提炼出一丝半缕的轻飘东西以取悦那些浅薄虚荣的听众；会以长夜的狂饮为典当去换取明朝的头痛；以你的无穷尽的宝贵大好时光去赢回那极其有限、微不足道、点点滴滴、十分勉强的轻飘赞许，——而这个，便是你的拼命逗笑和狂饮至死的全部报偿。

然而时光，那能够摆脱我们身上的任何关系的时光（尤其是那种其维系之力不过杯酒之饮），终于把这种关系彻底解除，因而其恩泽之大远过于我自己的识见眼力，因为正是时光才使我最后看清我的那些早期朋友的真正品性。当然此刻他们已经人不见了，但他们所带来的坏事，他们沾染给我的恶习，在我的身上却并未消失。在这点上，

[①] 这里的破折号并非意在省略去什么，而是直接下一段。

嗜酒者言

这些友朋仍然对我紧跟不舍①，而且一遇他们认为我稍有二心的时候就会对我严惩不贷。

我的第二批过从较密的朋友与前一种则有所不同，他们一般都具有其明显的自身价值或可感的长处，因而虽说这种交往也偶尔给我带来危害，但假设时光可以倒流而让我重来一过，我恐怕仍说不清我是否便会为避其害而舍其利②。就在我厕身其间之时，则于交友一端，自己浑身满脑的旧观念与纨绔浮浪习气仍远未尽除；这时只要他们在这方面哪怕无意之中稍稍留给我一星火种，我心上的死灰余烬便又会立即重成燎原之势。

他们倒不是贪杯者，但却是瘾君子——吸食烟草，其一来自职业习染，另一则是从其尊父那里便早已养成这种嗜好。就一个刚有悔过表现的人来说，这种才出魔障又入恶道的毁人妙法恐怕连撒旦也未必想得出来。这一转变，亦即从一口口咽进胃口的无烟之湿火③到一股股喷出鼻孔的无火之干烟④，实无异在跟魔鬼耍把戏。但这老家伙可不是好对付的。你同他来搞交易只会你自己吃亏；你想用一种新错误去抵消一桩老毛病，到头来十有八九只会叫他弄得你加倍倒霉。那个烟草白色（相对而言）恶魔他本身不说，还又另给你招来一连串七个比他还凶的鬼⑤。

要把我嗣后所经历的一切在看官面前大拉过程确实啰唆得令人生厌，太不合适，即我是怎么先是一边抽烟，一边喝麦芽酒，接着又是怎么，一步步地，像念学位似的，又经过喝淡葡萄酒，喝浓葡萄酒

---

① 显然指旧酒友们对文章作者的（残留）影响。
② 害指吸烟恶习的影响；利指这些友人在学识才情的影响。关于这前一影响见下段。
③ "湿火"一句指酒。
④ "干烟"之句指烟。这里再次可看到兰姆的文字游戏本领。
⑤ 关于这七个鬼，见下段中的那七种酒。

（加水），喝不太强的潘趣酒，一直到那魔术般的合成饮料；这个美其名曰混合酒，实则其中白兰地或其他毒物的成分愈来愈多，而水的比例则愈来愈少，直到后来少到几乎没了，所以也就索性干脆没了。不过要把我自己的这番阴暗的隐情全都招供出来也是真够烦死人的。

如果我再把我同烟草的关系细摆一摆，即我曾是如何如何受役于它，效忠于它，等等，我也肯定将开罪于我的读者，而原因也很简单，他们无法信我。比如我说，我是怎么刚一有了去戒的想法，一种仿佛负义之感的东西便会登时冒上心头；它会怎么像你的一名老友似的，过去既然对你有恩，此刻也就可以对你有求。再又是怎么偶尔在书里一读到它，譬如《约瑟夫·安德鲁斯》里的亚当斯①在某个旅店的壁炉边抽起烟来，或者《钓鱼名家》里的皮斯卡图②在他那精雅的"钓者圣殿"一早起来一袋烟抽过方才进食，好了，这时几个星期的戒烟辛苦就会一触即溃，废于一旦。又怎么，夜晚行路之时，一只烟斗总是在我的眼前晃动，其事之真，不容你不相信，——又怎么它轻烟袅袅，盘旋而上，香馥袭来，催人欲睡，它的万千微妙作用息息透入你的整个心神，而只能给你招来痛楚。又怎么，它会从一开始时的使你聪明而逐渐成为使你糊涂，从迅速的慰藉到解脱之无效，并因此而变为一种不安和不满，直至造成一种绝对的灾难。又怎么，即使时至今日，当这东西的所有奥秘早已以它全部的可怖面貌在我的眼前暴露无遗，我却觉着我自己仿佛仍在它的掌心之中，致使我摆脱无由。它已然钻进了我的骨髓里头——

---

① 亚当斯，英国大小说家费尔丁《约瑟夫·安德鲁斯》中的一个重要人物，一个大有学问的牧师，他心肠极好，最好打抱不平，扶危助贫，但迂阔而不达时务，性格上很像唐吉诃德。
② 皮斯卡图，见《古瓮》中330页注④⑤。至于"钓者圣殿"则是他这位渔翁（皮斯卡图之原义为渔夫）的住室之名。

以上这一番话在某些人听来,亦即在一些平日对自己的行为的动机很少追究,对身上的习惯链条上的铆钉很少数过,或者对上述顽癖也全无切身感受的这一类人听来,很有可能会让他们反感十足,并将其斥为过甚其词。然而试问上述惨状又会与人的披枷带锁有多大差异,如其不少这类可怜家伙,明明朋友反对,老婆啼哭,众人共弃,而他们自己原来也无心为恶,却仍不免要被那烟斗酒瓶拴个死死,一刻也脱身不得?

我看到过一幅临摹自柯里奇奥[①]的版画,画面上三个女性正在服侍着被绑坐在树下的一名男子。色欲正在抚慰着他,恶习正在往一个枝干上钉他,厌烦也正拿一条蛇去他的腰边咬他。再看那人的面部,喜色是有限的,与其说是目前快感的反映不如说是过去佚乐的追忆,只是对恶的沉溺而全然丧失其善的能力,一副西巴里斯式的淫靡[②],一种对枷锁的屈服,意志的发条已像一只散了架的钟表,早停摆了,罪孽与惩罚同时而来,甚至是罚先于罪,悔早于行——而这一切都在那同一瞬间被表现出来。见了这画,我实在不能不为这画师的绝妙技艺所折服。但离去之后,我却伤心得流下泪来,它使我想起我自己的处境。

在这方面想再改变恐怕已是无望了。我在这孽海中已经陷溺过深。但我仍想要,从这勤深渊底,对那刚刚向着这险恶浊流迈出其第一步的人们大声疾呼一番,不管这个声音能否为人听到,即是,如果一些年轻人,这时他们的第一杯酒会甘馨得像美好人生对他们的最初展示,像天上乐园在其眼中的首次发现,如果这些年轻人也来看一看

[①] 指 Antonio Allegri da Correggio(1489—1534),著名意大利画家。
[②] 西巴里斯指古希腊的城邦之一 Sybaris,地在今意大利南部,以浮华奢靡著称,好为长夜之饮,辛亡其国(公元前 510 年)。

我目前的悲惨境地,并从而憬悟到,如果一个人将眼睁睁地和呆痴痴地看着自己跌下一座悬崖,那会是多么可怕——眼看着自己的毁灭而又完全无力去制止,而同时又明知这一切全都是自己所铸成的;眼看着一切善良品质都被从他身上剥除精光,而同时又对他自己过去曾经并非如此一事不能忘怀;眼看着他自己将去面对这自戕自毁的惨景:——如果他能看到我这红胀的眼睛,来自昨夜酗酒的红胀,而且红胀着地只待今晚这种蠢事的重演一过;如果他能听到我是怎样从这垂毙之人的身上所发出的一阵比一阵更弱的呼救声——也许这时才能使他奋然而起,立将手中的酒杯掷之于地,尽管它是那么璀璨晶莹,珠泡那般诱人地齐涌盏边;才会使他闭好嘴唇咬紧牙关,

  再不松口,

  以防那湿淋的毁灭穿过它们。[1]

  讲得有理!只是(我已听到有人在提出异议)如果戒除酒物保持清醒果真便是这么美好无比,如你刚才说给我们听的那样,如果一副清明头脑所将获得的快慰乃是那发烧般的亢奋状态所万万无法比拟的,也如你所奉劝的所自责的那样,那你自己又为什么不能再返回到那良好的习惯当中,而这习惯你刚刚不是还在劝人不可一刻离去?如果说这是一件大好事,值得人来回头,那为何不值得你来回头?

  再回头吗!——唉,如果心中的一个善良念头便能使我重新返回,返回到我的青春岁月,那时太阳晒得再凶,运动搞得再激烈,以致周身的血液全都沸腾起来,一掬清泉也足以使我的暑热干渴顿消,那我又何乐而不再返回到你那里去,你那纯真的元液[2],儿童之供,隐士之养!睡梦之中我也确曾渴望清凉之物再次润泽一下我的灼热之

---

[1] 出处不详。有可能出于兰姆的自制。
[2] 指清水。

舌，但是一觉醒来，那东西①喝了则会反胃。那能使天真童稚爽口清神的东西只会使我厌烦之极。

如果说这也不行，那么在一滴不沾绝对戒绝与你那酗酒至死之间难道就再找不到一条中间路线了吗？——说到这事，看官，为了您的利益，亦即为了使您将来不致也闹到我这地步，虽然此话我绝不愿出口，但我仍不能不忍痛一说，即这条道路根本没有，至少我找不到。对于酒瘾已深到我目前状态的人（这种习惯尚浅者不在此例，对于他们中的一些人我上面劝诫酒的话或许还仍然不无益处）——喝酒而想稍喝一点即行止住，而不喝到足以引起浑身麻木昏昏欲睡，不喝到一般酒徒的那种酩酊不觉仿佛中了风般的程度，那也就等于全然不喝。这事苦吧，但硬拼着不喝，其苦相同。至于这种苦况到底是何滋味，看官凭信我上面的话也尽够了，难道还须先有了我那瘾头，方才相信。不过他一旦达到这种程度，他必将认识到，这事还真有些古怪，就是理智唯有通过沉醉才会来到他的身上：因为这的确是个可怕的道理，即人的各种聪明智能由于不断的放纵，结果完全有可能会被驱逐出有条不紊的常轨作法，明白如昼的清醒表现，直至后来，即使要让他的那愈来愈少的有限能力稍有正常表现，也势非完全依赖于定期的狂饮滥醉不可，而他的最终毁灭当然也来源于此。说句稍绝对点的话吧，一个酒徒在他不饮酒的时候反而更不清醒。坏事在他反倒成了好事。

且请看看我自己吧，正当春秋正富之年，却已经昏瞆呆痴，衰朽不堪。且让我数给你听听，我从那些午夜之饮中都得到过哪些好处，哪些利益吧。

---

① 酒瘾过深的人有时候连水喝下去都快不服了，亦可见酒类的为害之烈。

十二年前，我还是一副良好体格，身心俱健。强壮虽说不上，但是我当时的身体（就稍一般的类型而言）尚还完全不至于动不动便染疾患病。我几乎还不懂得病痛不适为何物。而现在，除非沉酣于酒海之时，我便一刻也脱不开来自头部、胃里的烦躁不安感觉，而这些往往比许多具体实在的痛楚还厉害十倍。

那些年月我很少在六点以后还贪睡不起，无论冬夏，都是如此。我早上一觉醒来，精力立即又回到我的身边，脑子里常常不乏愉快的念头，口里也总有几句唱的来迎接这新生的一天。而现在，醒后总是赖在床上迟迟不想起身不说，这时第一个来扰我的便是，摆在我面前的这一天又不知道会是多么乏味无聊，因而真是恨不得能重又睡下，一辈子都再别醒来。

我的日子，我醒着时候的日子，已经和做恶梦没有两样，乱乱糟糟，稀里糊涂。大白天的，我却仿佛在夜间登山，老是跌交。

再说干活，虽说按我本性也并非是什么办事衙役，但既然事在必做，那么也就应当高高兴兴去做，而我过去一直也都能打起精神，欣然从事，可如今，一提干活，首先就又烦又怕，踌躇起来。满脑子里翻腾的只是困难挫折。明明知道不干活就没饭吃，可还老是心头作怪，觉着自己已经丧失了工作能力，只想早些把差事辞去才好。现在友人托我办的再小事情，甚至就是自己分内必办的事，比如订购些货物等，我也都会看成天大困难，觉得自己再干不了。看来我身上的行动发条已经全都断了。

这种怯懦心理在与人的交往中也充分表现出来。我已再没勇气向朋友们保证，如果在涉及荣誉或事业等方面有求于我，我到时敢于有所担待，甚至不惜挺身而出，为其辩护。因而道义方面的发条在我也已废旧无用。

我过去一向爱做的许多事情如今已不再使我感到乐趣。我现在是什么也拖拖拉拉干不起来。稍稍辛苦上一阵就像时间长得要人性命似的。就连写写这篇个人简况这样的细事也会动笔很久而迟迟不能脱稿，至于其中思想是否连贯等就更懒得去花费心思，这事在我已是力有不逮了。

过去颇曾使我为之倾倒的一些文史诗作上的伟词佳篇，此刻也只能唤起我的一点微弱唏嘘，这说明我确已老相毕露。伟大崇高的事物当前，我却仍旧疲塌如故，焕发不出一丝热情。

我发现我还时不时地便会流下泪来，尽管流得无甚道理，甚至全无道理。至于这样要更增添我多少羞耻和衰朽之感，我就益发说不清楚。

以上所举，特其一二而已，然而我敢断言，我自己过去并不如此。

难道我这张隐藏着我种种不是的面纱揭开得还不够大吗？难道话已说到这个程度还嫌不充分吗？

我仅是一名毫无名气的普通凡人，现在写此忏悔文章初无意借此成名，知我罪我，唯在读者。如今此文既成，自合应将其捧献于诸君面前，容或其中所说种种与君等不无关系，因亦不妨注意及之。我之所知，实已罄尽于此。唯望君其勉旃，早日戒酒。

题解

文章写到了近代，作品已经堆集如山，过于丰盛，能写的人又是那么众多，仅仅是内容还不错和语句还通顺已经不再能引起人的注意，更不必说欣赏赞美。不错和通顺的写作人们见得多了，也就变得平淡无奇。因而越是趋近近代，作者们的风格意识也就愈强，个人间这方面的差异也就愈益突出。但说到风格上的成就，内容的新奇固然重要，文笔的功夫和讲求也绝不可以小觑。而这方面的努力，说到底，还是不能不集中到用词和造句这二事上去。相比而言，词语上连缀的奇妙我们汉语无疑享有着明显的优势，这种结合搭配（古人所谓的属辞）上的天然灵活性与高度自由性曾长期构成我们文章的风韵之一——我们的"词藻"，而这个，西方许多语言是不具备的。他们没有我们意义上的词藻，而只有修辞格。但这个词的优势，虽说最具中国特色，毕竟是有限度的。我们不能只靠它吃饭。要想出现好的风格，希望和前途恐怕还得放到造句上去，亦即如何写出更高明更精彩的句子，离了这个，风格便无由产生，正仿佛画师笔下的线条那样。而同时又不能只以险以怪求胜——重蹈过去竟陵派的旧辙或覆辙。那是不会有前途的。兰姆的文章之所以好，原因也正在这里。他是最会写句子的。他的这篇文章之所以也极出色，意思说的深透新颖而外，同样是因为句法上的成功。他的句法变化不一，相当复杂。以句体论，叙述体、议论体、呼吁体、劝诫体、嘲讽体、自白体、格言体、对答体、驳辩体、报章体、书面体、谈话体、古雅体等，可说样样都有，绝不单调；以句式论，短句、长句、半短不长句、并列句、复合句、复杂句、对称句、排比句、疑问句、修辞疑问句、感叹句、省略句，乃至这些句式的交叉错叠对置赓续的巧妙使用，各种情形也是无一不备；以句型论，当然他不可能完全脱出或超越英语乃至任何语言的总的句型（比如SVO）——任何作家也都无法这样，但他却在极高的程度上使这些句子及其联结形式避免了简单的重复，亦即很少写出形式上雷同的句子，个个细看都有变化；以句性论，它们又都句句个性突出，个个面貌鲜明，精神十足，生气勃勃，甚至还别有一种高贵气息，很少见到不痛不痒、疲疲沓沓的平庸句子；最后再以句态来论，那也是笔风墨情，神态绝佳，庄谐恭卑、动静疏密、欹正横斜、凝化聚散，各有其致，各具其妙，各传其神，尽态极妍。正是凭借着以上五个方面的长处，兰姆才享有着他风格上的崇高地位和特殊优势，以致不论早于他还是晚于他的散文作家都很少能及得上他，这里还暂不提内容而是仅就风格文体来说。至于他的那效果，也同样神奇，长句而不显得拖沓，短句而不显得突兀，对偶排比句而不显得造作，人工化的程度很高而又不显得是如此，甚至反而只觉其自然，厚重之中而只感其轻快，凡此种种，无处不见出他写句子的艺术——一种多方面高度平衡的艺术。

最后再简谈一下文章的内容。文章劝人戒酒。但如果这劝的人自己不是酒徒，恐怕还会谈不深刻，以致人家不服。所以此文由兰姆来写正好。他就是半个酒徒（加烟鬼）。只是读后却不可以误会文章中所谈的一切便都是他的自供状，他还没到那个地步。这里面是有夸张的。他用了这种现身说法是为了增强写作效果。

家不够家也是家（驳流俗谬见之一）[1]

可以断言，世上确有一些家不能算家：一种是穷人的家，另一种我们等一下再说。一些提供人低级乐趣的拥挤场所，以及小酒铺里的长凳散座，假如这些也会开口讲话的话，那真会是那前一种家的惨状的活见证。这类地方常是特别穷的人爱去的地方，他们想从那里找点家的影子，而这个在他们自己的住处是寻不到的。他们在这里，隆冬时节还能有一炉旺火可以去取取暖，还能有个锅盘之类家伙可以去温温酒，而回到家里，那炉边会是冰凉的，至少一点不暖，那温度无法使他的老婆和孩子们免受冻手裂肤之苦。在这里，他能受到喜笑颜开的伺候，因而带来的好处远过他的那点有限破费，而在家里，则是那饿得发慌的黄脸婆的叫嚷吵闹。在这里，他能找到伙伴，而在家里便找不到，穷人的家是没人光顾的。在这里，天下大事他也能了解到一点儿，政治问题也能扯上它几句，而在家里是不会有政治的，有的只是家务。在这小窝里，凡是那足以开阔其心胸，恢宏其志气，将其一己之狭隘处境与广大人群之丰富经历相勾通的一切兴趣爱好，一切话题，也不拘其真切虚幻程度，在此都一概死净灭绝，死净灭绝于

---

[1] 这是作者 1828 年间以《流俗谬见》（"Popular Fallacies"）为总标题写给《新月刊》（*the New Monthly*）的一组短文（共 16 篇）中的第 12 篇，也是其中稍长些的一篇。其原小标题是 "That Home Is Home Though It Is Never So Homely"。

为其家寻饭吃这一压倒一切的考虑之中。新闻嘛，除了面包价钱的新闻，也就再无别的新闻，而且说起来也没意思。再说，家里也没有食品柜。而在人家酒店那里，至少那东西还摆着一些；而当他拿了他的那点可怜的瘦肉到那公共炉架边烤上一烤，或者寻个角落，独享其平常的冷肉、奶油、面包、葱头，而又没人小看他时，这时他一眼又看到了店东为其自家正在做着的一大块肉。他对烹调很感兴趣；而在他帮助人家撤去火上的座架时，他才知道原来还有卷心菜烧牛肉这一道菜，这东西他已记不清在他家里吃过没有。而这工夫他早已把老婆和孩子忘在脑后。可那又是什么样的老婆和孩子啊！阔人对这种作法可是见不得的，他心目中的家庭乃是他一回去就会见到的那种温馨家庭，一切都那么整洁安详，舒舒服服。可你再看看好多穷人妻的那张脸，那些又追又骂，一直把她们的丈夫逼到小酒店的那老婆的脸，这地方他本是要进的，可一阵羞愧又使他们却步不前，但毕竟痛苦得太难忍了，这才横了心走了进去。那张脸，由于艰难困苦的折磨，上面连一丝笑容和气也再望不见了，——难道要人回去厮守的就是这张脸吗？那还是个女人的脸吗？该不是只野猫子的脸吧？唉，那还真是他年轻时娶的那个妻子的脸，曾经一度会笑。但现在已经不会笑了。可这又怎么来给你添乐，为你分忧？粗食淡饭，共享同乐——再好不过。但如果连粗食淡饭也办不到，又当如何？孩子们的天真话语最能消除一个人的苦痛。这话也一点不假。只可惜穷人的孩子已没了话语。这实在是这种环境中最可怕的了，孩子没有一点孩子气。一个聪明的老保姆就曾讲过，穷人的孩子都不是抚养大的，只是拉扯大的。一个阔人家无忧无虑的小东西，如果一旦丢在了这种倒霉窝里，很快就会发育成满肚子心眼的小大人。没人有工夫去娇惯它，没人肯费精神去宠它，逗它，哄它，把它抛上抛下。没人会吻去它的泪花。它哭

家不够家也是家（驳流俗谬见之一）

嘛，一顿痛打。有句话说得好，"婴儿是凭奶水和夸奖喂大的"。但是这个婴儿的事儿倒不多，它没别的麻烦，只是营养太差；它的一切小把戏，一切想招人注意的努力，所得到的回响是无止无休的责骂。它从来便没有一件玩具，没有见过一个珊瑚做的什么装饰。它从小没听见过保姆口里的摇篮曲；耐心陪，悄声哄，给稀罕物看，给好玩意儿玩，也不管值钱不值钱，它干脆便没享过这福；一切的胡诌乱扯瞎说，只要是巧妙好玩无害，中间再插上个什么故事，那最能减轻它的烦躁和启发它的好奇心的这个那个，这些它也全都陌生。从来没人给它唱过歌听——没人把幼儿园的童话给它讲上过一个。它真真的只是给拉扯大的，如果它幸而还没短命死掉。它没有过孩子的梦想。它是一下子就同那冷酷的现实碰了面了。它对于一个穷透了顶的人来说从来不是一个可以与之跌爬滚闹的小家伙；它只是一张问你要饭吃的嘴巴，一双很早就不得不去受罪的小手。它，直到它长大能帮家里干活之前，一直是要与它父亲争食的，减人家的口的。它从来就不是他的喜悦、乐趣、安慰；它也从来不曾使他变得更年轻，不会使他也联想起他自己的童年时代。那穷透了的人的孩子是没有童年时代的。一次偶然在街头听到的谈话——一个穷母亲同她小女儿间的谈话，简直惨痛得叫你的心流出血来，而那女人还不算是太穷的，比我上面谈的情形还稍强一些。那谈话可跟玩具、小人书、过暑假（正是它那年龄应有的事）、答应带它去逛什么看什么戏乃至在学校里如何受人羡慕等全无关系。而是关于怎么把洗完的衣服轧干上浆，是关于煤和土豆的贵贱问题。那小孩子发出的问题，本来该是那无忧无虑之年迸出来的什么好奇心之类，却只是对事情的一连串的发愁和悲惨计算。它还没当孩子——已经当起了成年妇女。它已经学会了怎么去市场买东西；怎么讨价还价杀价压价，怎么忌妒，怎么报怨；它已经刁钻极了，精明尖刻极了；它已再没了多余无用的话。看了这一切之后，难道我们的那穷透了的家不能算家的话是随便胡说的吗？

还有一种家，这种家我们也很难称为家。这种家食品柜倒是有的，为穷人家所无；它的炉边也有着其种种便利的条件，这也是穷人所无从想望的。但尽管如此，它仍然无法看成是家。那它是什么呢——是来人踏破门槛，访客造成灾害的一个住人处。如果我们也忍心对那许多不吝枉顾的高尚友人并不盛情欢迎，对那自己的大房子住腻了也想偶尔屈驾寒舍来换下口味的作法并不掬诚相待，那么将来落下个伧夫俗物之名，我们又能有何说！当然我们这里抱怨的并不是客人，而只是那其来不绝、无事登门的来访者，亦即俗所谓之串门人。我们有时也真纳闷他们是从那片云彩上掉下来的。这当然首先与我们自家的位置不当不无关系；它的"星位"没有算对——恰恰坐落于一种两可之间——一处市和郊的倒霉交错地带——城乡两方的闲杂人等都能招来。而我们自己也已非复当年，而年纪又是最不为人当事的。我们生命沙漏之杯里面的东西已经不多，因而也就舍不得叫它毫无意义地白白胡乱流掉。到了我们这个年纪，安静就同睡眠一样重要。安静就是他白天时的睡眠，能使人恢复精神。人老了以后，毛病丛生，其最突出的表现即是愈来愈厌烦人的打扰。我们正忙着的事情最希望不致受到干涉。我们的学问不大，计谋也很有限[1]；但我们就要去赶赴的那个地方就连这不大和有限也会没有。我们极不情愿遭到打扰，即使那不过是玩九柱戏。青年时期，我们的"未来所有权"[2]是广大的；可如今，剩给我们的也就是这

---

[1] 这里隐用《圣经》中的语言。《传道书》第9章10节中即有这么一段话："凡你手所当作的事，要尽力去作；因为你所必去的阴间，没有工作，没有谋算，没有知识，也没有智慧。"
[2] 法律名词，即将来对某一项资产可能具有的继承权。

么一点点，因而撙节使用，也便势所必然。我们已到了惜时如金的地步，浪费一点儿也会心疼。我们最见不得我们那已快给磨光的行头再遭蠹蚀虫蛀。我们自己的大好时光是可以给朋友的，但得等同交换。正是在这里，真正的客人与一般的访客方乃见出分晓。这后者取走的是你的宝贵的时光，但还回的却是他的不值钱的。而真正的客人，他本来就是你的家中旧物，仿佛你的宠猫，你的爱鸟，并没隔膜；那访客却好比一头苍蝇，拍着翅飞进来，飞出去，除了造成不安，把食物弄脏之外，什么好处也没带来。我们的一些稍低级的功能也都运转得愈来愈吃力了。一有打扰，我们的饭便吃不消停。我们的那一天一顿的正餐，要想吃好，就得没有外人。一有客人同桌，这顿饭就吃不舒心；至于公醵会餐那就更会食而不知其味了。混在一群人中进食总要吃不可口，咽不顺当。一名不速之客的突然到来会使那消化器官猛地一下停转。往往有这么一批人士，他们的到来计划得不迟不早，恰恰正当你开始用餐之时——而他们之来也并非是为来吃——而是为看你来吃。我们手里的刀叉会砰地落下，不吃也就饱了。再有一种人其高明之处则表现在，其叩门而入的时机正好选中你刚刚坐下摊开一本书的当儿。他们的脸上还流露着一种带怜悯味的讥诮，其意若曰，"不会太影响你钻书的"。虽说他们工夫不大便又扑腾着走了，再去骚扰他们可称为其友人的附近另外一名学人，但读这书的气氛却已没了；所以我们也就把书一合，仿佛但丁书里的那双情侣①，那天不再读了②。

---

① 中世纪意大利一个名叫弗朗西斯卡的贵妇于嫁后十年竟与其夫弟保罗奸恋起来而卒被其夫处死。见但丁《神曲·地狱篇》第5章的靠后部分。
② "那天不再读了"这话是说，于是那天作者自己也就像上述那双情侣那样，不再读书了。之所以要这样说，是因为，据这位贵妇在地狱中向诗人维吉尔的供述，她同那保罗的奸情就是从她两人在一起读言情故事开始的。二人读着读着，情不自禁，便拥抱互吻起来，于是"那一天他们就不再读书了"（见《神曲·地狱篇》中第5章138行）。从这个用语也可看出，兰姆对许多重要典籍竟熟悉到何等程度。

果真这闯入后的不佳效果也同这闯入本身一下同时消失,那倒也没什么;只可惜那以后的时间也给毁了。这正仿佛你的脸上给抓了几爪,那伤口是不会马上就愈合的。那位可敬的泰勒主教①讲得好,"美好友情,施于不当施之人,实为对友情之一种亵渎,须知此种人,在其自家内也是一种负担,但却又从未能减轻我的负担"。原来他们之不得不到处乱窜,东寻西访,甚至一大早就来登门的苦衷在此。当然他们不是真的没家,只是这种家也——难说是家。

题解

上一篇文章前面译者的一些话也大体上适用于这一篇——文章的句子写得特别精彩(当然用词也同样不差,尤其表现在穷人家的孩子没玩具那一节)。不同的是这篇中警句的成分显然更为突出,它主要是凭机智写成的,以聪明、颖慧、灵秀、工巧为其特点。整体而言,较简的语句构成了它的主干,而且愈到篇末便愈是如此,但又不是一律这样;简短的语句中又不时地杂以变化,亦即间或配置以稍长的文句,就这样,寓一定的复杂于简单,于是造成简中之繁,以避免风格上的过趋单一贫乏,而使原来较单纯的主调依赖这类调节对比而被衬托得更加色调丰厚。至于内容的开展则是直线性的、递进性的,通过广度与深度两方面的同时兼顾,以充分收其累积效果;它的每一步的推进是轻松的,它的接受也很自然,于是层面既能得到保证,深入也就有了可能。另外每一步的推进又是以具体的细节铺垫成的,以鲜明的实物为其基础的,它的每个句子都凝聚着一种观察,没有一处落空,但同时,我们可以相信,也没有一处不是辅以相当的想象,而不仅是互不连属的支离破碎的印象,没有想象的观察是没有生命的。另外这一切又都被锻炼熔铸成为坚致紧凑的句子,这正是本文之所以能够取胜的原因。再有,这篇文章的前后两个部分在写法上也有所不同:第一部分是抽象写,但读来却颇有具体形象;第二部分是具体写,但又不乏概括意义,手法不同,效果却同样

---

① 即 Jeremy Taylor(1613—1667),17世纪英国著名主教与散文作家。他那比兴繁富、色泽华美和音韵悠扬的精彩文章曾深得兰姆的赞美。

佳妙。但若问这上述一切是否便都是有意为之，那又完全未必是这样。形式与手法毕竟是从容来的，一定的意思往往本身便先决地提供了可能的适切形式，因而心中有了某种意思，它的形式也就来了，而且最后还会天然地符合所写内容。

最后机智虽是这篇作品的主要特色，幽默成分在文中也并不缺乏。这二者虽说在性质、来源乃至在效果上不无相当的矛盾之处，但在本篇之中却无疑呈现了可喜的统一。

以上简析只是聊供参考罢了。更重要的恐怕还是一个人的更直接的感受能力。有了这个，或者没有丧失了这个，你就是文艺的最有资格的鉴赏家；否则，知识学问和聪明再大，都不一定能帮得了你多大的忙。文艺的欣赏从来便未必是一个纯理性的活动。

附录

查尔斯·兰姆[①]

〔英〕沃尔特·佩特[②] 作

高 健 译

那些在本世纪初曾将幻想（Fancy）与想象（Imagination）的区别从德国那里连同其他一些精密思想的引入而不为无益地一并引入并移植于此邦的英国批评家，对那源同而流异的机智（Wit）与幽默（Humour）之间的区别也确曾做了不少的工作，指出这两者的不同也正犹如水壶下面柴火劈劈啪啪的虚飘短暂的欢愉声与那和泪水甚至崇高想象结合在一起的发笑声之不同，因这后者，若细加追究，乃是与怜悯同情一事不可分的——莎士比亚喜剧中的那些笑声，就其表现力而言，一点都不比他的那些端肃或庄重的情调、不比他那被激动的同情心有何逊色，而是同样发自他的肺腑，因而不论是泪是笑，都同样真实可信，感人至深。

机智与幽默的这一区别，柯勒律治及有关批评家曾在其对我国早

注释之前，这里先作一则声明。文中引语颇多，所引内容之来源不外五个方面：1.《伊利亚随笔集》（包括《续集》）中已译入本书部分；2.《伊利亚随笔》之未译入部分；3.兰姆的其他作品；4.兰姆书信集；5.兰姆的传记。这些牵涉既广，又极分散，如将其出处一一注出，工作量将过大，而对一般读者并无很大实际用处。故译者决定从实际出发，对这些引语的来源一概不注，望读者谅之。

[①] 本文译自沃尔特·佩特的《鉴赏集》（*Appreciations*）一书（1889）。
[②] 沃尔特·佩特即 Walter Pater（1839—1894），英国著名文艺批评家，唯美主义思潮的领袖人物，他自早年毕业于牛津大学后，便终生在那里作教师与研究员。代表作有《鉴赏集》《文艺复兴》等。

期作家的研究工作上加以运用，并卓具成效。正如想象与幻想的区别，这点业经华滋华斯之手而渐为人们所知，在他自己作品的某些主要差异方面便曾得到过绝好的证实，同样机智与幽默这一严密区分在对兰姆的个性和作品的解释与例证上也取得了明显的结果；——而他正是一个比其他作家更彻头彻尾地在精致的文学理论中讨生活的人，他的遗著对那些视文学为一种精雅追求的学者来说至今仍然兴味不减。

《十八世纪英国幽默作家》的作者[1]在接触到十九世纪幽默作家的时候必曾发现，而这种情况在萨克雷自己的身上便极彰明显著，那些作家[2]那里的怜悯同情之源泉已被一种更深刻的主观性，一种与这种怜悯同情更强烈更密切地结合在一起的东西，给弄得更深化了，而这个正是后一些世代精神风貌的特征；与此相伴的欢乐这种情趣也起了变化，因为幽默就是它与同情相结合而产生的，以致欢乐到了比如狄更斯的手中遂成了更加放纵不羁和更加喧嚣热闹的东西。

对这一调子更为高昂的情绪而言，而这点在我们的文学中自此已成为主导趋势，兰姆的作品（兰姆的生涯恰当十八世纪的最后一个四分之一与十九世纪的最初一个四分之一之间）正好是一个过渡；这种端肃，甚至悲惨，与欢快的结合，我们从他生平的种种细节之中将不难看到，而这些日后亦即反映在他的作品里。我们将能从他早年的生涯中捕捉到一种独特的、饶具家庭温馨的迷人气氛，那些他曾经在泰晤士河沿岸、在红楼绿园之间和充满着丰富历史联想的法学院度过其少年时光的旧日伦敦情景[3]。尽管其家境不过稍稍优于贫民，而且他

---

[1] 即19世纪著名英国小说家萨克雷（William Makepeace Thackeray, 1811—1863），他于小说写作之余，还写过一部研究18世纪作家的论文集（1853），即这里提到的那本书。
[2] 指萨克雷在其书中所研究的那些18世纪英国作家。
[3] 关于兰姆的少年时代及其受教育的情况均已见于本书较靠前的几篇。

又，照他所说，被剥夺"学府营养"，他总算有幸能在一所古老的学校①里受到过古典语言教育，因而得与柯勒律治这样的人物相结识，并在后来成为他的热烈追随者。迄此为止，他的岁月还是比许多不幸的童年要好过得多；并由于，这事我们只需想想他日后的成就便不难看到，他身上的某些惹人疼爱的好性情而使得他被保全下来，这个既小又弱，色作淡棕，略带几分犹太人表情的清明面庞的孩子，两只眼睛甚至光泽不一，步态迟缓但举止端重；另外语言不够便利，特别遇到紧张情形，而这个有时还很迷人。

然而这一切轻松愉快的情形，甚至仅仅是兰姆日后那种表面看来平平稳稳的生涯这一事实，很有可能会使一名见识不深的读者把此人不当回事，连他的一番欢欣笑谑也会贻人以浅薄之讥。但是我们不可忘记，就在这种看似欢天喜地的浮面之下其实掩盖着相当可怖的家庭惨剧，某种彪炳壮烈的英雄行为与不计一切的悉心奉献，其规模纯系古希腊悲剧式的。那在年龄上长他十岁的玛丽姐姐，在一次疯病发作中间，曾手刃其母致死，并被拘捕受审，而此事若非幸因执法稍宽，定在不宥之列。她竟在其兄弟的自行看管的承诺下而被保释回来；于是，自他二十一岁起，查尔斯·兰姆即为了这位姐姐而甘愿牺牲其自身一切，用他早期的一名传记者的话说，即是"凡足以影响其姐氏在他心中的头等地位，凡足以减弱其侍奉与关怀之一切往来，他均曾中止其追求"。"爱情的浪漫炽烈的结合"他抛弃了，以换取"安守在家的姐弟情谊"。不过这一疯病虽非经常发作，却也偶有反复，甚至连他自己也曾有一次受过感染，这时姐弟二人都能自觉接受有关管束②。

---

① 指伦敦基督慈幼院。
② 这里所谈指这样一种情况，即每逢兰姆的姐姐玛丽的精神病出现发作的症候时，兰姆总是提前将他姐姐主动地送往病院去接受治疗。

因此我们在对伊利亚①的幽默进行评论时，这隐伏于其背后的强大不幸潜流是不可以忘记的，正如我们不可以忘记他那真实遭遇。因此之故，他遂成为威勃斯特②的最好的评论家，甚至即是他的发现者，一位那么忧郁、那么色调沉重和那么令人毛骨悚然的天才悲剧作家。那篇成之于他二十三岁时的《罗斯曼德·格莱》传奇故事，除内容苦涩、笔调浮夸而外，一股迹近疯狂的抑郁不散的阴暗气氛是不可能让人觉察不到的，而这个正是此种情调在他作品中的一种明显表现。

表面观之，就他个人，就他自己的观点而言，他的才情或曰文章艺术的一番运用发挥只不过是对他单调劳苦的一生的一种粉饰、一种美化，而于外界似乎无关宏旨；其效用无非为他人提供一点有限乐趣，或某种见闻，而这事之取得也主要借助于回忆的方式，因而与外面广大世界的风云变幻确乎全然无涉。然而他的那种谦抑精神，那种在动笔构思上并不过于高自期许的作法，竟为他的作品带来了一种意想不到的经久品性。兰姆同时代许多令人瞩目的英国作家大都过多沉陷于一些实际的思想当中——宗教的、伦理的、政治的，这些思想此后，在这种那种意义上，亦即永远地化为人们的一般认识；而这些对下一两代满脑子思想全然不同的人们既然已不再有任何新的刺激，那些曾为其传播花费过巨大精力的作家笔下的东西，对其后人来说，也就在其直接影响方面极大地失去了当年所曾起到过的作用。柯勒律治也好，华滋华斯甚至雪莱也好——这些曾经与其所处时代密不可分的人们，而且其名动一时也正赖此，然而他们的作品受时代潮流贬抑的程度也较另一部分人为严重，这后者尽管对一些重大事件似乎并不曾

---

① 当然即指兰姆。
② 威勃斯特即 John Webster（1580？—1632？），英国剧作家，代表作有《玛尔菲公爵夫人》《白魔》等。

出过力，不是对这类大事很少认真对待便是几乎漠不关心。

在这伙置其自身于是非利害之外的文人墨客当中，而在这点上英国又少于法国，兰姆便是这少数中的一个。在散文的创作上他奉行的乃是"为艺术而艺术"的这条原则[1]，其彻底程度正与在写诗方面的济慈没有两样。凭着永远对那具体的、对那实际发生的事物的一切细节，不问巨细，也不拘其为人为物的密切注意，并因为从不让这一切在其审视观察时丝毫受到单纯抽象理论的影响，他终于在伦理方面也取得了持久的效果，其表现为一种相当广泛的普遍同情。表面看来，他似乎与一切重大事物全都无涉，但接触所及却与那真实的东西直接相关，特别是其中那些慰人的小事，这些虽云区区细节，却恰恰是那最能动人悲思的问题核心，而且在对待上也是迎头直上，体现出一种透辟理解。我们在他那里所见到的又是一支何等来势不凡出人意表的悲怆之笔！——这便证明，那全人类的痛苦，那全世界的痛苦[2]，那永远愈合不起的创口，无时无刻不在他的心间：但另一方面，他对人生之乐，它的一切微妙之乐的一副领略享受本领又是何等惊人，甚至往往由于钱花得值和物尽其用等精明计算而使这种享受变得更为精致！这种自求多福的细小艺术他何时都不吝向人传授。一些小孩子的古怪话语，别人听了根本不会当事，但他却能把它保存下来——这样用在他精妙的文章里，简直活像那名贵琥珀里的可爱小飞虫——他还写过一篇《扫烟筒人赞》（正如威廉·布莱克[3]曾做过的那样，具有一种天

---

[1] "为艺术而艺术"（art for art's sake）是英国乃至西方一些国家的唯美主义文艺理论的基石与中心思想，这一思想首创于沃尔特·佩特，并在其继承者王尔德等人那里得到了变本加厉的极端发展，以致将对美的追求与社会意义、实用价值、伦理道德等尖锐对立起来（甚至将美与自然也对立起来，比如声称自然是对美的模仿），而最后陷入荒谬的结论。受其影响的还有当日的前拉菲尔派的 D. G. Rossetti 与 William Morris 等人。
[2] 这个词佩特用的是德语——Welt-schmerz。
[3] 布莱克即 William Blake（1757—1827），英国 18 世纪后期著名诗人与版画家。

然的悲思,那首《扫烟筒人之歌》),其中对他们的雪白牙齿以及曾在阿伦戴尔城堡的雪白锦褥中得其精致赏受的那个孩子[1]都颇有过其一番认真对待,而就在他这么写时,他已经对我们上一代[2]那些更其深沉的幽默家预伏下其应有的情调。他对那些或因事故,或因先天(比如生而目盲),或因不佳命运而带来的精神病(比如其姐即是一例)等所造成的诸般疾苦,他所表现的那颗母亲般的朴素同情心往往具有一种悠久的性质,其深无极,其广无边;他很小就写过的那首《怜悯的天赋》诗便是替受虐待的动物说话的。

另外如其说,也无论此事之深刻肤浅,一名死者对其身后的名声总不免会有几分系念,那么莎士比亚或威勃斯特等亡魂在那天上地下久已使其耳根不得清净的大量烦人的评论之后而骤然聆听到他的这番清鉴妙赏,他们又将会感到如何的神魂激越喜不自胜啊;提香[3]与荷加斯[4]想必也会如此;原因是,查尔斯·兰姆同样也是一位精妙的绘画评论家,只不过他在这方面的成就不如他的文学批评那么为人了解罢了。在这事上他总是能为了别人而完全忠诚忘我的,首先是为着莎士比亚,其次为着莎士比亚的读者:一旦进入他的题材,他全然是一副学者态度,只有对方而没有自己。尽管如我们所看到的,他曾被"剥夺了高等学府的滋润营养",但他本质上仍是一位学者。不错,这点我已说过,他的一切作品都是追忆式的;他自己所曾有过的悲哀、病痛、觉察等乃是眼前事物中对他来说是唯一的真实东西。他有一次

---

[1] 见本书《扫烟筒人赞》一文。
[2] 指以狄更斯、萨克雷与乔治·爱略脱等为其代表的那一代作家。
[3] 提香即 Titian Vecellio(1488—1576),著名意大利画家,威尼斯画派的杰出代表,其画作于色彩、结构与意象等方面均臻于极度佳妙。
[4] 荷加斯即 William Hogarth(1697—1764),英国著名画家、版画家与雕刻家,所作以善写社会风习、讽刺时弊与揭示心理著research,为兰姆所特别喜爱与推崇的一位大师,曾著专文加以阐释评述,见《南海所追忆》《扫烟筒人赞》中注。

即曾说过,"这些眼前的东西从来无法成为我的眼前的东西"①。

尤为重要的是,他的成就不仅限于一名阐释家,尽管这方面已经价值不凡,足堪传世,而且对其国人来说,几乎即是古老英国戏剧的发现人。对于《莎士比亚同代剧作家作品集萃》②,他的话说得非常谦虚,"这不过是我高兴见到的一种应有之作"③;然而他的成就却不止此,他所增入的那些高明注释实为批评之精髓,他所选入的伊利莎白诗歌洋溢着最精妙的香醇与芳馥,另外储之于其处的还有一种可供人品藻赏玩的风雅乐趣,因而遂能为那些几乎久已为人遗忘的诗人赢得一代又一代的热情研究者。就在他,而且不无疑虑地,一直在埋怨由于冗务缠身而从无暇暑和但盼他自己的文运能出现转机的那些艰难岁月当中,他可曾知道他已经为其异代呼唤出了一股其甘冽无比的文化清泉!

对一位旧日诗人、一名伦理大家的妙处,对比如布顿④或夸尔斯⑤或纽卡索公爵夫人⑥的文学风韵就能有强烈感受,并进而将这些加以阐释之、传播之——这个在他来说虽不过视为一种卑微从事,只不过将一己之所得传之他人而已,然而就这些后者而言,则作用之大实亦无异于一种创作——这个即是他独特的文评方法;而这些则或见诸一封信函,一纸短笺,或者一篇闲文,一次谈话,如此而已。但正是在

---

① 这句话本文作者所引的兰姆的原文是——"I cannot make these present times," he says once, "present to me."
② 这是兰姆关于16、17世纪英国诗作与戏剧作品所撰作的一部小型研究专著,书中所体现的一番发掘与阐释工作具有异乎寻常的深度与学术价值,为英国文学批评史上罕见的重大贡献。
③ 这句话本文作者所引的兰姆的原话是——"The book is such as I am glad there should be."
④ 见《人分两类》中55页注④。
⑤ 夸尔斯即Francis Quarles(1592—1644),英国宗教与伦理诗人。
⑥ 已遍见于本书许多篇文章中注,不另。

比如这样的一封信中我们竟有幸发现了他对笛福[1]之才之文的一则异乎寻常的深刻评价。

凭着他的那副一丝不漏的明敏目光,他往往能将他们的一些创作的全部产生过程一直追溯到其心智深处的始发之点,而这些即使是莎士比亚或荷加斯自己也只会是微有所觉,并进而将统摄其实际创作的那些主导原则充分揭示出来;或者将一名久已为人大半遗忘的旧日作者的一节精彩之作"张榜公布",以便与人共饷。即使在他的那些不过偶尔一提的闲话里面,也会立即使人觉得那里风致绝佳,大有古意,这在他不过信笔所之,随便说说,但却是无一语无来历,俨然古昔大师的笔法风范。高德文[2]一次见到《约翰·渥得维尔》[3]中一句为人引用过的话,因断定必出之于某古剧作家的精彩语言,竟亲自去找兰姆为他寻出这句话的原出处。他的那种在诗文中善作精巧仿制的本领几乎达到了足以乱真的程度,《伊利亚随笔续集》里的《驳流俗谬见》[4]一文即其著例,其中不乏对托玛斯·布朗爵士[5]的善意仿造乃至戏拟,这事更能彻底地表明,凭着不杂私念的悉心钻研,他对这位其创作足以汇成旧日英语之宏伟大师的笔下种种,他自己的一番掌握竟达于何等地步,因而当他确感有话要说的时候虽然丝毫也不避凡庸,但却又不时地以其仿佛纯然来自天外的奇特音籁而使人一见心惊。就兰姆说,他的首先着意处是在精雅文学中的一切奥妙,在它的表达上的细微变化,它的精致吐属,它的用词造语之纯——这些,言之痛

---

[1] 笛福(Daniel Defoe,1660?—1731),英国重要散文作家、报人与小说家,《鲁宾逊漂流记》的名作者。
[2] 即 William Godwin(1756—1836),英国著名社会思想家、政论家,兰姆的友人。
[3] 兰姆1802年所刊出的一部悲剧作品。
[4] 见本书《家不够家也是家(驳流俗谬见之一)》一文中348页注①。
[5] 已遍见于本书多篇中注释,不另。

心，在今天的英国文学中已日渐式微，几同空响，再有即是在对我国旧日文学中这类事物的充分理解赏识——他的文学使命主要即在这里。然而尽管表面观之当他评论起荷加斯或莎士比亚时，他的话语难免会贻人以纤巧之讥甚至被认为不脱徒事赏玩之偏狭途径，而且也仅是以评点的方式出之，但是你不难看到，他对这些古旧时代的伟人的一番景仰之情是与他们对他的心智、他的清明无误的敏悟性的巨大影响交织于一道而密不可分的。阅读评论莎士比亚之时，他的情形直仿佛一名天涯孤客正踽踽独行于无边的旷野之中，这时风狂雨暴，电闪雷鸣，明暗不定，光影散乱，加之地又生僻，几乎足不成步，而空际的一切精魅变怪也全都冒出，憧憧往来，险象环生；而当他对荷加斯试加分析时，原来的一派阴暗情调此刻早已幻成一幅幅惝恍迷离的谲诡景象；然而纷乱怪异如此，他的一颗清明之心仍不愁能对他们的那些最富意义的笔触画风之奥秘有着几分参透。

居室、服饰或旧日生活的某些残迹中所保留的若干风习特征等等，比如那些曾被生动地绘入荷加斯的《浪子踪迹》或《时髦婚姻》里面的那类事物，这些我们非常清楚，就其自身而言，本属平庸无奇之极，甚至毫无价值可言，但它们后来之所以能以其极大的生动性而取悦于世，主要是因为今昔不同的生活方式而构成的一种对比情趣。古板的习俗、古板的服装、古板的家具——那些早为人抛弃掉的时尚，往往会由于特殊原因而存在下来，尽管无人去认真加以保留——这些我们见到后常会极具耐心，原因是那里面自有其所属的那个时代真实无妄的独具特色，而非一些更为庄重得多的和有意存留下来的堂皇之物所可轻易取代；这也犹如某个人身上所见到的某种古怪习性，通常并非便不可容忍，甚至其特别生动的原因就正赖乎此，而说到这点，我们自己又何尝不也有几分是这样——都有几分古怪。一位真正幽默家之特长也即部分地见于这样的一种本领，即他能够从其当日的种种事物和作风中预先看出其中哪一些会在后来的世代里勾起上面提到的那类认真思索；能够以那同样精致纯净的慧眼去观照他身边周围的可笑风习，而正是这些才将不期然而然地传诸后世，因而虽其事不过习俗之外壳，但所述之种种俱是那堪传世者。由于其见事所凭借之角度乃是一般常人的心智所不及的更全面的领悟，乃是整个人群的全部机构，另外在看待一般风习、外部方式或时尚时，其着眼点照例总是将这一切同决定这一切的某种精神条件一并严密地置之于考虑之中，因而一位像兰姆这样的幽默家往往能事先即预见到较久永的魅力；于是地位、级别、生活习惯等，凭着他的一副诗才常能够此时此刻甚至先期地便给予提炼升高，并在对这类特殊时尚或色彩之流风余绪进行兴灭继绝的工作中力证其事之合理性，而并非如某些斥责者所说的那样，只是一种浅薄感情。"乞丐之美德"、"伦敦的叫卖声"、旧戏子过时的特点、城乡接壤地带或喧嚣市廛边缘的星星点点的绿芜清泉、那些如今已经快遭淹没的旧日古怪闹剧，对于这些，他之所以特别钟爱，正是因为通过它们可以部分地对那曾经一度十分活跃的英国旧戏有所理解；再有那旧日的庭院的喷泉日晷等，对此他也都曾不无妙论：——所有这一切他都能从其中感受到一种诗意，当然这诗意涉及的是过时之物，但是残留至今，便仍不失为现实生活中的一部分，而与那些确实已与我们今天几乎全然无涉的另一些昔日风趣大不相同，这后者果真一旦重现在我们面前，则一副面貌真的会无异陌生之物，比如司各特[①]笔下的那些贵族酋长、甲胄兜鍪、赌咒发誓，等等。这种鉴赏的本领，正如我前面所说，完全来自对人生的一种长期

[①] 司各特，即 Walter Scott（1771—1832），著名英国诗人与历史小说作家，所作小说主要以其出生地苏格兰高地的历史传说为题材。

养成的全面把握——浑然一体的把握，因而包罗之广遍及其一切细枝末节——一种对其外部形态及其内在精神的由表及里的统一观察；在这事上能精密见出事物之间的谐和性是必要的，亦即能将人类自身同那由习俗、社会、人间交往等所构成的外部环境这二者完美无间地结合起来；仿佛所有这一切，也不拘其为会晤、团聚、礼仪、姿态乃至讲话口吻等，都不过是一具一名高手得以据之而弹奏出动人曲调的精美乐器。

这些，即是伊利亚，这位真正的散文家，真正的蒙田①一派的散文家的一些特点，而他呢，用他自己的话说，"从不对事物进行系统式的判断，而只把一双眼睛盯住其细枝末节"；叙述事物时总仿佛这一切都不过纯出偶然，都不过聊以遣兴，然而其结果所得，"闲看之中"，他对"那些事态物情的最快活可喜的一面"所作的观察记录的成功程度却常为其他人所不及；表面观之，他不过是一些爱作梦的读者的一名爱胡写的作者，然而他能为这些人提供的东西之多甚至远远超出他的意料。在这点上，他确实可说颇得乔治·福克斯②的真传，因按照教友派的说法，那内在之光乃是不待追求而自至的，甚至可以及之于一名普通路边行人，只需他于路上见着它时能够认出——闲瞥也好、暗示也好、可喜之微有所觉、哲人之覃思熟虑也好，乃至举凡万事万物的内在之理对人的微弱启发，然而真的要参透这些却也绝非

---

① 蒙田即 Montaigne（1533—1592），法国著名文士，尝任波尔多市议员及该市市长，痛于宗教战争之酷烈，引退潜心读书，所著《随笔集》（*Essais*），遍论人生种种问题，曾以其见地之深邃与笔调之闲适风靡欧陆诸国，近代西方之随笔作品实以蒙田此书为其滥觞。
② 福克斯即 George Fox（1624—1691），英国教士，教友派之创始人，初为鞋匠，年十九即潜心向道，1650 年创教友派（Society of Friends），以恢复早期基督徒之原始状态，故教旨主张废除一切繁文缛节与世俗娱乐，鼓吹和平和反对战争，尤其注重心灵之修养，崇尚"内在之光"。这一派于蓄奴制的抨击颇曾招致当日政府的不满，致使其信徒屡遭监禁迫害，并因此而得"战栗派"（Quakers）之渣的谑称。但兰姆对此派人却颇多好感。

易事；然而，这一切五花八门的纷繁事态却恰恰正是真正散文所可赖以著成的不二素材。

在他来说，也正如在蒙田那里那样，提供自画像的愿望乃是其表面种种背后的真正写作动机——这一愿望往往是与那种亲切的笔调、与那种现代式的主观态度密不可分的，故不妨称之为文学中的蒙田式的因素。他一心所要提供给你的正是他自己，以便使你对他的相貌有所了解；但这样做时却不得不稍稍委婉其词，也即是说话时总得多少有所保留，出于对他自己以及对友人的双方面的考虑；友谊既在他的生活里被看得如此重要，因而他最担心的便是它别受到妨碍损害，甚至可以为此而不惜说点假话，例如他的某些离奇古怪的"赞美"即属此类；这位舞台的爱好者即曾明白表示，为了使实际生活中的某些交往更加温馨一些，即使小有作戏成分，也未必便全无足取。

事实上一帧精致生动的个人肖像也就为那肯于思考的读者提供了出来。凭借他自己的作品、那些已经褪色泛黄的旧日零星书简，以及他人对他谈话的片言只语的回忆追记，他的形象已经音容宛肖地活现在了人们面前；他的喜笑悲哭，他的激动兴奋，对远地友人的关怀思念，以感情问题的精妙辩词，乃至，如他所说，对真正的爱的那种懒洋洋幸福的一番振作，在年轻一辈偶尔遇见他时或伴他同行的路上的一些高谈阔论的庄重时刻，在对古老文学之美的那些意想不到的偶然惊奇发现与兴会心得方面，从而将事物中的深刻诗意再次揭示出来，以及使那嬉笑热闹的真正精神得到推广发扬；其中笑这一项本属一切事物中那最短命的现象（甚至连莎士比亚的一些这类东西今天也都成了再打不起人精神的死物空响），在他来说还算是维持得很不错的。这些主要见诸他的尺牍之中，而尺牍亦即其散文的一个部门。说到尺牍，他的写法乃是那旧式的，这类写法的妙处正如好的散文那样，一在能够充分利用一切细枝末节，二在彻底遂行其深邃的细密观察；虽然说也正和他的语录那样，人们在重读到他的那些信件时往往会丢掉许多东西，亦即这名口吃者的真实发音，而这种吞吞吐吐、期期艾艾在其表达事物时是饶具风趣的，这一点他说话时是如此，动起笔来也是那样，停停顿顿，慢慢悠悠，正如他透露的，"恰似一名荷兰画师"[1]，唯其如此，所以他书信的一名编者便曾讲过，"一件憾事便是，读者于其披览这些见诸楮墨的信件时，原来充斥于其原件之中的那些五花八门的怪异笔迹则将再见不到，而这些恰是与其内容<u>丝丝</u>入扣的。"

再有，他还是一位真正的"收藏家"，他对得之于其亲自的发现，对某一旧书或版画上所残留的那些色泽，以及因辗转流徙几经易手但仍能看出其原主姓名的这类东西，他见后总是不胜之喜。威泽[2]的《寓意集》是一部他久思一睹的"古旧奇书"，而当他终于弄到手时，他简直高兴得如获至宝，并不曾因为这书已被孩童湖涂弄污而喜爱稍减。他是一个对所谓的居室温馨雅有情愫的人，喜爱由于不断有人居住其中而形成的那种沾染上了人的个性的气氛；同样，他"对其旧书的依恋也不减其旧友"，他对"城市"的感情也是如此，那里面的种种特点他一刻都割舍不得，那里的"老房子"对他来说已经成了有灵之物。那种希望从一个人[3]身上获得温暖的渴求使得他终其一生能够以那纯洁的手足之情为满足，这里用他的话说，即是"以最宽厚最自然的感情来代替那强烈的男女之爱"。一姐一弟坐到一起，自然难

---

[1] 之所以如此来说是因为以鲁宾斯、凡戴克为代表的荷兰画派特以其作品之工细见长，这样作起画来当然不可能一挥而就。
[2] 威泽即 George Wither（1588—1667），英国诗人，曾有《寓意诗》（*Emblems*）行世。
[3] 指兰姆的姐姐玛丽。

免有时会想到他们未来的结局,即其中必有一人最后将独自去面对夕阳,另外也使我们在展读其遗作时不难想到,当那人生迟暮之终必渐渐逼近时,那伴他而至的一番凄凉,由于这么眼睁睁地静待冷对,又将是如何之甚;但同时又会使我们不无欣慰地看到,他又是如何一天天地一觉醒来满眼便又尽是令人鼓舞的可爱现实,而这事则是来自他对那已逝的和尚存的事物的一番奇妙的思考。正是因为他对这个尘世,这里面人与人的关系的种种动人片断颇不乏其一番精致的鉴赏本领,他才能为许多看似凡庸和赤裸的卑微现实投以一抹诗的光辉或携来一片笑的欢声;才能把一分关切留给那最称孤苦无告的人(甚至包括他们的那些渺小可悲的"习气派头")的最卑不足道的心事牵挂;而同时,还能纯按人的想法写写死亡,而本领之大,也殊不下于莎士比亚。

这分关切,亦即对文学中一切业已为人认可的事物的关切,于其发现之乐的一番激越之中,因每每与他对家庭、对尘世的情愫密不可分,也就总是与他对宗教中的这种同类事物的热爱显得非常吻合协调,这事从他的文章里将不难看出。他乃是旧世界思想感情的最后一名虔诚信徒,其基础实即希冀敬畏一类情绪,因而不妨名之为文士的一种宗教(托玛斯·布朗的《医生的宗教》所代表的那类东西),或曰他上个世纪一些清醒文士所理解的那种宗教,艾迪生、葛莱与约翰逊[①]即其著例;稍后的珍妮·奥斯丁与萨克雷亦属之。凭借着由于对文学当中一切伟大事物的经常接触而发展起来的那种宏阔的思想感情,并扩而充之而及于甚至更其伟大的事物,上述这种宗教终于长期存在了下来,其特色主要属于追思式的,其系统则为久为人们所接受

[①] 以上三人分别为18世纪的著名散文家、诗人与著述家。

的那些思想信念；至于其接受的方式，也与文学之接受相同，而它的权威便首先是长年所曾形成的那套传统，于是这些作品在它们发展的过程中遂以千丝万缕的复杂方式而与人们的生活环境结之一处，而且不再会遭到人的质疑，这情形也犹如我们对一些伟大人物所怀有的那种感情——比如说，对莎士比亚吧！就兰姆来说，具有这样形式的一种宗教便成为一种庄肃的背景环境，有了这个，他经验所及的一切眼前激动人心的事物都将从那里寻得解脱，并能从那里借到一套安详外装；那里的通常气氛乃是一种深邃的宁静，每每具有着一种圣餐般的灵验，其作用我们直可称为 Opus Operatum[①]，即不须躬与其事已可致人于高尚境地。事实上也正是这样，对于像兰姆这样一位其心智性情早已具有如此高度匀称和谐的美德的文士来说，仅仅其体躯上的宁静即已价值无比；这样一副灵心蕙质当然会不时地对这种安谧有所渴求，而所渴求者往往并非仅是一种纯属消极之物，而是一种其中常颇不乏某些神秘意味的感官之享。

含蓄[②]一事在文学中的价值最能从兰姆的作品中得到说明。就在他那静悄、怪僻、幽默，以及看似浅薄甚至不脱即兴或偶发这类特点的背后，往往存在着恰如其人的生平那样的一种真正的悲剧因素，关于这点我在本文靠前的部分即已提过。这种阴霾之气，而又以见诸《罗斯曼德·格莱》的那种令人悚然的暗影为尤甚，即曾凝聚其处长期不散，尽管无论其作者本人抑或其读者都未必见得十分真切，因其表达自身颇不无其节制。这点往往会给他所主要寄寓于其中的生活与文学的浮面之上的许多烦琐细事带来一种惊人的强烈表现力量，大有使这些浮泛话语遐想会呈现出一触即发之势，因而保不住要深深刺

[①] 拉丁语，意为自行完成的劳作，类似我们所说的潜移默化。
[②] 原文为"reserve"。

查尔斯·兰姆

入事物最深处的隐秘。在他的作品里,也正如在他的生活里那样,那种恬静绝非是那自甘于汩没沉埋者流的浑浑噩噩,非待世俗名利之强烈刺激便不能奋发其全部之长技鸿才;而恰恰是来自其天性的一种反应,其性质与曾经见之于阴风惨惨的古希腊悲剧里的那种劫后余生不无类似之处,于是在一番极不寻常的经历之后,仅仅幸而得脱这一事实已足以化为一种强烈感情,这也犹如遇上地震舟覆而仍能大难不死,而仍能逃归的人,仅仅能再次静静坐到其家中墙侧,甚至终其余年便一直这么坐着,已经是一件足以使他为之感激涕零的幸事了。

他甚至对地域或水土也有异禀,能道出其间的消息;因而我常常觉得,他本人就很像他所熟悉所钟爱以及他命中注定所必居的那些地方——六十五年前的伦敦城,那里的柯文花园①也好,旧戏院也好,乃至内殿中殿的那些庭院园林也好,都还保存得较为完整,未遭污染破坏,泰晤士河也正潺缓而过,蜿蜒于恩菲尔德或汉浦顿②等或南或北的广阔绿野,正是"随着这些生机盎然的嘉树",人的思绪也就"远离开那枯燥刻板的办公桌"——那时候的田野更加馥郁清润,而且离城也更趋近,而正是在某一这类地方,本文的作者曾清楚记得,在一个朝霭低沉的初夏时节,他第一次听到了杜鹃的啼叫。当然这里表面的一切也是极平凡的,道路又暗又脏不说,就连小孩子们去采集五月节花的草地都很不起眼。但是只需天色一变,那里的一切又会顿时呈现出何等的一副异样,那时的一阴一睛之间又会显得何等的不同,那时天上的乌云又会迸放出何等壮丽的雷鸣,那真会是任凭什么别的地方也比不了的;那时那些怪僻的郊野草原定将从其依傍背负的

---

① 亦译作"修道院花园",英文为 Covent Garden,伦敦著名花果蔬菜市场,兼为观剧游乐之地。
② 以上二地均为伦敦近郊镇名,以风景优胜著称。

370 伊利亚随笔

城市那里取得一种莫名的宏伟,尽管那地方雾气重重,而那连连击打在钟楼塔顶白茫茫石柱上的疾雷迅电正预示着一天风雨之将至。

1878

题解

对于我们一般读者来说(当然学识特别渊博者不在此列),尽管各类的批评文章也都曾看到过一些,唯美主义派这方面的论述则所见不多,因而也就有读读的必要,现译出佩特此文,以饷读者。译者以为,这篇文章是写得很不错的,甚至可说相当精彩,在对所评论者的艺术品性方面,其揭示阐述确有其一番独到之处,不愧为一位审美大师笔下的东西。其中评兰姆文章的特点一节尤为成功,较准确地把握住了他的基本精神和主要艺术长处,分析与表述也都精致细腻,令人信服,这对我们能更好地去理解和欣赏兰姆是会有帮助的。在对待态度上,这篇的写法也正如它被收入的那本书的书名——《鉴赏集》那样,是属于赏析性的,其中无一句批评的话,这说明佩特也是兰姆的爱慕者。当然这篇文章也不可能没有它的不足之处。可以想见,此派人在分析文学和艺术作品时,各类政经或社会因素是会涉笔不多的,甚至被相当忽略,但也未必全无;不过事情难以求全,如果其能从审美角度将兰姆这一现象作出深入浅出的像样说明评价,能在阐发其微旨蕴意上达到一定的深度,那也是不为无益的;甚至只要敢去碰碰这类美学的难题就是值得赞许的事,因为谁也明白,真正美学性的阐释是最不容易的,美比其他现象都更加不易说明,往往会使你难以譬说,穷于解释。现在较流行的一个词语是"多元互补"原则,其背后的含义岂非即是在说单一的解释说明往往不易为功?现译出此文,以备一说,其亦上述互补说之一义欤!读者幸勿徒因唯美主义中有了一个"唯"字(这只是人们把它翻译成了如此)而忽之也。

译后语

同学和友人听说我退休后还在搞翻译，甚至还在翻译兰姆，曾好心劝我把这方面的体会写写，也许会对作翻译的人有些益处。

意见是好意见。我也觉得应该这么做做。只是真要做起来却感到很难很难。

不知别的人在这件事上是怎么做的。但就我个人来说，这类的总结常是一件万难的事。而原因也很简单，我自己就往往讲不太清楚我的一些翻译是怎么干出来的。

翻译的过程中，我的思想可说全部都给那些数不清的这样那样的复杂句子搅进去了，我的有限的精力早已让翻译本身的艰苦劳动给消耗殆尽，精疲力竭、手忙脚乱之中，哪里还再有心思和时间去操心那实际的过程、手法等，更不必说"翻译的思维"，谁知道那思维是怎么进行和完成的？至于我从书本与理论上学到的那许多原则、规律等，在翻译的紧张繁忙的劳动中不是根本想不起来使用，就是觉得它们派不上什么用场，因此我自己的翻译实践必然会不可避免地和无可讳言地带着极大的不自觉性、盲目性。

我不是要说翻译理论无用——我怎敢说这种话？而只不过是想说，自己的翻译思想常常还未能上升到应有的理论高度。另外利用现有理论去指导自己实践的意识和能力也仍较差。别人的理论我常常用不来，可我又还没有，至少还没有完全形成，我自己的理论。

不过也不能说一点都没有。这也是不实在的。怎么可能呢？我好赖也总教过几十年书，研究生也带过十届八届，论文翻译都颇曾发表出版过一批，而且被重新选进载入不下五六十种书中，另外所带研究生的方向也就正是翻译理论与实践。

实事求是地讲，应当说还是有一些的，只是已成文的还不够多罢了。下面我还将提出一点理论，其实只是一个词——调和。如果嫌它听起来还不够堂皇的话，也不妨美其名曰"调和说"。

在此义下，一切诸如调协、调配、调整、调节、调解等均属之。其中心便是一个调字。

吾道一以贯之，调而已矣。

调或调和都应当包括些什么呢？

"译事三难，信达雅。"这信达雅便应当包括在内。也即是说，遇到信达雅这几个方面发生矛盾时，就要用调和的方法来解决，而这信达雅三者还是经常不断地要矛盾起来的，所以这方面的调和工作也就得时时刻刻地做下去。但有的人（而且人数还相当不少）不赞成信达雅的提法。不赞成就换个说法改成同等说（Equivalence）如何？——等值？等价？等效？等美？还是三四个（因为反正换汤不换药，并不影响我们的讨论）。但是请问如果这值、价、效、美发生起冲突来，是否也得（像对信达雅那样）同样进行一番调和？恐怕是也得。恐怕也避免不了。

说到这里，也许有人会提出，意义在语言中总是中心，要调和的话，一切其他的要求（比如等价、等效、等美）也只有在等值得到保证的前提下才有可能谈起。这话似是而非，至少是不够全面。

等值不是孤立的、绝对的。等值的保证只有在其他"等同"都得到兼顾时才能真正确立起来。等值是从来都无法撇开其他"等同"而首先得到保证的。况且在实际的译语中等价的保证从来都只能是有限度的,因而也就是相对的。以上是从标准谈的。

在翻译的方法上也是如此。由于一般的较高的可译性与具体的不同程度的可译度而带来的直译和意译也是得经常地和大量地加以调和的。单纯的直译和意译都会行不通。

在翻译的语言上也是如此。在两种语言进行对译时,由此而产生的译语的语言充其量也只可能是这两种语言的一种调和物,因而既不可能过于依从那原语的表达(这样就要成了翻译腔),也不能够本国化得太厉害(这样又成了归化翻译),而只能是既很像那出发语,又读起来大有本国语的味道。要做到这点,不进行调和行吗?

在译入语的标准化、时代化、本土化、雅驯化、书面语化和口语化、语层的一致化、文语与白话的结合化、普通话与方言的结合化等方面,可说也无一不存在着一个、一系列的调和问题。从对译的角度讲,译入语与其原语间在一系列的问题上也都无时无处不存在着这个调和问题。

主张单纯和绝对口语化的人在实际的翻译中是要碰壁的。天下哪里有绝对的口语或口语化?试翻译一下兰姆看。

在翻译风格上同样存在着调和的问题。不错,你想要译出的风格当然只是那原作的风格。但由于原作的风格,只要经由翻译,便不可能不通过其译语所属的风格——国别风格、地域风格、时代风格——来完成,甚至便得完全寄寓在这后者里面,其结果,所译出的风格也只可能是一种极大受到调和后的风格。是混合风格。

作者的风格与译者的风格也是如此。所译者是原作者的风格,但结果所得,这个风格只可能是一个兼含着其译者的风格也在其内的双重性的风格。

纯粹的原作者的风格是没有的,除非不译。

单词的翻译也是如此。尤其是名词和尤其是抽象名词的翻译。每一个译出来的名词都不可能不是在相当程度上受到调和的结果。其实又何止是名词,动词、副词、形容词不也都是如此,甚至连一部分介词、连词、拟声词、称呼词?

句子的翻译也是如此。原文是一个圆周句(Period),照译出来,则有时行,有时便不行。怎么办?都打散重来吗?都另行安排吗?那岂不破坏了原来的文风文气。但不如此,又会译不动,或译出的效果不佳。无奈何,恐怕又得讲讲调和。

总之,翻译当中一切须要调和的东西就都得调和。调和搞好了,翻译也就搞好了,否则便搞不好——至少我是这么认为。翻译就是调和。

当然这调和也有范围与程度之别,可以是大调、中调、小调、微调。但调则始终是必要的。它实际上即是一种让步、妥协、牵就、牺牲、凑合、两全、折中,甚至是,说得不好听一些,和稀泥,而并不一定如一些翻译理论家所声称的那么"科学"!

正是凭着这种既不太科学也不很光彩的精神和方法,我译了一些东西,也译了兰姆。现谨将此一得之愚奉献出来,有心者不妨一试。说实在,这个调和说在理论上和实践上的重要性的确是太大了,它实际上即是翻译的规律,它的本质特点与基本精神,是怎么强调也不为过的。一个人在翻译上的成败得失便主要在此,他的业绩是要在这件事上——在对调和的把握上——受到裁决的,或者说一个人翻译水平的高低在很大程度上也就是他调和能力的高低。但是有了这个，我们就有了遵循，就一定能少走弯路，少走极端，从而把我们的翻译事业做得更好。调和是翻译家的第一美德。